살며 지켜본
대한민국 70년사

盤山日記 1945-2015

이상우

기파랑

대한민국을 세우고, 지키고,

그리고 키워온

자랑스러운 모든

한국민들에게

머 리 말

내 일기를 바탕으로
쓴 관찰기

이 책은 국민 한 사람이 해방부터 2015년까지 대한민국의 70년사를 기록해 놓은 관찰기이다. 표준 교과서가 아니다. 대한민국 속에서 살면서 지켜본 대한민국의 변천사를 그때그때 썼던 일기를 연결하여 기록한 글이어서 한 사람의 '좁은 시각'에서 쓴 글이므로 '이렇게 본 사람도 있구나' 하는 정도의 참고용 기록이라고 보아주기 바란다. 그래서 부제를 '반산(盤山)일기 1945-2015'라 했다.

나는 초등학교 3학년 때부터 일기를 썼다. 그러나 가지고 있는 것은 초등학교 6학년 때 쓴 1950년 5월 26일-12월 25일 사이의 일기장부터이다. 1·4후퇴 때 들고나간 것이 그것뿐 이어서다. 그 책부터 지금 쓰고 있는 것까지 59권을 가지고 있다. 내 기억의 한계를 이 기록이 보충해주어 이 책을 쓰는 바탕으로 삼았다. 잘못 본 것, 틀리게 안 것도 있고 보지 않고 주워들은 것을 적어 놓은 것도 있다. 그러나 내가 그때 어떻게 보고 받아들였는지를 보여주는 것이어서 내게는 소중한 기록이다. 나는 이러한 기록과 지금의 나의 생각을 엮어 이 책을 썼다.

왜 이런 기록을 남기려 하는가? 그동안 대한민국의 현대사가 너무나 '정치화' 되어 본 모습이 가려진 부분이 많아 새 세대의 젊은 한국인들이 대한민국이 걸어온 길을 잘못 이해할까 걱정이 되어서 이를 바로 잡는데 도움이 될 것 같아 내 나름대로의 관찰기를 남기려는 것이다.

사학자도 아닌 내가 이런 책을 쓸 생각을 하지 못했었으나 대한민국의 역사를 바로 잡으려고 애써온 기파랑의 안병훈(安秉勳) 사장의 격려가 있어 용기를 냈다. 써놓고 보니 잘 했다는 생각이 든다. 안병훈 사장께 감사드린다.

이 책을 쓰면서 통계 수치나 필요한 자료 등은 이영훈 선생이 쓴 『대한민국 역사: 나라만들기 발자취 1945-1987』과 한영우 선생이 쓴 『대한민국 60년』에서 많이 원용했으며 연감과 정부간행물에서도 빌려 쓴 것이 많다. 그러나 '역사의 흐름'을 기록해 놓은 것은 모두 내가 판단해서 쓴 것이다. 그래서 글의 모든 책임은 내가 진다.

책 끝에 『대한민국 국민으로 살아온 나의 70년』이라는 개인 역사를 부록으로 붙였다. 내가 어떤 위치에서 어떤 시각으로 대한민국 역사를 보았는지를 밝히기 위해서이다.

이 책 원고는 모두 신아연의 박정아(朴正娥) 차장이 타자해주었다. 이 자리를 빌려 고맙다는 말을 남긴다.

2017년 정초에

글쓴이 반산(盤山) 이상우

국민 한 사람의 눈에
비친 대한민국 역사

우리 민족이 한반도에 정착하고 살아온 몇 천 년의 역사에서 지난 100년간처럼 생활양식, 생활환경에 큰 변혁을 겪은 적은 없었다. 여러 번의 전쟁을 겪으면서 한국민들은 엄청난 고통을 당한 적은 여러 번 있었으나 100년 전까지는 백성들의 삶의 틀이 완전히 바뀌는 천지개벽 같은 변화는 겪은 적이 없었다. 다스리던 왕조도 여러 번 바뀌고 살림의 형편에 기복도 많았으나 보통 백성들은 전제군주제의 통치체제의 틀 속에서 농사를 지으면서 늘 나라에서 시키는 대로 세금내고 부역을 감당하면서 살아왔었다.

조선왕조의 끝자락이었던 대한제국이 허물어지고 일본제국의 통치를 받게 된 1910년은 한민족 역사에서 처음 겪는 새로운 삶이 시작된 해였다. 통치자가 일본 천황으로 바뀌고 양반 사대부들이 다스리던 나라가 일본총독부 관리가 다스리는 나라가 되었다. 국어도 한국어에서 일본어로 바뀌고 일상으로 입던 한복도 서양식 옷으로 바뀌었다. 양반, 상민, 천민 구분 없이 모두 새로 생긴 학교에 다니게 되었고 좋은 학교를 나와 나라에서 치는 시험에 붙으면 관리가 되는 세상이 되었다. 일본통치 35년 동안 한국인들은 일본의 지배 아래 일본제국의 2등 신민이라는 신분으로 살았다.

5막 6장의 드라마를 지켜본 세대

1945년 일본은 미국 등 연합국과 싸운 전쟁에 져서 한국을 떠났다. 그리고 승전국이었던 미국과 소련이 대신 들어와 군정을 실시했다. 하루아침에 국토는 북위 38도선이라는 금으로 둘로 나뉘고 북에는 소련군, 그리고 남에는 미군이 군정청을 두고 다스리는 시대가 되었다. 보통의 백성들은 이러한 갑작스러운 지배자의 교체에 또 한 번의 혼란을 겪었다. 지배자로 군림하던 일본제국 식민지에서 해방된 기쁨도 잠시뿐이었고 국토가 서로 왕래도 할 수 없는 두 토막으로 나뉜 분단에 더 큰 충격을 받았다.

해방과 더불어 시작된 미국과 소련의 군정은 3년 만에 끝나고 남과 북에 각각 대한민국과 조선민주주의인민공화국이라는 나라가 세워졌다. 또 한 번의 세상이 바뀌는 혁명적 변화를 겪었다. 북에 세워진 전체주의 전제정치 정부와 남에 세운 자유민주공화국은 국가 이념, 추구하는 목표 가치, 그리고 정부 운영의 기본 원칙 등 모든 점에서 서로 대치되는 나라여서 남북한 백성들은 각각 새로운 환경에 적응하면서 낯선 새로운 역사 시대로 들어서게 되었다.

남쪽에 세워진 대한민국은 국민 모두가 나라의 주인으로 '인간존엄성이 보장되는 자유'를 누리고 정부를 선택할 수 있는 권리를 가진다는 민주공화국으로 국민의 선거로 만들어낸 역사상 최초의 국민국가였다. 북한은 무산자인 노동자, 농민, 근로 대중만을 의미하는 인민이 '나라의 주인'이 되고 이 인민계급이 집단으로 반동계급을 지배하는 계급독재의 전체주의를 지향하는 인민주주의국가로 출발하였다. 한국 사회는 이렇게 성격을 달리하는 두 개의 국가로 나뉘면서 북에서 '인민의 적'으로 분류한 지주, 유산자, 지식인 등은 남으로 넘어오는 민족 대이동이 이루어졌다.

민족사회가 영토 분단, 정치 분단을 겪고 두 개의 적대 국가로 출발한지 2년 만에 북한이 소련과 중국 공산정부의 지원을 받아 무력으로 통일을 시도한 6·25전쟁이 일어났다. 일찍이 겪어보지 못했던 민족 내부 전쟁을 겪으면서 국토 전역은 초토화되었고 인구의 1할이 목숨을 잃었다. 우리 국민들은 또 한 번의 세상이 뒤집히는 격변을 겪었다.

6·25전쟁은 3년 만에 휴전으로 끝났다. 전쟁전의 남북 분단선이던 지리상의 북위 38도선은 약간 자리를 바꾼 휴전선으로 바뀌었다. 휴전선 이남의 영토에 갇힌 대한민국은 언젠가 이룰 통일을 우선 미루어 놓고 어렵게 지켜낸 대한민국을 다듬고 키우는데 힘을 쏟았다.

대한민국은 서서히 전쟁의 폐허에서 다시 일어났으나 역사상 처음으로 국민의 손으로 만든 대한민국을 성숙한 민주공화국으로 키워 나가는 데는 많은 어려움이 있었다. 자리 잡히지 않은 정당제도, 민주의식과 국가 운영의 능력을 갖춘 정치지도자의 부족, 사회 안정을 가져오게 할 경제 여건의 미비 등의 여러 가지 문제로 대한민국은 여러 번의 위기를 맞게 되고 이를 이겨내면서 서서히 자리 잡힌 '산업화된 민주공화국'으로 성장해왔다. 1960년의 4·19혁명, 다음해의 5·16군사혁명, 그리고 1972년의 유신이라는 또 한 번의 혁명, 1979년의 12·12군사쿠데타, 1987년의 민주혁명을 겪고 나서 비로소 민주정치체제를 갖춘 선진국의 모습으로 성장했다.

한국민이 견뎌 낸 70년의 세월을 정리해보면 해방, 6·25, 5·16, 유신, 6·29라는 '세상이 바뀌는' 다섯 번의 혁명적 사변(5幕)이 경계를 지은 여섯 개의 '삶의 마당'(6場)인 일제강점기, 해방-건국기, 6·25전쟁-휴전-복구기, 5·16 이후의 산업화시대, 암흑의 유신시대, 그리고 6·29 이후의 민주헌정 회복기로 나누어 볼 수 있다. 이 여섯 개의 삶의 마당은 각각의 '삶의 규칙'을 우리 국민들에게 강요하였다.

반세기에 걸친 5막 6장의 드라마 속에서 한국 국민들은 엄청난 고통과 희생을 겪었으며 위기마다 이를 극복하기 위하여 헌신적으로 노력했었다. 대한민국 70년사는 국민들의 이러한 고통과 노력의 기록이다.

대한민국 70년 역사를 이루는 이 5막 6장의 드라마를 모두 지켜본 세대의 한국인은 이제 얼마 남지 않았다. 오늘을 살고 있는 대한민국 국민 5천 만의 대부분은 이 드라마의 후반 일부만을 겪었을 뿐이다. 그 앞의 역사는 전해 듣고 기록을 읽어서 알고 있을 뿐이다.

"사실이 햇볕에 바래지면 역사가 되고 달빛에 오래 노출되면 신화가 된다"는 말이 있다. 기록된 사실은 기록한 사람의 뜻에 따라 과장되거나 왜곡될 수밖에 없다. "역사는 현재의 관심에서 믿고 싶은 대로 지나간 사실을 재구성해놓은 것"이라는 말이 그래서 생겨난 것이다.

역사는 오늘을 사는 지침이 되고 내일을 설계하는 기초가 되는데 그 역사가 왜곡·조작되면 오늘의 삶에 혼란을 가져오게 되고 미래 설계에 잘못된 방향을 일러 주게 된다. 그래서 역사는 되도록 바르고 정직하게 정리되어야 한다.

역사는 사람들의 삶의 기록이다. 직접 살면서 지켜본 사람들의 기록들이 모아지면 역사의 줄기가 진실에 가까워진다.

나는 1938년생이다. 나는 대한민국 수립의 전사에 해당되는 일제강점기의 끝자락과 해방, 건국, 6·25전쟁을 지켜보았고 대한민국 역사의 5막 6장의 드라마를 지켜보았다. 우리 세대의 이 경험을 정리해 놓는 것이 '대한민국 70년사'를 바로 잡는데 도움이 되리라 생각되어 이 책을 쓰기로 했다.

한 사람의 역사기행

한 나라의 표준적 역사는 역사학자들이 제3자의 객관적 관찰기록을 자료로 쓴다. 크고 작은 일들이 섞이면서 이루는 큰 줄거리의 흐름을 통람하는 시각(perspective)에서 특정한 정형에 맞추어 기술한다. 이렇게 정리된 표준 역사는 역사 흐름의 줄거리를 이해하는데 큰 도움을 준다. 대한민국의 70년사를 이해하려면 이영훈의 『대한민국 역사:

나라만들기 발자취 1945-1987』이라든가 한영우의 『미래를 여는 우리 근현대사』를 읽으면 된다. 이러한 교과서를 읽으면 집단으로서의 한국 국민이 어떻게 나라를 만들고 가꾸어 왔는가 하는 흐름은 충분히 이해할 수 있다.

그러나 역사는 그 시대를 살아온 한 사람 한 사람의 삶의 기록의 종합이라고 본다면 전체를 묶어서 보는 거시적 관찰만으로는 피상적 기록이 될 수밖에 없다. 사람들이 그 시대를 살면서 겪은 고통, 가졌던 희망, 고민, 성취감 등이 보태져야 피가 흐르는 생명체로서의 사람들의 삶의 기록이 된다. 개인의 시각(perspective)에서 보고 느낀 것을 적어야 비로소 역사는 삶의 기록으로 의미가 더해진다. 그래서 개인의 전기, 회상기, 감상문 등이 소중해진다.

개인사는 어디까지나 표준 역사의 보충이지 역사를 대체하는 것이 아니다. 개인의 시야에 들어온 사물과 현상은 사회 내의 극히 작은 부분이기 때문에 그 기록 대상은 한정적이다. 그러나 이런 기록들이 여럿이 쌓이면 역사적 현상을 입체적으로 이해하는데 도움이 된다. 바로 이런 생각에서 5천만 분의 1인 '나'라는 개인이 80년을 한국 사회에서 살면서 보고 느낀 것을 적어보려고 한다. 내가 본 범위 안에서 잘못된 역사 인식을 조금이라도 고쳐 보려는 생각에서다. 그런 뜻에서 이 책은 한 사람의 역사기행이라고 할 수 있다.

큰 바다를 항해하는 배의 선원들은 평생을 바다 위에서 보내도 항로 밖의 바다는 보지 못한다. 그러나 한정된 항로를 오가면서 보고 느낀 것을 적은 선원의 항해기를 통하여 우리는 바다의 참모습을 많이 알게 된다. 인공위성에서 내려다 본 바다에 바다바람 냄새, 파도, 그리고 바다고기의 삶의 모습이 보태지기 때문에 우리는 그들의 기록을 통하여 바다의 참모습을 좀 더 알게 된다. 마찬가지로 한 사람의 역사기행은 역사의 참모습을 이해하는데 많은 도움을 줄 수 있다.

나의 역사기행의 기초가 되는 나의 인생 항로는 극히 제한적이다. 조선왕조 말기와 일제강점기의 모습은 집안 어른들로부터 들은 것이 대부분이다. 초등학생 때부터 대학원생까지 20여 년의 학생 생활에서는 선생과 학우들과의 만남이 나의 사회 인식의 기초를 이룬다. 그리고 대학교수, 총장으로 보낸 36년의 생활에서도 나의 삶은 동료 교수, 학생과 더불어 보낸 시간 속에서 이어져왔다. 그리고 수많은 학술회의, 정책자문회의 등에서 만난 사람들과의 접촉에서 시대흐름을 터득하고 체험했다. 학교생활 외에 군복무를 하던 4년 4개월의 시간과 언론인으로 일했던 몇 년의 시간 동안 학교 밖의 사람들과 어울렸던 경험이 또한 나의 사회 인식에 보탬을 주었다.

나는 구한말의 혼돈, 일제강점기의 고단한 생활 등에 대해서는 할머니, 부모님 등으로부터 이야기를 들어 어렴풋이 알고 있었고 해방, 월남, 6·25전쟁은 어린이로 겪었고 4·19혁명은 대학생으로 겪었고 5·16 군사혁명은 기자로 취재했다. 그리고 대한민국의 5막 6장의 다난했던 역사는 그 속에서 교수로 살면서 보고 느끼고 지켜보았다.

나의 할머님(密陽朴氏, 1879년생)은 특히 내게 조선왕조 말기의 백성들의 삶의 모습을 짐작하게 해주는 이야기를 많이 들려 주셨다. 그리고 어머님은 일제강점기 때 한국인들의 민족적 자의식에 대하여 도움이 되는 말씀을 많이 해주셨다. 해방 전에 집에서 어머님은 내게 한글을 가르쳐 주셨고 삼국유사에 실린 화랑이야기 등을 들려주셨다.

학교는 가장 중요한 '의식화' 조직이다. 학교는 만남의 장소이다. 나보다 앞서서 공부한 선생님들의 경험과 지식을 전해 받는 곳이다. 선생님과의 만남에서 우리는 세상을 보는 눈을 갖추게 된다. 학교는 같은 또래의 젊은이들을 만나 서로의 생각을 이야기하고 지식을 나누어 가지면서 같은 시대를 살아가는 젊은이들의 '공동의 역사인식'을 만든다. 세 번째 만남은 선생님과 동료들이 소개해주는 책들을 통하여 옛 성현들과 앞선 세대의 지식인들과 만나는 곳이다. 사람들은 이러한 세 가지 만남을 통하여 '시대정신'을 갖추게 된다.

나는 초등학교에서 훌륭한 교사들을 만나 생명의 소중함이라든지 내게 베풀어지는 은혜의 뿌리를 생각하는 습관 등을 배웠다. 중·고등학교에서는 '지도자의 소양'에 대하여 철저히 교육받았다. 공직을 맡는 자가 갖추어야 할 소양으로 업무와 관련된 깊은 지식을 갖추는 것과 나의 개인 이익보다 공동체 이익을 앞세우는 자세를 갖추어야 한다고 훈련받았다. 율곡 선생이 제시한 목민(牧民)의 자격(曉達時務 留心國事)과 같은 내용이다. 그리고 고등학교와 대학에서 만난 학우들과 우리 시대가 요구하는 국정 과제에 대하여 잦은 토론을 가지면서 우리 사회가 안고 있는 문제와 고쳐 나가야 할 일들에 대한 인식을 넓히고 깊게 할 수 있었다.

조직체의 운영 관리에 대하여 나는 공군장교로 4년간 근무하면서 많이 배웠다. 그리고 약 30년 동안 계속해서 참여했던 군의 자문 업무를 통해서 군과 정부의 행정조직 운영에 대하여 관찰할 수 있는 기회를 가졌었다. 또한 기자로 몇 년 일하면서 많은 사건을 관찰할 수 있었고 각계각층의 많은 사람들을 만날 수 있었다. 이렇게 살아오면서 만난 수많은 사람들과의 '정보교환'으로 나의 개인 역사기행이 시대사의 몇몇 부분 이야기에 '의미 있는 보탬'을 줄 수 있게 되었다.

내가 어떤 자리에 앉아 5막 6장의 대한민국 70년의 역사를 보았는지를 밝히기 위해 이 책 끝에 '내가 살아온 70년'을 부록으로 실었다. 내가 배움을 얻은 만남을 밝혀 나의 시각의 범위를 알리기 위함이다.

소중한 대한민국

대한민국 건국은 우리 민족 역사에서 가장 자랑스러운 민족적 결단이었다. 대한민국 건국은 그 당시의 국내외 정세를 생각해볼 때 기적에 가까운 쾌거였다. 우리 민족이 1945년 일본제국의 식민통치에서 해방되었을 때 우리 민족사회 내에는 사회 중추 세력이던 사대부를 중심으로 한 양반 계층은 이미 모두 몰락하여 사회 변혁을 주도할 능력을 갖춘 집단은 존재하지 않았다. 일제강점기 지하에서, 또는 해외에서 활동하던 다양한 정치집단은 있었지만 우리 사회를 이끌 수 있는 영향력을 갖춘 집단은 없었다.

국제정치 환경도 좋지 않았다. 미국과 서유럽 민주국가들이 주도하던 자유민주주의국가들의 집단과 소련이 통할하던 공산주의 1당지배

전제주의국가들의 집단이 대치하는 범지구적 대결이었던 냉전이 막 시작되던 때여서 미국군과 소련군이 분할점령하고 있던 한반도는 자연히 냉전의 최전선에 놓이게 되었고 남북한은 격렬한 이념 대립에 이끌려 들어갔었다. 그 결과로 미군 점령하의 남한에서는 '자유민주주의'를 새로 세울 나라의 기본 이념으로 삼아야 한다고 주장했었으며 북한에는 소련의 계획에 따라 이미 공산주의 전제주의-전체주의국가가 세워지고 있었다. 나아가서 북한 정부는 남한을 북한의 공산정부 통치 아래로 통합하는 공산통일을 목표로 한국 내에서 집요하게 민주공화 정부 수립 방해 운동을 펴고 있었다. 그리고 이념 투쟁에 예민하지 않은 '애국지사'들은 이념을 초월하여 단일 통일정부를 수립하자는 운동을 펴면서 "선거 가능 지역에서 우선 민주공화정부를 세우라"는 국제연합 결의를 무시하고 북한을 제외한 남한 내에 독립 정부를 세우는 것을 반대했다.

국내외의 부정적 정세가 조성하는 이러한 여러 가지 난관을 극복하고 군정 3년 만에 우리 손으로 역사상 최초의 민주공화국을 세웠다는 것은 역사에 길이길이 남을 우리 민족의 자랑이라고 할만하다. 문맹률이 80%가 넘고 대학 이상의 교육을 받은 사람이 극소수이던 시대에 민주공화정부를 세우는데 앞장설 정치단체도 없던 환경에서도 이승만 (李承晚) 박사를 비롯한 해외에서 활동하던 몇몇 지도자들이 있어 나라 만들기 작업을 펼 수 있었고 미국을 비롯한 여러 민주국가들의 성원이 있어 대한민국 건국은 가능했다.

대한민국은 자유민주주의를 국가 기본 이념으로 하는 민주공화국이다. 대한민국은 국민 모두의 '인간 존엄성이 보장된 자유'를 지키는 것을 국가 이념으로 하는 민주공화국이다. 모든 국민이 주권자가 되는 공화국이고 국가의 의사결정은 주권자인 국민의 의사에 따라 이루어지는 민주정치체제의 국가이다. 모든 국민이 똑같이 주권자로서의 지위를 가진다는 점에서 무산 계급에 속하는 인민만 주권을 가지는 인민민주전제국가와는 다르고 개인의 재산권과 경제활동의 자유를 기본권으로 보장한다는 점에서 사회주의-공산주의국가와 다르다.

대한민국은 우리 민족이 가져본 최초의 민주공화국이다. 역사 이래 절대군주체제의 국가만 가져본 우리 민족이 처음으로 국민주권의 민주공화국을 가지게 된 것이다. 이 소중한 대한민국을 국내외의 도전에서 지켜내고 또한 미숙한 운영 방식을 고쳐 세련되고 성숙한 민주주의로 만들어 나가는 것이 우리 민족의 당면 과제라고 생각한다.

대한민국은 1948년 세워진 이후 국내외의 도전을 받아 여러 번의 위기를 맞았었다. 그러나 우리 국민들은 성숙한 시민정신으로 이 위기들을 극복해 왔다. 대한민국의 민주정치 발전은 순탄하지 않았다. 국가 안위가 걱정되던 때에는 민주주의 원칙을 지키지 못하고 전제적 통치를 하기도 했다. 통치자의 자의(恣意)에 의하여 민주주의 정치의 핵심 가치인 개개인의 기본 인권보호가 이루어지지 않았던 때도 있었다. 그러나 여러 번의 역사 흐름의 역주행(逆走行)의 시기가 있었으나 한국의 민주주의는 꾸준히 발전해왔다. 그럼에도 불구하고 모든 국민이 고르게 잘 사는 민주국가를 만든다는 큰 틀은 흔들림 없이 지켜왔다고 본다. 나는 우리 국민들이 스스로 어두웠던 시대를 반성하면서 바르게 역사 흐름을 잡아가려고 애썼던 점에 비중을 두고 지난 70년의 역사를 긍정적으로 보려고 애썼다. 그런 점에서 나의 역사 인식은 대한민국사의 좋은 면만 강조하는 편향적 시각에 묶여 있다고 비판 받게 되리라 생각한다.

이 책에서는 대한민국이 지난 70년 동안 겪은 다섯 번의 큰 변혁과 변혁 때마다 펼쳤던 위기 극복의 노력들을 '한 사람의 역사기행'이라는 이름으로 살핀 기록을 정리해 나갈 것이다. 이 글은 5막 6장의 대한민국 현대사 70년의 주관적 관찰기이다.

차 례

제 1 장

갑자기 찾아온 해방
건국의 길 열리다

01

갑자기 찾아온 해방
건국의 길 열리다

대한민국은 빈 공간에 만들어진 나라
가 아니다. 한반도에서 살아온 수천만 명의 한국인이 몇 천 년 동안 살
면서 축적해온 삶의 역사가 마련해놓은 바탕 위에 국제사회에서 불어
오는 거센 바람을 맞아가며 만들어낸 나라이다. 그래서 대한민국을 이
해하려면 건국 이전의 역사와 건국할 때의 국제환경, 그리고 당시의 한
국인들의 현실 인식을 바로 알아야 한다.

대한민국은 한반도를 강점하고 식민통치를 하던 일본인 지배자가 떠
난 자리에 세운 나라이다. 그래서 해방 전의 일제강점기의 역사는 대한
민국 역사 이해의 바탕이 되는 건국전사(建國前史)가 된다. 해방은 특
수 상황에서 특이하게 이루어졌다. 한국인이 투쟁해서 쟁취한 해방이
아니고 일본제국을 전쟁에서 패배시킨 미국 등 승전연합국의 결정으로
이루어진 해방이었다. 그리고 그 승전국들의 결정으로 남북한이 각각

미군과 소련군의 점령지로 분단된 상태에서 남한 거주 한국인들이 미군 점령지에서 대한민국이라는 국가를 만들어냈다. 이러한 특이한 환경을 이해하여야만 대한민국 건국이 가지는 「대한민국 70년사」에서의 의미를 알게 된다. 그런 뜻에서 해방 전후사가 대한민국 현대사 이해의 중요한 전사(前史)가 된다.

제1장에서는 일제강점기의 한국인의 삶과 해방 당시 한국인들의 정치의식, 그리고 남북한 분단으로 받은 충격 등을 간단히 정리한다. 쉽지 않았던 대한민국의 건국 과정을 이해하는데 도움이 되리라 생각해서이다.

일제강점기 | 일본제국의 2등 신민

1. 해방 전사 : 조선왕조의 자멸

조선왕조는 19세기 말에 이르러 체제 피로가 쌓여 안으로부터의 붕괴 과정에 들어섰었다. 지배층인 사대부 중심의 양반 계층은 당파 간의 권력 투쟁으로 사분오열되어 국정 운영이 사실상 마비되어 내외 도전에 대응할 능력을 상실한 상태였다. 인재선발의 제도이던 과거제가 시험 부정으로 제 기능을 못하고 권력자들의 매관매직으로 공직 기강도 허물어졌었다.

서구열강의 식민지 쟁탈전 속에서 일본은 명치유신(明治維新)을 통하여 군벌 지배의 옛 봉건체제를 개혁하여 입헌군주제의 근대 국가로 재탄생하였으나 조선왕조는 자체 체제개혁의 기회를 갖지 못하였다. 1894년의 갑오개혁, 1897년 대한제국 선포와 동시에 반포한 임시헌법

대한국국제(大韓國國制)에 따른 광무개혁(光武改革) 등의 개혁 노력도 위정척사파(衛正斥邪派)와 개화파(開化派)의 치열한 투쟁 속에서 모두 실패하고 말았다.

유럽과 미국의 경우 산업혁명을 거치면서 신흥시민 계층이 사회개혁의 추동 세력으로 등장하였으나 조선왕조의 경우에는 지배 세력이던 사대부 중심의 양반 계층의 개혁 저항을 이겨낼 수 있는 중산층이 형성되지 않아 자체적 근대화는 이루어지지 못했다. 유럽과 미국에서는 상공업의 발달로 경제적 역량을 갖추게 된 중산층이 보편화된 교육체제를 통하여 지식을 갖춘 정치 세력으로 등장하면서 서구 사회는 절대군주제에서 민주공화제로 체제 근대화를 성취할 수 있었다. 그러나 쇄국정책으로 외부 선진 지역과의 교류가 제한된 고립된 환경 속에서 상공업 발전의 기회를 못 가진 한국 사회는 근대화의 추동 세력으로서의 '교육받은 중산층'을 키워내지 못했었다.

조선조 말기-대한제국 시기의 일반 서민의 생활은 비참하였다. 매관매직으로 지방관료직을 맡은 부패 관료들의 착취로 농촌은 황폐화의 극에 도달했었다. 생계를 이을 수 없게 된 많은 농민들은 생존을 위해 두만강을 넘어 만주와 러시아의 연해주로 이주했으며 일부 농민들은 미국 하와이와 일본 등지에 노동자로 취업하기 위해 고향을 떠났다. 이러한 사회 분위기 속에서 국민들은 국가에 대한 충성심을 가질 수 없었고 지배 세력에 대한 강한 적대의식을 갖게 되었다. 이러한 풍토 속에서 일본제국의 대한제국 식민화가 진행되었고 일본은 한국 국민의 큰 저항 없이 한국을 일본제국에 병탄할 수 있었다.

2. 일본 식민통치와 한국인의 2등 신민화

1910년 한반도를 병탄한 일본은 한반도에 총독부를 설치하여 통치하였다. 한국 국민은 일시에 일본제국의 2등 신민(臣民)으로 전락하였다. 일본은 불과 35년의 짧은 통치 기간에 한국 사회를 완전히 개조해 버렸다. 새로운 도시군면(道市郡面)제를 중심으로 하는 행정체제의 도입, 철도, 도로의 건설, 현대식 교육제도의 도입, 일본인 기업인에 의한 생산, 유통, 금융기업의 창설 등으로 한국 사회는 왕조 시대의 모습을 완전히 벗어났다. 그러나 이러한 외형적 변화보다도 더 큰 의미를 가지는 것은 한국 사회 구조의 개혁과 한국민의 민족의식의 소멸 시도였다. 일본은 한국 사회의 지배 세력이던 사대부 양반 계층을 해체해버렸다. 조선왕조 시대에는 세습적 신분제인 양반 계층에 속하는 사람에게만 관료로 진출할 기회를 부여하는 과거제를 유지하면서 공직자에게 토지소유권 등의 부를 배분해주는 사회 구조가 군주의 통치권 유지의 수단으로 유지되었었다. 일본 통치자들은 양반이 세습적으로 누리던 특권을 없애버렸다. 대신 보편화된 교육체제와 각종 시험제도를 도입하여 상민과 천민일지라도 지배 계층으로 올라갈 수 있는 '신분 상승의 사다리'를 새로 만들어 놓았다. 일제강점기 35년 동안 뿌리 깊은 한국 사회의 양반, 중인, 상민, 천민의 계급 구조는 모두 허물어졌다.

일제강점기에 새로 출현한 교육받은 한국인 엘리트들은 하급 관료로 일본 관리들의 통치를 돕거나 일본인이 운영하는 기업에서 중간 관리자 역할을 맡았으며 일부 지식인들이 초·중·고 교사가 되었고 극소수의 한국인들만이 문화예술 분야에 종사하였다. 그리고 일본 정부는 한국인들이 민족의식을 가지지 못하도록 일본어만 국어로 쓰고 한국어를 못 쓰게 하고 이름을 일본식으로 고치는 창씨개명(創氏改名)을 강행하였다. 이렇게 한국인을 일본인으로 만드는 정책을 펴면서도 초·중·고등학교의 분리 정책을 펴 한국인은 한국인 학교에, 일본인은 일본인 학교에 다니도록 했으며 제한된 소수의 한국인에게만 대학 입학을 허용하였다. 초등학교는 전국적으로 일본학교-한국학교로 구분하여 설치하였으며 중학교는 공립의 경우 각 도에 도청 소재지 이름을 붙인 일본인 학교와 도 이름을 붙인 한국인 학교를 분리하여 세웠었다. 예를 들어 경기, 경북, 경남, 함남중학교는 모두 한국인 학교였고 경성(경기도의 도청 소재지), 대구, 부산, 함흥중학교는 일본인 학교였다. 일본은 일본 본토에는 5개의 국립대학교(제국대학이라 불렀다)를 설치하였으나 한국에 1개(경성제국대학)만을 설치하였고 대학에 입학하기 위해서는 인문고등학교를 졸업해야 하는데 한국에는 이런 고등학교를 1개도 설치하지 않고 경성제국대학에 예과를 설치하여 중학교 졸업생을 입학시켰다. 대신 한국에는 전문학교와 실업고등학교를 다수 설치하여 일본이 한국을 통치하는데 필요한 중간 관리자를 양성하였다. 한국 국민은 천천히 일본제국의 이등신민(二等臣民)으로 길들여지고 있었다.

그러나 이러한 차별제도 속에서 역설적으로 한국인들은 점차로 '조선인'이라는 자각을 하게 되었다. 일본인들과의 차별 속에서 한국인들은 민족적 자각을 하기 시작하였다. 일본인과 조선 사람은 다니는 학교도 다르고 가질 수 있는 직업도 다르다는 것을 깨닫게 되었다. 일본 지배로 한국인들은 민족적 집단의식을 갖게 되었으며 점차로 일본 지배에 대한 저항 의식을 키워 나갔다. 그러나 보통의 한국인들은 일본의 식민지배 체제에 맞설 수 없다는 것을 잘 알았고 1차적으로 새로운 질서에 순응하면서 2등 국민의 차별을 감수하며 황국신민(皇國臣民)으로 길들여졌다. 일본어를 배워야 사회생활이 가능했으므로 일본어를 국어로 배웠고 신사참배를 시키면 그대로 따랐다. 면장, 군수로 임명된 조선 사람들은 충실히 그 임무를 수행하였으며 교사가 된 한국인들은 맡은 과목을 지시대로 가르쳤다. 물론 여러 형태의 저항 운동이 있었으나 대세를 바꿀 정도는 되지 못했다.

국내에서의 독립운동은 극히 예외적이었다. 만주, 시베리아로 나간 동포들은 비교적 자유로운 환경에서 독립운동을 폈었으나 일본 통치를 위협할 수 있는 정도는 아니었다. 국내에서 살았던 보통의 한국인들은 해외에서의 독립운동을 잘 알 수도 없었다.

일본 통치가 만일 10~20년 더 지속되었었다면 아마도 대부분의 조선 사람들은 황국신민으로 되어버렸을 것이다.

3. 대동아전쟁 말기의 고단한 삶

1941년 일본이 이른바 대동아(大東亞)전쟁을 시작하면서 하루가 다르게 한국인들의 삶이 고단해졌다. 총동원령이 내린 후 모든 직장인은 군복을 입고 일했으며 자기 땅을 가진 지주도 밥을 먹기 어려웠다. 모든 곡식을 '공출'이라는 명목으로 강제로 거두어가고 대신 비료로 쓰던 콩기름을 짜고 남은 찌꺼기(대두박이라 불렀다)를 배급으로 주었다. 그리고 집안에 있는 모든 쇠붙이를 강제로 뺏어 갔다. 무기 제조에 쓴다고 했다. 쇠솥, 물 항아리, 수저, 놋그릇, 하다못해 놋재떨이까지 모두 거두어 갔다. 1943년 징병제를 실시하여 한국 청년 20만 명을 징집하였으며 1944년부터는 약 100만 명의 노동자를 징용이라는 이름으로 강제적으로 모집하여 군수 공장과 전장으로 보냈다.

전쟁이 끝자락에 이르자 소개령(疏開令)이 떨어졌다. 도시에 사는 사람들은 직장 다니는 사람과 학생 외는 모두 시골로 나가 살라는 명령이었다. 나도 어머님을 모시고 외갓집으로 '소개' 나갔다.

1945년 봄부터는 미군 B-29 폭격기가 흥남 앞바다에 기뢰를 투하하기 시작했다. 매일아침 미군기가 함흥 상공에 도착하면 공습경보가 울리고 우리는 모두 방공호로 뛰어 들어갔다. 나는 그때 '초근목피'라는 말의 의미를 알게 되었다. 나팔꽃 뿌리를 캐서 먹고 소나무 속껍질을 베껴 먹었다. 그리고 먹을 수 있는 풀들은 모두 먹어 보았다.

1944년에 이르러 민간인도 모두 군복을 입도록 했다. 회사원도 교사도 머리를 깎고 모두 군복을 입었다.

전문학교 학생과 대학생들은 학병으로, 그리고 더 나이 많은 어른들은 징용으로 모두 끌려갔다. 1938년 공표된 국가 총동원령에 의하여 동원된 한국인은 연인원 783만 명이라는 통계도 있다. 학병으로 아들을 떠나보내는 어머니들이 길거리에 서서 전장에서 목숨 지켜준다는 수놓는 헝겊(센닌바리)에 한 바늘씩 수를 놓아 달라고 지나는 사람들에게 부탁하기도 했다. 온 시내가 어수선했었다.

이러한 고통 속에서도 한국인들은 전쟁이 끝나면 해방이 되리라는 기대는 하지 못했다. 그 당시의 한국인의 평균적 인식은 그 정도였다.

4. 두 가지 이름과 두 가지 말: 정체성의 혼란

일제강점기에 나는 이름을 두 가지 가지고 있었다. 집에서 부르는 이상우(李相禹)라는 이름이 있었고 학교 가서 쓰는 일본 이름(安原重雄)이 있었다. 창씨개명을 하지 않으면 아이들을 학교에 보낼 수 없어 문중 어른들이 오랜 논의의 끝에 우리 집안이 속한 전주 이씨 안원대군파(安原大君派)의 파조 이름인 안원을 문중에 속하는 아이들의 성씨로 통일하여 쓰도록 창씨개명을 수용하였다. 어린 나에게는 이해가 되지 않았지만 학교에서 쓰는 이름으로 받아들였다. 한국인 중에서 14%는 끝까지 창씨개명을 거부하고 불이익을 감수했다 한다.

더 어려운 일은 학교에서의 국어 상용(國語常用)이었다. 나는 1945년 4월에 국민학교에 입학했다. 학교에 들어가기 전에는 한국 학생들은 모두 우리말만 썼었다. 배우지 않은 일본어를 학교에서 쓰라는 것은 억지였다. 학교에서 조선말을 썼다고 벌을 세울 때는 화가 나서 울었다.

학교에 들어가서는 황국신민 교육에 시달려야 했다. 학교 교문 바닥에는 미국 국기와 영국 국기, 그리고 미국 루즈벨트 대통령 얼굴과 영국 처칠 수상 얼굴을 그려 놓고 밟고 들어가도록 했으며 학교에 들어서면 제일 먼저 동쪽을 향해 90도로 경례를 해야 했다. 동쪽에 천황폐하가 계시기 때문이라고 했다(東方遙拜). 4학년 이상 학생들은 산으로 가서 소나무 뿌리를 캐고 광솔을 모아야 했다. 기름을 짜내서 항공유로 보내기 위해서였다. 학교에서는 공부보다 노래를 더 많이 가르쳤다. "아침 4시 반이다. 도시락 싸들고 집을 나서는 아버님의 모습 …… 우리 집 아버지는 특별 근무하신다. 월월화화수목금금"이라는 노래 같은 군가 등을 배웠다.

우리는 충성스러운 황국신민이었으나 차별받는 조선인이었다. 그러나 아무도 나서서 저항하는 사람이 없었다.

나는 국민학교에 들어가기 전에 한글을 배웠다. 어머님이 가르쳐 주셨다. 그리고 밤마다 어머님은 형들에게 국사 강의를 해주셨다. 나를 재워 놓고 큰 형, 둘째 형만 앉혀 놓고 옷장에서 책을 꺼내 읽어주면서 해설하셨다. 화랑 관창의 이야기 등 지금 생각해보면 아마도『삼국유사』에 실린 토막이야기들이었을 것이다. 자는 척하고 들으면서 왜 함흥이 신라가 아니었는지 섭섭해 했다.

낮에 학교에서 받는 황국신민 교육과 밤에 몰래 듣는 어머님의 '조선사람' 교육으로 나는 정체성의 혼란을 겪었다. 물론 겉으로는 내색하지 않았다.

어머님은 한글을 가르치실 때 "가갸거겨……"를 세로로, "가나다라마바사……"를 가로로 하는 한글 표를 직접 만들어서 사용하셨다. 한글로 된 책을 본 기억은 없다. 왜 책을 읽을 때 쓰지도 않는 글을 배워야 하느냐고 물었을 때 어머님은 우리말을 적을 때 편하니까 배워두라고 하셨다.

8·15해방 | 꿈같은 새 세상

1. 하루아침에 바뀐 세상

1945년 8월 15일, 해방이라는 천지개벽 같은 일이 벌어졌다. 일본 천

황의 가는 목소리가 확성기를 통하여 사람들이 모여 있는 학교 운동장에 울려 퍼졌다. 침통한 표정의 일본인들은 마당에 무릎을 꿇고 앉은 채 움직이지 않았다. 얼마 지나지 않아 어른들이 함흥 시내 거리를 메우고 만세를 불렀다. 집에 들어와 보니 어머님께서 붓에 잉크를 찍어 일장기를 태극기로 고쳐 그렸다. "이제부터 이것이 우리나라 국기다"라고만 말씀하셨다.

하루가 지나자 완장을 찬 사람들이 확성기를 들고 골목을 누비며 "해방군 소련군이 동함흥 역으로 도착하니 환영하러 나오라"고 소리치고 다녔다. 구경하러 나가보니 수많은 사람들이 제각기 만든 태극기를 흔들며 졸업식 때 부르던 노래를 부르고 있었다. 「올드랭사인」곡으로 부르던 애국가였다. 물론 그때는 애국가가 무엇인지 나는 몰랐다.

기다리던 소련군은 며칠 뒤 트럭을 타고 시내로 들어 왔다. 낯선 외국 군인들이 차에서 내려 트럭 밑 그늘에 들어가 잤다. 일본군이 연료 드럼통을 싣고 와서 소련군 트럭에 주유했다. 보고 온 것들을 집에 와서 이야기했더니 할머님이 걱정스러운 표정으로 "또 마우체(馬牛彘)가 왔으니 걱정이다. 그 사람들은 사람을 마구 해치는 사람들이다"라고 하셨다. 러·일전쟁 당시 러시아군이 일본군과 싸울 때 민가를 불태우고 사람을 해칠 때의 기억을 회상하신 것이다. 마우체란 말, 소, 돼지 같은 야만들이라고 러시아 군인들을 비하해서 부르는 말이었다.

징병과 징용으로 끌려가 죽은 줄 알았던 자식과 남편이 하나씩 돌아오자 경사가 났다. 전사 소식을 접한 집들에서는 절망의 울음이 터져 나왔다. 형무소에서 출감한 자식들과 남편들로 들떴던 집들도 많았다. 국민학교 교장으로 계시던 작은 할아버님 댁 두 아저씨는 형무소에서 출감했고 토목기사로 일하시던 셋째 할아버님 댁 아저씨는 징병 갔다 살아 돌아왔다. 나의 삼촌은 와세다대학 토목공학과 학생이어서 징병에서 면제되었었다. 해방 후 얼마 안 되어 귀국하셨다. 할머님은 만세를 불렀다.

해방과 동시에 함흥 시내의 모습이 달라졌다. 따발총을 멘 로스께(러시아군을 그렇게 불렀다)가 순찰을 돌고 네거리의 교통정리도 장총을 멘 로스께 여군이 담당했다. 이웃에 살던 일본인 가족들은 모두 국민학교 빈 교실에 수용되었다.

인민위원회가 생겨 행정을, 그리고 보안서가 생겨 치안을 맡았다. 9월에 들어서는 인민학교로 이름이 고쳐진 국민학교가 다시 문을 열었다. 학교에서는 한글을 가르치고 「해방의 노래」, 「적기가」, 「노동가」 등 공산혁명운동 노래와 「나의 조국」 등 소련을 찬양하는 노래들을 가르쳤다. 일본 이름은 없어지고 한국 이름을 되찾았다.

밤이 되면 소련군 병사들이 총을 들고 민가에 들어와 손목시계 등 물건들을 강탈했다. 일본인들이 살던 집은 모두 폐가가 되었다. 가재도구는 물론 문짝까지 어려운 사람들이 뜯어갔다. 해방 전까지 통용되던 '조선은행권'은 모두 무효가 되었다. 대신 점령군이 나누어준 군표(붉은색이어서 빨간 돈이라 불렀다)가 새 화폐가 되었다. 가족 수 대로 배포해준 돈이어서 부자도 가난한 사람도 없어졌다. 시장에서는 물물교환이 거래 방식이 되었다.

해방 다음해인 1946년 2월 북한에서는 '농지개혁'이 단행되었다. 모든 농지는 정부가 무상몰수 하였다. 몰수한 농지는 연고가 있는 소작인에 무상으로 분배해주었다. 하지만 농사를 짓지 않던 농지 소유자들은 모두 농촌에서 추방했다.

해방은 일제강점기에 친숙했던 질서를 모두 부셨다. 새로운 질서가 도입되었다. 한국민들은 이러한 변화에 쉽게 적응 못하고 하루하루를 긴장 속에서 살았다. 해방의 감격은 새 질서에 대한 두려움으로 바뀌었다.

아버님은 은행에 근무하던 한국인 행원 세 분과 함께 서울로 가셨다. 본점에서 근무하라는 지시를 따랐다. 함께 서울 가셨던 은행 동료의 한 분은 후에 한국은행 총재를 하셨고(김진형金鎭炯) 또 한 분은 재무장관을 지내셨다(송인상宋仁相). 짐작하건데 그 분들도 해방과 분단의 의미를 잘 몰랐던 것 같았다. 아버님은 본점으로 전근 가니 이삿짐을 싸고 기다리라고 하셨다. 38선의 의미를 모르셨던 것 같았다.

해방으로 한국 국민들의 삶이 하루아침에 좋아질 수는 없었다. 식량 부족도 마찬가지였고 피복, 신발 등 생활필수품의 품귀 현상도 마찬가지였다. 해방 후에도 맨발로 학교 가고 점심을 굶었다. 농촌에서는 완장을 찬 사람들이 돌아다니며 지주 집에 불을 지르고 다녔다. 공공질서는 무너졌다. 해방은 어리둥절한 한국민에게 무질서의 공포를 새로 안겨 주었다.

2. 원시로 돌아간 삶

해방의 기쁨도 잠시였다. 당장에 매일의 삶을 꾸려 가는 것이 급했기 때문이다. 모든 산업시설, 유통시설, 운송시설, 관리시설을 관리하던 일본인들이 하루아침에 쫓겨나면서 기능을 정지했다. 봉급을 줄 기업도 없어졌다. 일본인이 소유했던 주택, 건물, 기업체, 농지 등은 모두 점령군이 접수하고 관리를 시작하였다. 적산(敵産)은 모두 국유화되고 관리직에 한국인들을 임용하여 부분적으로 가동하도록 하였다.

전기도 끊기고 수도도 제대로 공급되지 않았고 기차, 전차도 제대로 운영되지 않았다. 식량배급도 중지되었다. 직장도 잃고 먹을 것, 입을 것을 구하는 것이 당장의 과제가 되었다. 일본인이 떠난 자리를 메꾸고 삶의 질서를 부분 회복할 때까지 한국인들은 하루하루를 자생(自生)하는 수밖에 없었다. 가재도구를 들고 나가 식량과 물물교환을 한다거나 친지나 친족에게서 식량을 얻어 하루하루를 버텼다.

소련 점령 지역이던 북한의 사정이 미군 점령지이던 남한보다 더 어려웠다. 성냥이 없어 임시로 만든 라이터로 불을 지폈는데 라이터 돌과 라이터 기름은 남한에서 밀수해서 썼다. 갑자기 생겨난 '38선 장사꾼'들은 목숨을 걸고 38선을 넘나들며 보부상을 했다. 남쪽에서 가져가던 물건은 신발, 항생제 같은 약, 라이터 부품 등이었고 북에서 남으로 가져오던 물품은 문 닫은 공장에서 구한 생고무, 원단 등 원자재였다.

남쪽의 삶은 미국 원조로 지탱되었다. 북한에서 월남한 동포(약 100만 명), 일본, 만주, 태평양 지역에 나가 살던 동포와 일본이 강제 동원했던 해외 근무노동자 등 250만 명이 남쪽의 도시에 몰려와서 새로 정착하여 서울, 부산 등 큰 도시는 사람이 넘쳤으며 이에 따라 식량 문제가 심각하였다. 이 많은 사람들을 먹여 살린 것은 미국의 식량원조였다. 밀가루, 옥수수, 설탕 등 '구호양곡' 배급으로 살아남을 수 있었다.

서울 시내의 주요 교통수단은 전차였는데 잦은 정전과 파업으로 거의 마비 상태여서 말이 끄는 역마차가 주요 교통수단이 되었다. 그리고 군 트럭을 버스로 사용하였다.

월남하여 우리 가족이 정착한 곳은 동숭동의 낙산 자락이었다. 국민 학교 1학년이던 나의 일과 중 제일 중요한 것은 혜화동 신학대학 마당 의 우물에서 물을 길어 오는 일이었다. 그리고 산에서 도토리를 주어 식량에 보태는 일, 배급받은 백두산 담배를 들고 나가 길에서 파는 일 이 일과의 일부였다.

학교에서도 어려움이 많았다. 종이와 연필이 없어 필기를 할 수 없었 고, 갑자기 늘어난 학생을 수용할 수 없어 복도와 층계까지 교실로 썼다. 대부분의 집이 온 가족이 일해야 하루 두 끼 정도 먹고 살 수 있었다.

해방은 우리 민족 전체로 보면 축복이었으나 그 기쁨을 누리기에는 백성들의 삶이 너무 고달팠다. 그 시대를 살아온 국민들이 고생을 모 르고 자란 젊은 세대의 '배부른 불평'을 못마땅해 하는 것은 해방과 6·25전쟁 때의 쓰라린 경험 때문이다.

3. 새 정치질서 주도를 위한 정치 투쟁

소련 점령 지대였던 북한에서는 소련 점령군의 주도로 공산정부를 세우는 작업이 순조롭게 진행되어 큰 정치적 혼란은 없었다. 점령 초기 에 중학생들을 중심으로 한 저항으로 신의주 학생사건, 함흥 학생사건 등이 있었으나 무력으로 진압당하여 더 확대되지 못했다. 그리고 점령 군의 철저한 탄압으로 공산당 이외의 어떤 정치 단체도 출현할 수 없었다. 소련 점령군은 점령 초기 모양을 갖추기 위하여 민족적 추앙을 받던 조만식(曹晩植) 선생을 앞세워 조선민주당을 결성하게 하여 과도적 정부에 참여 시켰으나 몇 달 만에 조만식 선생 등 지도자들을 연금하고 당을 공산당 요원이 장악하여 이름만 남겼을 뿐이었다. 소련 점령군의 이러한 정치적 통제를 피하여 해외에서 귀환한 동포들은 거의 모두 남한으로 몰려왔다.

미군 점령군은 점령 지역에서 최대한의 정치적 자유를 허용하는 점령 정책을 실시하였다. 다양한 정치 세력을 모두 포용하여 모든 국민의 단합된 의지를 도출하여 민주정부를 만드는 기초를 닦으려 했다. 다만, 민주체제 자체를 부정하고 파괴하려는 조선공산당만은 불법화하고 활동을 억제했다.

일제강점기의 독립운동은 주로 해외에서 전개되었다. 일본의 탄압이 워낙 강하여 국내에서의 독립운동은 사실상 불가능하였다. 지하 조직으로 남아 활동하던 공산당만이 눈에 보이지 않는 운동을 해왔을 뿐이었다. 대한제국이 붕괴될 때 해산당한 군대는 의병활동을 하다 해외로 망명하여 만주 등에서 무장투쟁을 벌였고 1919년 기미독립만세운동을 주도했던 민족 지도자들은 소련, 중국, 만주, 미국 등지로 나가 해외에 독립운동 거점을 구축하고 활동했다. 1919년 상해에 세운 대한민국임시정부가 대표적인 독립운동 거점이 되었다. 소련혁명 때 시베리아에서 출범한 한인사회당 등 독립운동단체도 임시정부에 합류하고 미국에서 활동하던 이승만 박사 등도 참여하여 독립운동의 대표적 기구로 발전하였다.

중국 중부 지역에는 김구(金九) 선생이 주도하던 임시정부 외에 김원봉, 김규식 등이 만든 조선민족혁명당이 있었고 이들은 조선의용대라는 군대 조직도 만들었다. 이에 대항하여 김구 선생은 이시영, 조완구 등과 한국국민당을 조직하였다. 중국과 만주에서 활동하던 공산주의자들은 대부분 중국공산당의 당원이 되어 중국공산당의 통제 아래서 항일투쟁을 벌였다. 이 중 무정(武亭)은 중공군의 포병 부대장으로 활동하였다. 중국 내의 공산주의자들은 화북(華北) 조선독립동맹을 결성하여 김두봉 주석의 지휘 아래 조선의용군을 창설하였다.

만주에서 활동하던 독립운동 인사들은 중국공산당 만주성위원회에 가입하고 중국공산당이 조직한 동북항일연군(東北抗日聯軍)에 편입되었다. 김일성(金日成)은 동북항일연군 제3사장(師長, 중대장급)으로 참가하였다.

미국에서의 독립운동은 교포들이 중심이 되어 전개되었다. 이승만 박사는 대한민국민회를 만들어 활동하였으며 각 지역에 흩어져 있던 한인독립운동단체를 하나로 묶어 재미한족연합위원회를 결성하고 상해 임시정부와 합의하여 워싱턴에 임시정부의 주미외교위원부를 설치하였다. 미국에도 좌파운동단체가 생겨나서 조선민족혁명당 미주총지부가 설치되었다.

이러한 다양한 해외 독립운동단체들은 해방과 더불어 모두 국내로 들어 왔다. 이 중에서 동북항일연군에 참여했던 김일성 등은 소련으로 망명하여 소련군에 편입되었다가 소련군이 북한에 진주할 때 함께 귀국하여 북한에 공산정권을 수립하는 일의 주역을 맡았다. 김일성 등은 해방과 더불어 재건된 조선공산당 세력을 흡수하여 북한 정부 수립에 활용하였으며 일부는 한국 내의 지하 조직으로 남겨 남한 내의 정치 투쟁에 앞장서게 하였다.

공산당 이외의 해외 독립운동 지도자들은 거의 전부 미군 점령 지역인 남한으로 귀국하였다. 김구 선생 등 임시정부 지도자들과 이승만 박사와 같은 재미독립운동 지도자들이 차례로 귀국하여 서울에는 다양한 정당들이 창당되었다. 국내에 있던 여운형(呂運亨)은 건국준비위원회를 만들었고 우익정치 세력은 한국민주당을 결성하였다. 해방 후 미군이 진주하기까지 3주 동안 수십 개의 정당이 새로 생겨났다. 1945년 10월 중순에 귀국한 이승만 박사는 독립촉성중앙협의회를 만들었다.

정당 외에 일본군에 참가했던 인사들과 중국국민당 군대에서 활동하던 인사들, 그리고 만주국 군대에서 활동하던 인사들도 귀국하여 정치 세력을 이루었다.

다양한 지역에서 다양한 활동을 하던 지도자들은 각각 정치 단체를 만들어 장차 독립 국가를 세울 때 주도권을 장악하기 위한 투쟁을 벌였다. 그 결과로 해방된 한국 사회는 정치 투쟁의 각축장이 되었다.

4. 해방으로 열린 건국의 길

해방으로 한반도와 한국민은 일본제국으로부터 분리되었다. 그리고 승전연합국의 합의로 독립 국가를 건설할 수 있는 권리를 부여 받았다. 건국의 길이 열린 것이다.

해방 당시 한국민은 일본이 행사하던 통치권을 인수할 수 있는 망명

정부를 가지지 못했다. 해외에 다양한 독립운동단체가 있었으나 어느 것도 국제사회에서 망명정부로 인정받지 못했기 때문이다. 상해 임시정부는 정부 형태를 가진 조직체였으나 한국 국민을 통치한 경력이 없고 주권자였던 대한제국이나 국민들에게서 통치권을 위임받은 조직이 아니고 직접 한반도를 영토로 관리한 적이 없다는 이유로 중화민국과 미국 정부조차도 망명정부로 인정해주지 않았다.

그러나 대한민국 건국은 국내외에서 꾸준히 투쟁을 전개해온 독립운동단체들의 노력을 평가한 승전연합국의결정으로 '일정한 절차를 밟아 독립 국가를 건설하도록' 기회를 부여 받음으로써 이루어졌다는 점에서 우리가 성취하여 이룬 쾌거였다. 전승국의 결정으로 이루어진 해방이 없었다면 우리는 대한민국을 우리 손으로 만들 수 있는 기회를 잡을 수가 없었을 것이다.

대한민국은 수천 년 독립 국가를 이루고 살아온 우리의 역사 속에서 다듬어진 국민들의 자주독립 의지와 몇 십 년 동안 해외에서 목숨을 걸고 독립 운동을 펴온 지도자들의 노력, 그리고 미국 등 승전연합국들의 호의로 이루어진 나라이다.

분단의 충격 | 38선의 남과 북

1. 민족적 비극의 단초가 된 분단

해방과 더불어 한국은 북위 38도선을 경계로 소련군 점령 지역과 미군 점령 지역으로 나뉘었다. 그때 한국 사람들은 그 분단이 어떤 의미를 가지는지 미처 몰랐다. 더구나 그 분단이 70년 동안 한국민에게 이렇게 큰 고통을 주게 될지는 더욱 몰랐다.

일본 식민지였던 한국은 미국 등 제2차 세계대전 승전국들의 전후처리 방식을 협의하던 카이로회담(1943년)과 얄타회담(1945년)에서 '적절한 절차를 거쳐 독립하도록' 해주기로 합의함으로써 해방되었다. 종전 직전 미국과 소련이 일본군 무장해제를 분담하기 위해 38도선을 경계로 소련군과 미군이 분할점령하기로 한 결정은 독립 준비를 위한 '적절한 절차'의 일부여서 한국민들은 잠정적, 행정적 분할로만 이해했을 뿐이다. 그래서 소련군과 미군이 점령지에서 실시한 군정은 식민지 상태에서 독립국으로 옮겨가는 과도적 조치로 받아들였다.

한국민이 몰랐던 것은 소련의 전한반도에 단일 공산국가를 세워 자기들의 위성국으로 만들려는 구상이었다. 소련군이 유럽에서 점령 지역에 모두 공산국가를 세워 위성국으로 만든 후 비로소 한국민은 북한에 공산국가를 세우고 이를 앞장 세워 남한까지 흡수하여 통일된 위성국으로 만들려는 소련의 계획을 알았다.

분단은 우리 민족이 스스로 해방을 쟁취하지 못한데 대한 형벌, 그중에서도 가장 심한 극형이었다. 해방의 감격도 무색하게 만들었을 뿐만 아니라 나라 만들기, 나라 가꾸기, 나라 지키기 모두를 어렵게 만든 원죄(原罪)였다. 그리고 그 시대를 살던 한국민, 그리고 그 자손에게까지 엄청난 비극을 안겨준 족쇄였다.

남북 분단은 한국 사회 내에서 종교, 인종, 언어 등의 분열 요소에 의하여 이루어진 내생적 분단이 아니고 제2차 세계대전 승전국인 미국과 소련의 결정으로 이루어진 외생적 분단이다. 그리고 일본군 무장해제를 나누어 한다는 단순한 행정적 분단에서 시작되었으나 미·소 냉전이라는 전지구적 진영대결과 연계되어 정치적 분단, 이념적 분단, 국제 관계의 분단으로 발전하여 국가 체제도 갖추지 못한 한국 국민들은 저항할 수도 없는 분단이었다.

역사 교과서에는 전쟁 종결 과정에서의 군사적 편의로 이루어진 간단한 결정으로 기록되고 있지만 한반도에 살고 있는 한국 국민들에게는 엄청난 혁명이었다. 특히 38도선 이북에 살고 있던 국민들에게는 모든 삶의 기초가 허물어진 청천벽력 같은 충격이었다.

1차로, 삶의 공간이 하루아침에 뒤집혔다. 북위 38도선이라는 지도상의 선에 따라 통행, 통신이 차단되었다. 하나의 삶의 단위로 작동하던 공간을 인위적 선으로 갈라놓아 남북한 지역에 흩어져 생업에 종사하던 사람들 간의 소통을 막아버렸다. 가족도 갈리고 학교, 직장도 차단되고 길도 막히고 물류도 막혔다.

남쪽에서는 일본통치 시대의 행정체계가 그대로 유지되어 일본 관리들이 떠난 자리에 미군 장교와 한국 관리가 대체되어 그런대로 매일 매일의 공공질서는 유지되었으나 북쪽에는 '인민위원회'라는 낯선 조직이 새로 들어서면서 모든 행정체계가 허물어졌다. 모든 법체계도 허물어졌다. 친숙했던 질서는 사라지고 소유권을 포함한 모든 기득권도 사라졌다. 온 사회가 혼돈의 무질서 상태로 되었다.

분단은 이렇게 한국 국민들의 친숙했던 삶의 양식을 흩어 놓았다. 적어도 38도선 이북에 살던 한국인들은 해방의 감격보다는 무질서의 공포, 앞길을 예측 못하는 절망, 그리고 삶의 수단을 잃은 궁핍의 고통을 겪게 되었다. 모든 것을 무에서 다시 시작하는 환경에 내몰렸다.

시간이 흐르면서 나누어진 두 개 지역에 생겨난 무질서의 사회에 서서히 새 질서가 들어서기 시작했다. 이북의 경우 소련 점령군이 새로 만들어가는 질서 속에서 새로운 삶의 양식이 자리 잡아가기 시작했다. 그리고 새 질서에 적응할 수 없었던 '교육받은 중산층' 이상의 도시민과 농촌의 지주들은 친숙한 삶의 양식을 유지하고 있던 남쪽으로 내려 왔다. 생활공간의 분단은 결과적으로 한국 사회를 수직적인 계층 간 분단으로 발전하게 된다. 북쪽에는 가난한 노동자들과 소작인 등이 남고 남쪽에는 중산층 이상이 다수가 되는 현상으로 이어진 것이다.

남북 간의 지리적 분단은 소련 점령군에 의하여 북한에 공산정권이 들어서고 남쪽에는 미군정을 거치면서 미국식 민주주의 정부가 서게 되면서 정치적 분단, 이념적 분단으로 발전하였다. 한국 국민이 주체적으로 '나라 만들기'를 할 수 없었던 시대 상황에서 남북이 이념을 달리 하는 두 개의 정치 단위로 분단된 것은 피할 수 없는 역사 흐름이었다. 남쪽에서 공산 이념에 동조하던 지식인들은 북으로 갔고 북한의 공산정권이 탄압했던 기독교 지도자들과 자유민주주의 이념을 수용했던 지식인들은 남으로 내려옴으로써 남북 간의 정치적 분단은 더욱 촉진되었다.

생활공간의 분단이 정치적 분단으로 발전해오던 남북 분단은 해방 5년 만에 6·25전쟁이 일어남으로써 돌이키기 어려운 민족 분단으로 발전하였다. 북한 인민군이 점령했던 남쪽 지역에서의 '반동학살'은 남쪽 주민들에게 북한 공산주의자들에 대한 용서할 수 없는 적개심을 심어 주었고 한국군이 북한 지역으로 북진했을 때의 보복으로 북한 주민들은 남쪽 동포들에게 깊은 원한을 품게 되었다. 분단은 생활공간의 분단에서 시작되어 정치 분단으로 깊어졌고 다시 전쟁을 통하여 민족 분단으로 심화되었다. 이러한 분단이 70년 지속되면서 단절된 남북한 사회는 점차로 생활양식을 달리하는 두 개의 서로 다른 민족 집단으로 발전하여 통일의 과제를 어렵게 만들고 있다.

해방은 분단으로 이어지면서 한국 국민들에게는 감격보다 더 큰 시련을 가져다주었으며 대한민국 70년사를 '북한과의 대결'이라는 긴장 속에 묶어 놓았다.

남북 분단은 남북한에 이질적 정치체제가 들어서면서 통합 불능의 정치 분단을 가져 왔다. 정치체제의 핵심은 공동체를 하나의 정치 단위로 만드는 기본 가치 체계이다. 전체주의-전제주의적 레닌주의 공산체제로 발전한 북한정치체제와 사회 구성원 개개인의 인권이 보장된 자유를 보장하는 것을 목적으로 하는 자유민주주의적 가치를 기본 이념으로 하는 남한의 민주공화정치체제는 추구가치가 상호 모순 관계에 있기 때문에 타협 불가능한 체제 이질성을 가지게 된다. 지난 70년 동안 남북한 간에 공존 합의가 이루어지지 못한 것은 바로 이러한 정치 이념의 상극성 때문이다.

해방 당시 잠정적인, 편의적인 분단이 결국은 한국민에게 헤어나기 어려운 고통을 안겨 주었다.

2. 월남이라는 민족대이동

북한에 살던 한국인은 해방과 분단 반년이 되던 1946년 봄쯤에는 분단의 의미를 깨닫기 시작했다. 북한에 살던 한국인들은 소련 점령군이 도입한 새로운 질서가 일본 통치체제보다도 더 가혹하고 적응하기 어려운 것이라는 것을 알게 되었다. 특히 공산체제가 적대시 하는 지주, 자산가, 교육받은 지식인들은 북한 사회에서 살아남기 어렵다는 것을 깨달았다. 이들은 모두 자유로운 사회로 알려진 38도선 이남의 미군 점령지역으로 탈출하기 시작하였다. 이것이 이른바 월남(越南)이었다. 월남이란 38도선 이북(以北)에서 이남(以南)으로의 피난을 말한다.

우리가족도 1946년 2월 하순에 월남했다. 어머님이 우리 형제 다섯을 데리고 2월 26일 함흥을 떠났다. 함흥역에서 남쪽으로 가는 화물차의 비료 가마니 위에 올라 함흥역을 떠났다. 큰 형은 함남중학교 2학년생, 둘째 형과 셋째 형은 치마대국민학교 6학년과 4학년생, 내가 1학년생, 그리고 여자 동생은 두 살짜리 어린애였다.

기차는 한밤중에 경원선 세포역에 도착했다. 기차는 눈이 1미터나 쌓인 산골역에 서서 더 이상 움직이기 않았다. 새벽녘에 소련군 트럭, 장갑차 등을 실은 화물차가 들어왔다. 피난민들은 이 차에 올라탔다. 소련 경비병이 총으로 때리며 기차에 오르지 못하게 했다. 그래도 차에 올랐다. 그 기차는 다음날 아침 복계역에 도착했다.

복계에서 돈을 받고 38선을 안내해서 건너 주는 직업안내원을 만나 수십 명이 한탄강을 건넜다. 목숨을 건 탈출이었다. 3월 1일 낮에 이남 땅을 밟았다. 미 헌병이 피난민들을 데려다 화물칸에 실었다. 저녁이 되어 청량리역에 도착했다. 이남에서의 피난민 생활의 시작이었다.

이남은 별천지였다. 이북 같은 긴장이 없었다. 첫 3·1절을 맞이하여 전차들이 태극기와 꽃으로 장식한 채 오가고 있었다. 그러나 피난민들에게는 새로운 고생의 시작이었다. 갈 곳도 없고 가진 돈도 없고……막막한 나날이었다.

다행히 나는 미리 서울에 와 계시던 아버님을 만나 동숭동 낙산 밑에 자리 잡고 서울 생활을 시작했다. 치열한 생존 투쟁의 시작이기도 했다.

피난민이 본 서울은 혼란스러웠다. 전차와 마차가 시내를 누비고 사람들이 넘쳐 났다. 매일 쏟아져 들어오는 월남 피난민들과 일본 등지에서 귀국한 귀환동포들로 하루가 다르게 서울은 커졌다. 식량배급소, 시장, 학교 어디에 가도 사람, 사람이었다. 학교마다 학생이 넘쳐 복도, 층계까지 교실로 썼다. 나는 창경국민학교 1학년생이 되었다.

거리에는 거의 매일 학생 데모가 있었다. 1945년 12월에 있었던 모스크바 3상회의(미국, 소련, 영국 외무장관회의)에서 한국의 신탁통치가 결정되자 이를 찬성하는 공산당과 이를 반대하는 민족진영 간의 투쟁, 그리고 1947년 유엔결의에 의한 선거를 감시하기 위한 국제연합한국임시위원단을 환영하는 집회와 반대하는 집회…… 이어서 선거가 가능한 지역인 남쪽에서 우선 독립 국가를 세우자는 단정 지지자와 이를 반대하는 사람들 간의 투쟁 등이 계속되었다.

암살사건도 연이어 일어났다. 여운형, 송진우, 장덕수, 그리고 나중에 김구 선생까지 암살되었다. 암살미수사건도 많았다. 이런 와중에서도 사람들은 생존을 위한 투쟁을 활발히 벌였다. 나도 담배를 길에서 팔았다.

남한에서의 미군 군정은 1948년 대한민국 건국까지 지속되었지만 보통 한국 국민들에게는 미군이 별로 눈에 띄지 않았다. 치안도 한국 경찰이 담당했다. 행정 조직도 해방 전과 같은 도, 시, 군, 면, 리 사무소가 담당했었다.

분단 1년도 되지 않아 남북한 사회는 이미 다른 세상이 되었다.

고난의 시작 | 한민족 두 나라

1. 세 번에 걸쳐 깊어진 분단

해방과 함께 이루어진 남북 분단은 전 지구적 진영 대결로 발전한 냉전과 연계되면서 점점 더 깊어져 갔다. 제2차 세계대전 종결 과정에서 한반도에서의 일본군 무장해제를 조기에 달성한다는 편의를 내세우고 이루어진 미군과 소련군의 분할점령이라는 단순한 작전 지역 분할이라는 공간 분단에서 시작된 남북 분단은 냉전의 전개 과정에서 공산진영과 자유민주진영의 중심 국가이던 소련과 미국이 자국 점령 지역에 각각 조선민주주의인민공화국이라는 공산국가와 대한민국이라는 민주국가를 세움으로서 남북 분단은 정치 분단으로 발전하여 하나의 한민족 사회를 두 개의 적대적 국가로 나누어 버렸다. 이로서 단순 공간 분단이 정치적 분단으로 깊어졌다.

냉전이 심화되면서 공산진영과 민주진영의 최전방에 놓이게 된 북한과 한국은 6·25전쟁이라는 국제전쟁의 주역을 맡게 되면서 양측 국민들 간에 돌이키기 어려운 증오심을 심어주어 남북 분단 또한 민족 분단으로 심화되었다.

6·25전쟁은 통상의 국가 간 전쟁(inter-national war)이 아닌 민족 내부 전쟁(intra-national war)이어서 전쟁 피해가 어느 전쟁보다 컸다. 국가 간의 영토나 경제적 이익을 위한 무력 충돌에서는 영토의 부분 상실이나 경제적 손실로 전쟁 피해가 한정될 수 있지만 정치이념과 정치체제 수호를 위한 전쟁인 6·25전쟁에서는 온 국민이 전쟁 당사자가 되어 민간인 피해가 전투원 피해보다 훨씬 컸다. 점령 지역에서 이념을 달리하는 민간인 학살이 대규모로 진행되어 한민족 사회는 서로간의 증오심과 적개심이 쌓인 두 개의 집단으로 분열되었다. 6·25전쟁으로 심어진 민간 간의 증오심은 그 후 남북한의 화해-협력을 모색하는 모든 노력을 무력하게 만드는 요소로 남았다.

6·25전쟁의 민간인 희생자는 약 300만 명으로 어느 가정이나 한 두 명 이상의 가족을 잃은 셈이어서 전쟁 종결 후 60년이 지나도 그 상처는 지워지지 않고 있다.

2. 동포여야 할 적

대한민국을 지키고 키워온 지난 70년 동안 국가발전 목표 설정에서 가장 큰 걸림돌이 되었던 것은 대북한 관계를 바로 정립하는 작업이었다. 우리에게 북한은 어떤 존재이며 어떻게 다루어야 하는가가 가장 결정하기 어려운 과제였다.

분단 초기에는 북한에 대한 국민적 인식이 통일되어 있었다. 남북한 주민은 어제까지 하나의 민족공동체를 이루어왔던 동포이고 북한 땅은 우리가 어제까지 생활공간으로 삼았던 우리 땅이었다. 분단이라는 비정상적인 상태를 극복하고 하루 빨리 분단 이전 상태로 모든 것을 되돌려 놓아야 한다는 생각이 우리 국민들의 일치된 생각이었다. 남북통일은 우리 민족의 최대의 과업이라는 인식을 우리 국민들은 다 같이 공유하였었다.

그러나 6·25전쟁을 치루고 전쟁을 일으켜 우리에게 끔찍한 피해를 준 북한 정권에 대한 증오심이 높아진 상태에서 북한 정권의 죄악을 용서하고 함께 민족사회통합을 협의하려는 생각을 우리 국민들에게 요구할 수 없었다. 북한군과 북한 정권의 실체를 직접 보고 겪은 한국민들은 하루 빨리 '북진통일'을 이루어 북한 정권 밑에서 고통 받는 북한 동포를 구해야 한다는 생각뿐이었고 이런 생각이 국민들의 공통 인식이었다.

이때의 국민감정을 정리하면 북한 정권에 참여하고 있는 자들은 '동포'가 아닌 '동포여야 할 적'이어서 타도 대상일 뿐이었다. 북한 정권과 북한 주민을 구분하는 한국민의 의식은 이때부터 굳어졌다. 그리고 휴전 이후에도 북한 정권이 대남 무력도발을 계속하고 한국 사회 내에 특수요원들을 보내 각종 테러와 정치 투쟁을 벌이면서 북한 정권에 대한 남한 거주 한국민의 적대 의식은 점차로 더 굳어졌다.

북한 정권과 북한 주민을 나누어 인식하는 한국민들의 대북 인식은 70년 동안 한국의 대북 정책을 어렵게 만드는 가장 풀기 어려운 모순적 조건으로 작용하였다. 그리고 국내 정치에서도 끊임없는 정쟁(政爭)

을 불러 온 원죄적 고통이 되었다.

냉전체제가 허물어지고 전 세계가 화해와 협력질서의 길로 들어서던 1990년 초에 한국 정부도 북한 정권과 화해와 협력을 모색하기로 하고 북한과 역사적인 「남북기본합의서」를 체결하였다. 「남북사이의 화해와 불가침 및 교류협력에 관한 합의서」(1991. 12. 13 서명)를 작성할 때도 합의서 초안을 작성하는 과정에서 가장 고심했던 부분이 북한 정권의 성격을 어떻게 규정할 것인가 하는 것이었다. 오랜 숙의 끝에 1970년의 동서독 간 기본 조약을 참고하여 "쌍방 사이의 관계가 나라와 나라 사이의 관계가 아닌 통일을 지향하는 과정에서 잠정적으로 형성되는 특수관계"로 규정하였다. 독일이 만들어낸 '특수관계(besondere Beziehung)'라는 개념을 원용하였다. 북한 동포는 한국 국민과 같은 '한민족 성원'이나 현재 남북한에 두 개의 국가가 존재한다는 현실을 인정한다는 뜻을 담은 것이다. '한민족 두 나라'의 특이한 현실은 대한민국이 국내외 정책을 결정할 때 항상 따라다니며 어려움을 주는 족쇄가 되었다.

3. 대외정책에서도 벗을 수 없는 짐

냉전 시대의 특수한 국제정치 질서 속에서 이루어진 남북한 분단은 냉전 종식 후에도 계속 한국 정부의 국제사회에서의 활동에서 운신의 폭을 제약해 왔다. 남북한은 탄생할 때에 뿌리가 내렸던 각각의 소속 국제사회, 즉 이념 중심으로 나뉜 국가집단이 달랐기 때문에 지금까지도 그 틀을 벗어날 수 없기 때문이다.

북한은 냉전 때의 공산진영의 맹주이던 구소련이 만들어낸 1당지배의 공산전제주의국가이다. 그리고 6·25전쟁에서 궤멸 직전에 중국이 살려낸 국가이다. 그리고 전쟁 복구 과정에서 구동독을 비롯한 동유럽 공산국가들의 도움을 크게 받았던 나라이다. 북한은 이러한 역사적 연대를 바탕으로 지금도 공산당 1당지배 체제를 유지하는 중국의 가장 가까운 맹방으로 남아 있다.

한국은 반대로 냉전 시대 자유민주주의 진영의 맹주이던 미국의 후원으로 만들어진 자유민주주의공화국이다. 그리고 6·25전쟁에서 전 세계의 모든 민주국가들의 지원을 받아 중공군의 지원을 받는 북한군과 싸웠다. 뿐만 아니라 대한민국은 자유민주주의를 국가 기본 이념으로 하는 나라로 전 세계의 민주국가와 이념을 같이 하는 나라로서 이들 민주국가들과 함께 하나의 범세계적인 민주국가 공동체(one world community of democratic states)를 만든다는 계획에 동참해 왔다.

한국은 북한과 이념 및 동맹체계를 달리하고 있어 북한의 우방들인 사회주의-전제국가와의 협력에 많은 제약을 받고 있다. 특히 한국에 제일 가까운 거리에 있는 중국과의 협력 관계 수립에 큰 어려움을 겪고 있다. 한국은 냉전이 지속되던 시기에는 북한의 우방국인 구소련과 중국, 그리고 동유럽의 여러 공산국가들의 방해로 국제연합에도 가입할 수 없었다.

냉전이 끝난 후에도 북한과 동맹 관계를 유지하고 있는 중국의 방해로 북한의 호전적 행위에 대한 국제적 제재를 도출하는데 어려움을 겪고 있다.

남북 분단은 국제사회에서 활동 범위를 넓히려는 한국의 노력을 크게 제약하고 있다. 분단은 지금도 한국의 대외정책 전개의 족쇄가 되고 있는 것이다.

4. 민주정치 발전의 족쇄가 된 분단

민주주의 정치체제는 공동체 내의 다양한 구성원을 하나로 아우르는 정치체제이다. "다양성을 하나로(e pluribus unum)"는 민주정치의 지향 목표이다. 구성원 모두의 국민으로서의 격(格)의 동등을 보장하고 이들이 내어 놓는 다양한 요구를 타협을 통하여 하나의 통합된 공동체 의지로 묶어 내는 정치가 민주정치이다.

민주주의는 다양한 사상과 추구 가치를 가진 공동체 구성원들도 공동체 이익을 위해서는 일정 부분 자기의 주장을 양보할 수 있는 관용(寬容)과 양식(良識)을 가지고 타협 결과에 승복한다는 게임 규칙을 존중할 때에만 작동하는 정치체제이다. 그런데 이러한 기초적 민주주의 원칙 자체를 부인하는 구성원들이 생겨나면 민주주의 정치는 순조롭게 작동할 수 없다. 민주주의는 성숙된 시민들의 협의 질서이다. 민주주의 원칙을 지키지 않는 구성원들이 존재하는 경우에는 민주주의 정치는 작동하지 못한다.

남북 분단은 한국 사회 내에 민주주의를 부인하는 친북(親北)의 구성원을 양성하는 결과를 가져와서 건국과 더불어 새로 도입한 미숙한 민주주의를 반듯하게 키워 가는데 큰 어려움을 가져다주었다. 1당지배의 계급 독재를 국가 기본 이념으로 하는 북한이 그 동조 세력을 한국 사회에 양성해왔기 때문이다.

북한은 철저한 폐쇄 사회이고 체제 이념에 반대하는 구성원을 억압하는 전체주의-전제주의국가여서 한국은 민주주의 이념을 북한 주민에게 전파할 수 없으나 북한은 개방된 민주사회인 한국 내에 북한 정치이념을 자유롭게 전파할 수 있어 정치전을 펼쳐 한국의 민주정치체제를 분쇄할 수 있으며 이러한 비대칭적인 경쟁 조건을 이용하여 북한은 분단 초기부터 한국의 민주정치체제 발전을 조직적으로 방해하여 왔다. 북한 정권은 1948년 대한민국 건국 과정에서 선거를 방해할 목적으로 제주 4·3폭동을 위시하여 다양한 테러를 자행하였으며 6·25전쟁 이후에도 수많은 합법, 비합법 투쟁을 펴왔다. 뿐만 아니라 정부의 주요 정책 수립 과정에 대규모 반대 운동을 편다든가 다양한 지하 조직을 구축하여 민주정치의 정상 가동을 방해해왔다.

남북한 분단선이던 38선은 남북한 두 사회 사이의 반투과성막(半透過性膜) 역할을 해왔다. 공산주의자들이 북한에 노동자-농민만을 지칭하는 인민계급의 독재체제를 세우고 유산자와 교육받은 중산층을 탄압하기 시작하자 이들은 생존을 위해 남한으로 넘어 왔다. 북한에는 북한 체제에 적응하려는 프롤레타리아 계급만이 남게 되고 반대로 한국 사회는 중산층 이상의 계층에 속하는 유산자 계층이 늘어나고 여기에 일본, 중국 등지에서 해외교포가 귀환함으로써 다양한 계층의 민족 성원으로 이루어진 복합계층 사회가 되었다. 분단은 결과적으로 한민족 사회를 수평적으로만 분단한 것이 아니라 계층을 나눈 수직적 분단을 가져온 셈이다. 이러한 사회계층 구조 변화로 남북한 사회는 사회 구조적으로도 이질화 되었다. 그리고 다양한 배경을 가진 사람들로 구성된 복잡한 사회 구조 때문에 어려운 타협 과정을 거쳐서 공동체 질서를 만들어 가야 하는 부담을 남쪽 사회에 안겨 주었다.

한국 국민들은 이러한 어려운 조건 속에서 민주공화국 만들기를 시작했다.

제 2 장

대한민국 건국
우리 손으로 만든 첫 민주공화국

02

대한민국 건국
우리 손으로 만든 첫 민주공화국

해방 전에 한국의 해방이 곧 이루어지리라 예상했던 사람은 극히 드물었다. 해외에서 독립운동을 하던 사람들이나 국제정세를 전문으로 연구하던 극소수의 지식인들 외에 대부분의 한국인들은 해방을 예상하지 못했다. 더구나 승전연합국의 결정으로 해방이 이루어지고 일본관리 대신에 승전연합국 군대가 군정을 하게 되리라고는 생각할 수 없었고 해방과 동시에 남북한이 나뉘게 되리라는 것은 상상도 못했다.

한국 국민은 공화국을 만들어 통치해 본 적이 없었다. 민주공화국이 어떤 정치체제인지 정확히 이해하는 국민도 많지 않았다. 이러한 상황에서 새 나라를 만든다는 것은 쉽지 않은 일이었다. 더구나 북한을 점령하고 있던 소련이 전한반도에 공산주의를 통치이념으로 하는 소련 위성국을 만들기 위해 남한의 단독 정부수립을 집요하게 반대하던 때여서 그 방해를 이겨내고 민주공화국을 만든다는 것은 대단히 어려운 일이었다.

이러한 어려운 환경에서 우리 지도자들은 대한민국 건국을 이루어냈다. 이승만 초대 대통령 등의 민족 지도자들의 탁월한 영도력으로 한국 국민들은 스스로 제헌국회의원을 선출하고 당당한 민주공화국, 대한민국을 만들어냈다. 대한민국 건국은 기적에 가까운 일이었다. 한국 국민들은 이 기적 같은 나라세우기를 해냈다.

제2장에서는 해방에서 대한민국 건국까지 3년간의 역사를 정리한다.

해방 공간 3년 | 미군정 하의 정치적 혼란

해방부터 건국까지의 3년간은 치열한 정치 투쟁 시기였다. 특히 좌우 대립이 심각하여 건국 과정은 순탄치 못했다. 결국 미국의 결정으로 국제연합이 나서서 건국 절차를 마련했다.

1. 미 점령군에 의한 질서 정비

1945년부터 대한민국이 건립된 1948년까지의 3년간은 정부가 없는 정치 공백 기간이었다. 일본의 식민지 지배 기구인 총독부는 해체되었고 이를 대신할 정부는 아직 세워지지 않은 상태였다. 과도기의 질서는 남한을 점령하고 있던 미 점령군의 군정으로 유지되었다. 미군은 군정청을 두고 총독부의 행정 조직을 인수하고 미군 장교들이 이를 맡아 한국인들을 직원으로 충원하여 공공질서를 관리하였다. 미군정 하에서 경찰 조직이 만들어졌으며 후에 국군으로 성장하게 되는 국방경비대도 출범하였다. 도, 시, 군, 면 조직도 재건되었다. 은행 등 공공기관도 미 군정청의 주도로 재건되었다.

각급 학교도 다시 문을 열었다. 국민학교, 중학교는 일본 식민시대의 학교를 그대로 승계하였고 전문학교, 고등직업학교는 대학으로 재편되었다. 해방 전에 있었던 유일의 대학교이던 경성제국대학은 공립의 여러 전문학교들을 흡수·통합하여 경성대학으로 확대·개편되었다가 후에 국립서울대학교가 되었다. 경성고등공업학교, 경성광산전문학교 등은 서울대 공대에 흡수되고 경성고등상업학교는 서울대 상대에, 수원고등농림학교는 서울대 농대로, 경성사범학교는 서울대 사범대학으로, 경성법학전문학교는 경성제국대학 법학부와 합쳐 서울대 법대로 개편되었으며 경성의학전문학교는 서울대 의과대학에 통합되었다.

일본인만 다니던 초·중등학교는 모두 한국인 학교로 새 출발하였다. 경성중학교가 서울중학교로, 부산중학교가 새로운 부산중학교로 출발하는 등 전국적 범위에서 학교 개편-신설 작업이 이루어졌다.

군정청은 북한과 해외에서 몰려 들어온 월남 피난민과 귀환동포들의 구호에 나서서 식량 배급을 실시하였다.

2. 치열한 생존 투쟁과 정치적 무관심

해방 공간 3년 동안 한국민들은 치열한 생존 투쟁에 내몰렸다. 일본인들이 경영하던 모든 산업체는 해체되었고 월남인들과 귀환동포는 살 집도, 일자리도 구할 수 없는 상태여서 하루하루를 살아남는 것이 전쟁이었다. 산의 나무는 모두 땔감으로 잘려 나갔고 산등성이는 모두 판잣집으로 뒤덮였다. 식량도, 식수도 구하기 어려웠고 전기 공급도 끊겼다.

발전 시설은 거의 모두 북한에 있었고 공업 시설도 역시 북한에 집중되어 있어서 남한은 후진 농업국가로 전락하였다. 교통통신체제도 붕괴되었다.

북한에서 내려온 월남인이었던 우리 집의 생존 투쟁도 치열하였다. 배급 받은 소량의 잡곡을 보충하기 위해 산자락에 감자를 심어 보았고 $1km$ 넘는 우물에서 매일 물을 길어야 했다. 신발이 없어 맨발로 등교해야 했고 수업 시간에도 연필이 없어 필기를 못하였다.

이러한 어려운 생활환경에서 일반 백성은 정치에 관심을 둘 수 없었다. 그리고 문맹률이 80%가 넘고 고등교육을 받은 국민이 극소수인 상태에서 국민들의 정치적 자각을 기대하기는 어려웠다.

3. 정당 난립과 정치 투쟁

1945년 해방될 당시 한국에는 새로운 나라를 세우는 일을 담당할 중심적 추동 세력이 없었다. 정당도 시민단체도 없었고 특정 이념을 따르는 조직된 정치 세력도 없었다. 해외에서 독립운동을 하던 조직과 국내에서 지하 조직을 만들어 활동하던 조선공산당 조직만이 있었을 뿐이었다. 이러한 상황에서 새로운 민주공화국을 세우는 건국 운동을 편다는 것은 대단히 어려운 일이었다. 그러나 이러한 어려움을 이겨내고 한국 국민들은 가장 앞선 민주주의 국가의 헌법, 정부 조직을 갖춘 자유민주주의 민주공화국을 만들었다.

해방과 더불어 해외에서 독립운동을 전개했던 정치 지도자들이 대거 귀국했다. 그러나 이 지도자들은 활동 지역이 다르고 이념 정향도 다양하여 하나의 정치 세력으로 뭉치기 어려웠다. 국내에 지하 조직을 가지고 있던 좌파 세력이 해방 직후의 혼란스러운 정치 환경에서 가장 발 빠르게 정당과 정치 단체를 조직하여 제일 큰 정치 세력으로 등장하였다. 그러나 자유민주주의 국가인 미국이 군정을 실시하는 때여서 군정 지도부가 우익 인사들의 활동을 후원하게 됨으로써 정치투쟁은 좌우 대립으로 발전하였다.

해방 직후 온건좌파를 대표하던 여운형이 조직했던 건국 동맹이 주축이 되어 해방 직후 조선인민공화국을 선포하였으나 조선공산당을 재건한 박헌영(朴憲永) 일파가 이를 장악했다. 그러나 미군정청은 조선인민공화국을 인정하지 않았다. 미군정청은 장차 독립 단계에서 자유민주주의공화국을 세울 것을 염두에 두고 미국 유학 경력이 있는 장덕수(張德秀), 조병옥(趙炳玉) 등이 만든 한국민주당을 후원했다. 여기에 상해임시정부를 대표했던 김구 선생이 조직한 한국독립당, 중도우파의 안재홍(安在鴻) 등이 조직한 국민당, 박헌영이 대표하던 조선공산당 등 수많은 정당이 난립하여 서로 치열한 정치투쟁을 벌였다.

1945년 12월 28일 승전연합국인 미국, 소련, 영국 등 세 나라의 외무장관이 모스크바에서 만나 1943년에 카이로에서 합의했던 대로 일정한 절차를 거쳐 한국에 독립국가를 세우기 위한 실천 방안을 합의했다. 모스크바 3상회의의 결의안은 임시정부를 세운 후 5년 이내의 신탁통치를 실시한다는 내용을 담고 있었다. 이 신탁통치 안에 대하여 국제공산당의 지령을 받은 좌파 정당들은 모두 찬성하고 미국에서 귀국한 이승만, 그리고 김구 등 우파 정치인들은 모두 반대하였다. 정쟁은 찬탁과 반탁을 주제로 격화되었다. 한국 내에서 찬탁, 반탁 투쟁이 격렬하게 전개되는 동안 북한 주둔 소련군은 소련군 장교였던 김일성을 앞세워 북한에 임시정부를 수립하고 건국 준비를 진행하고 있었다.

남한 내의 정치투쟁은 민중 폭동, 파업, 군중집회 등의 형태로 격화되어 하루도 평안한 날이 없을 정도였으며 요인암살이 잇따라 많은 정치 지도자들이 희생되었다. 장덕수, 송진우, 여운형, 그리고 김구도 모두 암살당하였다.

4. 국제연합 결정과 단정 결정

남북한을 통합관리 할 임시정부 수립 계획이 미·소 점령군간의 협의 실패로 표류하게 됨에 따라 미국은 한국 독립 문제를 국제연합에 넘겼다. 국제연합은 1947년 11월 14일에 국제연합 감시 아래 남북한 총선거를 통하여 제헌의회를 구성하여 독립국을 만들 것을 결의하고 국제연합한국임시위원단을 편성하여 파견하였으나 북한을 점령하고 있던 소련군의 반대로 북한 내에서의 선거가 불가능해졌다. 이에 국제연합은 다시 1948년 2월에 선거 가능한 남한에서 우선 선거를 통한 독립국가 창설을 결의했다.

남한 단독 선거 결정에 대하여 김구, 김규식(金奎植) 등은 강력히 반대하고 선거에 불참할 것을 선언하였으나 우파와 중도우파의 다수 한국 국민은 이승만의 단정 지지 결정에 동조하였다. 제주 4·3폭동 등 북한의 지원을 받은 좌파의 선거 반대 투쟁에도 불구하고 건국을 위한 총선거는 1948년 5월 10일에 치러졌고 이 선거를 통하여 198명의 제헌 국회의원이 선출되었다. 이 국회에서 헌법이 7월 17일 채택되어 8월 15일 대한민국이 수립되었다.

대한민국 건국 | 처음으로 국민이 만든 나라

대한민국 건국 과정을 좀 더 상세히 살펴보기로 한다.

1. 5·10선거 : 어렵게 이루어진 총선거

남북한을 분할점령하고 있던 소련과 미국의 군정을 종식하고 독립국을 세우려던 미국과 소련의 노력은 두 점령국간의 합의가 이루어지지 않아 답보 상태에 머물러 있었다. 공산당 지배의 친소 통일정부를 세우려던 소련과 남북한 주민 모두가 참여하는 보통·비밀선거를 통하여 하나의 민주공화국을 창설하려는 미국의 의도가 타협될 수 없었기 때문이다. 미국 정부는 1947년 한국통일 문제를 국제연합으로 이관하였다. 국제연합은 1947년 11월 14일 유엔감시 하의 남북한 총선거를 통한 통일정부 수립을 결의하고 '국제연합한국임시위원단'을 파견하였다. 그러나 소련 점령군이 유엔 위원단의 북한 입국을 거부함으로써 유엔 결의를 실천할 수 없게 되었다.

1948년 2월 국제연합 소총회는 다시 선거 가능 지역에서의 선거를 먼저 실시할 것을 결의하고 그 해 5월 10일 남한만의 선거를 치르기로 하였다. 이 결의에 따라 5·10선거가 치러졌다. 당시 남한의 총인구는 1,995만 명이었고 21세 이상의 유권자는 984만 명이었다. 이 중 79.7%가 유권자 등록을 마쳤고 등록자의 92.5%가 투표에 참가하여 198명의 제헌국회의원을 선출하였다. 정원 200명 중 2명은 4·3폭동으로 선거가 어려웠던 제주에서 선거가 연기되어 선출할 수 없었다.

제헌의회는 개인의 기본권을 보장하는 자유민주주의 원칙을 모두 포함하는 민주공화제와 대통령중심제의 정부 권력 구조를 포함한 대한민국 헌법을 제정하고 이 헌법에 의하여 국회에서 대통령을 선출하였다. 대통령 선거에서는 이승만 후보가 180명의 지지를 얻어 초대 대통령에 당선되었다. 이러한 과정을 거쳐 1948년 8월 15일 대한민국이 건국되었다.

대한민국 헌법은 자유민주주의의 표본으로 간주되던 독일 바이마르 헌법이 규정했던 모든 기본권 보장 조항을 다 담은 가장 앞선 민주공화제 헌법이었다. 주권재민의 민주주의 원칙과 자유경제체제의 기본 틀을 모두 포함한 이 제헌헌법은 지난 70년 동안의 헌정사를 관통하면서 모든 헌법의 '불변의 원칙'이 되어 왔다.

대한민국 건국은 우리 민족에게는 역사적, 혁명적 성취였다. 최초로 국민이 국가통치권을 가진 주권자가 되어 직접선거를 통하여 국민의 정부를 창설하였다는 점에서 그러하다.

2. 지도자들의 역할 : 혼란 극복의 영도력

신생독립국의 건국 과정은 모두 험난했다. 경험하지 못했던 새로운 정치체제를 구축하는 과정에서 다양한 집단의 집단이기주의를 극복하는데 어려움을 겪기 때문이다. 한국의 경우도 마찬가지였다.

한국민은 역사상 주권을 행사해 본 경험이 없었다. 군주제의 절대왕조가 지배해 오던 시대에 일반 국민은 다스림을 받는 피치자였을 뿐이었다. 일반 국민이 통치자를 선택하는 주권자로서의 자각이 없는 상태에서 평등·비밀선거를 통하여 정권 담당자를 선출한다는 것은 쉽지 않았다.

더구나 교육 수준이 낮은 경우에는 시민의식을 가지게 하는 일 자체가 어려웠다. 해방 당시 한국 국민 중 초등학교를 포함한 정규교육을 받은 인구는 25%밖에 되지 않았고 문맹률이 80%에 이르렀다. 이러한 국민들을 민주 시민으로 계몽하는 일은 쉽지 않았다.

다행히도 한국의 경우 중학교 이상의 교육을 받은 지식인들의 정치의식이 높아 이들의 활동으로 해방 공간 3년 동안 국민들을 계몽할 수 있었다. 다른 후진 신생국과 다른 조건이었다.

문제는 지도자들 간의 정치투쟁이 심해서 국민의 단합된 의지를 창출하는데 어려움이 많았다는 점이다. 특히 북한에 자리 잡은 공산 세력의 집요한 정치공작과 이에 대응하던 민족진영의 지도자간의 대결이 문제였다. 어려움을 더했던 것은 우파 정치인들 간의 분열이었다. 이승만 등 자유민주주의를 기본 이념으로 하는 민주공화국 건립을 주장하던 지도자들과 북한을 포함한 통일 정부를 세우기를 주장하면서 좌우합작을 위해 남한 단독 정부 수립을 반대하던 김구 등 중도적 민족지상주의자들 간의 대립이 심각하여 국론 통일을 이루기가 어려웠다. 김구 등 중도파의 지도자들은 국제연합 결의에 의한 남한만의 선거를 끝까지 거부하고 5·10선거에도 참가하지 않았다.

이러한 어려운 환경에서 국민들을 계몽하여 국민투표에 참가하게 하고 자손들이 자유와 복지를 누리는 나라, 민주공화국 대한민국을 건국할 수 있도록 만든 것은 위국헌신(爲國獻身) 해온 위대한 민족지도자들의 공이다. 가능한 남반부에서라도 자유민주주의 공화국을 만들 것인가, 북한과 타협해서 하나의 민족국가를 만드는 것이 옳은가에 대하여 의견을 달리한 우파와 중도파의 지도자들 간의 격심한 투쟁이 있었지만 그들의 우국충정은 다르지 않았다. 그들은 단독 정부 수립을 놓고는 극한투쟁을 벌였으나 새로운 나라가 민주공화국이어야 한다는 데는 뜻을 같이 하였다.

북한을 장악한 공산주의자들의 수단을 가리지 않는 방해를 이겨내고 한 번도 경험해 본 적이 없는 민주공화국을 건국한 것은 기적에 가까운 일이었다. 그 기적을 만든 지도자로 우리는 이승만 박사를 잊을 수 없다. 이승만 박사는 임시정부를 이끌어왔던 김구 선생과 함께 온 국민이 추앙해오던 민족지도자였다. 국제정치에 대하여 밝은 안목을 가졌던 이승만이 현실주의자였다면 평생 민족단합을 위해 노력해온 김구는 이상주의자였으나 그 분들의 애국정신에 대해서는 모든 국민들이 존경하고 있었고 그 분들의 영도력이 있어 혼란스러운 정치 환경에서도 건국을 위한 단합된 국민의지를 만들어 낼 수 있었다. 5·10선거에 70% 이상의 국민이 참여한 것은 이들 민족지도자들의 영도력 덕분이었다.

3. 한국 국민의 위대한 결단 : 민주시민 의식의 형성

　5·10선거를 치르던 1948년의 한국 국민들은 민주정치에 대하여 깊은 이해를 하지 못했다. 한 번도 경험해보지 않은 정치체제였고 또한 민주정치에 대하여 배울 기회도 없었기 때문이다. 이러한 국민들에게 가야 할 바른 길을 일러 준 것은 해외에서 귀국한 지도자들이었다. 그리고 해방 후 짧은 기간 동안 북한 공산주의들의 무자비한 폭력 행사를 지켜보면서 한국 국민들은 전제정치에 대한 무서움을 느끼고 있어 '위기 앞의 단결'을 하게 되었다. 특히 동족의 박해를 받고 월남한 북한 탈출 지식인들의 실증적 증언이 국민들의 북한 공산정권에 대한 부정적 인식을 강화시켰다. 교육 받은 중산층 약 100만 명을 주류로 하는 월남민들은 대학 교수, 언론인, 군 간부, 정치단체원으로 활동하면서 국민들의 민주시민 교육을 담당했었다. 이들의 영향이 컸다.

　5·10선거가 치러지던 1948년에 나는 서울 만리동에 있는 봉래(蓬萊)국민학교 3학년 학생이었다. 등굣길에 갑자기 나타난 입간판에 호기심을 가지고 선생님께 질문했다. "'국회의원 입후보 김도연'이라고 쓴 입간판이 갑자기 길에 세워졌는데 이것이 무엇입니까?"라고 물었다. 선생님은 알아보시고 다음날 답해주시겠다고 했다. '국회'란 말도 '입후보'라는 말도 정확히 알 수 없었기 때문이었을 것이다. 그 정도로 한국 국민은 선거, 의회 등에 대하여 잘 알지 못했다.

　국민정치교육은 언론이 담당했다. 언론의 계몽적 기사를 통하여 지식인들이 정세를 파악하고 그 내용을 대중에게 해설하는 과정을 거쳐 국민의 정치의식이 형성되었다.

5·10선거에서 이승만이 조직한 '대한독립촉성국민회'가 55석을 얻어 제1당이 되고 미국에서 귀국한 장덕수, 조병옥, 일본 유학생 송진우(宋鎭禹) 등이 조직한 한국민주당이 29석으로 제2당이 되었다. 안재홍이 조직한 중도우파의 국민당 1석, 김구 선생이 만든 한국독립당이 1석을 차지하고 나머지 83명이 무소속이었는데 이들 대부분은 중도 성향의 인사들이었다. 제헌국회의 의석 분포는 그 당시의 국민들의 정치 성향을 보여주고 있는데 이 분포를 보면 이때 벌써 한국 국민은 민주공화정을 감당할 수 있는 수준의 기초적인 민주시민 의식을 갖추었음을 알 수 있다.

4. 새 역사의 시작 : 민주공화국 건국의 의미

1948년의 대한민국 건국은 그 뒤에 이어지는 대한민국 역사 전개에 방향을 정하는 중대한 의미를 가진다.

첫째로 모든 국민이 주권자라는 '주권재민(主權在民)'의 원칙을 국가 운영의 기본 원칙으로 삼았다는 점에서 큰 의미를 가진다. 왕조시대의 신분제는 영원히 사라졌다. 모든 국민이 국가 정책 결정에 등가참여(等價參與)의 권리를 가진다는 이 원칙은 앞선 민주국가들보다도 앞서는 민주정치체제의 도입을 의미한다. 당시까지 여성참정권을 인정하지 않고 있던 스위스나 인종차별로 선거권을 일부 국민에게 부여하지 않던 미국보다도 앞서는 민주정치를 우리는 처음부터 시작했다.

둘째로 자유민주주의 공화정을 국체(國體)로 선택함으로써 대한민국은 북한과의 관계에서 통일 주도권을 확보하였다. 북한은 레닌이즘을 바탕으로 한 중국공산당의 '인민민주전정(人民民主專政)'을 통치 이념으로 하는 전체주의-전제주의국가이다. 인민민주전정이란 "인민계급 내의 민주주의와 인민계급의 반동 계급에 대한 독재"를 내세우는 계급 독재체제이다. 노동자, 농민, 근로 인텔리만을 인민으로 규정하고 인민들이 다른 계급의 사회 구성원을 지배한다는 정치체제여서 사회를 수직으로 분할하여 통치하는 체제이다. 한국 사회의 '부르주아 계층'에 속하는 국민은 주권자가 아닌 피지배 대상으로 규정했다. 북한은 그 연장선상에서 남북통일도 남북한 인민간의 통일로 규정하고 있다. 그래서 통일 목표도 "남반부 인민의 계급해방"에 두고 있다. 북한의 통일정책은 이런 의미에서 전 민족사회의 통일이 아닌 민족사회의 또 하나의 분열을 의미하는 것이다. 진정한 민족통일은 민족사회 구성원 모두가 공존·공생하는 평화공존체를 만드는 것이라고 한다면 국민 모두가 동등한 주권자 지위를 가지는 자유민주주의 공화정을 국시(國是)로 하는 대한민국이 통일의 주도권을 가지게 된다.

셋째로 자유민주주의공화국인 대한민국은 범세계적으로 자유민주주의가 통치의 기본 이념으로 자리 잡아가는 세계사적 추세에 힘입어 대한민국을 '세계 속의 한국'으로 만드는 길을 열어 주었다. 한국은 이미 미국과 가치동맹을 이루어 포괄적 협력 관계를 구축하였고 몇 개의 전제정치국가를 제외한 세계 모든 나라와 공동 이념을 바탕으로 광범위한 협력 관계를 맺고 있다.

70년 전 세계 최빈국 중 하나로 출발한 대한민국이 반세기만에 세계 선진국 G-20의 일원으로 올라설 수 있었던 것은 대한민국이 자유민주주의공화국으로 출발했기 때문이다. 건국 과정에서 우리 국민이 선택한 위대한 결정이 70년 만에 대한민국을 선진화와 민주화를 함께 이룬 세계질서 주도국의 하나로 만들었다.

새 나라 만들기 | 새 정부, 새 군대, 새 학교, 새 사회질서

1948년 건국과 동시에 한국 국민은 헌법 규정에 따라 정부를 구성하고 군을 창설하였다. 그리고 행정체제도 새로 정비하고 교육제도도 새로 수립했다. 건국 1년 만에 이러한 국가체제의 기본 틀은 다 갖추었다. 발 빠른 나라 만들기였다.

1. 삼권분립의 대통령제의 구축

제헌헌법은 당시의 정치 여건을 반영하여 의원내각제적 타협의 정치와 대통령중심제의 중앙집권제의 효율적 중앙집권 통치가 가능하도록 만들어진 절충적 헌법이었다. 새로 출범한 정부 구성에서는 이러한 헌법 취지가 반영되었다. 이승만 대통령은 상해임시정부에서 활동하던 원로 지도자 이시영(李始榮)을 부통령으로, 그리고 역시 임시정부의 지도자이던 신익희(申翼熙) 선생을 국회의장으로 안배하고 대법원장에 한민당의 김병로(金炳魯) 변호사를 모셨다. 그리고 국무총리로 임시정부의 광복군 참모장을 맡았던 이범석(李範奭) 장군을 임명하였다. 이승만 정부의 초대 내각은 일제강점기 국내외에서 독립운동에 참여했던 지도자들을 고르게 참여시킨 통합내각이었다.

민주정치체제가 안정적으로 정착하려면 정당 제도가 안정되어야 한다. 민주정치는 다양한 생각과 이해관계를 가진 국민들의 요구를 정치적 타협을 통하여 하나의 공동체의 의사로 통합하는 기술인데 이러한 타협을 위해서는 다양한 국민들의 요구를 실천 가능한 정책안으로 묶어서 제출할 수 있는 정당이 자리 잡아야 한다. 민주정치의 전통이 없던 한국 사회에서 정당정치를 안착시키는 일은 쉽지 않았다. 우선 너무나 많은 정당이 출현하였기 때문이다.

대한민국 건국과 더불어 정부와 국회가 정상 가동하면서 다양한 정치 세력들은 큰 정당으로 통합해가면서 점차로 미국과 유사한 양당제로 발전하였다. 이승만 대통령을 지지하던 반공 민주 세력들은 대한국민당을 거쳐 자유당으로 통합되었으며 한국민주당은 민주국민당을 거쳐 민주당으로 성장하였다. 그밖에 진보적인 중도좌파 정치 세력이 진보당으로 통합되었으나 6·25전쟁을 겪으면서 좌파 세력이 탄압을 받게 되면서 그 세력이 약화되었다.

2. 국군의 창설

독립 국가는 자위권을 상징하는 국군을 가져야 한다. 한국군은 미군 군정 때 점령군이 치안을 위하여 창설했던 국방경비대를 모체로 창설되었다. 군정청은 1945년 11월 13일 국방사령부를 설치하고 1946년 1월 15일 서울에 제1연대 A중대를 설치하였다. 그리고 이어서 8개도에 각각 1개 중대씩 창설해나갔다. 이어서 이 중대들을 확장하여 여단으로 증편하여 서울, 부산, 대전에 각각 1개 여단을 주둔시켰다.

1948년 8월 15일 대한민국 정부가 수립된 다음날 정부는 새로 창설된 국방부의 훈령 제1호로 경비대를 국군으로 그 지위를 바꾸었다. 이 당시의 병력 규모는 육군 5개 여단, 15개 연대 5만 명, 해군 6천 명, 등 총규모 5만 8천 명이었다. 이어서 11월 국군조직법을 제정하여 육군편제와 해군편제를 법제화하고 이듬해 10월 공군을 창설하였다.

창설된 국군의 주요 보직은 광복군 출신 장교들이 맡았다. 광복군 참모장을 역임했던 이범석 장관이 국방장관이 되었고 광복군 총사령관이던 이청천(李青天) 장군은 무임소장관으로 군 창설 기획에 참여하였다. 광복군 참장이던 최용덕(崔用德) 장군은 공군 초대 참모총장이 되었다. 군의 각급 지휘관, 참모로는 일본군, 만주군 등에서 군 경력을 쌓았던 장교들이 선발되었다.

1949년 6월 29일 주한미군은 한국에서 철수하였다. 한국의 국방을 전담하게 된 한국군은 육군 15개 연대 5만 명, 7천 명의 병력과 4척의 함정을 가진 해군, 그리고 T-6 연습기 10대와 2천 명의 병력을 가진 공군으로 편성되었다.

3. 교육체제 정비

민주정치는 시민의 정치이다. 시민이란 자기 행위에 책임을 지는 사회 구성원을 말한다. 국민의 상당수가 시민이어야 민주정치는 순탄하게 작동한다. 자유민주주의를 국가의 기본 이념으로 삼고 건국한 대한민국의 최우선 과제는 모든 국민을 대상으로 하는 민주시민 교육이었다.

이승만 정부는 교육입국(教育立國)을 내어 걸고 정부의 최우선 과제로 교육체제를 정비하였다. 우선 전국민에게 균등한 교육 기회를 줄 수 있도록 보통 교육을 일원화하였다. 학제를 초등학교 6년, 중고등학교 6년(후에 중학교 3년, 고등학교 3년으로 분리), 대학교 4년의 6-3-3-4제로 일원화하고 이 중에서 우선 초등학교 교육을 전국민이 모두 이수하도록 의무화를 추진하였다. 초등학교의 의무화, 일원화 원칙에 따라 특권층을 위한 특수학교 등의 설치는 허용되지 않았다.

초등교육의 의무화 등을 포함한 교육법은 1949년에 제정되었으며 정부의 집중적 노력으로 1959년에는 아동취학률을 96%까지 끌어올렸다. 문맹퇴치사업도 활발히 추진하여 1945년 78%에 이르던 문맹률을 1958년에는 4%로 격감하였다.

고등교육체제 확충은 이미 미군 군정시대에 시작되었다. 해방 당시 남한에는 대학 1개교(경성제국대학)와 18개의 전문학교가 있었다. 미군정기 3년 동안 전문학교 대부분을 4년제 대학으로 승격시켰다. 해방 당시 고등교육기관에 재적하고 있던 한국 학생은 7천8백 명에 불과하였으나 1947년 말 기준으로 대학 재적학생수가 2만 명에 이르렀다.

4. 농지개혁

해방 당시 한국민의 70%가 농민이었다. 이 중에서 14%만이 자작농이었고 소작농이 농가의 대부분을 차지했다. 그리고 경작지의 63%에서 소작인과 지주가 수확량을 반분하는 가혹한 소작제가 시행되고 있었다. 이러한 농지소유제는 사회를 지주 계급과 소작인 계급으로 양분하는 기초가 되었다.

소작제의 개선은 한국 사회를 계급 없는 평등사회로 만드는 가장 중요한 수단이 되었다. 특히 북한에서 이미 농지개혁이 '무상몰수 무상분배'라는 혁명적 방법으로 이루어진 상태여서 지주-소작농의 착취 체제의 유지는 남한에 공산혁명을 불러올 요인이 될 수 있었다.

이러한 상황에서 미군정 당국은 점령 직후부터 부분적인 농지개혁을 실시하고 있었다. 우선 미군정 당국은 총 경지면적의 13%에 달했던 일본인 소유 토지를 적산으로 처리하여 국유로 한 후 이를 농민에게 불하하였다.

이승만 정부는 정부 출범과 동시에 경자유전(耕者有田)의 원칙을 내세우고 근본적인 농지소유제도 개선에 나섰다. 우선 소작제에 묶여 있던 151만 정보 중 45%에 해당하는 68만 정보는 지주와 소작인간의 매매를 유도하여 소작인 소유로 전환시켰으며 1949년 6월에 제정된 농지개혁법에 따라 나머지 54만 정보의 농지를 약 100만 명의 소작인에게 분배하였다. 농지개혁법에 따른 농지개혁은 유상몰수 유상분배로 이루어졌다. 3정보 이상의 지주의 농지를 국가가 매수하고 이렇게 확보된 농지를 토지가 없는 소작인에게 10년 분할상환 조건으로 분배하였다. 정부가 농지를 매수할 때는 지가증권(地價證券)으로 지주에게 농지 수매가를 지불하였는데 상환 기간이 도래하기 전에 6·25전쟁이 일어나고 인플레가 심하여서 결과적으로 지가증권은 휴지나 다름없어졌다. 토지를 수매한 농민들의 상환금도 전쟁의 특수 상황을 감안하여 후에 모두 받지 않기로 해서 결국 '유상몰수 유상분배'가 '무상몰수 무상분배'로 끝났다.

대한민국 정부가 실시한 농지개혁은 국제연합이 가장 성공한 사례로 평가한 개혁이었다. 시장경제원칙을 준수하는 민주주의국가에서 정치적 영단으로 이루어낸 쾌거였다. 농지개혁은 왕조시대의 잔재로 남아있던 사대부 양반 계층과 무산자 농민 계층 간의 계층 구분을 없애고 사회 계층을 허물어 버리게 되어 한국 사회를 계급 없는 평등 사회로 만드는데 크게 기여하였다. 농지개혁은 교육기회 평등화와 함께 한국 민주주의를 정착시키는데 가장 큰 기여를 한 정치적 결단이었다. 만일 농지개혁이 이루어지기 전에 6·25전쟁이 일어났다면 아마도 북한 점령군은 한국 농민들에게 농지 분배를 앞세워 공산혁명에 동참하라고 선동했을 것이다. 1978년에 열린 국제연합 아시아태평양발전처(APDAC)가 주관한 농지개혁 정책회의에서도 한국을 아시아 전 국가 중 농지개혁에서 가장 성공한 사례로 인정하여 농지개혁의 정치적 함의를 다른 아시아 국가대표들에게 설명하도록 초청하였다. 쿠알라룸푸르에서 열린 APDAC 회의에서 내가 특강을 맡아 성공 과정 요인을 해설했다.

농지개혁은 한국의 민주주의를 정착시키는데 크게 기여한 사회개혁의 성취로 기억될 것이다.

국제사회 속의 대한민국 굳히기 | 국가승인 외교의 전개

대한민국은 건국 후 국제사회 구성원들로부터 국가승인을 받는 외교를 적극 추진하였다. 국제사회는 주권국들의 상호 승인으로 이루어진 주권 국가들의 협의체이므로 국제사회에서 인정을 받기 위해서는 국가

승인 외교가 가장 급선무가 된다. 대한민국은 건국 2년 만에 국제사회의 당당한 구성원이 되었다.

1. 국제연합의 승인 획득

신생 독립국 대한민국의 1차적인 외교 과제는 국가들의 사회(society of states)라는 국제정치질서를 관리하는 국제연합에서 다른 모든 국가와 대등한 주권국가임을 승인 받는 일이었다. 대한민국을 건국했던 1948년에는 이미 국제사회가 미국과 서구 여러 국가로 이루어진 '자유진영'과 구소련이 지배하던 '공산진영'으로 나뉘어 이념적으로, 군사적으로 대립하여 투쟁하던 냉전질서가 자리 잡고 있었다. 이러한 냉전질서에서 대한민국의 주권국 지위를 확보하는 것은 쉽지 않은 일이었다.

대한민국은 국민의 인권을 존중하는 나라, 주권재민의 민주정치체제를 갖춘 나라임을 앞세워 이념을 같이 하는 자유진영국들의 지지를 얻는데 주력하였으며 그 노력이 결실을 맺어 1948년 12월 12일 파리에서 열린 국제연합총회에서 찬성 48표, 반대 6표, 기권 1표라는 압도적 지지를 얻어 독립 주권국가의 지위를 인정받았다. 이 회의에서 국제연합은 대한민국을 주권자인 국민의 뜻으로 세워진 한국 유일의 정부라고 결의하고 회원국들에게 대한민국을 개별 승인할 것을 촉구하였다.

대한민국은 상임이사국인 구소련의 반대로 국제연합 회원국의 지위는 얻지 못했으나 국제연합에 상주대표부를 두는 자주독립국의 지위는 인정받았다. 대한민국은 먼 훗날 1992년에 국제연합 회원국이 되었다.

2. 개별 국가들의 국가승인 획득 노력

대한민국의 국제사회 속의 주권국가 지위 획득을 위하여 새 정부는 많은 노력을 기울였다. 그 결과로 1949년 한 해 동안 미국, 영국, 프랑스, 중화민국 등의 국제연합 상임이사국 4개국을 포함하여 22개국의 국가승인을 얻었다.

신생국 대한민국의 국제사회에서의 위상이 높아짐에 따라 많은 국가들과의 외교, 안보, 경제협력 관계도 이루어졌다. 건국 2년 뒤에 겪게 된 6·25전쟁에서 국제연합은 전쟁을 일으킨 북한을 규탄하는 안보이사회 결의를 채택하고 회원 국가들의 한국 지원을 촉구하였다. 그리고 국제연합 회원국 중 16개국이 전투 병력을 파병하여 한국군의 북한군 축출 노력을 도왔다.

대한민국은 1992년에 국제연합 회원국이 되었고 2015년 현재 192개 국제연합 회원국 중 188개국과 국교를 맺고 있으며 세계질서를 주도하는 20개국(G-20 국가)의 하나로 올라섰다. 그리고 건국 후 반세기 동안 40여 개의 국제연합 산하 기구에 가입하였고 80여 개의 정부 간 국제기구(IGO)에 가입하여 국제사회에서의 활동 무대를 넓혀 놓았다. 대한민국이 짧은 시간 안에 전 세계를 활동 무대로 만들 수 있었던 것은 건국과 더불어 전개한 정부의 적극적 외교정책의 성과라 할 수 있다.

대한민국의 건국으로 한국인은 국제사회 속에서 자주독립국가의 국민으로 마음껏 활동할 수 있는 조건을 확보하였다.

제 3 장

6·25전쟁
목숨 건 나라 지키기

03

6·25전쟁
목숨 건 나라 지키기

신생 대한민국은 건국 2년 만에 소련군의 지원을 받은 북한 인민군의 침공을 받았다. 이 전쟁은 역사상 전쟁 강도(war-intensity)가 제일 높았던 열전이었으며 한국 국민은 인구의 1할을 잃는 비극을 겪었다.

대한민국 국민은 미국을 비롯한 국제연합군의 도움을 받아 북한군을 격퇴하였다. 그러나 통일 직전에 중공군의 참전으로 다시 38선 부근까지 밀려 났다. 3년 동안 진행된 6·25전쟁에서 한국인들은 목숨을 걸고 대한민국을 지켜냈다. 그리고 전쟁 중에도 피난지에서도 나라 가꾸기를 대비한 준비를 계속했다.

제3장에서는 6·25전쟁을 이겨낸 대한민국 국민들의 영웅적 투쟁을 정리한다. 이 파란만장한 과정을 통하여 대한민국은 틀이 잡힌 나라로 모양을 갖추게 된다.

1950년 6월 25일은 일요일이었다. 새 학기가 시작 된지 얼마 되지 않아 학생들은 학교생활에 적응하는데 정신을 쏟을 때였다. 일제강점기의 학년은 4월 1일에 시작되었는데 미국 군정이 시작되면서 미국 제도를 도입하여 9월 1일로 바꾸었다. 나도 초등학교 1학년을 1945년 4월부터 1946년 8월까지 1년 반을 다녔다. 그런데 1948년 건국하면서 학년 시작을 다시 4월로 전환하기로 하고 과도 조치로 1950년은 6월 1일로 1951년에 4월 1일로 하기로 하였다. 1950년에는 각급 학교 입학시험을 5월에 치루고 6월 1일 모든 학교에서 새 학년이 시작되었다.

서울에서 만난 인민군 | 절망과 혼돈의 3개월

1. 폭우 속의 안암천 전투 : 6월 27일 밤의 공포

평온하던 일요일 아침은 라디오에서 흘러나오는 긴급 뉴스로 발칵 뒤집어졌다. '38선 전 전선에서 괴뢰군 남침'이라는 뉴스가 반복되었다. 38선에서의 교전은 이미 여러 번 있었다. 옹진반도전투, 개성 송악산전투의 육탄10용사의 무용담 등으로 38선에서의 교전은 있을 수 있는 일 정도로 알고 있던 시민들도 38선 전 전선에서의 남침에는 놀라지 않을 수 없었다. 더 상세히 알아보려고 사람들은 큰 길로 나갔다. 벽보가 붙기 시작했다. '의정부에서 국방군이 괴뢰군 격퇴'와 같은 뉴스였다. 거리에는 군 지프차가 달리며 확성기로 휴가 병사의 조속 귀대를 방송했다. 곧이어 군 트럭을 탄 국방군(그때는 국군을 그렇게 불렀다)들이 군가를 부르면서 미아리 쪽으로 달려가고 거리에 나온 시민들이 만세를 불러 격려했다. 그래도 전면 전쟁이 시작되었다고는 생각하지 않았다. 그리고 국방군을 신뢰하던 국민들은 괴뢰군을 곧 격퇴하리라 기대했다.

6월 26일 월요일 아침에는 학생들이 모두 정상적으로 등교했다. 나도 학교에 가서 학생들과 보고 들은 이야기를 나누면서 긴장 속에서 수업 시작을 기다렸다. 당시 나는 서울 봉래초등학교 6학년생이었다.

담임선생님이 교실에 들어와 긴급 교무회의가 있다고 자습을 지시했다. 얼마 지나지 않아 용산 상공에 전투기들이 날아들면서 북한 전투기와 미군기 사이에 공중전이 벌어졌다. 교실 분위기는 얼어붙었다. 선생님이 오셔서 무기휴학을 알리고 학생들을 귀가 시켰다.

안암동에 있던 집으로 돌아오는 길에 소달구지에 짐과 사람들을 싣고 북쪽에서 내려오는 피난민들을 만났다. 창동에서 온다면서 인민군이 탱크를 앞세워 남하한다고 했다. 27일이 되니 피난민 대열이 길어졌다. 포성이 들리기 시작했다. 안암동 뒷산에 국군 병사들이 참호를 파기 시작했다. 일단 포탄을 피하기 위해 동대문 안쪽에 있는 친척집으로 가 있기로 했다. 할머님이 걸을 수 없어 대학에 막 입학했던 큰 형님이 할머니와 집에 남았다. 저녁에 비가 쏟아지기 시작했다. 포탄이 우리 집에 떨어져 부엌과 방 하나가 날아갔다. 형님이 할머니를 업고 뛰었다. 대광고등학교 앞 안암천을 사이에 두고 국군과 인민군이 서로 사격했다. 새벽이 되면서 총격전은 낙산 위에서 계속되다 그쳤다. 28일 아침이 밝아왔다. 전차의 육중한 궤도 소리가 들렸다. 인민공화국기를 높이 단 T-34 전차가 종로로 들어서고 있었다. 서울은 이렇게 6월 28일 인민군에 점령당했다. 그날 나는 서울 시내로 나가 무엇이 어떻게 되었는지 살펴보았다. 을지로 네거리에 불에 타고 부서진 인민군 탱크가 있었다. 노량진까지 가보았다. 인도교가 몇 칸 끊어져 있고 강변에 피난민들이 몰려 있었다.

2. 절망의 90일 : 내일을 모르는 고통의 나날

6월 28일 오후 안암동 집에 되돌아왔다. 이날도 그 전날과 같이 미 공군 전투기의 기총소사가 있었다. 미군기의 공습은 그 이후도 매일 일정한 시간에 있었다. 대개는 함재기 2개 편대가 왔었으며 때로는 F-80 제트기도 왔고 B-29의 고공폭격도 있었다. 공습은 인민군 집결지만 목표로 한다는 것을 알게 된 후부터는 크게 걱정하지 않았다.

가장 큰 어려움은 친숙한 질서의 붕괴였다. 질서란 '안정된 기대 구조 (structure of expectation)'를 말한다. 언제, 무슨일이 있을지 그리고 나의 어떤 행동이 있을 때 무슨 일이 있도록 미리 정해 있고, 그래서 그걸 예측하고 사람들은 계획된 일을 하거나 해서는 안 될 일을 하지 않는다. 그것이 질서이다. 인민군이 서울을 점령한 순간부터 우리가 알고 있던 질서는 무너졌다. 전차도 다니지 않고 전등도 꺼졌고 배급도 없어졌다. 또한 사용하던 돈이 모두 휴지가 되어 그 돈으로 아무것도 물건을 살 수 없게 되어 당장에 먹고 살 수 없게 되었다. 물론 봉급을 줄 직장도 모두 없어졌지만.

인민군 점령 며칠 후 반장을 통해 각 세대의 세대주를 모두 동사무소로 모았다. 이 중에서 '교육받은 중산층 이상'과 북한에서 월남한 사람은 모두 북한으로 데려 갔다. 인민군이 호송하고 도보로 이동했다. 이렇게 납북된 인사가 약 9만 명이 되었다. 7월 8일부터 고등학교-대학교 생 정도의 젊은이는 길에서 붙잡아 의용군으로 데려 갔다. 우리 아버님 은 납북되어 북으로 가다가 도봉산 부근에서 공습 기회를 타서 도주하 여 산길로 다음날 새벽에 귀가하셨고 서울대 공대 1학년생이던 큰 형 님은 시내에서 의용군으로 잡혔으나 수송국민학교 운동장에서 전방이 동 대기 중 탈출하여 집에 왔다. 그 이후 아버님, 큰 형, 고교생이던 둘 째 형 등 세 사람은 지붕과 천장 사이 공간에 숨어 서울 수복까지 견 뎠다.

인민군 점령 하의 서울에서 가장 고통스러웠던 것은 배고픔이었다. 어머님이 폭격 맞은 건물 잔해 철거작업장에서 일하시고 받은 일당 보 리 4홉으로 9인 가족이 연명했다. 만일 서울 수복이 한 달만 더 늦었으 면 서울 시민은 반도 살아남지 못했을 것이다.

'적치(赤治)하 90일'을 겪은 서울 시민들에게 물으면 제일 컸던 공포 는 수시로 시행되던 인민재판이었고 가장 절망스러웠던 것은 내일을 알 수 없었던 불안이었다고 말한다. 공포에 질린 사람을 학교 운동장에 끌어내놓고 팔에 완장 찬 사람이 나와 "…… 인민을 착취한 지주……" 라고 죄목을 나열하면 동원되어 나온 동네 사람들이 '죽여라'라고 소리 치고 곧이어 현장에서 타살하는 것이 이른바 인민재판이었다. 그리고 전쟁이 어디서 어떻게 진행되는지 알 수 없어 앞날을 예측할 수 없는 하루하루를 불안과 절망 속에서 보냈다. 이때의 경험이 서울 시민들을 평생의 반공투사로 만들었다. 인민군하면 사람 죽이는 군인으로, 그리 고 공산주의자하면 붉은 완장을 차고 죽일 사람 찾으러 다니는 사람으로 강하게 머리에 각인되었기 때문이다.

　이 절망의 90일 동안 이승만 대통령을 비롯한 정부 요인들은 부산으로 옮겨가 피난 정부를 만들고 전쟁을 지휘했다.

3. 감격의 9·28 : 울면서 부른 '대한민국 만세'

　낙동강 전선까지 밀려 내려갔던 국군과 미군 등 유엔군은 9월 15일 인천상륙작전을 기점으로 전세를 완전히 뒤집고 인민군을 몰아내기 시작했다. 9월 15일의 인천상륙작전 소식은 지하 방공호에서 단파 라디오로 「미국의 소리」 방송을 몰래 듣던 이웃집 아저씨에게서 전해 들었다. 그 때의 감격과 흥분은 평생 잊을 수 없다. '이제 살았다'라는 생각에 배고픔도 잊었다. 인천에서 서울은 하루거리니까 며칠 내에 서울이 해방되리라 기대했다. 그러나 일주일이 되어도 감감소식이었다. 다만 서울 시내에 시가전에 대비하여 인민군들이 바리게이트를 쌓기 시작하는 것을 보고 서울 해방의 시각을 애타게 기다리고 있었다.

　드디어 9월 24일 저녁부터 포성이 들리기 시작했다. 그리고 9월 25일 새벽부터 포탄이 안암동 주택가에 떨어지기 시작했다. 포격을 피하여 천정에서 일찍 내려 온 사람들은 완장 찬 사람들에게 연행되어 뒷산 기슭에서 총살당했다. 포격으로도 많은 사람이 희생되었다. 우리 집도 포격을 당했다. 큰 형님이 그 자리에서 희생되었다. 그 장면은 평생의 트라우마를 남겼다. 길고도 무서운 사흘을 보냈다. 9월 28일 아침 드디어 미군 탱크가 안암동으로 들어와 미아리로 향했다. 길에 나온 시민들은 목이 터져라 만세를 불렀다. 죽었다 살아난 사람들의 이 감동은 겪어 보지 않은 사람들은 짐작할 수 없을 것이다. 그날 살아남은 사람들은 며칠 동안 처형된 가족과 포격에 목숨 잃은 가족들을 안암동 고려대학 뒤 언덕에 묻었다. 초등학교 6학년생이던 나도 그날 큰 형님을 그 자리에 묻었다. 그리고 만세를 불렀다. 그 기억이 그 후 60년 동안 나의 인생의 방향을 잡아 준 셈이다.

9·28 수복 다음날 학교를 찾아갔다. 가는 길에는 수많은 시체가 널려 있었다. 포격 속에서 서울 시내의 거의 모든 빌딩이 허물어졌으나 궁궐 등 문화재는 모두 건재했다. 전쟁 중에도 유엔군은 국제법을 지켜 포격과 폭격을 자제했기 때문에 문화재는 남았다. 경복궁 동쪽 건춘문 옆으로 일본인들이 옮겨 놓았던 광화문만이 불에 탔다. 철수하던 인민군이 석유를 뿌리고 태웠다. 학교는 일부만 부서졌다. 선생님 중에 몇 분만 나와 교실을 재편성했다. 많은 학생이 실종되었기 때문이었다.

10월, 11월 두 달 동안 서울 시내는 많이 정리되었다. 다시 직장도 문을 열고 시장도 열렸고 학교도 문을 열었다. 군 트럭이 시내버스로 동원되었다. 식량배급도 재개되었다. 신문도 다시 나오고 라디오 방송도 재개되었다. 뉴스는 모두 고무적인 것이었다. 국군이 평양에 입성하고 함흥을 해방하고 압록강으로 진격하고……. 통일의 날이 다 왔다고 믿었다.

4. 두 번째 피난길

통일을 눈앞에 두고 들떴던 한국민들은 10월 하순 중공군 참전 뉴스로 하루아침에 다시 실망과 불안, 공포로 내몰렸다. 중공군의 남침 속도는 아주 빨랐다. 12월 20일 중공군은 38도선까지 남하하였다. 동부전선은 중공군에 의해 후방과의 연계가 끊어져 장진호 부근에서 싸우던 유엔군 병력은 12월 24일 흥남에서 바다로 철수하였다. 이른바 '흥남철수'였다. 10만 명의 민간인이 이 철수 작전으로 거제도로 옮겨졌다.

중공군은 30개 사단으로 편성된 30만 명의 정규군이었다. 중공군은 '중국 인민의용군'이라고 스스로를 불렀다. 중공군은 12월 31일 38선을 넘어 일제히 공격을 개시하여 1951년 1월 4일 유엔군은 서울을 내어주고 후퇴하였다. 이른바 '1·4후퇴'였다.

6·25 때 피난 못 갔던 서울 시민은 1·4후퇴를 앞두고 거의 모두 서울을 떠나 남쪽으로 피난길을 떠났다. 다행히 한강이 두껍게 얼어 얼은 강 위를 달구지, 트럭에 짐을 실은 채로 건널 수 있었다. 국도는 모두 군용 도로로 되어 있어 국도 아닌 사잇길로 걸어서 피난을 갔다.

우리 가족은 12월 20일 오후에 서울을 떠났다. 다행히 아버님 직장에서 트럭을 마련해주어 네 집 가족 스무 명이 트럭 한 대로 피난길에 나섰다. 사흘 걸려 대구에 도착하였다. 걸어서 피난 온 사람들은 대구까지 한 달 반쯤 걸려 도착했다.

전선은 현재의 휴전선 부근에서 교착되었다. 중공군은 붕괴된 북한 인민군을 일부 재편하여 통합지휘하면서 총 80개 사단을 동원하여 다섯 차례에 걸쳐 총 공세를 폈으나 안성선까지 진출하였다가 38도선 부근으로 물러난 후 더 이상 남하하지 못했다. 그리고 전선은 교착되었다. 1951년 7월에 유엔군과 중공군의 휴전회담이 시작되었다. 이후 1953년 7월 27일 휴전협정이 체결될 때까지 지상 전투는 38도선 부근의 교착된 전선에서의 공방전으로 지속되었으며 전 북한 지역은 항공기에 의

한 폭격으로 철저히 파괴되었다.

한국 국민들은 1951년 봄부터는 피난 생활로 고통을 받았으나 직접적인 전쟁 피해는 없었다. 유엔군이 제공권을 장악하고 있어 중공군의 폭격은 없었고 전선은 38도선 부근에서 더 이상 남하하지 않았기 때문이다.

나는 대구에서 다음해 봄까지 피난 생활을 하고 다시 임시수도 부산으로 옮겨 휴전되던 1953년 여름까지 피난 생활을 이어 갔다. 대구에서는 반야월 시장에서 야채를 사서 대구에 가져와 파는 일, 땅콩 등 여러 가지 물건을 파는 일 등 다양한 일을 하면서 매일 매일의 삶을 꾸려갔으나 질서가 있는 피난 생활이어서 서울에서 보냈던 악몽의 '적치 90일'과는 다르게 마음 편하게 지냈다. 1951년 4월 부산으로 옮긴 후의 피난 생활은 모두가 겪는 힘든 생활이어서 힘은 들어도 마음은 편안한 생활이었다. 부산에서는 국제시장에 있던 인쇄 공장에서 책 제본과 종이절단기 돌리는 일 등을 아르바이트로 했었다. 그러나 불평은 없었다. '희망'이 있었기 때문이었다.

3년간의 혈투 | 한반도에서 싸운 국제전쟁

1. 버려진 대한민국 : 무방비에서 당한 기습

1948년 8월 15일 대한민국이 세워진 후 10개월 뒤인 1949년 6월 한국에 주둔했던 미군은 모두 철수했다. 그리고 1950년 1월 미국 국무장관 애치슨(Dean G. Acheson)은 미국의 태평양 지역에서의 방위선은 알류산열도-일본열도-오키나와-필리핀을 연결하는 선이고 그 밖의 지역 안보에 대해서는 책임을 지지 않는다고 선언했다. 소련, 중국, 북한에 '잘못된 메시지'를 준 셈이었다. 즉 한국을 무력으로 해방하여 점령하여도 묵인하겠다는 메시지로 받아들인 것이다.

소련은 북한군을 무장시키기 위하여 탱크, 전투항공기, 포, 함정 등을 대량 지원했다. 그리고 중국은 중공군에 편성되어 있던 조선인으로 구성된 사단 2개를 북한에 돌려주어 병력 증강에 큰 도움을 주었다. 소련과 중국의 지원에 힘입어 6·25전쟁이 나던 1950년 초의 북한군은 한국을 쉽게 군사적으로 점령할 수 있는 수준으로 강해졌다. 병력 19만 8천 명, 탱크 242대, 야포 728문, 함정 110척, 전투항공기 170대를 갖춘 북한군은 전차와 전투항공기가 하나도 없고 소구경 야포 91문만을 가진 9만 5천 명 규모의 한국군을 쉽게 제압할 수 있는 힘의 격차를 확보하였다.

한국 정부는 북한의 남침을 예측하고 미국 정부에 긴급 군사원조를 강력히 요청하였으나 미국 정부는 이를 모두 거절했다. 심지어 한국 국민이 성금을 모아 전투기를 구입하려 했으나 이마저도 미국은 거절하였다. 그리고 미군이 한국에서 일본군을 무장해제할 때 인수한 수백기의 일본 전투기도 전부 파괴하고 1기도 한국군에 주지 않았다.

6·25전쟁은 미국이 대한민국을 버렸다고 믿은 소련과 북한에 의하여 시작된 전쟁이었다.

2. 낙동강에서 압록강으로 : 유엔군과 중공군의 전쟁

북한 인민군은 1950년 6월 25일 새벽 4시, 13만 5천 명의 정규군 병력을 투입하여 38도선 전역에서 전면적인 남침을 감행했다. 장비도 없고 병력 규모에서도 열세였지만 한국군은 용감하게 응전했다. 인민군은 사흘 만에 서울을 점령하고 계속 남진했다.

인민군 남침 개시 하루만인 6월 26일 국제연합안전보장회의가 열렸고 당일 북한의 전쟁 중지, 38도선 이북으로의 철수를 결의했으나 북한이 이에 응하지 않자 6월 28일 회원국들에게 한국을 도와 군사지원할 것을 결의하였다. 집단안보체제를 전쟁방지 장치로 채택했던 국제연합이 처음으로 이에 따른 국제연합군 편성, 파병을 실시한 것이다. 이렇게 해서 6·25전쟁은 북한 침략군과 국제연합군간의 전쟁으로 되었다. 한국군은 유엔군의 일부로 전쟁에 참가하였다. 국제연합군은 미국군이 주력을 이루고 유엔 가맹국 15개국이 파병한 부대와 한국군을 포함한 국제군이었으며 사령관은 유엔 결의에 의해 미군 장성이 맡았다. 한국 정부는 7월 14일자로 한국군의 작전통제권을 유엔군사령관에게 위임하였다.

북한 인민군은 공격을 지속하여 8월 4일에는 낙동강을 경계로 부산 교두보만 유엔군이 유지하고 대한민국 영토의 90%를 인민군이 장악하였다. 그러나 북한군은 병력 소모가 많아 7만 명 정도로 약화되었고 반면에 유엔군은 13만 8천 명으로 증원되었고 압도적으로 우세한 항공력으로 북한군을 압박하여 전세는 낙동강 전선에 고착되었다. 미 극동 군사령관 맥아더(D. MacArthur) 원수는 전세를 일거에 반전시키기 위하여 '크로마이트 작전'이란 이름의 인천상륙작전을 계획하고 9월 15일 이를 감행했다. 퇴로를 차단당한 인민군은 급격히 무너졌다. 인천상륙

부대는 9월 28일 서울을 재탈환하였다.

낙동강 방어를 담당했던 유엔군 주력부대와 인천상륙부대가 만난 후 10월 1일 한국군이 앞서서 38도선 이북으로 북진을 시작하였다. 10월 2일 다른 유엔군 부대도 북진에 동참하였다. 10월 19일 한국군 제1사단이 평양에 입성하였고 함흥도 곧이어 점령하였다. 한국군은 며칠 뒤에 압록강과 두만강에 도달하였다.

통일을 눈앞에 둔 10월 19일 중공군 제4야전군 예하 제13병단의 18개 사단이, 11월 초순에는 제3야전군 예하 제9병단의 12개 사단이 참전하였다. 이를 계기로 북한 인민군이 한국군에 대한 공격으로 시작된 한국 내전이 유엔군이라는 국제연합군과 중공군 간의 새로운 전쟁으로 변하였다. 중공군은 다음해 봄까지 참전병력을 약 30만 명 이상으로 증원하여 대규모 공세를 여러 번 벌였으나 국군과 유엔군의 강력한 방어전으로 오산선까지 진격한 후 더 이상의 공격을 하지 못했다. 1951년 3월 16일 유엔군이 서울을 재탈환한 후 전선은 현재의 휴전선 부근에 고착되었고 양측의 병력 소모전만 계속되었다.

3. 휴전 : 두 번째 분단

유엔군과 중공군 양측은 더 이상의 소모전이 무의미하다고 판단하고 1951년 6월 휴전협상을 시작하기로 합의했으며 7월 26일부터 휴전회담이 시작되었다. 그러나 전투는 계속되었다. 피의능선전투(1951. 8), 백마고지전투(1952. 10) 등은 양측에서 엄청난 전사자를 낸 치열한 전투였다.

대한민국 정부는 휴전을 반대했다. 엄청난 희생을 치룬 전쟁을 또 다시 분단 상태에서 멈출 수는 없다고 생각해서였다. 전쟁을 승리로 마무리하여 두 번 다시 비극적 민족상잔이 일어나지 않도록 통일을 이루자는 것이 한국 정부와 한국 국민의 뜻이었다. 1952년과 1953년 봄까지 한국민은 전국적으로 휴전반대 데모를 펼쳤다. 중학생이던 나도 휴전반대 데모에 10여 차례 참가했다.

한국 정부와 한국 국민의 반대에도 불구하고 1953년 7월 27일 유엔군사령관을 일방으로 하고 중국 인민의용군사령관과 북한 인민군사령관을 다른 일방으로 하는 휴전협정이 조인되었다. 휴전선은 옛 분단선이던 38도선 부근에 그어졌다. 동부전선에서는 설악산, 속초 지역이 남쪽 영역에 들어오고 서부전선에서는 개성과 옹진반도가 북한 인민군 관리 지역으로 넘어 갔다.

한반도는 1945년 38도선을 경계로 남북한이 분단되었는데 8년 만에 다시 휴전선을 경계로 제2차 분단이 일어났다. 제1차 분단은 미국과 소련간의 합의로 이루어진 분단이었고 지금까지 지속되고 있는 제2차 분단은 중국과 유엔군 간의 합의로 이루어진 분단이다.

휴전선은 휴전 당시의 남북군 사이의 전선으로 결정되었으며 휴전선 남북으로 각각 2km의 비무장 지대를 설치하기로 합의하여 남북한 간에는 4km 폭의 비무장 지대(DMZ)가 설정되었다.

4. 가장 처절했던 전쟁 : 희생자 620만 명의 살상전

6·25전쟁은 한반도에 한정된 좁은 지역에서 벌인 제한 전쟁이었으나

전쟁 강도에서 역사상 가장 치열한 전쟁으로 기록되고 있다. 인구와 전쟁 기간을 계산한 살상자 비례에서 가장 격심한 전쟁이었다는 의미이다.

이 전쟁으로 한국군은 14만 7천 명이 전사하고 70만 9천 명이 부상, 13만 1천 명이 실종되어 총 98만7천 명의 인적 손실을 입었다. 민간인 피해는 피학살자 12만 3천936명, 사망 24만 4천663명, 부상자 22만 9천625명, 북한에 잡혀간 피납자 8만 4천532명, 행방불명자 33만 312명 등을 포함하여 약 140만 명이었다. 한국은 6·25전쟁을 통하여 총 240만 명의 인명 피해를 입었다.

북한 인민군은 52만 명이 사망하고 40만 6천 명이 부상했고 북한 주민 200만 명이 희생되었다. 북한의 인명 손실은 약 290만 명이 되는 셈이다. 남북한을 합치면 인명 피해는 총 530만 명으로 한민족 전체수의 약 15% 이상이 북한이 저지른 민족상잔의 6·25전쟁으로 희생되었다.

외국 참전군의 희생도 컸다. 미군은 전사 3만 5천 명, 부상 11만 5천 명, 실종 1,500명으로 인명 피해 총 15만 1천500명이었다. 중공군은 전사 18만 5천 명, 부상 71만 6천 명, 실종 2만 2천 명으로 총 92만 3천 명의 인명 손실을 입었다. 6·25전쟁은 적·아 양측 모두 합쳐 620만 명의 고귀한 인명을 희생시킨 전쟁이었다.

부산 교두보 | 피난민의 처절한 생존 투쟁

1. 임시수도 부산

6·25전쟁 발발 이틀 후 대통령을 비롯한 정부요원 상당수가 서울을

떠났다. 국회의원 중 상당수와 공무원 상당수는 미처 서울을 떠나지 못해 북한에 납북되었다. 부산으로 급히 피난 갔던 정부는 9월 28일 유엔군이 서울을 수복한 날 다시 환도했다. 서울로 환도한 정부는 유엔군 북진에 맞추어 북한 지역 관리를 위한 준비를 시작했다. 그러나 중공군 참전으로 전세가 급변함에 따라 다시 철수 준비에 들어갔다. 정부 각 부처와 공공기관, 주요 공공기업체 등은 계획에 따라 12월 중순까지 열차를 이용하여 부산으로 철수하였다. 그리고 서울 시민 대부분도 정부를 따라 부산으로 피난했다.

부산은 1950년 12월부터 휴전 후 서울로 환도했던 1953년 7월까지 대한민국 정부의 임시수도가 되었다. 행정부의 각 부처와 국회, 대법원 등도 모두 부산에 위치했다. 그리고 전방에서 전투가 계속되던 전선 이남의 지방 행정조직은 부산에서 관리하였다.

부산은 서울에서 내려온 피난민, 북한 지역에서 월남한 피난민을 수용하기에는 너무 작은 도시여서 혼잡이 극에 달했다. 모든 공공건물은 정부기관이 징발해서 사용하였다. 학교 시설도 군에서 사용하였다. 주변 산기슭은 모두 판자촌으로 변했다.

부산은 전쟁 수행에 따른 모든 군수 물자를 지원하던 항구여서 부두는 수송선으로 포화 상태를 이루었다. 전기는 발전선에서 공급했다. 통신망도 부산 중심으로 재편하였고 철도도 부산 중심으로 운영하였다. 치열한 전투가 계속되는 상황에서도 부산은 임시수도로서의 기능을 훌륭히 해냈다. 국회도 열렸고 은행도 정상으로 업무를 수행했으며 각급 학교도 문을 열었다.

2. 치열했던 생존 투쟁

부산에 모인 피난민은 하루하루를 치열한 생존 투쟁을 벌이면서 살아 남았다. 의식주를 스스로 해결해야 했다. 산등성이에 판자로 임시 주거 지를 마련해야 했고 할 수 있는 일은 무엇이든지 해서 살아남아야 했다.

우리 가족은 대구를 거쳐 1951년 봄 부산에 도착했다. 고등학생이던 둘째 형님은 부두 노동을 했다. 중학생이던 셋째 형님과 나는 국제시장 에 있던 인쇄소에서 절단기를 돌리는 일을 얻어서 일했다. 거제도를 거 쳐 부산으로 들어온 흥남 피난민들은 주로 국제시장에서 장사를 했다. 전등은 쓸 수 없었고 식수를 구하는 것은 전쟁이었다. 학생들은 산에 올라가 해질 때까지 공부했다.

어려운 피난 생활에서도 다행이었던 것은 공습이 없어서 당장의 생 명의 위협을 느끼지 않았다. 유엔군이 제공권을 장악하고 있었기 때문 이었다.

지식인들은 군에서 '군속'의 신분으로 생존했다. 해군은 해군정훈음 악대를 만들어 많은 음악인들을 고용했다. 문인들은 국방부 정훈국에 서 일했다. 공군은 상당수의 대학교수를 군속으로, 또는 현지 임관한 장교로 영입하여 활용하였다. 현승종(玄勝鍾) 총리, 윤천주(尹天柱) 서 울대 총장 등은 모두 공군 장교로 일했던 분들이다. 시인 구상(具常) 선생은 국방부 정훈국 군속이었다.

3. 세상을 놀라게 한 교육 열기

6·25전쟁을 치루는 동안에도 각급 학교를 '피난학교'로 재건하여 단

절 없이 운영하여 세계를 놀라게 하였다. 서울에 있던 대학들은 부산에서 모두 문을 열었다. 산기슭에 군용 천막을 치고 수업을 계속했다. 중학교도 모두 부산에서 임시 교사를 구하여 수업을 계속했다. 초등학교는 부산 소재 초등학교에서 피난민 학생을 수용하여 수업을 받도록 했다.

나는 부산 토성국민학교에 피난 학생으로 편입되어 수업을 받고 1951년 7월 13일 졸업증명서를 받았다. 그리고 행정력이 미치는 지역에서 일시에 실시한 국가시험을 쳐서 8월에 서울중학교에 입학하였다. 서울중학교는 송도해수욕장으로 가는 언덕 위 소나무 밭에 있었다. 운동회 때 치는 흰 천막을 치고 흙바닥에 앉아 수업을 받았다. 서울중학교 수학선생이었던 시인 조병화(趙炳華) 선생의 첫 시집이 『패각의 교실』이었던 것은 그때의 천막 학교를 표현한 것이다. 둘째 형님은 부산 피난 중에 서울대학교 의과대학에 입학하였다.

부산 지역 이외의 지역에서는 주요 도시마다 연합중학교를 설치하여 서울 지역 중학교 학생을 모아 함께 교육하였다. 휴전 후 이 학생들은 모두 본교에 통합되었다. 부산에서 단독으로 대학을 운영하기 어려웠던 대학들은 '전시연합대학'을 만들어 합동으로 수업을 하도록 하였다. 그리고 군에 입대한 학생들은 휴학 처리하였다가 전역한 후 복학시켰다. 해외 유학생의 경우는 정부에서 실시한 유학생 자격시험에 합격하면 학보병으로 분류하여 단기 복무한 후 '유학귀휴' 조치를 하여 출국시켰다.

전쟁 중에도 각급 학교 교육을 중단하지 않고 계속 실시함으로써 한국 사회는 단절 없이 필요한 인재를 양성하였으며 이러한 특단의 교육

정책에 힘입어 전쟁을 치루고도 신생 대한민국의 나라 만들기가 성공적으로 추진될 수 있었다. 대한민국은 이러한 교육 중시 정책으로 다른 신생 독립 국가와 다르게 빠른 산업화, 선진화를 이룰 수 있었다.

4. 통일의 희망과 좌절

분단으로 고통 받던 한국민은 대한민국 건국 2년 만에 국가 존망을 걱정하던 큰 전쟁을 치루면서 큰 어려움을 겪었으나 전쟁에 승리하면 통일을 이룰 수 있다는 희망을 가질 수 있어 잘 참고 견뎠다. 엄청난 인명 피해를 입고 목숨을 걸고 싸웠던 한국민은 통일을 눈앞에 둔 1950년 겨울, 중공군의 참전으로 그 꿈을 접었다. 한국민은 중공군 참전 후에도 통일을 완수하기 위하여 최선의 노력을 폈으나 동맹국 미국의 휴전 결정으로 통일의 꿈을 접을 수밖에 없었다. 미국은 소련을 의식하고 전쟁을 한반도 외로 확산하는 것을 회피하려 하였고 한국 내에서 중공군과의 소모전을 지속하는 것에 회의를 느끼기 시작함으로써 전쟁 이전 상태에서 전쟁을 끝내기로 결정하고 중국과 휴전을 합의하였다.

한국은 독자적 전쟁 수행 능력을 갖추지 못한 신생 약소국으로 미국의 휴전 결정을 수용할 수밖에 없었고 휴전 이후의 안전을 미국이 보장해준다는 '한미상호방위조약' 체결 약속을 받고 제2의 분단인 휴전에 동의하였다.

1953년 10월 1일 한미상호방위조약이 체결되었고 이 조약은 양국의 비준절차를 거쳐 1954년 11월 17일 발효하였다. 이 동맹 조약은 그 이후 대한민국의 안전을 미국이 군사적으로 보장하는 장치로 6·25전쟁 이후 지금까지 제2의 6·25가 다시 일어나지 못하도록 하는 장치가 되었다. 뿐만 아니라 이 조약에 따라 미군이 한국에 주둔함으로써 주변국의 한국에 대한 무력 개입을 억제하는 전쟁억지 기능도 수행하고 있어 대한민국의 전후복구와 경제 건설의 환경을 조성하는 데도 크게 기여하였다.

전후복구

1. 휴전과 환도

1953년 7월 27일 판문점에서 유엔군과 중공군·북한인민군 간에 휴전협정이 조인되었다. 전투가 멎었다. 휴전협정에 따라 포로 교환이 이루어졌다. 북한으로 돌아가기를 거부한 인민군 포로는 반공포로로 남쪽에서 석방되었다. 중국으로 돌아가기를 거부한 중공군 포로는 대만으로 보냈다. 남북 어느 쪽도 가기를 거부한 소수의 포로는 인도 등 중립국으로 보내졌다. 북한도 미군 포로와 일부 한국군 포로를 보내주었다. 휴전 때의 전선에 휴전선이 그어졌고 휴전선 양쪽에 2*km*씩의 비무장지대가 설정되었다. 한반도의 제2분단이 이루어졌다.

대한민국 정부도 부산에서 서울로 환도했다. 그리고 부산으로 피난 갔던 서울 시민들도 다시 서울로 돌아왔다. 전쟁 중 부산으로 월남했던 약 70만 명의 북한 주민들의 대부분도 서울로 들어왔다. 갑자기 늘어난 인구로 서울은 혼잡했다.

서울은 폐허 같았다. 서울 수복 때의 포격과 석 달 동안의 폭격 속에서 경복궁 등 문화재 이외의 건물은 거의 다 허물어졌다. 남산공원에서 삼청공원을 건너다보면 그 사이에 보이는 건물이 몇 개밖에 없었다. 중앙우체국, 한국은행과 저축은행(제일은행), 산업은행(지금 롯데백화점 자리에 있던 식산은행), 그리고 멀리 화신백화점이 남아 있었다. 서쪽으로는 서울역이 건재했다. 복구 과정에서 새 길도 생겼다. 서울역에서 회현동 네거리까지 길도 새로 생겼고 필동 네거리에서 신당동 가는 길도 새로 생겼다. 헌 트럭을 개조한 버스도 생겼고 지프차에 뚜껑을 씌운 택시도 생겼다.

부산으로 피난 갔던 학교들도 다시 돌아왔다. 내가 다니던 경희궁 터의 서울중학교는 영국군이 쓰고 있어 강당과 체육관에 임시로 칸막이를 하고 수업을 했다. 시장도 열렸고 행정기관, 회사, 가게도 다시 자리 잡았다. 환도 1년 만에 대부분의 질서가 복원되었다.

그러나 전쟁의 피해가 너무나 컸다. 제조업체의 건물과 시설 피해율은 44%, 42%에 이르렀다. 경인공업지대, 삼척공업지대의 공장들은 거의 모두 파괴되었고 시설도 모두 못 쓰게 되었다. 6·25전쟁 전의 제조업체 5천 개 중에서 반이 없어져서 휴전 때는 2천474개가 남았다. 광산들도 모두 허물어졌다. 산업은 거의 마비되었다.

국민의 생활 기반도 거의 붕괴되었다. 살림집, 학교, 병원, 상하수도, 전신전화 시설, 도로-항만 시설도 대부분 파괴되었다. 40만 채 이상의 살림집이 파괴되었고 반파된 것도 10만 채가 넘었다. 전체 국민의 12%가 집을 잃은 이재민이 되었다.

더 큰 피해는 가족 구성이었다. 평균 1가구 당 1인 이상이 목숨을 잃었다. 전사자, 인민군에 의한 학살과 납치된 사람, 폭격과 포격에 희생된 사람들로 가정이 허물어진 집이 많았다. 월남인들은 북한에 두고 온 가족과 헤어진 이산가족이 되었고 월북한 사람들로 이산가족이 된 가정도 많았다. 서울 시내에는 상이장병들이 넘쳐 났다. 부모를 잃은 고아도 엄청났다.

전쟁은 빈부의 차를 일시에 없앴다. 가진 자도 가난한 자도 모두 자산을 잃고 빈민화 되었기 때문이다. 한국은 전쟁으로 세계 최빈국의 하나로 전락하였다.

2. 폐허 속에서 다시 일어서다

폐허에서 다시 일어나는 데는 미국의 도움이 컸다. 휴전 후 4·19까지 7년간 미국은 31억 달러의 원조를 제공하였다. 산업 재건을 위한 원자재와 중간재, 설비 등을 지원해준 ICA 원조는 약 15억 달러 정도였고 식량 원조가 4분의 1정도였다. 교회 등을 통하여 제공된 민간 원조도 컸다. 전쟁고아 상당수는 미국 가정에서 입양하여 데려 갔다. 전쟁고아 20만 명 중 15만 명은 미국으로 입양되었다.

미국 원조에는 교육 재건을 위한 것도 포함되었다. 학교시설 복구 자재와 교육 기자재도 지원해주었고 대학생들에게 미국 유학의 기회도 만들어 주었다. 서울대학교의 경우에는 법과대학, 농과대학, 공과대학 등 3개 대학을 선정하여 교수들을 미국에 초빙하여 재교육시키고 각종 실험용 기자재를 공급하고 미국 교수들을 파견하여 교육 프로그램을 짜는 것을 도와주는 이른바 '미네소타 프로그램'에 덕을 입어 대학의 틀을 잡는데 큰 도움을 얻었다. 내가 법과대학에 입학했던 1957년에도 법과대학에 두 분의 미국 교수들이 와서 강의했고 교수 중에도 몇 분 미네소타 대학에서 연수를 받고 왔었다. 서울대학교 행정대학원은 그 때 만들어졌다.

소비재 산업이 자리 잡아가면서 경제성장 속도도 높아져서 1960년까지 연평균 5~8%의 성장을 이루었다. 삼성(三星)은 이 때 소비재 생산으로 성장한 토착 기업이다. 밀가루 등 식료품, 방직 등 섬유공업이 산업화의 견인차 역할을 하면서 공업화가 시작되었으나 전력 부족 등 사회간접자본 형성이 되어 있지 않아 큰 진전을 이루지 못했다.

한국의 전후복구를 돕기 위해서 국제연합도 나섰다. 국제연합은 '유엔한국부흥단'(UNKRA)을 발족시키고 36개 회원국과 9개 국제기구를 통해 2억 5천만 달러 규모의 기금을 조성하였다. 국제연합은 이어서 네이산협회(Nathan Association)에 위탁하여 '한국경제재건 5개년계획'(1952)을 작성하였는데 이 보고서는 외부 지원만 적절히 이루어진다면 5년 내에 전쟁 피해를 완전히 복구할 것이라 예측하고 미국 등 관련국에서 원조를 해줄 것을 요청하였다. 정부는 장기 경제개발계획에 착수하여 1960년 4월 초 '3개년 경제발전계획 시안'을 마련하였으나 4·19사태로 실시되지 못했다.

전후복구에서 가장 중점을 두었던 것은 국군의 재건, 현대화 작업이었다. 전투는 멈추었으나 전쟁은 끝난 것이 아니어서 전쟁 중 손실을 입은 국군을 정상화하고 무기를 재정비하는 일이 급선무였다. 한국군은 1954년까지 지상군 20개 사단 66만 1천 명, 해군 1만 5천 명, 공군

1만 6천500명, 해병대 2만 7천500명 등 총병력 규모 72만 명으로 국군 편제를 확대하였으나 유지비 제약으로 1958년 지상군을 약 9만 명을 줄여 63만 명 규모의 병력을 유지했다. 군사력 증강에 소요되는 경비는 주로 미국의 군사 원조로 충당하였다. 1956년부터 1960년 사이에 미국은 총 22억 9천200만 달러 상당의 군사 원조를 제공했다. 6·25전쟁은 결과적으로 현대화한 한국군을 만드는데 기여한 셈이다.

3. 높아진 시민 의식

해방, 건국, 6·25전쟁을 겪으면서 한국 국민의 시민 의식은 급격히 높아졌다. 우선 교육 수준이 높아지면서 국민들의 민주시민 의식이 높아졌다. 해방 당시 78%에 달했던 문맹률이 4%로 낮아져 일제강점기의 신민이라는 피지배자라는 의식에서 국민 각자가 대한민국이라는 민주국가의 주인인 주권자라는 의식을 갖게 되었다. 통치자를 자기 손으로 선거를 통하여 선출한다는 생각을 가지게 되어 국가 정책에 대하여 높은 관심을 갖게 되었다. 특히 헌법에 보장된 국민의 기본권을 지켜야겠다는 생각을 갖게 되면서 정부의 '전제적 지배'에 저항하기 시작하였다. 특히 고등교육의 확산으로 많은 지식인들이 여론 형성에 앞장서게 됨에 따라 정부의 불법에 강하게 저항하였다.

6·25전쟁을 통하여 북한이 내세우는 인민민주주의의 허구성을 경험으로 알게 되면서 한국 국민들은 대한민국의 자유민주주의를 수호하여야겠다는 강한 의지를 갖게 된 것도 큰 변화였다. 북한 인민군이 남한 지역을 점령했던 3개월간에 한국 국민들은 강한 반공의식을 가지게

된 셈이다. 6·25전쟁은 대한민국의 국민이라는 공동체 의식을 갖도록 한국민을 교육한 셈이다. 그리고 이렇게 형성된 한국민들의 민주의식과 민주공화국 대한민국에 대한 애국심은 대한민국 민주발전사에 큰 영향을 끼친 4·19학생의거, 5·16군사혁명, 그리고 군사 정권에 저항하면서 민주주의를 굳혀가는 원동력이 되었다.

4. 자유당의 무능과 부패에 대한 저항

높은 시민의식을 갖게 된 국민들은 전쟁으로 피폐해진 한국 사회의 현실에 좌절하게 되고 이상과 현실의 괴리에서 이를 현명하게 조화시켜 나가는 정치적 지도력을 발휘하지 못한 집권세력에 강하게 반발하기 시작하였다. 1인당 국민소득이 100달러도 안 되는 세계 최빈국으로 전락한 경제 상황 속에서 높은 실업에 하루하루를 고통으로 보내게 된 국민들은 정부가 앞장서서 희망을 보여주는 지도력을 발휘해주기를 기대했으나 집권 자유당은 무능과 부패로 국민들을 실망시켰다.

이승만 대통령은 국가존망의 위기를 가져온 6·25전쟁에서 탁월한 지도력으로 대한민국을 지켜냈으나 전후의 어려움을 극복하는 데는 실패했다. 이승만 박사는 독립운동을 통하여 쌓아온 개인적 권위와 탁월한 영도력으로 해방 후의 정치 혼란을 수습하여 건국 대통령이 되었고 전쟁의 어려운 상황에서 국민을 하나로 단합시켜 대한민국을 지켜냈다. 그러나 제대로 된 집권 정당을 만들지 못한 상태에서 강력한 야당의 도전을 받아 대통령직을 지켜내는데 어려움을 겪었다. 전쟁 중 임시수도에서 대통령 임기가 끝나게 되어 이를 극복하기 위하여 대통령간선제를 직선제로 고치는 개헌을 통하여 대통령에 재선되었으나 거기까지가 한계였다. 통치권 유지를 위하여 급조한 여당 자유당(自由黨)은 이념을 같이 하는 정치인들의 집합체가 되지 못하고 정권 장악에만 관심을 가진 다양한 인사들의 모임이 되어 공당(公黨)의 권위를 가지지 못한 파당(派黨)으로 전락하였다. 고위당직자들의 부패는 국민들을 분노하게 하였으며 무능은 국민들을 실망시켰다. 집권 세력의 비리와 불법으로 국민의 신망을 잃은 자유당은 정권 재창출을 위하여 부정선거를 감행하였고 부정선거가 기폭제가 되어 4·19학생의거, 그리고 이를 이은 정치혁명으로 1960년 자멸하게 된다.

6·25전쟁은 신생 민주공화국 대한민국의 존립을 위협한 엄청난 재난이었다. 그러나 역설적으로 6·25전쟁은 대한민국 국민의 민주의식을 높여 주어 더 나은 민주공화국으로 성장할 수 있는 계기를 만든 역사적 사변이 되었다.

나는 초등학생으로 6·25전쟁을 만났고 중학생으로 3년간 전쟁의 참화와 피난민의 고통을 지켜보았으며 고등학생과 대학생으로 전후(戰後)의 정치 변혁을 관찰했다. 이 과정을 거치면서 민주공화국 대한민국을 바로 지켜야겠다는 애국심을 갖게 되었다. 나와 함께 6·25를 겪은 한국민들은 그 후에 전개되는 정치민주화의 긴 여정에서 역사 흐름을 평가하는 기준을 6·25에 두게 되었다. 민주주의는 정치 구호가 아닌 삶의 실체에서 평가해야 하고 국가가 살아야 국민이 산다는 공동체 정신을 바탕으로 모든 정치 행위의 옳고 그름을 가려야 한다는 원초적 국민의식을 갖게 된 것이다.

제 4 장

4·19와 5·16
민주수호와 부국강병의 충돌

04

4·19와 5·16
민주수호와 부국강병의 충돌

      4·19와 5·16을 거쳐 출범한 제3공화국 시대 10년은 이승만 정권 시대 12년을 이어 대한민국 현대사의 제2장에 해당한다. 이승만 시대 12년은 나라세우기, 나라 지키기의 시대였다면 5·16군사혁명으로 출범한 박정희(朴正熙) 시대는 나라 가꾸기에 총력을 기울인 시대였다.

  해방 당시 한국은 전 세계에서 가장 가난한 나라였다. 해방을 거쳐 다시 6·25라는 엄청난 전쟁을 겪으면서 한국은 더 가난해졌다. 미국의 원조로 겨우 연명하는 나라였다. 이러한 최빈국이던 한국을 제3공화국 정부는 1979년 박정희 대통령 서거까지 네 번의 경제개발5개년계획을 세워 추진하여 1인당 국민소득 1천647달러의 초고속 성장의 중진국 수준까지 끌어올렸다. 박정희 정부의 이러한 업적으로 박정희 대통령은 건국 대통령 이승만과 함께 대한민국의 오늘을 있게 한 두 분의 위대한 영도자로 국민의 추앙을 받고 있다.

그러나 박정희 정부 통치 18년은 민주공화국 대한민국의 건국이념인 민주주의를 후퇴시킨 '군사독재시대'라는 평가도 같이 받고 있다.

박정희 통치 시대를 나는 두 시기로 나눈다. 5·16부터 시작하여 제3공화국을 만들고 앞선 정부 때의 부패, 부정을 일신하고 의욕적으로 산업화에 매진하던 시대였던 1972년 유신 선포까지와 유신헌법 제정 후 비상조치법을 연속 제정하면서 국민 저항을 무력으로 탄압하면서 전제정치를 펴던 이른바 권위주의 시대로 나눈다. 앞의 초반부의 전제적 사회개혁 시기는 5·16 이전 상태의 혼란 수습을 위한 불가피한 조처로 국민들은 이를 양해했던 시기였다. 그러나 유신체제 선포부터 10·26까지의 약 10년간은 집권 세력의 장기 집권을 위한 국민저항 탄압 시기로 민주화가 되어가던 한국 정치를 파시즘적 전제정치로 되돌리던 '역사의 역주행' 시기였다. 10·26은 이러한 민주주의 국가이념을 놓고 이를 지켜야 한다는 국민과 이를 어기고 독재 정권의 영속을 추진하던 박정희 주변의 집권층 간의 투쟁의 필연적 귀결로 나타난 비극이라고 생각한다.

제4장은 유신 이전의 박정희 통치 기간 전반부의 역사기록이다.

학생으로 참여한 4·19 | 국민의 분노

1. 피의 화요일

그 해 동숭동 서울대 문리대 마당의 라일락은 유난히 화사했다. 휴강이 잦은 시절이라 법대생들은 구름다리를 넘어 문리대 마당에서 많은 시간을 보냈다. 서울대 중앙도서관이 거기 있었고 문리대의 다양한 '명 강'들을 강의실 뒤에 허가 없이 들어가 듣는 '도강'의 재미가 있어서였다.

4월 18일 그곳에서 고교동기생 김치호(金致浩) 군을 만났다. 잔디에 누워 악보를 보면서 혼자 노래 연습을 하고 있었다. 내가 그 노래 나도 좋아한다고 했더니 주저 없이 음악책에서 그 노래가 담긴 장을 째서 내 게 주었다. 「호프만의 뱃노래」였다. 나는 놀랐다. 아끼는 책에서 책장을 쨌다는 것은 비정상적 행동이었다. 그날따라 행동이 이상했다. 다음날 세상을 떠날 것을 미리 알았던 걸까?

3월 15일 대통령 선거에서 자유당 정부가 내어 놓고 행한 부정선거 로 전국민이 분노하고 있었다. 부산에서, 마산에서 항의 데모가 거세게 일어나고 있었다. 서울에서도 분위기는 심상치 않았다. 유세희(柳世熙) 군 등 문리대 정치과의 '깨인 학생'들이 주동이 되어 저항 데모가 준비 되고 있었고 법대에서도 황건(黃健), 최성일(崔星一) 군 등이 각각 낙산 다방에서 계획들을 점검하고 있었다.

4월 18일 고대생들이 교내 행사를 계기로 대규모 데모를 벌였고 이 학생들이 귀교 하는 길에 종로 천일백화점 앞에서 깡패들의 테러 공격 을 받아 많은 학생이 다쳤다. 4월 19일 조간신문에 실린 테러 현장 사 진들로 온 시민이 흥분했다.

4월 19일 아침 처음으로 길에 나선 학생들은 혜화동에 있던 동성고 등학교 학생들이었다. 이 학생들이 중앙공업실험소(현재의 방송통신대) 앞길에 왔을 때 경찰의 무자비한 진압이 시작되었다. 문리대 학생들이 나섰다. 법대 학생들도 나섰다. 데모 행렬은 종로로 나서서 화신 앞까지 갔다. 나는 파고다 앞 파출소에서 난생 처음으로 최루탄 가스를 맡아보았다. 화신 앞에는 경찰 수백 명이 가로막고 있었다. 유충렬 시경국장이 앞에 나와 학생대표를 찾았다. 앞줄에 있던 내가 나섰다. 우리는 국회의사당(현 시의회 건물)까지 가서 '부정선거 다시 하자'는 결의안을 전하고 되돌아가겠다고 했다. 경찰은 안 된다고 했다. 시민들이 학생들과 합세하여 투석전을 벌였고 학생데모대는 국회에 도착했다. 동국대, 중앙대 등 다른 학교 학생들도 도착했다.

진압경찰의 발포는 데모대가 중앙청 앞을 지나 효자동 길로 들어선 후 시작되었다. 오후 4시 계엄령이 내려지고 군이 시내로 진입하였다. 학생들은 해산하였다. 효자동 경무대(청와대) 앞, 을지로 치안본부 앞, 세종로 경찰무기고 앞, 서울역 광장 등지에서 많은 사람이 총상을 입었다. 산발적 충돌은 계속되었으나 곧 치안은 회복되었다. 계엄사령부 집계에 의하면 4월 19일 하루 동안 사망자는 민간인 111명, 경찰 4명, 그리고 부상자는 민간인 558명, 경찰 169명이었다. 나의 고교동창 중에 김치호(문리대 수학과), 안승준(安承駿: 서울대 상대)이 죽었다.

2. '의거'가 '혁명'으로

4·19의 직접적 원인은 3·15 부정선거였다. 이승만의 권위에 기대어 통치권을 행사해오던 자유당 지도부는 85세 고령의 대통령의 사후를 대비하여 대통령 유고 시 대통령직을 인수할 부통령으로 자유당 부총재 이기붕(李起鵬)을 당선시키기 위해 무리한 부정선거를 감행하면서

국민의 분노가 폭발했다.

　이승만 정부는 무리한 정권 유지 욕심에 이미 여러 번 헌정 질서를 무너뜨리는 일을 저질렀었다. 1952년 전쟁 중에 부산 임시수도에서 간선제 헌법을 직선제 헌법으로 개정하여 정당 지지를 받지 못하던 이승만 박사를 국민들의 지지를 앞세워 대통령으로 다시 뽑았고 1954년에는 이승만 대통령이 대통령에 세 번째로 다시 나올 수 있도록 3선을 금하던 헌법을 고쳤고 고친 헌법에 따라 이승만 대통령은 1956년에 세 번째로 대통령에 당선되었다. 이 때 부통령으로 출마했던 '이승만 승계 예정자' 이기붕은 선거에서 패배하고 야당이던 민주당의 장면(張勉) 후보가 당선되었다. 대통령과 부통령이 다른 당에서 나오고 국회가 여소야대의 불리한 상황에서 치러진 제4대 대통령선거가 1960년 3월 15일의 선거였다.

　자유당은 이 선거에서 질 수 없다고 결정하고 "투표에서는 져도 개표에서 이기자", "공개투표", "3인조 투표", "유령유권자 조작" 등의 내부 방침을 세우고 선거에 임했다. 그리고 그대로 감행해서 이기붕을 79% 지지 받은 것으로 하여 부통령에 당선시켰다. 이것이 3·15 부정선거이다. 그 때의 한 대학생의 느낌을 소개한다. 3월 3일자 일기에 나는 다음과 같이 울분을 적어 놓았다. "……겨우 걸음마를 떼는 대한민국은 자유당이라는 채독벌레 같은 것에 뜯겨 소아마비에 걸린 것처럼 되었다. ……해놓은 것 하나 없고 이루고자 하는 목표도 제시하지 못하고 오직 정권을 붙잡고 앉아 보겠다는 욕심에서 갖은 치사한 방법을 다 쓰겠다고 하니…… 자유당이 이번 선거에서 작전대로 부정선거를 하면 대한민국은 끝난다."

그리고 3월 16일자의 일기에는 "……어제 3·15 정부통령 선거가 자유당 계획대로 부정으로 치러졌다. 인간의 기본 양심의 여운이 남아 있는 사람이라면 감행할 수 없는 파렴치한 투표 작전을 펼쳤다."

4·19 학생데모는 부정선거를 규탄하고 '선거를 다시 하자'라는 구호를 내세운 의거(義擧)였지 처음부터 계획된 '혁명'은 아니었다. 그러나 학생의거로 촉발된 국민의 거국적 저항으로 이승만 정권이 무너지고 야당이 정권을 잡게 되고 의원내각제의 새 헌법이 만들어지고 새로운 공화국 제2공화국이 출범하게 되니 그 결과는 혁명이 되었다. 그래서 지금은 공식적으로 '4·19민주혁명'이라고 부르고 있다.

4·19학생의거는 4월 25일 대학교수 가두시위를 거쳐 4월 26일 이승만 대통령이 "국민이 원한다면 대통령직에서 물러나겠다"는 하야성명을 발표함으로서 혁명으로 끝났다. 4·19를 지켜본 국민들은 4·19혁명을 '제2의 해방'으로 여겼다. 4월 26일자 일기에 나는 이렇게 적었다. "……드디어 우리는 이겼다. 유혈의 혁명이 드디어 감격적인 승리로 결말을 지었다. 민주주의라는 화려한 가면을 쓰고 갖은 파렴치한 짓을 해오던 썩은 집권층은 완전히 허물어졌다. ……우리 한국 사람의 힘만으로 쟁취한 최초의 떳떳한 자유천지…… 다시 더럽히지 말자." 그리고 대통령이 경무대를 떠나 이화장으로 나간 4월 27일 일기에는 "제2의 해방이 왔다. 낡은 정치인들이 10년 걸려도 못 이룬 일들을 젊은 학생들이 피로 이루었다.…… 우리는 할 일을 했다. 우리는 돌아와 다시 도서관에서 책을 들고 있다. 우리는 오늘부터 4·19의 열과 성으로 책으로 투쟁할 것이다." 나는 CBS특파원, 스톡홀름 티드닝겐 신문의 헤드

버그 기자와의 인터뷰에서도 위와 같이 이야기 해주었다.

　4·19를 되돌아볼 때 지금도 궁금한 것은 이승만 박사의 사태 인식이다. 국내외 정세를 꿰뚫어보는 혜안을 가졌던 분이, 그리고 참선비의 덕목을 모두 갖추었던 분이 3·15부정선거를 묵인했다는 것은 납득이 가지 않는다. 나는 교수가 된 후 일제강점기 때의 독립운동 자료를 보기 위해 이화장을 자주 찾았다. 그때는 프란체스카 여사가 생존할 때여서 이승만 박사의 근검한 사생활 이야기를 많이 들을 수 있었다. 오로지 대한민국 지키기와 한국민의 안녕만을 위해 헌신했던 이승만 대통령이 3·15부정선거를 용인했다는 것은 이해할 수 없다.

3. '민'이 '주'가 된 민주발전의 첫걸음

　민주주의는 국민이 주권자인 정치이다. 국민이 통치자를 선출하는 통치자와 피치자를 일치시키는 정치이다. 이러한 민주정치가 제대로 작동하게 하려면 국민이 민주시민 의식을 갖추어야 한다. 시민이란 국민 중에서 '자기 행위의 의미를 알고 자기 행위에 책임을 질 줄 아는 사람'을 말한다. 국민 중 적어도 반 수 이상이 민주의식을 갖춘 시민이어야 민주정치는 제대로 작동한다.

　신생 독립국가들이 민주정치를 선택하게 되면 국민들이 성숙한 민주시민으로 성장하기 전에 집권 세력들이 국민의 의사를 선거 조작으로 왜곡시켜 장기집권체제를 구축하려 한다. 이른바 '민주주의의 탈을 쓴 전제정치체제'라는 독재 체제가 자리 잡게 된다. 일본 제국주의 식민통치 35년에 이어 미군 군정체제 3년을 겪으면서 한국 국민은 민주시민의식을 갖출 기회를 가지지 못했었다. 이런 상태에서 발족한 대한민국의 민주공화체제는 주권자인 국민의 민주참여 의식이 미처 형성되기도 전에 자유당의 반민주적 '전제정치 굳히기'를 만나 난파 직전의 위기에 다다랐다. 더구나 전체주의-전제주의 정치체제를 갖춘 북한과의 전쟁을 하면서 반공(反共)의 투쟁 명분이 생겨 자유당 집권층은 국민의 기본 인권 제약, 특히 언론집회결사의 자유를 제한하는 구실을 반공구국(反共救國)에서 찾았다.

4·19학생의거는 이렇게 시들어가던 한국의 민주주의를 되살려내는 기폭제가 되었다. 민주주의 정치를 주도하여야 할 국민의 주권자 지위를 재확인해주는 혁명을 가져온 원동력이 되었다. 국민이 주인으로 다시 태어날 수 있게 만들었다는 점에서 한국 민주발전에 하나의 획을 긋는 계기를 4·19가 만들어 내었다.

4·19혁명은 왜 가능하였는가? 정부의 '교육입국' 노력 덕분에 국민들이 민주의식을 가지게 되었기 때문이었다. 이승만 정부의 노력으로 불과 15년 동안 해방 당시 문맹률이 80%에 이르던 나라를 문맹률이 사실상 0%인 나라로 바꾸어 놓았다. 그리고 대학생이 몇 안 되던 나라에 수십 개의 대학을 세워 국민을 교육받은 민주시민으로 만들어 놓았다. 1960년에는 대학 재학생 수가 8만 명에 이르렀다. 이들이 4·19학생의거를 주도했던 것은 우연이 아니다.

나는 4·19학생의거에 대학 4학년생으로 참가했다. 나와 동급생은 1938년 4월부터 1939년 3월 사이에 태어난 해방 1세대를 자처하는 세대에 속한다. 일본 점령기에 일본어로 가르치는 '고꾸민각고(國民學校)'

에 입학했으나 해방과 더불어 다시 국민학교 1학년부터 다닌 한글 1세대이다. 우리가 학교 다니던 때의 초·중·고등학교 교사들은 일제강점기에 사범학교나 고등사범학교를 나오신 분들이었다. 2세 교육을 통하여 한국인의 민족의식을 함양한다는 애국심 깊은 분들이어서 우리에게 철저한 애국심을 주입시켰다. 그리고 새로운 민주공화국으로 출발한 대한민국의 국민으로 투철한 민주시민 의식을 갖도록 훈련시켰다. 해방 1세대는 대학교에 들어간 후에 나라를 이끄는 선구자라는 높은 사명감을 가졌었다. 우리보다 앞선 세대는 일제강점기에 억압받고 징용에 동원되어 제대로 된 교육을 받지 못한 세대라고 우리는 생각했다. 제대로 교육받은 제1세대인 우리가 이 나라를 이끌어 나가야 한다는 강한 사명감을 우리 세대는 공유하고 있었다.

민주정치를 처음으로 배우고 자란 새로운 지식인 집단인 대학생들이 '배운 내용'과 '정치 현실'의 불일치에 분노하여 저항을 하고 나선 것은 당연한 일이었다. 학교에서 배워 프랑스혁명, 미국 독립운동, 유럽 선진국들의 민주정치 운영 등에 친숙한 대학생들이 비상식적인 불법 선거를 지켜보면서 참고 있을 수는 없었다. '부정선거 다시 하자'는 구호를 외치고 거리로 뛰어나간 것은 민주교육 15년의 결과라 할 수 있다.

4. 기수 없는 혁명이 가져온 혼란

4·19는 학생들의 부정선거에 대한 저항에서 촉발된 하나의 의거였으나 그 결과로 이승만 대통령이 하야하고 집권당 자유당이 몰락함으로써 야당이 집권하는 정권교체가 이루어졌고, 다시 새로 집권한 민주당

정권이 내각책임제로 헌법을 고치고 새로운 헌법에 따른 새로운 통치체제인 제2공화국을 발족시킴으로써 혁명으로 발전하였다. 그래서 역사 교과서에서는 4·19학생의거를 그 결과에 초점을 맞추어 4·19민주혁명이라고 쓰고 있다.

4·19혁명에는 혁명 주도 세력이 없었다. 그래서 고병익(高柄翊) 교수는 4·19혁명을 '기수(旗手) 없는 혁명'이라고 불렀다. 학생도 주도 세력이 될 수 없었고 어떤 정당도 혁명을 주도한 것이 아니기 때문이다. 좌익 지식인들이 4·19를 '미 제국주의와 결탁한 국내의 반(半)봉건 지배계급을 타도하기 위한 민중에 의한 민족주의 혁명'이라고 주장하는 것은 너무 사실을 왜곡한 주장이다. 민중이 주도 세력이란 것도 틀린 이야기이고 반(半)봉건 계급투쟁이라는 목적도 전혀 엉뚱한 이야기이고 '미완의 민중 민족혁명'이란 것은 말도 되지 않는 억지 주장이다. 4·19를 주도했던 학생들은 대한민국의 민주공화제를 바로 지키려 했지 이를 타도 대상으로 생각해 본 적도 없고 민중을 대표한다는 생각도 가져 본 적이 없었고 더구나 민족혁명으로 발전시키려는 생각은 전혀 없었다.

기수 없는 혁명에서 혁명 분위기를 이용하여 정치 개혁을 주도했던 세력은 야당이던 민주당이었다. 4·19로 자유당이 무너져 국회를 장악하게 된 민주당은 당론으로 주장하던 내각책임제 개헌을 추진하여 1960년 6월 15일 새 헌법을 만들었다. 건국 헌법의 민주주의 원칙은 모두 그대로 계승하고 권력 구조만 대통령책임제에서 내각책임제로 바꾸었을 뿐이다. 그리고 부통령제도 없앴다. 또한 의회를 정원 233명의 민의원과 서울특별시와 도를 단위로 하여 선출한 정원 58명의 참의원으로 구성하는 양원제로 고쳤다. 대통령은 양원합동회의에서 선출하도록 하였으며 새 헌법에 의해 8월 민주당의 윤보선(尹潽善)을 대통령으로 선출하고 민주당이 지배하는 제2공화국을 출범시켰다.

새로 출범한 제2공화국은 출발부터 불안정했었다. 당내의 구파-신파의 대결이 격심하여 내각의 안정을 이루지 못했다. 대통령은 민주당 구파, 국무총리 장면은 신파였고 구파는 장면 총리가 신파 일색으로 내각을 구성하는데 반발하여 신민당이라는 새 당을 만들어 나갔다. 장면 내각은 10개월 동안 세 차례 개각을 하였다. 이러한 정치적 혼란으로 한국 사회는 거의 무정부 상태로 들어섰다.

민주당 정부 10개월 동안 가두시위가 2,000건이나 행해졌다. 거리는 시위대로 뒤덮였고 시위대의 일부는 국회를 점거하여 의사일정이 마비되기도 하였다. 노동운동도 활성화하여 노동투쟁, 파업이 일상화하였다. 언론자유의 물결 속에서 일간지가 약 400개가 새로 나왔다.

민주당 정부가 통제력을 잃어감에 따라 좌익세력의 활동이 급격히 확산되었다. 그동안 잠복되어 있던 북한 동조 세력들은 자유로워진 새 질서 속에서 공개적으로 정치, 사회단체를 결성하고 친북 활동을 펴기 시작했다. 그리고 좌익 정당들은 북한 정권의 통일전선전략 전개의 앞잡이가 되어 북한이 내세운 남북합작, 남북교류, 통일정부수립운동에 앞장섰다. 1961년 1월 사회대중당, 혁신당, 사회당, 통일사회당 등 16개 사회단체와 정당들이 모여 '민족자주통일중앙협의회'(민자통)를 결성하고 활동을 시작하였으며 각 대학에 결성된 통일 관련 조직의 연합체인 '민족통일전국학생연맹'(민통련)은 남북 학생회담을 제의하고 판문점으로 행진하였다.

기수 없는 4·19혁명은 정권 쟁취에 유리한 체제로 혁명을 이용하려는 정치인들과 한 발 더 나아가 4·19혁명을 좌익들이 주장하는 민중해방, 반미 민족해방운동으로 몰고 가려는 좌익들의 기도로 본래의 순수한 성격을 잃어가고 있었다.

기자로 지켜본 5·16 | '올 것이 왔다'

1. 가장 길었던 1961년 5월 16일

나는 법대 4학년 2학기에 한국일보 견습기자 시험에 합격하여 기자로 근무를 시작했다. 경찰서 출입 사건기자 수업을 받고 있었다. 5월 15일 밤 경찰서 야간 순례를 마치고 막 퇴근할 때였다. 신문사에서 긴급 소집명이 떨어졌다. 남한강 파출소에서 군인과 경찰이 서로 총질하는데 이런 정도 사건이면 신문에 실어야 되지 않겠느냐는 독자 전화가 걸려와 그곳에 나가 확인 취재하라는 명이었다. 사진기자로 야근하던 서울고 동기동창 최정민(崔靖民) 기자와 함께 나섰다. 서울역 앞 광장에서 혁명군과 남대문경찰서 경관이 교전하는 가운데에 잘못 들어서서 고생했다. 남영동에서 해병대혁명군에 잡혔다. 작전 지역 무단진입으로 용산서에 임시로 차려진 중대본부에 연행되었다. 중대장이 취재기자임을 확인 한 후 석방시켜 주어 회사로 돌아왔다.

회사 편집국에서는 장기영 사장 진두지휘 아래 호외를 만들고 있었다. 야근하던 편집국 최병렬(崔秉烈: 한나라당 전 대표) 기자가 호외

기사를 써놓고 내게 검토를 부탁했다. "…… 5월 16일 미명, 수 미상의 군 트럭에 분승한 수 미상의 군인들이 서울로 진입하였다. 일부 폭도들은……"으로 시작되는 기사였다. 나는 내가 나가 본 바로는 '성공한 쿠데타' 같은데 이렇게 보도해도 되겠느냐고 이의를 제기했다. 장기영 사장은 미국 대리대사 마셜 그린에게 확인했더니 미국이 승인하지 않아 성공할 수 없는 쿠데타라고 했다.

나는 다시 현장으로 나갔다. 육군본부로 가보기로 했다. 정문에서는 부대 안으로 들어 갈 수 없을 것 같아 후암동 측 미8군사령부 후문으로 들어가 주차 후 육군본부로 잠복진입하였다. 혁명군 지휘관들이 회의실로 차례로 들어서고 있었다. 회의장으로 들어가 보았다. 한 장군이 나를 불러내서 "살고 싶으면 도망가라"고 일렀다. 취재차로 돌아와 보니 미군 헌병이 주차위반이라고 나를 당직실로 연행하였다. 새벽에 당직 장교의 신분 확인을 거쳐 석방된 후 KBS에 들려 '혁명공약'을 받아 귀사했다. 오전에는 미아리-중랑교 지역으로 나가 혁명군이 진압군에 대항하기 위하여 참호를 파고 대비하는 것을 취재했고 오후에는 덕수궁 안에 있던 공수특전단 김제민 중령 인터뷰를 했다. 길고도 긴 하루였다.

5월 18일에는 육사 생도들의 혁명지지 가두행진을 취재했다. 육사 생도들이 시청 앞 광장에서 지지결의를 한 후 장도영(張都暎) 육군참모총장의 훈시가 있었다. 나는 장 총장과 인터뷰하여 당일 한국일보 석간 1면에 그 기사를 실었다. 밤에는 강영훈(姜英勳) 육사 교장과 이한림(李翰林) 제1야전군사령관을 연행수감하는 현장을 취재했다. 후에 1968년

8월 나는 같은 미시간대학교 대학원생이던 장도영 장군과 술 한 병 놓고 밤새도록 5·16 당시의 장도영 장군의 심정과 행적을 복습했다.

2. 무혈 쿠데타

5월 16일 아침잠에서 깬 서울 시민들은 군사혁명 사실을 알게 되었다. 그 반응은 "올 것이 왔다"가 대부분이었다. 민주당 정부의 무능과 사회 혼란, 경제 파탄에 나라의 운명이 경각에 달렸다고 걱정하던 시민들은 안도의 한숨을 쉬었다. 특히 혁명군이 발표한 혁명공약 6개 항을 보고 국민들은 안심했다. 그리고 혁명군이 약속대로 해줄 것을 기대했다.

혁명 공약의 제1항은 반공을 국시의 제1의로 삼고 반공체제를 강화한다고 했다. 민주당의 느슨한 통제 아래서 갑자기 거세진 친북 공산단체들의 도발적 행위에 불안해하던 국민들은 마음을 놓았다. 제2항은 미국과 자유 우방과의 유대 강화, 제3항은 부패와 구악(舊惡) 일소, 제4항은 경제 재건에 전력을 집중한다는 약속이었고 제5항은 통일을 위하여 실력을 배양하겠다는 선언, 그리고 제6항은 이상의 과업이 성취되면 민간 정치인에게 정권을 이양하고 군은 본연의 임무에 복귀한다는 약속이었다.

쿠데타는 충돌 없이 이루어졌다. 경찰과 약간의 총격전이 있었지만 혁명군과 진압군 사이의 교전은 없었다. 60만 명이 넘는 군대에서 해병 1개 여단을 주력으로 하고 여기에 공병 약간, 공수특전단 약간이 참가한 약 3천600명의 혁명군이 박정희 소장의 지휘 아래 한강을 건너 서울로 진입하여 혁명을 새벽 몇 시간 내에 성공적으로 끝냈다는 것은 역사상 보기 드문 무혈 쿠데타라고 할 수 있다. 왜 가능했을까? 군 장병도, 그리고 대부분의 국민도 묵시적으로 동의한 구국의 결단이었기 때문이었다. 그만큼 4·19 이후 1년간의 상황에 국민들의 불만이 높았었다는 의미이다.

혁명군은 정부를 접수하였다. 수녀원에 피신했던 장면 총리는 5월 18일 국무회의를 소집하고 내각 총사퇴를 선언하였다. 혁명군은 윤보선 대통령을 방문하여 거사 내용을 보고했다. 대통령은 혁명군의 거사를 승인하였다. 장도영 육군참모총장이 군사혁명위원장에 취임하고 혁명군은 제2공화국 헌법을 무효화하고 정부를 해체하였다. 그리고 국가재건최고회의를 최고 주권 기구로 설치하였다. 두 달 뒤 장도영 장군은 반혁명자로 제거되고 박정희 장군이 최고회의 의장이 되었다. 장도영, 강영훈, 김흥수 장군은 미국으로 유학을 가도록 조처했다.

제2공화국은 1년도 채 못 채우고 해체되었다.

3. 군사 정부

혁명 후 정부를 해체하고 대신 설치한 국가재건최고회의는 입법권과 행정권을 모두 행사하는 최고 주권 기관이 되었다. 이 위원회를 정점으로 군사 정부가 통치행위를 시작했다. 군사 정부는 기존의 모든 정당과 사회단체를 해산하고 민간인의 정치 활동을 금지하였다. 이러한 군사 통치는 제3공화국이 수립되어 민정이양이 이루어진 1963년 말까지 지속되었다.

군사 정부는 혁명공약 제1항인 반공체제 강화에 제일 먼저 손을 대었다. 군사 정부는 과거 좌익 정당 활동을 했던 자, 혁신정당 관련자, 좌익 운동에 앞장섰던 사람 등 4천여 명을 군사재판에 회부하여 상당수를 처벌하였다. 부패와 구악 일소를 약속한 혁명공약 제3항을 실시하기 위하여 조직폭력배 4천여 명을 포함하여 각종 범법자 2만여 명을 사법처리하였다. 폭력 단체의 우두머리로 고발된 이정재(李丁載) 등은 처형되었다. 밀수범 처벌도 가혹하게 진행되었다. 그리고 부패공무원 4만 명을 해임하였다.

제4항의 경제 개혁에도 곧 착수하여 정치 세력과 결탁하여 부정을 저지른 대기업의 사주들을 구속하고 부정축재처리법을 제정하여 관련 기업가들에게 벌과금을 부과하였다. 그리고 농어촌고리채정리법을 제정하여 농어민의 고리채를 정부가 개입하여 가볍게 정리해주었다. 군사 정부는 사회기강 문란을 바로 잡기 위하여 교통법규위반도 단속하고 각종 풍기 문란 행위 단속에도 나서는 등 사회 전반의 기강 바로 잡기에도 적극적으로 나섰다.

국민들은 이러한 군사 정부의 개혁조치에 호의를 보였으며 군사 정부에 신뢰를 보냈다.

4. 4·19와의 관계

많은 현대사 교과서에서는 5·16을 부정적으로 평가하고 있다. 4·19 혁명으로 싹튼 민주주의를 군대가 무력으로 짓밟아 한국 민주정치 발전을 후퇴시킨 폭거로 5·16을 평하고 있다. 그러나 당시의 국민들은 이와 반대로 5·16을 4·19 정신의 계승으로 여겼다. 4·19에서 제시된 민주 정신을 올바로 구현하기 위한 군인들의 '의거동참'이 5·16이라고 보고 있다. 혁명공약에서 약속한대로 5·16은 민주주의가 바로 정착할 수 있도록 좌익 방해 세력을 제거하고 부패정치인과 공무원을 추방하고 국민의 최소한의 생활 기초를 마련해주려는 4·19혁명의 보완으로 보는 사람들이 많았다. 한국 민주주의 정착을 위해 앞장서서 투쟁하던 사상계(思想界)사의 장준하(張俊河) 사장은 심지어 "한국의 군사혁명은 압정과 부패와 빈곤에 시달리는 많은 후진국의 길잡이요, 모범이 될 것이다"라고 했다. 많은 지식인들이 군사 정부에 참여하여 그들의 개혁 작업에 동참하였던 것은 5·16군사혁명 지도자들에 대한 믿음을 가졌었기 때문이다.

5·16군사혁명을 이끌었던 지도 세력은 거의 모두가 미국군이 미국으로 데려가 훈련시켜 보낸 엘리트 장교들이었다. 6·25전쟁으로 짧은 시간 안에 거대한 한국 군대를 창설하여야 했던 미군은 젊은 우수한 장교들을 미국의 각종 군사학교에 데려다 훈련시켜 주었다. 이들 청년 장교들은 4·19학생의거에 참가했던 대학생들과 거의 같은 생각을 가졌던 젊은이들이었다. 한국 사회가 당면한 어려움, 자유당의 무능과 부패에 대한 부정적 인식 등을 당시 대학생들과 청년 장교들은 공유하고 있었다. 4·19학생의거 때 군인 신분으로 직접 가두투쟁에 가담할 수 없었던 군인들은 학생들의 투쟁이 성공하도록 성원하였고, 4·19의거 이후 정권을 장악한 민주당의 내부 당파 싸움과 무능, 부패에 대하여 학생들과 똑같이 공분을 느끼고 있었으며 그러한 분노가 군사혁명으로 나타난 것이어서 5·16은 4·19의 연장이라고 보아도 무방하다.

1950년대 미군이 군의 전투력과 행정력을 높이기 위해 한국군 장교들에게 훈련 기회를 마련해준 미국 연수계획에 참여한 한국군 장교와 하사관은 매년 1천 명에 이르렀다. 이들은 가장 첨단의 군사 기술과 조직관리 기법을 배워 와서 군만 아니라 정부 각 기관의 근대화에도 크게 기여하였다. 제2차 세계대전 이후 새로 독립한 신생국에서 거의 예외 없이 군사혁명이 일어났던 것은 모두 청년 장교들의 훈련 수준이 정치인-행정관료 수준을 앞지르게 되었기 때문이다. 우수한 군장교가 무능한 관료들을 대신하여 나라 가꾸기에 앞장서겠다는 생각 때문에 군사혁명이 일어났다고 본다.

『대한민국 역사: 나라만들기 발자취 1945-1987』를 쓴 이영훈(李榮薰) 교수는 5·16을 다음과 같이 평가하고 있다. 첫째로 5·16은 한국 근대화의 출발점이 되고, 둘째로 권위주의체제라는 점에서 이승만 정권을 계승했다고 5·16의 역사적 의미를 압축하여 정리하였다.

제3공화국의 국가 재건 의지

1. 민정이양과 제3공화국의 출범

군사 정부는 민정이양 시기를 1963년으로 약속했다. 이를 실현하기 위하여 새 헌법을 준비하여 1962년 12월에 국민투표를 거쳐 확정하였다. 제5차 개정 헌법인 새 헌법은 건국 헌법의 틀을 벗어나 대통령의 권한을 강화한 4년 임기 1차 중임 허용의 대통령중심제를 채택하였고 '사회민주주의 시장경제'의 경제적 틀을 '자유시장경제체제'로 바꾸었다.

대체로 미국의 대통령제의 헌법과 유사한 헌법이 되었다.

군사 정부는 민정이양에 앞서 1962년 3월 '정치활동정화법'을 만들어 3천 여 명의 구 정치인들의 정치 활동을 법으로 제한하고 군사 정부의 개혁을 계승할 정권 담당의 주체로 민주공화당을 창설하였다. 그리고 여당이 안정적 다수를 확보할 수 있도록 기존의 소선거구제에 전체 의석 4분의 1을 정당투표에 의해 배정할 수 있도록 하는 비례대표제를 가미하는 선거법과 정당법도 미리 개정해 놓았다.

혁명을 주도했던 박정희 장군과 그 지지 세력은 새로 창당한 민주공화당을 중심으로 민정에 참여하기로 하였다. 민정이양은 새 헌법에 의하여 1963년 10월에 대통령 선거를, 그리고 11월에 국회의원 선거를 실시하여 새로운 정부를 만드는 방식으로 추진하기로 계획하였다.

1963년의 선거는 그 전의 여러 선거와 비교할 때 가장 완벽한 공명선거로 평가를 받았다. 정부의 간섭이 전혀 없었다. 박정희 등 혁명 세력은 당당하게 국민의 의사를 물어 정치참여 여부를 결정하기로 결정했었다. 국민의 지지를 자신했었기 때문이었다.

선거 결과는 예상과는 달리 박정희 장군이 42.61%의 득표로 41.19% 득표한 윤보선 대통령에 신승하였다. 국회의원 선거에서는 민주공화당이 110석, 민정당 41석, 민주당 13석, 국민의당 2석, 자유민주당이 8석을 얻어 민주공화당이 안정적 과반수를 확보하였다. 이 선거를 통하여 박정희 대통령이 이끄는 민주공화국 정부, 제3공화국이 출범하였다.

제3공화국은 국민투표로 채택한 민주공화국 헌법에 따라 실시된 선거로 출범한 민간정부로 5·16쿠데타로 출현한 과도적 통치기구였던 군사 정부를 대체한 민주공화국이었으나 주도 세력은 혁명군 지도자들이어서 '사복을 입은 군사 정부'인 셈이 되었다. 국가재건최고회의 의장이었던 박정희 장군이 박정희 대통령이 되었다. 그리고 정책의 틀도 군사정부의 틀을 그대로 유지하고 있었다. 다만 중요한 차이점은 민주국가의 주권자인 국민의 통치권 위임을 받지 않아 정통성을 가지지 못했던 군사 정부가 선거를 통하여 국민의 선택을 받아 정통성을 가진 민주공화 정부의 자격을 갖추었다는 점이다. 제3공화국 정부는 혁명군이 내세웠던 조국 근대화의 과제를 체계적으로, 합법적으로 자신 있게 추진할 수 있게 되었다.

2. 조국 근대화와 경제개발5개년계획

제3공화국 정부는 국정의 최우선 과제를 조국 근대화에 두었다. 그리고 조국 근대화의 제1차적 목표를 자립경제체제 구축에 두었다. 세계 최빈국의 하나인 가난했던 한국이 미국의 원조 없이는 자립할 수 없는 나라로 머물러서는 자주적 민주국가로 성장할 수 있는 기회를 가질 수 없다고 생각했기 때문이었다. 5·16혁명이 있었던 1961년 한국의 1인당 국민소득은 82달러였다. 통계대상국 103개국 중에서 87위에 머물러 있었다. 아프리카 가봉의 4분의 1 수준이었다. 농촌에서는 해마다 수백만의 절량농가가 생겨나고 국가예산은 미국 원조액이 정해져야 거기에 맞추어 편성되던 때였다. 1961년부터 1965년까지 국가 재정에서 미국 원조가 차지한 비중은 35%였으며 국방예산의 73%를 미국 원조로 충당했다.

나는 바로 그 기간 1961년부터 65년까지 공군장교로 복무했다. 그때의 근무 여건은 열악했다. 무기와 장비는 전부 미군 것을 얻어 온 것이었고 내가 입었던 군복도 모두 미제(美製)였다. 심지어 사무실에서 쓰던 문방구류도 모두 미제였다. 공군 중위 봉급은 달러로 환산하면 20달러가 채 되지 않았다.

제3공화국이 경제 재건에 역점을 둔 것은 국민들에게 매우 고무적인 결정이었다. 정부는 우선 농업 생산을 높여 식량 부족을 면하는 일에 노력을 집중하였다. 경지 정리, 수리시설 확충, 농작물의 품종 개량, 비료공장 건설 등에 심혈을 기울였다. 축적된 자본도 없고 기술도 못 갖추고 사회간접시설도 빈약한 현실에서 경제 발전의 시동을 걸자면 값싼 노동력으로 생산할 수 있는 소비재 대체 산업, 농수산임업 부문에서 길을 여는 수밖에 없었다. 황폐한 산에 나무심기, 저수지 만들기, 농로 개선하기, 그리고 섬유, 가발 제조 등 노동 집약적 생산으로 수출의 길 열기 등에서 산업화 정책의 출발점을 찾았다. 그리고 외국 원자재와 자본을 도입하여 수출품을 제조하여 다시 수출하는 '수출제일주의' 정책으로 산업화의 기초를 다져 나갔다.

경제 개발을 통하여 부강한 나라를 건설하겠다는 제3공화국의 부국강병 정책은 국가 주도의 계획경제체제를 운영하면서 시행되었다. 제3공화국 수립 이전 군사 정부 통치 시기였던 1962년에 이미 시작했던 제1차 경제개발5개년계획(1962-1966)에 이어 박정희 정부는 제4차 경제개발5개년계획까지 20년간 계획경제 체제를 유지하였다. 경제개발5개년계획은 제5공화국에서 승계하여 '경제사회발전5개년계획'으

로 확장하여 두 번 더 시행하였다. 박정희 시대였던 1962년에서 1979
년까지의 약 20년간에 추진되었던 정부 주도의 수출 주도 산업화 정
책은 세계 최빈국이던 대한민국을 가장 주목받는 고도성장의 신흥공
업국으로 바꾸어 놓았다. 1961년 5·16혁명 때의 국민소득은 82달러였
으나 박정희 대통령이 사망한 1979년에는 1,647달러로 20배 늘었다.
그리고 농업, 임업, 어업 등 1차 산업 비중이 39.1%였으나 18년 동안
19%로 줄어들고 대신 광업, 공업, 제조업, 건설업 등 2차 산업 비중은
19.9%에서 38.8%로 바뀌었다.

군사 정부의 경제개발계획은 혁명 직후부터 준비된 것이다. 제3공화
국 수립 전인 1961년 7월에 경제 정책을 세우고 이를 집행하는 기구로
경제기획원을 설치했다. 제1차부터 제5차 경제개발5개년계획은 모두
경제기획원이 수립하고 집행했다.

경제개발 정책의 핵심은 '수출 주도 공업화' 전략이었다. 자원도 없고
자본 축적도 안 되어 있던 한국이 가진 것은 질 좋은 풍부한 노동 인
구였다. 수출 주도 공업화는 노동 집약적 생산에 주력하여 그 제품을
수출하여 외화를 확보하는 전략이다. 즉, 벌어들인 외화로 중화학공업
을 일으키자는 전략이다.

군사 정부는 공업화의 기초가 되는 에너지 산업이나 광업, 교통통신
업 등은 모두 국영으로 하는 사회주의적 경제체제를 운영하였다. 철도
공사, 통신공사, 조선공사, 해운공사, 석탄공사, 관광공사, 무역공사 등
등 기간산업도 모두 국가가 공기업으로 운영하는 사회주의 색체가 강
한 경제체제를 한동안 유지하였다. 그리고 선진국과의 경쟁이 불가피한

제철공업, 운수통신 산업, 금융업도 공기업으로 시작하였다. 민간 자본 축적이 빈약한 상태에서는 불가피한 선택이었다. 정부는 자본과 기술 축적이 어느 정도 이루어진 1970년대에 들어서면서부터 점차 민간경제를 앞세운 시장경제로 정책을 전환하였다. 그리고 1980년대부터 본격적으로 민간 주도의 시장경제 시대로 들어선다.

의욕적인 공업화 정책을 수행하는데 가장 큰 걸림돌은 필요한 외자를 확보하는 일이었다. 농산품, 광물 등 원자재 수출로 몇 천만 달러를 수출하던 한국의 실정에서는 외화를 외부에서 빌려오는 방법 밖에 없었다. 제3공화국 정부는 일본과 협상을 진행했다. 1951년 한일국교정상화 협상을 시작한 이래 14년간 1천200회의 회담을 하면서도 타결 못했던 한일회담을 타결하고 유·무상 차관 8억 달러를 확보하였다. 한일기본조약은 1965년 6월 22일 조인하였다.

3. 북한의 도발과 대응

대한민국은 건국 때부터 태생적으로 북한과의 정치전이라는 피할 수 없는 갈등을 겪어 왔다. 영토의 반을 차지하고 한국과는 타협 불능의 이념을 앞세운 조선민주주의인민공화국과 함께 탄생하였기 때문이다. 대한민국은 자유민주주의를 국가 이념으로 하는 민주공화국인데 반하여 북한은 공동체의 자주성과 번영을 구성원 개개인의 자유와 복지보다 우선하는 전체주의 이념을 국가 지도 이념으로 하는 인민 계급의 타 계급에 대한 독재를 주장하는 프롤레타리아 계급 독재 국가이다. 한국은 사회 구성원 모두의 동등한 주권자적 지위를 인정하고 모든 구성원의 인권이 보장된 자유 보장을 국가의 존립 목적으로 하는 민주공화국으로 북한의 전체주의-전제주의의 인민계급 독재 국가와는 타협 불가능한 이념적 적대 관계를 유지할 수밖에 없었다.

이러한 국가 이념의 차이는 통일에 대해서도 상반되는 인식을 갖게 한다. 한국이 추구하는 통일은 남북한 주민 모두가 고른 복지와 자유를 누리면서 공존·공생하는 하나의 민족공동체를 만들어 내는 것인데, 북한이 생각하는 통일은 남북한의 인민 계급의 통합과 전한반도에 인민 계급이 지배하는 단일 공산사회를 구축하는 것이다. 북한은 이러한 통일을 이루기 위해서 두 가지 해방이 이루어져야 한다고 주장했다. 하나는 남반부를 '미국의 점령'에서 해방시키는 민족해방(National Liberation: NL)이고, 또 하나는 남한 내에서 착취 계급으로부터 인민 대중을 해방시키는 인민민주주의혁명(People's Democratic Revolution: PD)이다. 이러한 통일과제 인식에서 북한은 한편으로는 미국과 일본을 민족해방의 주적(主敵)으로 설정하고 다른 한편으로는 한국의 군사 정부를 인민을 무력으로 탄압하는 파시스트적 정부로 규정하고 투쟁의 대상으로 삼았다.

북한 정부는 이러한 논리를 바탕으로 1964년에 '남조선해방' 전략을 조선노동당 제4기 8차 전원회의의 결의로 채택하고 후에 이를 정리하여 『주체사상에 기초한 남조선혁명과 조국통일 리론』이라는 책으로 정리하여 발간하였다. 이 책에서 북한은 주적을 '미제국주의자'와 '남조선 반동세력'으로 규정하고 '남조선 로동 계급과 농민'이 혁명의 주도 계급이고 이 계급을 지도할 '로동계급의 당'이 주력군이 된다고 하였다. 그리고 '진보적 청년학생과 지식인'을 '보조 역량'이라고 밝혔다.

혁명 추진을 위해서는 1차로 남한 사회 내에 마르크스-레닌주의 정당을 만들고 이 당의 주도 아래 노동자, 농민을 결속하여 주력군을 편성한 후 각계각층의 군중을 통일전선 전략에 따라 투쟁에 동원하고 환경이 좋아지면 합법적 지위를 가진 정당을 만들어 한국의 민주정치체제를 이용하여 정부를 장악한다는 단계별 행동 지침을 마련하였다. 북한은 이러한 통일전략 틀을 반세기가 지난 지금까지도 그대로 견지하고 있다.

대중 선동을 위해서는 일제강점기 때부터 쌓여온 항일 민족주의 정서를 이용하고 산업화가 시작되면서 새로 생겨난 노동자들을 조직하여 노동 투쟁을 선동하여야 한다고 하였다.

1960년의 4·19학생의거와 1961년의 5·16혁명으로 등장한 군사정부 출현을 계기로 북한은 학생들의 강한 민족주의 정서를 이용하여 여러 단체를 조직하는 공작을 폈으며 군사 정부가 산업화에 필요한 외화 확보를 목적으로 추진한 한일국교정상화를 이용하여 전국적 규모의 항일투쟁을 선동하였다. 그리고 산업체마다 도시산업선교회를 앞장 세워 해방신학을 실천하는 신부들이 주도하는 노동 투쟁을 펼쳤다.

제3공화국 출범 후 최초, 최대의 반정부 시위는 한일회담 반대 학생 데모가 전국적으로 번지던 1964년 봄에 일어났다. 그 해 3월 굴욕적 한일회담 반대를 내어걸고 서울 시내 대학생 1만 명이 연일 거리에 나서서 시위를 벌이자 정부가 6월 3일 계엄령을 선포하고 군대를 동원하여 시위를 진압하였다. 계엄 상태는 7월 29일까지 지속되었다. 이 시위를 '6·3사태'라 부른다. 6·3사태가 대한민국 정치사에서 중요한 사건으로 기록되고 있는 이유는 이 사태를 계기로 반정부 투쟁이 조직화되었다는 점이다. 4·19학생의거는 조직되지 않은 학생들의 자생적 저항 시위였지만 6·3사태는 전국 대학에 조직된 학생회가 연합하여 만든 전국적 학생 조직에 의한 체계적 투쟁이었다. 6·3사태 이후의 정치 투쟁은 모두 조직적 투쟁이었다.

6·3사태를 앞뒤로 북한의 대남 정치투쟁이 활발해졌다. '남조선혁명'을 주도할 지하당을 조직하기 시작하였고 이에 대응하여 제3공화국 정부는 중앙정보부의 활동을 강화하였다. 남북한 간의 정치전이 서울에서 시작된 셈이다.

남북한 간의 갈등은 국가 간 갈등(inter-national conflict)이 아닌 민족 내부 갈등(intra-national conflict)이다. 국가 간 갈등, 또는 민족 간 갈등에서는 국민들이 애국심을 바탕으로 단결된 투쟁 의지를 보인다. 그러나 민족 내부 갈등에서는 싸움의 이유가 정치적 이념 차이이고 정치체제의 차이여서 체계적 정치 교육이 이루어지지 않으면 국민의 단합된 투쟁 의지가 생겨나지 않는다. 그래서 내전(civil war)의 경우 정치전이 아주 중요해진다. 중국 내전 때도 장개석 정부는 모택동이 이끌던 소수의 공산당과의 싸움에서 정치전에 패배하여 대륙 전체를 잃고 대만으로 밀려 났다.

이승만 정부는 이런 사정을 잘 알고 있어 건국과 동시에 시작된 한국군 건설에서 정치공작(政治工作: 政工)체제를 군대 안에 구축하기로 했었으나 미국의 강한 반대로 포기하였다. 그래서 편제상에 있던 정공조직

(政工組織)을 정치훈련(政治訓練)으로 이름을 완화한 정훈체제로 바꾸고 정신 교육과 공보 업무를 담당하는 특별참조 조직으로 운영하였다.

나는 1961년부터 1966년까지 공군 정훈장교로 복무하였다. 가벼운 기분으로 담당 업무를 수행했었으나 육군정훈학교 파견 교육 중 창군 때 준비했던 정공전범(政工典範)을 접하고는 놀랐었다. 북한의 집요한 정치전 시도에 대응하여야 하는 한국 정부가 원래 계획대로 높은 수준의 정치교육을 실시했었더라면 순진한 대학생들이 북한 공작에 말려들어 자기가 하는 행위가 본인의 뜻과 반대의 결과를 가져오고 잘못된 평가를 받게 되는 일을 미리 막을 수 있었지 않았을까 생각해본다.

1968년에 세상을 놀라게 했던 통혁당(통일혁명당) 사건의 최고 지휘부의 한 사람으로 처형당했던 사람은 내가 공군에서 근무할 때 같은 정훈장교로 일하였다. 동료, 후배 장교들이 아끼던 분이었던 그 장교는 애국적이었고 민족주의적이었다. 그 장교가 우리와 함께 근무하던 때에 평양에 가서 지시를 받고 왔었다는 사실을 우리는 그 당시에는 상상도 못하였다. 그런 사람이 우리 사회 속에서 살면서 어떻게 우리 사회에 대한 그렇게 잘못된 인식을 가지고 있었을까? 우리는 정말 놀랐다. 6·3 시위에 참가했던 대부분의 학생들은 한일회담에서 논의되던 내용들이 굴욕적이라고 확신하고 애국의 일념으로 거리에 뛰쳐나왔다. 그들 중 몇 사람이나 그 시위가 제3공화국의 친일을 부각시키려는 기획자의 선동에 말려들었다는 사실을 알았을까?

제3공화국의 산업화를 위한 노력은 부분적으로 국민들의 심기를 불편하게 하였고 이러한 국민 정서를 북한은 한국 정부를 흔드는 투쟁에 활용하였다. 아무튼 그 결과로 제3공화국은 출범부터 험난한 정치적 도전을 받기 시작하였다.

제3공화국이 출범한 1960년대는 국제정세도 험난했었다. 공산 북월남과 반공 남월남 사이의 갈등이 점차 심화되어 남베트남 내의 내전으로 발전하였다가 1964년을 기점으로 국제전으로 번져 1965년에는 미국이 직접 참전한 큰 전쟁이 되었다. 미국은 한 때 50만 명이 넘는 병력을 전쟁에 투입하였고 미국의 우방국들도 파병하였다. 상대방이던 월맹은 소련, 중국, 북한의 지원을 받았고 한국도 1965년부터 약 5만 명의 전투 병력을 파병하였다. 한국 정부의 월남파병 결정은 국내에서 많은 정치적 저항 속에서 이루어졌다. 정부는 5·16 이후 소원해진 미국과의 관계를 복원하기 위하여 미국을 도와주려 하였다. 특히 점증하는 북한의 도발에 대응할 수 있도록 미국의 군사 원조를 확보하려는 목적도 심도 있게 고려되었다. 결과적으로 월남전 참전으로 한국군은 군 현대화에 필요한 장비 확충에 큰 도움을 얻었고 한국 기업의 월남 진출로 얻는 경제적 이익까지 고려하면 제3공화국 정부는 막 시작한 산업화에 소요되는 외화 확보에 큰 도움을 얻은 셈이었다. 그러나 이러한 노력은 반정부 투쟁을 격화시킨 결과가 되었다.

3선 개헌과 군사 정부의 변질

1. 국민 지지의 과신

1967년 제6대 대통령 선거에서 박정희 대통령은 윤보선 후보를 누르고 재선되었다. 그리고 이어서 실시된 제7대 국회의원 선거에서 집권 공화당은 총의석 175석 중 129석을 차지하였다. 다양한 정치적 저항에도 불구하고 국민대다수가 제3공화국의 경제발전 정책에 지지를 보낸 결과였다. 1962년에 시작된 제1차 경제개발5개년계획 기간 동안 연평균 경제성장률은 계획보다 높은 7.8%를 기록했다. 고도성장의 산물의 분배에도 국민들은 대체로 만족하였다.

군사 정부에 이은 제3공화국의 사회정화 사업도 국민들은 호의적으로 받아들였다. 5·16 직후 군사 정부는 공무원 중 병역 기피자 6천700명을 해고하였다. 사회 전반에 걸쳐 병역 기피자를 모두 색출하여 이들을 '국토건설대'로 편성하여 도로건설 사업에 투입하였다. 지금도 제주도의 한라산 동편에 있는 횡단도로를 '5·16도로'라 부른다. 5·16 직후 국토건설대가 만든 길이었기 때문에 그렇게 부른다. 밀수 혐의자도 4천200명을 체포하고 그 중 몇 명은 사형 선고까지 받았다.

제3공화국의 업적에 대한 국민의 지지에 힘입어 박정희 정부의 여당이던 공화당에서는 대통령의 3선을 금지하는 헌법을 개정하여 박정희 대통령의 통치 기간을 연장하여 공화당 장기집권체제를 구축하려는 운동을 폈다. 국회의 개헌 저지선을 넘는 다수 의석을 가진 공화당은 광범위한 국민의 반대운동을 무릅쓰고 3선 개헌을 추진하여 1969년 9월 국회에서 개정헌법을 통과시켰다.

3선 개헌의 표면상 이유는 북한의 도발에 대응하기 위한 효율적 방위체제 구축, 그리고 경제개발계획의 순조로운 실천 등이었다. 1968년 1월 21일 북한 특전부대의 청와대 기습사건, 이틀 뒤의 미국 정보함 푸에블로(Pueblo)호 납치사건, 11월에는 북한 무장게릴라부대원 120명이 동해안 울진·삼척 지역에 상륙한 사건이 터졌다. 정부는 이러한 위급한 사태에 대응하여 1968년 4월 향토예비군을 창설하였다. 그리고 북한의 무장도발에 효과적으로 대응하기 위해서는 박정희 장군이 대통령직을 더 유지해야 된다는 논리를 공화당은 제시했다. 또한 성공적인 제1차 경제개발5개년계획에 이어 1967년에 시작된 제2차 계획도 성공적으로 이끌기 위해서는 정부의 연속성이 있어야 한다는 논리도 제시했다.

3선 개헌은 국민의 지지를 과신한 집권당의 정권 연장 계획이었으나 이 개헌은 이어지는 정치 혼란의 시작이 되었다. 반정부 투쟁은 격화되었고 이를 진압하기 위하여 더 강한 대응책이 마련되었다. 결국 이러한 악순환이 '유신정치'라는 시대착오적 전제정치체제를 가져왔다.

2. 정치의 전제화

국민들이 5·16군사혁명에 저항하지 않았던 것은 이승만 정부와 4·19를 거쳐 집권한 민주당의 제2공화국의 부패와 무능에 염증을 느꼈기 때문이었지 자유민주주의 이념을 국시로 하는 민주공화정 자체를 반대해서가 아니었다. 민주주의를 바로 세우기 위해서는 부정, 부패, 무능의 타락한 정치를 바로 잡는 청소 작업이 필요하다고 생각했었기 때문에 군사 정부의 정치 정화, 사회 정화 활동을 환영하였다. 국민들은 정화 작업을 수행하는 과도적, 일시적 정부로 혁명 정부를 지지했었다. 그러나 이러한 국민들의 호의적 반응을 전제적 통치 자체를 국민이 수용한 것으로 착각한 군사 혁명 주도 세력은 효율성 높은 새로운 형태의 한국적 민주주의체제라는 전제정치체제를 영속화시키려 하였다.

제3공화국 정부가 1968년의 '대통령 3선 제한 철폐'를 내용으로 하는 개헌을 강행한 것은 바로 이러한 오만한 착각 때문이었다. 제3공화국은 한국식 민주주의라는 이름으로 기존의 기득권 세력들을 제거하고 새로운 정신으로 무장한 엘리트로 정부를 운영하기로 하고 과감하게 공무원 교체를 실시했다. 예비역 장교들을 고급 공무원(사무관)으로 대거 투입하고 사법고시를 정원제로 고쳐 판검사를 대량 양성하여 구세대 판검사와 교체해 나갔다. 외교관, 국회의원도 상당수 예비역 장교들로 바꾸어 나갔다. '군복 벗은 군인들이 통치하는 나라'로 나라의 통치 체제를 바꾸어 나갔다. 군사 정부-제3공화국 정부는 '재건 운동'이라는 구호 아래 국민의 의식 구조를 고치는 작업도 시작하였다. 중국의 문화혁명과 같은 취지로 국민들을 애국심 가진 진취적 국민으로 재교육하려는 구상으로 전국적으로 국민의식재건운동 조직을 구축하고 교육을 실시하였다. 대학 교수도 임명승인을 받기 위해서는 이 교육을 받아야 하고 해외여행을 하려고 해도 정신교육을 이수해야 여권을 받을 수 있었다.

사회생활과 관련된 용어로 '재건'이 유행하였다. 비용을 안 들이고 공원 산책만 하는 데이트를 재건 데이트라 불렀고 결혼 예물을 없애고 하객에 식사를 대접하지 않는 검소한 결혼식을 재건 결혼식이라 불렀다. 재건국민운동은 유신 후 '새마을운동'으로 연결되어 지속되었다.

3. 국민 저항과 민주헌정의 위기

나는 4·19 때 대학생이었고 5·16은 풋내기 신문기자로 혁명 현장을 취재했다. 1961년부터 4년간 공군장교로 공군사관학교와 공군 본부에서 근무했다. 대학생 때는 대학입시 준비생들을 가르치는 일로 생활비를 마련했고 군 복무 기간에는 퇴근 후 아르바이트로 생활비를 보충하였다. 박사시험을 준비하는 군의관에게 독일어를 가르치기도 하고 밤에 조선일보의 조간 편집을 맡아 하는 파트타임 기자로도 일했다. 결과적으로 하는 일이 다양해서 군사 정부–제3공화국의 변천 과정을 여러 각도에서 보고 듣는 특혜를 누렸다. 이러한 복합적 시각을 가졌기 때문에 군사 정부의 변질 과정을 좀 다른 각도에서 보게 되었다.

국민들은 4·19에 이은 민주당 통치 1년간의 무정부 상태에서 큰 교훈을 얻었다. 국민에게 무제한의 자유를 허용하면 사회는 완전히 무질서 상태로 허물어진다는 것을 보고 느꼈다. 민주주의도 규율 있는 정부가 관리하는 준법질서가 전제되어야 제대로 작동한다는 것을 배웠다. 국민의 이러한 깨달음이 5·16군사혁명 용인으로 나타났다고 나는 생각한다.

제3공화국을 탄생시킨 1963년의 선거는 부정 없는 공명선거였다. 그 선거에서 제3공화국을 지지해준 국민들은 '경제발전계획'에 대한 기대와 사회 정화 운동에 대한 지지를 표로 보여준 것이었다. 그러나 과도적이라 여겼던 정부의 '힘의 통치'가 장기화되면서 국민들은 정부의 민주수호 의지를 의심하기 시작하였다.

1964년의 6·3사태는 하나의 분수령이 되었다. 4·19 이후 대학생의 집단 행위가 가지는 정치적 충격을 깨닫게 된 각종 정치 세력들이 각종 학생 단체들을 만들기 시작했고 그 단체들을 연합하여 반정부 시위를 조직적으로 시작하게 된 계기가 한일수교 반대투쟁이 된 셈이다.

대학생의 조직은 다양했다. 서울대의 '민족주의비교연구회(민비련)', '민족통일연구회' 등의 학생 단체다운 모임들도 있었고 해방신학으로 무장된 신부들이 앞장서서 노동자의 권익을 지킨다는 명목으로 만든 도시산업선교회가 조직한 학생 단체 등 특정 목적의 학생운동 단체도 있었다. 그러나 더 파괴적인 것은 친북 세력들이 지하에서 은밀히 만든 혁명조직들이었다.

1960년대 한국 사회를 움직일 수 있는 가장 영향력 있는 '코드'는 민족주의와 민주주의였다. 독립운동 때의 민족해방투쟁 정신의 전통과 쉽게 연결시킬 수 있는 것이 민족주의 정서였고, 새로 건국한 대한민국의 자유민주주의 이념에 대한 국민들의 사랑이 또 하나의 민족사회 단합 코드였다. 군사 정부도 이 점에 착안하여 거의 국수주의적이라 할 민족주의를 혁명정신으로 내세웠다. 5·16 직후 등장한 군사 정부는 광화문 거리의 양측에 역사상의 위인들의 석고상을 만들어 늘어세우고 국악을 공연할 '예그린'악단을 새로 만들고…… 정부가 민족주의 확산에 앞장섰다. 그러나 바로 이러한 정부의 민족주의 선양 운동이 대한민국의 정통성을 부정하고 북한을 지지하는 친북 세력이 이용하기 좋은 것이 되었다. 군사 정부가 타결한 한일협정을 '일본에 굴복한 매국적 처사'로 몰아붙이면 쉽게 국민들을 반정부 투쟁으로 몰아 갈 수 있었기 때문이다. 6·3사태의 성공은 그 후의 반정부 투쟁의 방향 설정에 큰 영향을 끼쳤다. 정부를 친일, 친미로 연계만 시키면 단합된 반정부 투쟁을 펼 수 있어 친북 세력들도 반정부 투쟁에 반일, 반미 정서를 많이 활용하였다.

군대는 효율성 극대의 조직운영체계를 가진 집단이다. 그래서 개발도 상국가의 비능률적인 정부 조직을 개선하는데 군 행정체계가 좋은 모형이 되었었다. 신생 독립국 대한민국에서도 사정이 비슷하여 5·16 이후 정부 조직, 공공기관, 개인 기업 등에서 광범위하게 군의 조직관리체제를 도입하였다. 그러나 지나친 '군대화'가 반군(反軍) 정서를 자극하였다. 예비역 장교의 행정공무원 특채, 다수의 예비역 장성을 대사로 영입하는 군사 정부의 조치는 '정부의 군대화'라는 인상을 주었고 그 연장선상에서 군대화가 '반민주화'라는 인상을 주었다. 그래서 1960년대 이후 반정부투쟁에서는 '군사 파쇼독재 타도'라는 구호가 유행했다. 구호를 외치는 학생들은 그 의미도 모른 채 그 구호를 '민주주의 회복'의 뜻으로 사용했다.

제3공화국 정부는 역사상 가장 효율적인 정부였고 경제 발전의 기초 확립, 북한 정치공세 차단, 사회 기강 확립 등 나라 가꾸기에서 엄청난 업적을 이루어냈으면서도 점증하는 국민의 저항을 받기 시작했다. 특히 헌법을 무리하게 고쳐 가면서 박정희 대통령의 장기 집권을 시도하면서 제3공화국의 선의(善意)는 모두 묻혀 버리고 반민주적 장기 집권 세력이라는 오명(汚名)만 얻게 되었다. '3선 허용 개헌'은 그런 뜻에서 5·16군사혁명의 명분을 다 잃게 만들었다. 군사 정부의 변질로 국민의 저항은 강해졌고 강해진 저항을 진압하기 위하여 취한 무리한 조처가 이른바 '유신 사태'를 불러와 대한민국의 헌정사는 어두운 얼룩으로 물들게 된다.

제 5 장

유신과 10·26

민주헌정의 후퇴

05

유신과 10·26
민주헌정의 후퇴

유신(維新)정치 7년은 대한민국 70년 헌정사에 큰 오점을 남긴 '민주주의 암흑기'였다. 혁명을 이끌었던 군 지도자들이 잘 사는 민주공화국을 만들어 놓겠다던 군사혁명 때의 초심(初心)을 버렸다. 부국강병의 꿈을 조기 성취하기 위해 '국력의 조직화와 능률화'가 필요하다는 명분을 앞세워 박정희 정부는 대한민국의 기본 이념인 민주헌정 정신을 버리고 효율적인 1인 전제를 보장하는 유신체제를 도입했다. 1972년 10월 계엄령을 선포하고 추진한 제7차 헌법 개정을 거쳐 유신헌법을 채택하면서 대한민국의 민주헌정은 정지되었다.

유신의 싹은 이미 제3공화국 출범부터 트기 시작했다. 민주정치체제로 운영하는 나라에서 정부 주도의 사회주의적 계획경제를 모방하여 만든 경제개발5개년계획은 추진 과정에서 크고 작은 국민 저항을 받았다. 그때그때 무리한 수단으로 그 저항을 극복하고 목표 이상의 성과를 낸 제1차 5개년 계획을 마감하고 좀 더 의욕적인 제2차 경제개발5개년계획을 추진하는 과정에서 박정희 정부는 더 강한 국민 저항에 부딪혔다. 4·19 때의 학생시위는 자생적, 비조직적인 순수한 저항운동이었으나 1960년대 중반부터는 학생시위가 전 대학 학생회가 하나의 조직체로 움직이는 정치 투쟁으로 변질하였고 산업화 진행으로 새로 생겨난 노동자들도 역시 전국적 노동조합으로 단결하여 전개하는 새로운 형태의 반정부 투쟁을 벌였다. 이것을 이겨내지 못하면 빠른 시일 내의 조국 근대화를 이루기 위해 의욕적으로 추진하던 제2차 경제개발계획이 실패할 위기를 맞게 된다고 판단한 박정희 정부는 마침 격화된 북한의 무력도발에 효과적 대응이 필요하다는 명분을 내어걸고 권위주의적 전제정치체제를 구상하게 되었고 이러한 정부의 계획에 반발하여 국민의 저항은 더 강렬해졌다. 이 악순환의 끝에서 일시에 안정을 되찾는 특단의 조치로 박정희 정부는 유신체제를 내놓은 것이다.

유신으로 '민주화 과정의 역주행'을 감행하게 된 데에는 제2차 세계대전 종결과 동시에 시작된 미국 진영과 소련 진영 간의 냉전체제가 허물어지는 국제정세 변화도 크게 작용하였다. 1960년대 중반에 시작된 월남 전쟁에서 미국은 엄청난 희생을 치르고도 패전을 피할 수 없게 되었다. 그리고 소련과의 냉전도 미·소 양국의 피로도가 높아지면서 1970년대 초에는 해체의 길을 서로 모색하는 단계에 들어섰다.

1969년 미국은 이른바 닉슨독트린(Nixon Doctrine)을 발표한다.

그 내용은 미국은 앞으로 아시아 지역에서 군사 개입을 하지 않겠다는 것과 아시아 지역의 미 동맹국들은 스스로 자위책을 강구하라는 것이었다. 미국은 이 독트린에 따라 한국에 주둔하던 미군 2개 사단 중 1개 사단을 철수했다. 닉슨독트린은 박정희 정부에게 큰 충격을 주었다. 북한의 도발이 심화되는 시기에 미군의 안보 공약이 흔들리게 되면서 정부는 특단의 안보체제 구축 노력을 펴지 않을 수 없게 되었다. 유신체제 도입을 정당화하는 논리를 박정희 정부는 '국가안보'에서 찾았다.

유신체제 7년이라는 박정희 통치기간 후반기에도 국민의 정치적 저항을 누르면서 정부는 많은 일을 해냈다. 1973년에 시작한 중화학공업 육성 계획에 들어 있던 철강, 비철금속, 기계, 조선, 전자, 화학공업의 여섯 개 업종에서 모두 기대 이상의 성과를 거두어 대한민국을 신흥공업국의 대열에 합류시켰다. 그리고 "10년 내에 100억 달러 수출, 1,000달러 소득 달성"이라는 이른바 '10-100-1000 구상'도 4년 앞당겨 1977년에 달성했다.

미국의 철군 계획에 대응하여 착수한 자주국방 계획도 큰 성과를 거두었다. 한국군 자체가 세운 최초의 '전쟁 기획'을 완성하고 이에 따르는 무기 국산화 계획인 '율곡계획'도 순조롭게 진행되어 자주국방의 기본 틀을 갖추었다. 그리고 국방과학연구소(ADD), 한국과학기술연구원(KIST) 등 중요한 국책연구소도 이때 모두 창설했다.

유신시대 7년은 이러한 성취에도 불구하고 한국 헌정사의 '가장 어두운 7년'으로 회상되는 것은 민주공화국 대한민국의 건국이념인 민주헌정 정신을 말살하고 1인지배의 전제정치를 행하였다는 이유에서이다. 부국강병의 과제와 민주헌정질서 수호의 두 가지 국정 목표가 충돌한 대표적인 사례가 '유신'이었고, 그래서 두 목표 중 어느 쪽에 비중을 두는가에 따라 유신시대의 평가는 달라진다.

이 장에서는 유신체제 도입부터 10·26사태와 12·12쿠데타에 이르는 1970년대의 대한민국 역사를 다룬다.

유신체제의 등장

1. 1969년 3선 개헌으로 이미 천명(天命) 상실

1967년 제6대 대통령 선거에서 박정희 대통령은 재선되었다. 이어서 실시된 제7대 국회의원 선거에서도 집권 공화당은 175석 중 129석을 차지하는 압승을 거두었다. 국민들이 박정희 정부의 의욕적 경제발전 정책을 좋게 평가하고 지지했기 때문이다. 그러나 집권 공화당에서는 재선까지만 허용하는 헌법에 불만을 가졌다. 하여야 할 일은 많은데 헌법의 3선 금지조항으로 박정희 대통령은 1971년 이후에는 대통령직을 수행하지 못하게 되기 때문이다. 공화당은 3선 허용 개헌을 추진하였다. 공화당은 야당의 반발을 누르고 1969년 9월 13일 개헌안 국회통과를 강행했다. 개헌안은 10월 국민투표를 거쳐 확정되었다. 그러나 무리한 3선 개헌은 거국적 반정부 시위를 불러 일으켰다. 이승만 정부가 3선 개헌 강행으로 국민의 신임을 잃었던 것과 같은 전철을 그대로 밟은 꼴이 되었다. 저항하는 시민들의 시위가 서울을 마비시키는 사태가 되자 정부는 서울 지역에 위수령을 발동하고 군대로 시위를 진압했다.

이때의 일기장을 뒤져 본다. 9월 17일자의 일기에는 다음과 같이 썼다. "…… 9·13의 국회 쿠데타로 대한민국의 민주주의는 죽었다.…… 공화당은 경제 건설과 외침을 막기 위해서 강력한 지도력이 필요하고…… 박정희만이 그런 영도력을 지닌 지도자이므로……. …… 이런 정당화 논리는 북한 노동당이 김일성독재를 정당화하는 것과 똑같다.…… 대한민국은 죽었다. 제3공화국에 이어 '나치적 독재왕국'이 섰다.…… 언제 다시 '민국'이 될까?"

3선 개헌 반대 운동은 1970년 내내 계속 되었고 1971에는 더욱 심화되었다. 1971년 10월 16일 학생교련 반대시위 진압을 위해 서울에 위수령을 발동하던 날의 일기에 "박정희 정부는 10년 만에 천명을 잃었다.…… 천명을 잃은 통치자는 스스로 물러나야한다"라고 썼다. 감정적인 표현이었지만 그 때의 국민들의 심정을 읽을 수 있다. 10월 27일자 일기에는 "공산국가도 경제를 앞세우고 국민탄압을 정당화하려 했으나 자멸했다.…… 발전 속도를 10년 쯤 늦추더라도 민주원칙 지키면서 국민총화를 이루어야 한다"라고 썼다. 그러나 때는 이미 너무 늦었다. 공화당 정부는 폭력 정치를 자행했다. 개헌에 반대한 여당 간부들까지도 중앙정보부에 데려다 폭행했다. 11월 14일자 일기에는 "법과 양식을 버리고 폭력정치 계속하면 또 한 번의 무력 쿠데타가 일어난다"고 썼다. 다음 날에는 이렇게 진단했다. "…… 이제 한국사회는 교육받은 중산층이 사회의 중추가 되어 있는 사회다. 군사혁명 때의 방식으로 통치해서는 안 된다. 국민의 기본권을 보장하는 '민주혁명'을 공화당 스스로 시작해라. 그렇게 하지 않으면 힘에 의한 정권 교체가 온다."

그러나 공화당 정부는 더욱 강경하게 시위에 대응했다. 1971년 11월에 박정희 대통령은 '국가비상사태'를 선언하고 공화당이 지배하던 국회는 대통령에게 '비상대권을 부여하는 국가보위법'을 제정하였다. 1972년 1월 16일자 일기에는 다음과 같이 썼다. "대한민국은 더 이상 자유민주주의 국가가 아니다. 집권당은 스스로 대한민국의 존재 의의를 짓밟으면서 대한민국의 자유민주주의를 지키기 위해서 '유신혁명'한다고 한다.…… 신문도, 대학도 묶어 놓고 중앙정보부의 주먹과 총칼만 남았는데 어떻게 민주국가라 하겠는가?"

이런 과정을 겪어 1972년 10월 유신체제가 출현했다.

2. 유신헌법 채택과 긴급조치 시대 개막

1972년 10월 17일 정부는 계엄령을 선포하고 국회를 해산한 후 비상국무회의가 국회 기능을 대행하는 비상사태 속에서 제7차 개헌을 단행하고 유신헌법(維新憲法)을 채택하였다. 이 헌법은 11월 21일의 국민투표를 거쳐 확정되었다. 유신헌법 채택으로 대한민국의 민주헌정은 끝났다.

새 헌법은 대통령 임기를 6년으로 하고 중임 제한을 없앴고 '통일주체국민회의'라는 선거인단을 뽑아 이 회의에서 대통령을 선출하게 하였다. 국회는 존속시켰지만 의석수의 3분의 1을 유신을 지지하는 정당인 '유신정우회'에서 선임하도록 함으로써 여당이 국회의 다수당이 될 수 있도록 하였다. 그리고 대통령은 '긴급조치권'을 행사하여 국민의 기본권도 제한할 수 있도록 했다. 이 유신헌법으로 대한민국의 정치체제는 '1인지배의 전제정치체제'로 전락하였다.

새 헌법에 따라 박정희 대통령은 12월 통일주체국민회의에서 제8대 대통령으로 선출되었다. 유신시대는 이렇게 시작되었다.

유신시대 7년간은 '긴급조치' 통치 시대였다. 유신헌법의 핵심은 대통령의 영구집권 보장과 더불어 대통령에게 헌법적 효력을 가진 특별 조치권을 부여하여 사실상 초헌법적인 자의적 통치를 할 수 있도록 하였다는 점이다. 유신헌법 제53조에 규정된 긴급조치권은 왕조시대의 제왕이 가졌던 권한에 준하는 권한이다. 대통령은 헌법에 보장된 기본권을 잠정적으로 정지할 수 있고, 필요하면 새로운 권리, 의무도 정할 수 있었다.

유신헌법이 발효된 후 거세게 일어난 국민의 저항을 잠재우기 위하여 1974년 1월 긴급조치 제1호와 제2호가 선포되었다. 긴급조치 제1호는 유신헌법을 반대하거나, 부정하거나, 비방하면 15년형을 선고할 수 있다는 내용이고 제2호는 제1호 위반 행위와 국가안보 관련 행위는 비상군법회의에서 재판한다는 내용이었다. 이어서 같은 해 4월에는 민청학련(전국민주청년학생총연맹) 사건과 관련하여 학생들의 집단항의 행위를 금지하는 긴급조치 제4호를 선포하고 180명을 구속기소하였으며 이 중에서 용공 혐의가 있는 8명은 사형선고를 받은 후 곧 처형하였다.

긴급조치 중 1975년 5월 13일에 선포된 제9호가 종합판이다. 내용은 대한민국 헌법을 부정, 반대, 왜곡, 비방하거나 이런 내용을 전파하는 행위에 관련하여 주무장관이 조치를 명할 수 있고 이를 위반할 때는 영장 없이 체포, 구속할 수 있다는 내용이다. 긴급조치가 시행되던 6년 동안 체포, 구속된 사람은 모두 1,140명이었다. 긴급조치들은 1979년 10·26사태 후 12월 7일 모두 해제되었다.

3. 밖에서 본 유신시대

나는 유신체제 등장 과정을 해외에서 지켜보았다. 1965년 9월 30일 나는 4년간의 복무를 마치고 공군 중위로 예편하였다. 그리고 조선일보 편집기자로 일하기 시작하였다. 봉급 1만 9천원을 받기로 했다. 군대 가기 전 한국일보 견습 12기로 입사해서 사회부에서 일했었다. 전역 후 한국일보에 복직할까 생각도 했었지만 외근보다 내근이 내 시간을 갖기에 좋을 것 같아 조선일보를 택하였다.

나는 대학시절 부업으로 시간을 보내느라 제대로 공부하지 못한 것이 한이 되어 미국 유학을 가기로 마음먹었다. 미국 국무성 프로그램으로 모든 비용을 미국 정부가 부담하는 대학원 석사 과정을 모집하는 공고를 보았다. 1960년에 설립된 동서문화센터(East-West Center for Cultural Exchange: EWC라 부른다) 장학생 모집 공고였다. 아시아-태평양 30개국에서 매년 200명을 뽑고 미국 학생 중 아시아-태평양 지역연구를 할 학생 100명을 뽑아 하와이주립대학교(University of Hawaii)에 위탁 교육시키는 프로그램이었다. 조건은 교육계획 이수 후원 직장으로 복귀하라는 것뿐이었다. 회사에서 휴직 허가를 얻어 1967

년 6월부터 하와이대학교 대학원에서 국제정치학을 공부했다. 중국 대륙에서 문화대혁명이 일어나고 있을 때여서 중국을 공부하고 싶어 국제정치학을 선택했다. 하와이대학교에서 정치학 석사, 정치학 박사 과정을 마치고 하와이대학교 조교수 신분으로 그곳에 설치된 미 국방성 고등연구계획국(DARPA)이 지원하는 국가차원연구소(Dimensionality of Nations Project: DON프로젝트라 부른다) 부소장직을 맡아 일하다 1973년 초에 귀국했다.

하와이에 있는 동안 많은 한국인을 만나거나 함께 지냈다. 그리고 미국인들도 많이 접촉했다. 국무성 배려로 미시간대학교(Michigan State University)와 스탠포드대학교(Stanford University)에 한 학기씩 가 있을 수 있어 그곳에서도 많은 사람들을 만났다. 한국을 떠나 해외에서 한국을 바라보고 한국을 함께 논하다 보니 한국 사태에 대한 새로운 인식이 생겨났다. 좋은 공부를 한 셈이다. 그래서 나의 유신체제 평가는 국내에서 유신을 보던 친구들의 평가와 좀 다르게 된 것 같다.

유신으로 흘러가는 1960년 대 후반의 긴박한 한국 정치의 모습이라든가 유신이 선포되는 과정도 하와이에서 지켜보았다. 그리고 이승만 독립운동 활동이라든가 5·16 때의 군 내부 사정 등도 그곳에서 들은 것이 많았다.

하와이대학교에 방문교수로 와 계시던 구상 선생은 6·25전쟁 때 국방부 정훈국 일을 도왔던 인연으로 많은 장성을 알고 계셨다. 특히 구 선생은 박정희 장군과는 박 장군이 전방에 있을 때부터 가깝게 지내셨다. 나는 구 선생을 통하여 박정희 장군의 평소의 꿈, 뜻을 많이 전해

들었다. 낙후되었던 봉건제의 일본을 명치유신을 통하여 강한 근대화된 일본으로 만든 쵸수항(長州藩)의 젊은 무사들을 본받고 싶어 했던 박정희 장군이 군사혁명 제2기에 해당하는 1970년 초에 유신 개혁을 단행한 것은 우연이 아니었다고 나는 생각한다. 요시다 쇼인(吉田松陰)이 만든 쇼카손주쿠(松下村塾)가 양성해낸 명치유신의 핵심 지도 세력들인 다카스기 신사쿠(高杉晋作) 등의 생각을 짚어보면 박정희 장군의 '대한민국 키우기'의 꿈을 짐작할 수 있을 것 같아 나도 최근에 시간을 내어 하기(萩)를 방문했었다.

구상 선생은 박정희 장군이 대통령에 취임한 이후에도 자주 만나 '밖에서 본 박정희 정책'을 이야기해왔었는데 1968년 12월 광화문 복원 준공식 날에 만나 '아픈 이야기'를 해주었더니 화를 내고 다시는 만나지 않았다면서 구 선생은 내게 "박 대통령도 눈에 암운(暗雲)이 끼셨어.…… 큰일이야!"라고 크게 걱정하셨다.

하와이 EWC에는 그때 이한빈(李漢彬) 교수, 김태길(金泰吉) 교수가 와 계셨고 하와이대 정치학과에는 서대숙(徐大肅) 교수가 있었다. 학생으로는 경제학과에 김재익(金在益), 정치학과에 이종률(李鍾律: 정무장관 역임), 최창윤(崔昌潤: 공보처 장관 역임), 박용옥(朴庸玉: 국방부 차관 역임), 사회학과에 송복(宋復: 연세대 교수 역임) 등이 있었다. 모두가 나라 걱정을 하고 있었고 모두가 '긴급조치' 사태에 대하여 심각하게 생각했다. 그 곳 신문에서는 "A Dictator Emerges" 등의 기사가 매일 넘쳐 났다. 1972년 4월 13일자 〈시카고 데일리(Chicago Daily)〉는 "한국민의 자유를 위해 싸운 유엔군을 기념하여"라고 쓴 서울의 제2한

강교에 세워진 자유탑을 헐자고 사설을 썼다. 교포 신문들도 모두 유신 비판 일색이었다.

유신 전후의 대한민국은 국제사회에서 '부정적인 존재'로 인식되고 있었다. 한국 사정을 잘 모르는 외국 사람들은 북한의 김일성 독재와 대한민국의 박정희 독재가 어떻게 다른지 묻기도 했었다. 전체주의 이상 국가를 만든다는 것을 목적으로 하는 북한 정권과 더 잘 사는 민주공화국을 만들기 위하여 방해되는 저항 세력을 탄압하는 수단으로 택한 한국의 권위주의 정치체제는 근본적으로 다르다는 점을 외국인들은 이해하기 어려웠다.

나는 1975년 9월에 나의 박사학위 지도교수였던 럼멜(R. J. Rummel) 교수를 학회 참석 명분으로 한국에 초청했다. 럼멜 교수는 학회에 참석하여 한국 교수들을 만나보고 귀국한 한국인 제자들도 만나보고 김종필 총리도 만나고 갔다. 미국에 돌아간 후 미국 신문에 한국 방문 소감을 실었다. 그 기고문에서 럼멜 교수는 "북한은 전체주의(totalitarianism)를 국시로 하는 레닌주의(Leninism) 국가로 독재국가(dictatorship)는 본질적인 것이고 한국은 그러한 북한의 위협에 대응하기 위하여 국민의 결속을 이루기 위한 방편적 독재적인(authoritarian) 체제를 유지하는 것이므로 혼동해서는 안 된다. 서울 시내를 다녀보았는데 모든 사람들이 활기에 넘쳐 있었다. 한국의 신문을 보니 대통령을 조롱하는 만화도 실려 있었다. 한국을 바로 이해하자"라고 썼다. 럼멜 교수같이 분석적으로 한국의 유신체제를 보는 학자는 드물고 대부분의 외국 학자들은 한국의 유신체제를 '민주주의 간판을 건 독재'로 평가하고 비난했다.

유신 정부는 이러한 국제사회의 시선을 의식하고 정치학자들이 국제회의에 참가하여 한국의 실상을 설명하여 줄 것을 부탁했다. 외국 여행을 위한 여권을 받으려면 몇 달씩 뛰어다녀야 했던 때라 이런 조치는 교수들에게는 반가운 일이었다. 그러나 국제회의에서 한국의 '유신체제'를 비호할 수는 없었다. 남북한 관계의 특수성을 설명하고 더 건전한 민주국가로 가기 위한 과도적 조치일 것이라고 나의 견해를 말해주는 수밖에 없었다. 그러나 마음은 편하지 않았다.

1976년 8월 멕시코시에서 제30차 아시아-북아프리카 인문학총회가 열렸다. 이 회의에 전 세계에서 2천4백 명의 학자가 참가하였다. 회의 일정에 북한이 준비한 한반도 통일 문제를 주제로 한 패널이 있었다. 문교부에서 정치학회에 연락하여 회원들을 몇 명 보내 줄 것을 부탁하였다. 학회에서는 나를 포함하여 한배호(韓培浩) 교수 등 8명을 선발하여 보냈다. 막상 도착해보니 북한 학자들은 한 명도 오지 않아 가벼운 마음으로 회의 일정을 마쳤다. 이때도 제일 곤혹스러웠던 것은 남북한 독재의 차이를 설명하는 일이었다.

1977년 6월에는 스탠포드대학교의 한 연구소가 워싱턴에서 한국 문제를 다루는 양국 회의를 열었다. 이 회의에 이홍구(李洪九), 김세진(金世珍), 김경원(金瓊元), 서상철(徐相喆) 교수 등과 함께 참석하였다. 한국의 유신체제를 놓고 열띤 논쟁이 있었다. 귀국길에 일본 하코네에서 열린 제1차 한일지적교류회의에 참석했다. 한국에서 10명, 일본 측에서 10명이 1주일 동안 합숙하며 아시아의 미래, 환경 문제 등을 폭넓게 다루는 모임이었다. 동경대의 사또(佐藤誠三郎) 교수 등을 그때 만났다. 일본 학자들의 한국 유신체제에 대한 견해는 대체로 긍정적이었다.

유신체제가 종착역에 거의 다다라 가던 때인 1979년 9월에 나는 러시아 모스코바에서 열린 세계정치학회(IPSA)에 참석했다. 예일대학교(Yale University)의 러세트(Bruce Russett) 교수가 "지역안보질서와 세계안보질서의 관계"라는 패널을 만들어 놓고 내게 논문발표를 부탁해서 참가했다. 공산주의체제를 전공으로 하는 학자이면서 공산국가를 한 번도 안 가보았다는 것이 마음에 걸리던 차에 기회가 와서 갔다. 모스코바에서 1주일, 키예프와 레닌그라드에서 각각 3일씩 묵으면서 소련 공산정치의 실체를 보고 왔다. 전 세계에서 2천5백 명의 정치학자가 모인 이 회의에서는 한국은 관심의 대상이 되지 못했다. 내가 적극적으로 나서서 허 진(許眞), 와짐 팍(W. Park) 등 고려인 학자들을 만났고 마리노브(Marinov), 티코미로프(Tikomirov) 등 북한과 한국문제 전문가들을 찾아 만났다. 이 사람들은 모두 북한보다 한국을 여러모로 좋게 보고 있어 다행이었다.

유신체제 8년은 대한민국 헌정사에 큰 오점을 남겼다. 국내에서도 문제가 많았지만 국제사회에서 대한민국을 고립시키는 결과를 초래하여 그 이후 한국의 대외관계 유지에 큰 부담을 주었다. 1979년 여름쯤부터는 미국 정부와 미국의 한국문제 전문가들의 관심이 한국에서 북한으로 옮겨졌고, 과거의 '한국의 안보', '한국의 방어'(security of South Korea)라는 주제에서 '한반도의 안정(stability of the Korean

Peninsula)'으로 초점이 옮겨 가고 있었다. 한국은 '미국과 이념을 같이 하는 동맹국'에서 '한반도의 두 분단국 중 하나'로 격하된 셈이다.

4. 한국사회 주도 세력의 세대교체

1948년 대한민국을 세우고 1950년 6·25전쟁을 치룬 후 1950년대 나라의 틀을 잡아 놓은 우리 사회의 주력은 일제강점기에 교육을 받은 엘리트였다. 정치 지도자 중에는 이승만, 조병옥 등 소수의 미국 유학생도 있었으나 고급 관료, 공공기관 간부, 대학교수, 군 지휘부는 모두 일제강점기에 대학을 나온 사람들이었다. 동경제국대학 법문학부, 경성제국대학 법문학부 출신들이 장관, 교수, 기관장들을 맡았고 동경고등상업학교, 경성고등상업학교, 야마구찌고등상업학교 출신들이 한국은행, 산업은행 간부직을 맡았다. 창군 때에는 광복군 출신 장교와 중국 군관학교 출신 장교가 상징적으로 군의 최고 지휘부에 포진했었으나 대부분의 장교는 일본 육군사관학교, 만주군관학교 등을 나온 일본군 장교 출신들로 충당되었다. 대학교수도 마찬가지였다. 내가 서울대 법대를 다녔던 1957년에서 1961년(대학원까지 포함하면 1966년까지) 사이에 법대 교수는 모두 21명이었는데 20명의 최종 학력이 학사였고 류기천(劉基天) 교수 한 분만 예일대학교 법학박사(JSD)였다. 대부분은 동경제국대학 법문학부와 경성제국대학 법문학부 졸업생인 학사(學士)학위 소지자였다. 이들은 모두 구제박사(舊制博士: 저서, 논문 등을 평가하여 주는 학위)를 교수가 된 후에 받은 분들이었다.

해방 후 초등학교 1학년부터 한국 교육을 받은 이른바 '한글세대'가

대학을 졸업한 해가 1961년이었다. 해방 세대는 여러모로 앞선 세대와 생각을 달리하였다. 우선 미국식 민주주의를 철저히 배웠고 일본에 대한 강한 거부감을 가지고 있었다. 1960년의 4·19는 한글세대가 처음으로 집단적으로 정치 발언을 한 거사였고 다음 해의 5·16군사혁명은 미국군이 그들의 편제와 같이 만들어 놓은 군 조직 속에서 생활하면서 미국 연수를 통하여 미국 민주주의체제를 배웠고 미국군의 앞선 조직 관리체계를 터득했던 새 시대의 군인들이 일으킨 거사였다.

1960년대 10년은 일제강점기에 교육받은 세대와 해방 세대가 공존하던 시대였다. 상층 간부는 '일본세대', 하층 실무 층 엘리트는 '해방세대'가 모든 기관에서 함께 일하던 특이한 시대였다. 예를 들어 내가 공군에 근무하던 1961년에는 중령이하 장교들은 해방 세대였고 그 이상은 일본 육사, 소년비행학교 출신이었다. 신문사에 근무할 때도 세대간 충돌이 있었다. 월남 파병 문제가 심각하던 1965년, 외국 기자들이 내게 묻던 질문이 생각난다. 왜 조선일보 등 주력 신문의 논설들은 반전(反戰)이고 파병 반대의 논조들인데 기사는 파병에 긍정적이냐고 물었다. 나는 논설위원급, 부장급 이상의 간부들은 반전사상이 강하던 일본 신문과 잡지로 외국 사정을 이해하고 젊은 기자는 〈타임(TIME)〉, 〈뉴스위크(Newsweek)〉 그리고 〈헤럴드 트리뷴(Herald Tribune)〉에서 국제정치를 이해하기 때문이라고 답해주었다.

1960년대를 주도하던 정부 지도자들은 '부국강병'을 최고 가치로 여겼고 다소 민주주의 원칙을 어기더라도 결과적으로 잘 사는 나라를 만들어 놓으면 국민들은 지지해주리라 믿었지만 새로운 주도 세력으로 커 가던 해방 세대들은 민주공화국의 민주주의 이념이 효율성을 높이기 위한 통제보다 훨씬 더 본질적인 것이라고 생각하여 세대 간 충돌은 점점 더 구조화, 조직화 되어갔다. 여기에 더하여 1960년에 들어서서 시작된 공업화 정책으로 새로 노동자 집단이 조직적 정치 세력으로 등장하게 되었다. 해방 세대와 노동자 집단이 구세대 지도 세력을 제압하는 단계에 이른 1960년대 말에 박정희 대통령은 이러한 사회 구조 변화를 무시하고 특단의 조치로 유신을 결심한 것이다.

유신체제를 도입한 후 유신 정부는 긴급조치로 반대 세력의 저항을 힘으로 진압하고 일본 명치유신 때의 '교육칙령'을 참고하여 만든 '교육헌장'을 내어 놓고 여기에 새마을운동이라는 국민의식 개조 운동을 덧붙여 온 국민을 의식적 차원에서 조국 근대화라는 하나의 목적으로 단합하도록 만드는 작업을 시작하였다.

유신 정부는 이어서 주도 세력의 세대교체를 강행해나갔다. 마지막 남은 '일본강점기 세대'를 퇴진시키고 해방 세대를 과감하게 사회의 주도적 지위에 배치하기 시작하였다. 해방 이후 한국에서 대학까지 교육을 받고 미국 등 외국에서 선진 학문과 기술을 배운 새 세대의 엘리트들을 정부 요직에 배치하고 새로운 연구기관들을 창설하여 이들을 영입하였다. 가장 의욕적이고 성공적이라고 평가받는 제4차 사회경제개발5개년계획(1977-1981)은 해방 1세대의 선두주자이던 김재익 경제기획원 기획국장 등이 주도해서 만들고 집행하였으며 서석준(徐錫俊), 강경식(姜慶植), 서상철, 김경원 등의 고급 관료들은 모두 해방 세대였고, 김성진(金聖鎮), 류혁인(柳赫仁) 등은 '중간' 세대였다.

시대가 흐르면 세대교체가 일어나는 것은 필연이다. 이 세대교체가 순조롭게 이루어지도록 지도 세력들이 길을 열어주면 그 사회는 진화한다. 그러나 이 교체를 거부하고 부분적으로 필요한 만큼만 새 세대를 받아들이려 하면 유신 같은 '역사흐름 역주행' 조치가 일어나고 그 결과로 나라는 큰 상처를 입는다.

유신시대의 대한민국

1. 산업화의 기초 확립

1961년 시작되어 1979년까지 지속된 박정희 시대 18년은 대한민국을 세계 최빈국에서 세계 선진국의 하나로 바꾸어 놓은 '한강의 기적'의 기초를 마련한 시기였다. 박정희 대통령과 전두환 대통령 등 두 군 출신 대통령은 1962년부터 다섯 번에 걸친 경제개발5개년계획에 맞추어 각종 사업에 심혈을 기울여 성공적으로 수행해서 한국의 산업 구조를 농업 국가에서 중화학공업 국가로 바꾸어 놓았다. 그리고 유신체제 아래서 실시된 제4차와 제5공화국 시대에 실시한 제5차 사회경제발전계획으로 의료, 복지, 교육 등 사회체제도 선진국으로 고쳐 놓았다.

유신정부는 1973년 6월에 중화학공업화 계획을 발표하였다. 1981년까지 전체 공업에서 중화학공업의 비중을 51%로 늘리고 국민소득 1,000달러, 수출 100억 달러를 달성한다는 계획이었다. 유신 정부는 이를 앞당겨 1979년에 모두 달성했다. 연간 경제성장률은 10~12%선을 유지했고 1979년 제조업 중 중화학공업 비중은 54%, 1977년 100억 달러 수출 목표를 달성하였다. 국민소득도 1977년 1,000달러 선을 넘었다.

산업화를 위한 사회간접투자도 활발히 진행되어 1970년 경부고속도로가 완공되고 1973년에는 소양강댐이 완성되었으며 1977년에는 고리원자력발전소 1호기가 준공되었다. 1973년 포항제철이 준공되었고 같은 해 현대조선이 출범했다. 1975년부터 건설사의 중동지역 진출이 시작되어 '중동건설 붐'이 조성되었다. 1973년부터 시작된 치산녹화계획에 따라 250ha에 인공조림을 실시하여 1987년경까지는 헐벗은 산을 수목에 덮인 산으로 바꾸어 놓았다.

2. 남북한 관계 개선의 선제적 조치

1961년 5·16혁명으로 출범한 군사 정부가 당면했던 가장 어려웠던 문제는 북한의 도발을 막고 이겨내는 것이었다. 1960년대에는 북한이 모든 경제지표에서 한국을 앞섰고 군사력도 한국보다 훨씬 우위를 점하고 있었다. 북한은 힘의 우위에서 본격적으로 한국에 대한 공세적 전략을 펴기 시작했다. 적극적인 군사 도발로 한국 사회를 교란시키고 한국 내에서 지하당 조직을 앞세운 정치전을 펴 최종적으로는 한국에 친북 정권을 창출하여 통일을 이룬다는 계획이었다.

1967년 7월 동베를린 거점 북한 대남공작단이 발각되었다. 다음해 1월 21일 북한 무장공비 31명이 휴전선을 넘어 청와대 기습을 시도했다. 같은 해 8월 통일혁명당 간첩단을 발견하여 73명을 기소했다. 1968년 11월 북한 무장공비 120명이 울진과 삼척 지역에 침투하였다. 그리고 같은 해 1월에 북한군은 미국 정보선 푸에블로 호를 원산 앞바다에서 나포하였다.

이러한 북한의 도발은 군사 정부를 긴장시켰으며 군사 정부는 이에 대응하기 위한 강력한 사회 통제 조치가 필요하다고 주장하며 유신을 정당화하였다. 특히 지하당 조직 등의 정치전 대응을 위해서는 강력한 보안 장치가 필요하다고 주장하였다.

미국과의 관계가 흔들린 것도 유신체제 도입에 영향을 주었다. 1969년 닉슨 대통령은 아시아 동맹국들은 자신의 방위를 스스로 책임지라는 닉슨독트린을 발표한 후 첫 번째 조치로 1971년에 주한 미군 2개 사단 중 1개 사단을 철수시켰다.

군사 정부는 이러한 새로운 안보 환경에서 북한의 도발을 선제적으로 대응하기 위해서 대북 접근을 시작했다. 1972년 박정희 대통령은 이후락(李厚洛) 중앙정보부장을 비밀리에 평양으로 보내 김일성을 만나게 하고 역사적인 7.4공동성명을 합의하였다. 1972년 7월 4일에 서울과 평양에서 동시에 발표된 협정서는 주요 내용으로 자주, 평화, 민족대단결을 통일 3대 원칙으로 한다는 것과 ① 상호 비방 중지 ② 무장도발 자제 ③ 남북교류 실시 ④ 이산가족 재회를 위한 적십자회담 조속 성사 ⑤ 남북 직통전화 개설 ⑥ 남북조절위원회 설치운영 등을 담고 있다.

박 대통령은 이어서 1973년 6월 23일에는 '평화통일외교정책에 관한 선언'을 발표하였다. '6·23선언'이라 부르는 이 성명은 그때까지 대한민국 정부가 지켜오던 '할슈타인 독트린'을 버리고 북한이 국제사회에서 독립국 지위를 갖는 것을 허용하며 국제기구나 국제연합에 동시 가입하는데 반대하지 않는다는 내용을 담고 있다. 할슈타인 독트린(Hallstein Doctrine)이란 서독 정부가 동독 정부를 승인한 나라와는 국교를 가지지 않겠다고 한 선언이다. 한국도 1973년까지 북한과 수교한 국가와는 수교하지 않는다는 원칙을 지켰다. '6·23선언'은 대한민국의 통일정책에 큰 변화가 있었음을 알리는 중요한 결단의 표명이었다. 즉 이제부터 통일정책은 ①남북 공존의 제도화를 거쳐 ② 남북 간의 교류를 증대하여 서로간의 체제가 점진적으로 같아질 때를 기다려 ③ 하나의 나라로 통합하는 것이 좋다고 생각할 때 정치통일을 하자는 새로운 통일정책 패러다임을 반영한 선언인 셈이다.

북한의 대남정책은 레닌 전략에 기초하고 있고 레닌 전략은 손자(孫子)의 전략을 바탕으로 하고 있다. 손자는 강한 적과 대적하여 이길 수 있는 확실한 방법은 우선 상대방이 손을 쓸 수 없게 나를 방비하고 상대방이 허술해질 때까지 기다리면 상대를 허물어뜨릴 수 있는 기회가 온다고 했다. 이 교리에 따라 북한을 외부 영향이 못 들어오게 폐쇄하고 남한의 방비가 약해진 틈을 타 남한에 심어 놓은 지하 조직을 중심으로 정치전을 펴면 이길 수 있다는 것이 북한의 전략 구상이었다. 즉 '먼저 상대가 나를 이길 수 없도록 나의 내부 단속을 잘 해놓고 상대가 허물어질 때를 기다린다(先爲不可勝 以待敵之可勝)'는 손자의 전략을 따르겠다는 것이다. 박정희 대통령은 이러한 북한 전략에 대응하여 우리 사회 내의 결속을 강화하고 경제개발 경쟁에서 북을 압도하는 것이 바른 대북정책이라고 결정하고 유신이라는 강력한 내부 통제 체재를 채택한 것이다.

3. 자주국방계획

대한민국은 건국 이래 1970년대까지 독자적 전쟁 기획을 해 본 적이 없었다. 건국 2년 만에 벌어진 6·25전쟁에서는 작전지휘권을 국제연합군사령관에게 위임한 상태에서 유엔군사령부의 작전 계획에 따라 전투를 수행했다. 월남전에서도 파견된 한국군은 미국군 월남사령부의 작전 계획에 따라 전투를 수행했다. 한국 방위와 관련해서도 한국군은 1950년 6·25전쟁 이래 국제연합군사령관의 작전 지휘를 받아 전투하게 되어 있었다. 박정희 대통령은 닉슨독트린에 따라 주한미군 철수가 시작된 상황에서 독자적 전쟁 기획, 전쟁 수행 능력을 갖추는 자주국방계획이 절심함을 깨닫고 작업을 시작하였다. 우선 국방부 합동참모본부에 명하여 장기 전략, 갖추어야 할 무기체계 등을 연구시키고 무기체계 구축에 필요한 무기의 국산화 계획(율곡계획)을 세우도록 했다. 이 과정을 거쳐 '적극방어계획'이라는 한국군 독자 전쟁 기획이 다듬어졌으며 이를 토대로 1980년대의 '8·18계획', 1990년대의 '국방개혁위원회 개혁안', 그리고 2010년의 '국방개혁 307' 등이 만들어졌으며 이 계획들을 토대로 오늘날의 '능동억제전략'을 담은 한국군 독자 전쟁 기획이 이루어졌다. 무기 국산화 계획은 1970년 8월 국방과학연구소(ADD)를 창설하면서 구체화하였다. 독자적 전략연구 등 국방부의 정책 수립을 뒷받침할 국방연구원(KIDA)도 1979년 국방관리연구소의 한 연구실로 출발하여 1987년에 대규모 연구소로 발전하여 자주국방의 기초를 닦는데 크게 기여하고 있다.

한국군과 주한미군 관계는 1978년에 발족한 한미연합사령부 체제로 유지되고 있다. 양국군은 전력 유지 등은 각각 독자적으로 담당하고 평시 작전권은 한국군이 행사하고 전시작전권은 미군 장성이 사령관을 맡는 한미연합사령부에서 행사하도록 되어 있다. 이러한 모든 자주국방 계획의 기틀은 유신체제가 유지되던 1970년대에 마련되었다.

나는 1970년대 초반부터 약 30년간 국방부 정책자문위원으로 일했으며 1970년대의 장기발전계획, 8·18계획, 국방개혁위원회에 모두 참가했고, '국방개혁 307'을 만든 국방선진화추진위원회의 위원장을 맡아 일해서 박정희 대통령의 자주국방 결단의 중요성을 잘 안다.

4. 정보 조직의 기능 확대

현대 국가는 대외정책 기구로 두 가지 조직을 가지고 있다. 국제사회의 규범질서에 따라 주권국가는 공식적인 대외 접촉기구로 외무부와 대외 공관을 설치운영하고 있다. 그리고 이러한 공개된 외교(overt diplomacy)를 수행하는 공식 외교기구 외에 은밀한 외교 업무(covert diplomacy)를 수행하는 기구도 여러 가지 명칭으로 만들어 운영하고 있다. 흔히 정보기구라고 부르는 이 조직의 주요 기능은 외국 관련 정보 및 첩보의 획득분석 업무, 외국에 대한 비공개 공작 등 공세적 활동과 외국의 비공개 침투공작을 방어하는 방첩 업무 수행이다. 미국의 경우는 중앙정보국(CIA)이 정보 및 첩보획득 업무와 대외공작 업무를 담당하고 연방수사국(FBI)이 방첩 업무와 특수범죄수사 업무를 담당하고 있다. 일본의 내각조사실, 러시아의 KGB, 이스라엘의 Mossad 등이 대표적인 정보 기구이다.

한국은 북한과의 대결 속에서 북한 정보 획득의 필요성이 크고 북한이 한국 내에서 벌이는 정치전과 관련하여 한국 사회에 침투시킨 공작 요원의 색출 업무를 담당하는 기구도 필요하다. 이러한 필요에서 5·16 직후 군사 정부는 중앙정보부(KCIA)를 창설하였다. 정부는 주된 공작 대상이 북한이고 북한과의 관계에서는 첩보수집 공작과 방첩 업무를 함께 다루는 것이 필요하다고 판단하여 미국의 CIA 기능과 FBI 기능을 함께 수행하는 단일 기구로 중앙정보부를 창설하였다.

유신 정부는 출범과 동시에 중앙정보부의 기능을 확대하였다. 본연의 임무 외에 대북 협상 등의 임무를 추가하고 방첩 업무에 반정부 투쟁 조직의 색출, 관리 등을 포함시킴으로써 중앙정보부는 정부의 중요한 통치 기구의 하나로 확대되었다. 이렇게 확대된 기능 때문에 점차로 국민이 경원하는 조직으로 되었다.

중앙정보부는 대북 정치전 수행과 관련하여 많은 공헌을 하였다. 산하에 국제문제조사연구소를 창설운영하면서 북한에 관한 체계적 연구와 더불어 국제정세 전반에 걸쳐 체계적 연구를 수행하고 그 결과를 국민 교육용으로 보급하였다. 〈국제문제〉, 〈북한〉 등의 월간 잡지를 발행하고 〈내외통신〉이라는 일일뉴스 서비스도 수행했다. 또한 산하에 '자유아카데미'라는 대학원급 전문교육기관을 창설하여 전문학자를 양성하여 한국에서의 북한학 연구의 기초를 제공하였다.

중앙정보부는 1972년 처음으로 북한과의 접촉을 시작하여 7·4공동 성명을 합의 도출하였으며 이산가족 면회 사업을 적십자 조직을 앞세워 수행했으며 재일동포 고국방문단사업을 벌여 북한이 재일교포를 포섭하여 조직한 '조선인총연합회(조총련)' 조직을 깨는 데도 크게 기여하였다.

중앙정보부는 1981년에 안전기획부로 명칭을 바꾸었고 다시 1999년에는 국가정보원(National Intelligence Service: NIS)으로 축소·개편되어 지금까지 기능을 유지하고 있다.

5. 새마을운동

새마을운동은 1970년 농촌재건운동으로 시작되었다. 새마을운동은 행정리동(里, 洞) 단위의 주민자치단체를 중심으로 근면, 자조, 협동 정신을 키워 스스로 농촌 근대화를 추진하도록 유도한 운동이다. 이 운동은 1970년대에 추진했던 경제개발계획을 뒷받침하는 의식 차원의 근대화 운동이어서 흔히 중국의 문화혁명에 비교하기도 하지만 새마을운동은 정치적 목적보다는 국민계몽운동의 성격이 더 강했다.

새마을운동은 유신 선포 이후에는 정부 각 기관에서 다양한 형태의 운동으로 확장 운영함으로써 국민의 저항도 강했다. 예를 들어 대학교수를 임명할 때도 신임 교수는 새마을교육을 의무적으로 받아야 했다. 나도 1973년 미국에서 귀국하여 교수로 취업하는 과정에서 새마을 교육을 받았다.

새마을운동은 낙후되었던 농어촌을 근대화하는데 크게 기여하였다. 농민들의 자조 정신을 함양하고 농업 생산 방식을 현대화하는 일을 도와줌으로써 농업 생산을 크게 높여 도농간의 생활수준 격차를 줄였다. 새마을운동은 전 세계 후진 지역 지도자들이 관심을 가지고 학습하는 농촌 근대화 모형이 되어 지금까지도 한국에 대한 국제사회 인식을 높여주고 있다.

새마을운동의 부작용도 많았다. 농민의 자율적 운동으로 구상된 새마을운동이 관 주도의 주민동원 체제로 운영되면서 변질되어 갔기 때문이다. 특히 제5공화국 시대에는 대통령의 동생이 이 조직을 장악하여 '정치운동체'로 전락함으로써 빛을 잃었다. 박정희 대통령이 '사회혁명'을 구상했을 때 그 이름을 유신이라고 부른 것은 일본의 명치유신을 참작했던 것이고, 그 뿌리는 "주나라는 옛 나라이나 그 명은 날로 새로워진다(周雖舊邦 其命維新)"라는 『서경(書經)』의 내용이다. 시대가 변해도 계속 공동체 정신을 새롭게 하면 새 나라로 계속 변신 할 수 있다는 이야기로 대한민국 건국정신의 지속적 유지를 기획하였던 것인데 점차로 그 취지가 퇴색된 것이다.

10·26의 비극

1. 점증하는 국민 저항

1975년 긴급조치 9호가 선포되면서 국민의 반유신 저항은 걷잡을 수 없이 터져 나왔다. 학교마다 학생데모가 연이어 일어나고 진압경찰이 학교 구내에 들어와 최루탄을 쏘고 학생모임을 해산시키고 하는 일이 일상화되었다. 나도 교실에 진압경찰이 들어와 쏜 최루탄을 맞고 정신을 잃기도 하였다. 학생들은 수시로 경찰에 연행되었고 나는 학생 석방을 위해 마포경찰서를 찾아가 서장을 면담하고 석방 교섭도 해보았다.

1977년부터는 유신체제에 대한 미국의 비난이 거세졌다. 새로 대통령에 취임한 카터(Jimmy Carter) 대통령은 한국의 열악한 인권 상황을 공개적으로 비난하고 한국 정부가 '민주헌정'을 복원하지 않으면 주한미군을 모두 철수하겠다고 선언하였다. 학생시위도 더욱 격렬해져서 1979년에는 체포·구금된 시위 학생수가 1천 명을 넘었다.

야당의 반유신 투쟁도 1979년에 들어서면서 점차로 강해졌다. 야당인 신민당 당수에 취임한 김영삼(金泳三)은 외국 기자와의 기자회견에서 미국 정부가 더 강력히 한국 정부의 인권 탄압을 억제하는 조치를 해야 한다고 주장하였고 이 발언을 문제 삼아 정부는 김영삼의 국회의원직을 박탈하였다.

1970년대의 학생들은 4·19 때의 학생과 다르다. 4·19 때의 학생은 해방 전에 태어났고 6·25전쟁을 겪은 학생들이었다. 전쟁을 겪으며 북한 공산체제의 위선과 잔학상을 눈으로 보고 자란 세대여서 강한 반공의식을 가졌으며 민주공화국 대한민국을 잘 사는 나라로 만들어 보려고 애쓰던 젊은이였다. 우리도 앞선 나라처럼 푸른 산, 깨끗한 농촌을 가진 나라를 만들자고 학생자진녹화대에 참가하여 헐벗은 산에 나무를 심으러 다니고 농촌 봉사에 참가하던 학생들이었다. 덴마크를 살려 낸 그룬트비히(Nikolai Grundtvig)를 숭배하고 터키를 근대국가로 이끈 케말 파샤(Mustafa Kemal Atatürk)를 놓고 열띤 토론을 펴던 젊은이였다. 나도 3년간 나무 심는 운동에 앞장섰었고 척추를 다쳐 병역 검사에 불합격인 병(丙)종 판정을 받았으나 군의관에게 군 복무를 할 수 있다고 떼를 써서 갑(甲)종으로 고쳐 받고 군에 입대했다. 그때 학생들은 애국적이었고 민주주의와 부국강병에 심취했었고 기본적으로 반공이었다. 그리고 우리가 조국 근대화를 이끌어야 한다는 사명감을 가진 엘리트 의식을 갖고 있었다.

1970년대의 학생들은 6·25전쟁 이후에 태어난 젊은이들이었고 철들었을 때는 가난 속에서 살아남기 위해 새로 생긴 구로공단에서 일하는 누이들이 보태주는 돈으로 학교를 다니던 학생들이었다. 북한은 강요된 반공 교육에서 배워 알게 되었고 군사 정부는 민주정치를 후퇴시키는 반동적 독재 정권이라고 생각하던 학생들이었다. 이들은 쉽게 사회주의 이상론에 동조하면서 선진자본 국가들의 후진국 착취를 설명하는 '종속이론(dependencia theory)'에 설득되어 반미, 반자본주의 정서를 가진 젊은이들이었다.

70학번, 80학번 학생들은 『난장이가 쏘아올린 작은 공』, 『공장의 불빛』 등의 사회 고발 소설에 감동하여 눈물 흘리던 젊은이여서 해방신학을 전파하던 신부들의 강론, 중국의 문화혁명을 찬미하던 지식인들의 저서에 자극받아 '가두투쟁(街鬪)'과 '사상투쟁(思鬪)'에 앞장서는 것이 지식인의 사명이라 믿었다. 이들이 벌이는 반유신 투쟁을 계엄군과 전투경찰로 진압하려던 군사 정부는 타협할 수 없었다.

학생-시민-야당의 조직적 저항으로 유신체제는 종착역으로 다가가고 있었다.

2. 부마(釜馬)사태와 10·26 박정희 대통령 시해사건

1979년 9월 부산에 있는 가발공장 YH가 문을 닫게 되자 여공들이 집단 항의했고 여공들은 서울의 신민당 당사에 들어가 농성을 폈다. 경찰이 농성 중인 여공들을 강제해산시키는 과정에서 여공 한 사람이 죽었다. 이 사건이 촉매제가 되어 부산에서 대학생 중심의 대규모 시위가 일어났으며 시민들이 합세하여 경찰로는 진압이 불가능한 사태로 커졌다. 부산 시위사태는 마산과 창원 지역으로 확산되어 지금도 이 사태를 부마사태(釜馬事態)라 부른다.

정부는 이 사태 수습을 위하여 10월 18일 부산에 계엄령을 선포하고 10월 20일에는 마산에 위수령을 발동하였다. 부마사태는 계엄군에 의하여 진압되었으나 전국민이 부마사태 참가시위대와 뜻을 같이 하는 전국적 반정부 사태로 번져 갔다. 폭발 직전의 폭약과 같은 분위기가 전국으로 확산되었다.

10·26의 비극은 이미 예정된 한 시대의 종말 현상 속에서 일어났다.

10월 26일 저녁 청와대 옆 궁정동의 중앙정보부 안가(安家)에서 박정희 대통령은 김재규(金載圭) 중앙정보부장, 김계원(金桂元) 비서실장 등과 만찬 모임을 가졌다. 이 자리에서 김재규 부장은 박 대통령을 시해하였다.

10월 27일 새벽 최규하(崔圭夏) 총리는 대통령권한대행으로 계엄령을 선포하였고 전두환 보안사령관에게 명하여 살해범 김재규를 체포하였다. 최규하 대통령권한대행은 12월 6일 헌법 규정에 따라 통일주체국민회의에서 제10대 대통령으로 선출되었다. 신임 최규하 대통령은 긴급조치 9호를 해제하고 대학의 휴교령도 해제했다. 김영삼도 신민당 총재로 복귀하고 김종필은 공화당 총재로 선출되었다. 최규하 대통령은 신현확(申鉉碻) 경제부총리를 총리로 임명하고 새 내각을 구성하였다.

3. 명분 없는 12·12쿠데타

10·26사태 이후 정국은 안정을 되찾았다. 유신 때의 비정상적 조처들을 다시 원상으로 되돌리는 과업들에 모두 바빴다. 이렇게 사태가 수습되던 과정에서 박정희 대통령 시해사건 수사를 책임 맡고 있던 전두환 보안사령관이 12월 12일 시해 관련으로 현직 육군참모총장인 정승화(鄭昇和) 대장을 공관에서 긴급 체포하는 사건이 벌어졌다. 수도경비사령부 소속 장병들을 동원하여 국방부와 육군본부 건물도 점령하였다. 전방에 배치되어있던 노태우 소장이 지휘하던 제9사단 병력이 서울로 진주하였다. 최규하 대통령은 이 사태를 묵인하였다. 전두환 장군, 노태우 장군, 그리고 수도경비사령부 소속 제30단장 김진영(金振永) 대령, 보안사령부 간부이던 육사 17기, 18기 출신 장교 등이 감행한 이 군사쿠데타로 혁명군이 실질상의 정부의 통치권을 장악하였다. 이것이 12·12쿠데타이고 이 거사를 주도했던 장교들을 '신군부'로 부른다.

안정을 되찾던 정국은 12·12쿠데타로 다시 혼란과 긴장 속으로 빠져 들었다. 북한은 군대를 전방추진(前方推進)시키고 전선의 긴장을 높였다.

12월 26일 새로 총리에 취임한 신현확 총리의 급히 와달라는 전갈을 받고 나는 옛 중앙청 총리사무실로 불려갔다. 북한군 동정이 심상치 않은데 군에서는 뚜렷한 대응 방안을 내놓고 있지 않아 불안하다고 하시면서 내게 당장에 해야 할 조치들을 물었다. 나는 아는 대로 북한

전력 수준과 준비 상황을 설명하고 현재로서는 전면전을 펼 가능성이 없다고 안심시켜드렸다. 그리고 우리 군이 취해야 할 조치들을 몇 가지 알려드렸다. 사실 그때는 사태가 위급했었다. 북한군이 위력적이어서가 아니라 우리 군 수뇌부가 모두 정치에 몰두하고 있어 전혀 대응 전략을 세울 수 없었기 때문이었다. 한 마디로 우리 군은 무책임했다.

12·12쿠데타는 어떤 정치 목적을 가지고 행한 계획적 혁명이 아니고 신군부라 부르는 새 세대의 군 장교들이 지휘부를 이루는 구세대 장군을 제거하려는 하극상의 '군 내부 쿠데타'였다. 신군부의 핵심은 육사 출신 장교 일부가 조직했던 '하나회'였다. 하나회의 주축은 해방 세대의 선두에 해당하는 육사 제17기였다. 쿠데타는 실제 병력을 장악한 연대장들이 뜻을 모을 때 가능해지는데 당시 80개의 육군 연대의 반을 육사 17기와 18기가 지휘하고 있었다. 이들 대령들이 12·12쿠데타의 주력을 이루게 된 것은 당연하다.

신군부를 이루는 대령들은 육사 출신 장교 중 가장 우수한 자원이었고 이들은 해방 1세대로 "우리가 한국군을 이끌어야 한다"는 사명감을 공유하고 있었다. 이들은 해방 이후 새로 세워진 한국 학교가 양성한 '순수 국산'의 엘리트였다. 이들은 명문 고등학교에서 잘 짜인 교육을 이수했고 국내 어느 대학보다 우수한 육사에서 대학교육을 받았다는 자부심을 가지고 있었다. 교수 정원을 채우지 못해 휴강이 강의보다 많던 어설픈 신설 대학들과 비교할 때 육군사관학교는 모든 것을 갖춘 대학이여서 그들이 자부심을 가질만하였다.

12·12쿠데타가 일종의 숙군 운동처럼 시작된 거사였지만 일단 성공

하고 나서는 목적을 군개혁을 넘어 나라 다스리기로 확대하였다. 그리고 그 목적을 달성하여 헌법을 고치고 새로운 통치체제를 구축하게 됨으로써 12·12는 군사혁명이 되었다.

10·26 대통령 시해사건을 수습하는 과정에서 헌법 규정에 따라 최규하 총리가 12월 6일 통일주체국민회의에서 제10대 대통령으로 당선되어 새로운 정부를 구성하였으나 대통령 시해사건으로 조성된 위기를 수습하기 위하여 비상계엄령이 선포되고 시해사건 수습을 보안사령부가 맡게 하면서 국가 운영의 실질적 권한은 군이 장악하게 되었다. 신군부는 1980년 봄 학생들의 반유신 투쟁이 전국적으로 확대되고 점차로 과열되자 지역 비상계엄을 전국 비상계엄으로 확대하고 국회의 기능을 정지시켰다.

결정적인 계기는 5월 18일 광주에서 일어난 대규모 시위가 시가전 상태로 과열하면서 마련되었다. 광주 시민이 시민군을 조직하여 시위진압군과 대치하는 내전으로 발전하자 계엄군은 이를 무력으로 진압했다. 이것이 '5·18광주민주화운동'이다.

4. 제4공화국의 붕괴

신군부는 광주사태를 계기로 계엄군과 행정부간의 긴밀한 협조가 필요하다는 이유로 5월 31일 '국가보위비상대책위원회'를 설치하였다. 형식적으로는 대통령자문 기관으로 출발한 '국보위'는 사실상 행정부를 대신하는 초헌법적 통치 기구가 되었다. 전두환 보안사령관이 국보위 상임위원장으로 취임하면서 국보위는 공무원 5천6백 명을 직위해제하는 등 공무원 정화 운동을 벌였다. 나아가서 사회개혁 조치도 광범위하게 펼쳐 나갔다. 국보위는 실질상의 혁명 정부로 군림하였다. 이러한 사태에 이르자 최규하 대통령은 1980년 8월 16일 대통령직을 사임하였다. 그리고 예정했던 대로 전두환 국보위 상임위원장이 통일주체국민회의에서 제11대 대통령으로 당선되었다.

신군부는 이어서 헌법 개정에 착수하여 새 헌법을 국민투표를 거쳐 10월 27일 확정하였다. 제4공화국은 이렇게 붕괴되고 제5공화국이 탄생했다. 제5공화국 헌법 부칙에 따라 통일주체국민회의가 폐지되고 국회와 정당이 해산되고 새로 국회가 구성될 때까지 '국가보위입법회의'가 국회의 권한을 대행하게 되었다. 그리고 이 입법회의가 '정치풍토쇄신법'을 제정하여 약 600명의 구 정치인의 정치 활동을 규제하였다. 또한 입법회의에서 대통령선거법, 국회의원선거법, 정당법, 국민투표법, 국회법을 개정하여 제4공화국의 헌정질서를 정리하였다.

1981년 2월 11일 새로 만든 법에 따라 '대통령 선거인' 선거가 실시되고 이렇게 구성된 선거인단이 2월 25일 전두환을 임기 7년의 제12대 대통령으로 선출하였다. 1972년 12월 27일 유신헌법이 공포되고 신헌법에 의하여 박정희 대통령이 선출되면서 시작된 제4공화국은 10년간의 유신시대를 마감하고 이날로 제5공화국으로 대체되었다.

盧대표, 直選改憲 선언

새憲法으로 選擧…2月政府이양

地自制·言論등 民主化조치 병행

受諾안되면 候補·代表職등 사퇴

오늘 靑瓦臺방문 향후대책 논의

"李 靑瓦臺대변인"

"全대통령 곧 斷案"

◇盧泰愚 民正黨대표위원이 29일오전 중앙집행위원회에
서 대통령 직선제등 시국수습방안을 발표하고 있다.

"党改憲案 내주末 확정"

"중립 擧国內閣 구성을"
金泳三총재

野黨, 盧대표선언 환영, 표명

새憲法으로 選擧…2月政府이양

民正 中執委 전원 사퇴

「盧대표선언」지지…党論으로 확정

8개項 靑

피/자/많/아/야/오/래/산/다

성공사례발표

제 6 장

6·29선언과 민주헌정 복원

정신보다 앞선 제도 민주화

06

6·29선언과 민주헌정 복원
정신보다 앞선 제도 민주화

　　　　　　　　　박정희 대통령이 1979년 10월 26일 서
거함으로써 '유신시대'는 사실상 끝났다. 그러나 박정희 대통령의 시해
사건을 수사하는 과정에서 수사 책임을 맡은 보안사령관 전두환 장군
을 앞세운 신군부 세력이 12·12쿠데타를 감행하여 정치권력을 장악함
으로써 유신체제는 변형된 모습으로 계속되었다. 신군부는 유신체제 철
폐와 민주헌정 복원을 요구하는 국민 저항을 계엄령을 선포하고 군을
동원하여 탄압하였으며 계엄령 하에서 초정부적 권한을 가진 국가보위
비상대책위원회를 설치하고 이 위원회가 입법권을 행사하도록 하여 정
치 정화, 사회 정화 과업을 수행하였다. 이어서 헌법을 개정하여 대통령
의 임기를 7년 단임으로 고친 헌법을 채택하고 새 헌법에 따라 대통령
선거인단을 뽑아 이 기구에서 간접선거로 전두환 장군을 제12대 대통
령으로 선출하여 제5공화국 시대가 시작되었다.

1981년부터 1987년까지의 제5공화국 시대 7년은 대한민국 70년 헌정사에서 중요한 의미를 가진다. 권위주의적 정치를 통해서라도 부국강병을 착실히 이루어야 북한의 도전을 극복하고 냉전 해체의 새로운 국제정치질서에서 대한민국이 생존-번영할 수 있다고 생각하는 신군부세력을 포함한 40대-50~60학번-(1940년대 이전 출생의 보수적 50-60학번) 세대와 대한민국의 건국이념인 자유민주주의 헌정질서를 복원해야 한다는 386세대 간의 충돌이 극한에 이른 시기였다. 이 시기의 세대 갈등은 아웅산 테러사건 등의 북한의 폭력적 도발과 6·25전쟁 이후 세대를 겨냥한 정치전 전개가 섞여 들어서 더욱 복잡한 양상을 띠게 만들었다. 대한민국의 민주헌정을 수호하자는 자유주의적 보수주의자와 이들과 이념적 대척점에 서 있는 진보적 사회주의 세력이 군사독재 반대라는 공동 목표를 가지게 되어 통일전선을 펴게 됨으로서 권위주의적 보수 세력의 지지를 받는 제5공화국 지도자들의 대응을 어렵게 만들었다.

제5공화국은 해놓은 일이 많았다. 신군부는 앞선 유신체제 때의 정부 주도의 경제개발계획을 더욱 강하게 추진함으로써 후진국 대한민국을 공업선진국으로 전환하는 기초를 닦는데 성공했다. 그리고 북한의 화전(和戰) 양면의 도발을 과감한 관계 개선으로 출구를 찾는 데 성공했다. 1983년 대통령 암살기도(아웅산 테러사건)에도 불구하고 남북 적십자회담을 진행시켜 1985년에는 분단 이후 최초로 이산가족 상봉을 성공시켰다.

제5공화국은 1987년에 들어서면서 거국적 국민 저항을 이겨내지 못하고 '6·29선언'이라는 권위주의 정치 포기 결정을 했다. 대한민국의 민주헌정을 민주주의 후퇴라는 역사 흐름의 역주행의 궤도에서 민주헌정 복원으로 길을 바꾼 민주헌정사 70년의 하나의 분수령을 이룬 6·29선언은 대통령 직선제를 포함한 새로운 민주질서를 담은 새 헌법 제정으로 이어졌고 이 헌법에 따라 제6공화국이 출범했다.

　1987년 6월 29일의 6·29선언으로 1961년의 5·16혁명에서 시작된 군부통치 26년은 끝나고 대한민국의 민주헌정은 회복되었다. 6·29선언으로 새로 탄생한 민주 정부, 제6공화국은 매 5년마다 국민의 손으로 직접 대통령을 선출하면서 2016년 현재까지 존속하고 있다. 제6공화국은 여섯 번째의 5년 단임 대통령을 맞이한 2016년 현재까지 순조롭게 발전해오면서 대한민국의 민주헌정 질서를 굳혔다. 대한민국은 제6공화국 시대에 들어서서 산업화와 민주화를 함께 이룬 새로운 선진국으로 국제 사회에서 인정받고 있다. 1987년에 시작된 민주헌정시대 30년은 노태우, 김영삼 정부의 보수정권 10년, 뒤를 이은 김대중, 노무현(盧武鉉) 정부의 진보정권 10년, 그리고 다시 이명박, 박근혜 정부의 보수정권 10년으로 삼분된다.

　나는 첫 번째 보수정권 10년 기간 동안의 정부 활동을 가까운 거리에서 관측할 수 있었다. 외무부, 국방부, 통일원의 자문위원장, 자문위원으로 일했고 대통령자문 21세기위원회의 부위원장, 위원장으로 대통령을 자주 만났었고, 입각 제의도 몇 번 받았었다. 뿐만 아니라 나의 가까운 친지들이 정부와 국회에서 요직을 맡고 있어 그들의 생각을 늘 접할 수 있었다.

김대중, 노무현 대통령이 통치하던 진보 시대 10년 동안 나는 정부에서는 거리가 멀었으나 내가 만든 민간연구소인 신아시아연구소 활동을 통하여 주변국과의 전략대화를 꾸준히 가짐으로써 밖에서 보는 대한민국을 잘 관찰할 수 있었다. 1987년부터 2016년까지 30년간 나는 주변국의 주요 연구소와 '전략대화'를 수없이 가졌다. 미국 38회, 중국 35회, 대만 32회, 일본 50회, 몽골 20회, 유럽 연합국들 7회, 러시아 5회, 동남아 3회 등 모두 약 200회의 회의를 가졌다.

제6공화국의 두 번째 보수정권 시대라 할 이명박, 박근혜 정부 시대에도 전략대화는 계속 했고, 이명박 정부에서는 '국방선진화추진위원회' 위원장을 맡아 '국방개혁안 307'을 만들었고 천안함 사건 직후에는 '국가안보총괄점검회의' 의장직을 맡아 석 달 동안 한국의 안보태세 전반을 점검하는 일을 맡았었다. 그리고 국방과학연구소 이사직을 맡아 신무기 개발 사업을 가까이서 볼 수 있는 기회를 가졌었다.

진보 정부 10년간에는 정부 관련 일을 맡은 것이 별로 없어 나는 나의 30년 정치학 교수 생활을 정리하는 교과서 쓰기 작업에 열중했다. 서강대를 2003년에 퇴직하고 곧이어 한림대학교 총장직을 맡아 춘천에 가 있으면서 『정치학개론』, 『국제정치학강의』, 『국제관계이론』, 『북한정치 변천』 등의 교과서와 계몽서라 할 수 있는 『우리들의 대한민국』을 썼다. 우리 국민들이 국제정치 질서의 작동 원리, 북한체제의 참모습, 그리고 대한민국의 역사 속에서의 위치들에 대하여 바로 알지 못해 수시로 겪게 되는 낯선 사태에 바른 대응을 하지 못하는 것 같아서 이들의 제한된 지식을 좀 더 넓혀주려는 뜻에서 열심히 책 쓰기에 매달렸다.

제6공화국 시대를 논의하는 나의 시각을 밝혀 두기 위해 미리 내가 해 온 일을 간단히 정리했다.

제6장에서는 한국 헌정사의 하나의 분기점이 된 6·29선언의 앞뒤 이야기와 제6공화국 출범 과정, 그리고 이어서 제6공화국의 첫 번째, 두 번째 정부인 노태우 정부와 김영삼 정부를 간단히 정리한다.

12 · 12쿠데타에서 6 · 29선언까지

1. 제5공화국 시대의 시작

1979년 10월 26일 박정희 대통령 서거부터 다음 해인 1980년 6월까지는 민주화를 요구하는 새 세대와 정부 주도의 사회경제 발전을 지속해야 한다는 '신군부'간의 숨 가쁜 체제투쟁 기간이었다. 박정희 대통령은 서거했으나 박 대통령이 유지해온 유신체제를 계속 유지하면서 박정희 대통령이 이루고자 했던 부국강병의 꿈을 이루고자 했던 12·12군사혁명 주도 세력들의 뜻과 8년간의 유신 독재를 이 기회에 마감하고 민주헌정을 회생시키려는 민주화 세력의 개혁 의지가 심각하게 대립되었던 시기였다.

12·12 주도 세력이던 신군부는 계엄령이 부여하는 군대의 통치 기능 행사 기간에 정권을 장악하고 유신체제의 유지를 위하여 통일주체국민회의에서 최규하 총리를 대통령으로 선출하여 외형상 유신체제의 지속을 합법화하였다. 그러나 이와 동시에 1980년 5월 31일 국가보위비상대책위원회(국보위)라는 내각을 대신하는 임시 행정기구를 설치하여 이

기구를 앞세워 정치, 사회 개혁을 추진하기 시작했다. 국보위는 전두환 장군이 상임위원장을 맡고 신군부 핵심 장교들과 각 분야 전문가 등 24명으로 구성하고 그 산하에 13개 분과위원회를 두었다. 형식상 대통령 자문기관으로 만든 국보위는 10월 29일 해체되고 이를 대치하여 국가보위 입법회의를 만들어 국회 대신 입법 기능을 할 수 있도록 했다. 이 입법회의에서 각종 개혁법을 만들어 사회개혁 작업, 정치풍토 개선 작업을 시행했다.

국보위의 경제과학분과위원회는 김재익 박사(경제기획원 기획국장)가 맡아 운영하였다. 외교국방위원회에는 평소 '민간외교'를 앞장서서 펼쳐 오던 김세진 박사(외교안보연구원 연구실장)와 미국에서 학위를 받고 귀국한 최창윤 중령, 최상진(崔相鎭) 중령, 박용옥 소령 등이 참가하였다. 모두 당대 우리 사회에서 구할 수 있는 최상급의 전문가들이었다. 이들은 모두 철저한 자유민주주의자들이었고 반유신의 생각을 가졌던 사람들이었다. 그러나 그들은 또한 철저한 민족주의자들이었고 애국자였다. 그들이 국보위에 참가한 이유도 분명하다. '대한민국을 살려내기 위해서'였다.

나는 10·26 직후 전두환 보안사령관과 만났다. 나는 '북한의 군사위협'에 대하여 평가해달라는 부탁을 받고 2시간 동안 둘이서 만났었다. 그 일이 계기가 되어 국보위를 만들면서 내게도 참여해 줄 것을 부탁했다. 나는 '나대로 애국하고 있으니 양해하라'고 이유를 대고 참여를 거절했다. 김재익 박사는 '민주화를 위해서는 정치인이 경제에 손을 댈 수 없게 만들어야 민주화를 이룰 수 있고 그래서 적극 참여해야 한다'고 내게 참여의 뜻을 밝혔었다. 후에 청와대 경제수석 비서관 시절에 '금융실명제'를 만들기 위해 신군부 장군들과 '목숨 걸고' 싸운 것은 그의 그런 생각 때문이었다. 그때 내가 지켜본 바로는 국보위의 위원 선정은 철저히 '능력' 위주였고 참가한 사람들은 철저한 민주주의 신봉자들이었고 애국자였다. 방법이 달라도 대한민국을 민주화된 선진국으로 만들겠다는 순수한 마음을 가졌던 '해방 1세대'들이었다.

신군부의 이러한 군사독재체제 유지 노력에 반발하여 1980년 8월 16일 최규하 대통령은 대통령직을 사임하였고 전두환 장군이 그때까지 효력을 가졌던 유신 헌법에 따라 8월 27일 통일주체국민회의 선거를 거쳐 제11대 대통령으로 취임하였다.

전두환 대통령을 앞세워 정권을 장악한 신군부는 국민의 저항을 완화하고 민주헌정 회복이라는 명분을 살리기 위하여 집권 직후 헌법 개정에 착수하여 같은 해 10월 23일 개헌 작업을 마치고 1980년 10월 27일 새 헌법을 공포하였다. 이 헌법에 따라 1981년 3월 3일 전두환 대통령이 제12대 대통령으로 취임하면서 제4공화국은 막을 내리고 제5공화국이 출범하였다.

2. 제5공화국의 권력 구조

제5공화국은 변형된 '군사정부'의 연속이었다. 군사 정부가 집권하면서 시작된 제3공화국이 박정희 대통령의 영구 집권을 보장하는 더 강화된 전제체제인 제4공화국이라는 유신체제로 변하였다가 단임 7년으로 대통령 임기를 제한하여 정권 교체가 가능하게 길을 열어준 제5공화국으로 발전하였다.

제5공화국 체제는 제4공화국 체제보다 많은 점에서 민주화 되었다. 우선 대통령 임기를 7년 단임으로 한정했다. 그러나 선출 방식이 선거인단 선거를 거쳐 선출한 선거인들의 투표로 대통령을 뽑는 간접선거 방식이어서 민주화 투쟁을 벌이던 국민대회 등의 민주투쟁 단체의 지지를 얻어내는 데는 실패하였다.

국회의원 선출 방식은 많이 개선되었다. 유신헌법 아래서는 대통령이 의석 3분의 1을 뽑아 국회에서 항상 여당이 다수당이 되도록 만들어 놓았으나 제5공화국에서는 대통령의 국회의원 선출권은 없앴다. 대신 비례대표제를 도입하여 여당이 의석 과반수를 확보하기 쉽도록 만들었다.

국민들의 저항은 대통령 간접선거제와 가혹한 '집회 및 시위에 관한 법(집시법)' 등 언론, 집회, 결사의 자유를 억제하는 여러 가지의 가혹한 법률 등에 집중되었다.

3. 5·18광주민주화운동에서 6월 민주항쟁까지

1981년부터 1988년까지 7년 동안 존속했던 제5공화국은 출범부터 국민 저항에 부딪혔다. 1980년의 5월 광주민주화운동에서 시작하여 1987년 6월 국민평화대행진 등의 거국적 국민저항 운동으로 이어지는 끊임없는 국민의 항의 시위에 제5공화국은 스스로 한계를 느끼고 국민의 민주화 요구에 응하고 막을 내렸다.

12·12쿠데타 이후 정권 주도 세력으로 등장한 신군부의 전제정치체

제 유지 계획에 맞서 1980년 봄, 전국의 대학생들이 조직적, 집단적으로 항의 시위를 벌였으며 5월 15일에는 서울역 광장에서 광화문까지 서울 거리를 모두 메운 학생들은 진압 경찰과 격렬한 몸싸움을 벌였다. 이에 대응하여 정부는 5월 17일 비상계엄령을 전국으로 확대선포하고 군대를 투입하여 시위를 진압하여 나갔다. 서울에서 군대 진압으로 흩어진 대학생들을 지휘하던 각 대학 학생회 간부들은 5월 17일 밤 함께 투쟁 방향을 논의한 후 전라남도 광주 소재 전남대학교로 이동하여 대규모 반정부 시위를 벌였다. 정부는 공수특전단 등 계엄군을 파견하였고 시위대는 무기를 탈취하여 무장하고 시민군을 편성, 대항하였으며 군에 의해 진압된 5월 27일까지 시민군 사망 191명, 부상자 852명이라는 엄청난 희생자가 생겨났다. 5·18광주민주화운동은 일단 진압되었으나 이 운동에서 촉발된 대학생들의 군사독재 반대 시위는 계속 꼬리를 물고 일어났으며 대학생들은 휴교령과 수업 재개를 반복하면서 1987년까지 긴장 속에서 시간을 보냈다.

이 시대 대학생 시위를 주도하면서 성장한 새 세대 정치인들을 '386세대'라 부른다. 1990년대 만들어진 말로 그 당시 나이가 30대에 속하고 학번으로 80학번대, 1960년대 출생한 사람들로 대학 재학생 때 민주화 운동에 참여했던 이른바 '운동권'에 속한 사람들을 총칭하는 말이다. 386세대는 사상적으로 좌파 성향을 강하게 나타내는 진보적 인사들이다. 한국 사회에 새로 생겨난 노동 계층의 삶의 질에 깊은 관심을 가지게 된 시대 환경에서 사회주의에 동조하는 사람들이 많았고 그 연장선상에서 북한의 선전선동에 공감하는 학생들도 많았다. 그리고

386세대의 좌경화가 정부의 더 강력한 대응을 불러 왔다. 북한의 대남 정치전을 막기 위한 조처라 생각해서였다. 이렇게 정부와 학생들의 투쟁은 점점 더 심화되었고 결국은 1987년의 국민평화대행진이라는 범국민적 반정부 투쟁으로 발전하면서 제5공화국의 종말을 가져 왔다.

4. 386세대와 50-60학번 세대의 대립과 제5공화국의 업적

1979년의 12·12쿠데타부터 1987년의 6·29선언까지의 신군부 지배 시대는 한국 국정 방향 설정을 둘러싼 세대 갈등이 헌정 사상 가장 치열했던 기간이었다. 12·12쿠데타는 우국충정을 가진 해방 1세대에 속하는 엘리트 청년 장교들이 주동이 되어 일어난 '의거'였다. 이들은 치열한 생존 경쟁이 전개되고 있는 20세기적 국제질서에서 신생 대한민국이 생존하기 위해서는 빠른 시간에 부국강병을 이루어 남들이 대한민국을 쉽게 해칠 수 없게 해야 한다고 생각하고 정부 주도의 경제 발전을 성공적으로 이루기 위해서는 국력을 하나의 목표로 모으는 권위주의적 통치를 당분간 유지해야 한다고 생각했다. 더구나 북한의 무력 도발과 정치전에 대응하기 위해서는 기본 인권 보장을 유보하더라도 우리 사회 내에 침투한 친북 세력은 제거해야 한다고 생각했다. 대한민국 자체를 지켜야 언젠가는 대한민국의 건국이념인 자유민주주의의 가치를 보장할 수 있게 된다는 것이 그들의 믿음이었다. 12·12쿠데타 당시의 신군부 주력들의 연령은 40대(1990년대에는 50대)였고, 대학 학번은 50대 학번과 60대 학번, 출생 시기는 1930년대부터 1940년대까지여서 386세대와 대비하여 '50-60학번 세대'라 부를 수 있을 것이다.

유신체제에 이어 들어선 제5공화국 체제에 가장 크게 반발한 세대는 30세, 80학번, 1960년대 생인 386세대였다. 이들은 5·16군사혁명 이후에 태어나 1980년대에 대학을 다닌 세대이다. 50-60학번 세대는 일제강점기에 어린 시절을 보내고 해방된 나라에서 초등학교부터 시작한 순수 국산 해방 1세대로, 초등학교 때 6·25를 겪고 중·고등학교 때 가난과 싸우면서 학교를 다닌 세대이다. 일본의 명치유신, 터키의 케말 파샤의 개혁 등에 감동을 받았던 세대로 '잘 사는 나라'를 만들어 후손에 넘겨주어야 한다는 애국주의, 민족주의 세뇌를 받은 세대이다. 386세대는 바로 50-60학번 세대가 가르치고 키운 세대이다. '인권이 보장된 자유', '다함께 복지를 누릴 수 있는 권리', '모든 사람은 평등하며 같은 자격으로 국정에 참여할 수 있는 권리' 등을 보장하는 민주주의 체제만이 가장 바람직한 정치체제라고 배운 세대이다. 공산체제 실상을 체험할 수 있었던 6·25전쟁 이야기는 태어나기 전에 있었던 '역사교과서에서나 배웠던 옛 이야기'로 여기는 세대였고, 북한 체제는 대한민국과 달라도 북한 주민들은 우리와 같은 민족이고 민족사회 발전이라는 과제에는 남북한 주민이 하나로 뜻을 모을 수 있다고 믿는 착한 민족주의자, 애국주의자들이었다. 그래서 386세대는 경제 발전보다는 개인 자유 보장이 우선해야 한다고 생각하고 새로 한국 사회에 등장한 노동자들의 권익 보호에 관심이 높고, 북한에 대하여 너그러운 자세를, 그리고 그 연장선상에서 북한을 적대시 하는 미국을 미워하는 경향을 갖게 된 세대이다.

나는 50-60학번 세대에 속한다. 그리고 이 세대 간 투쟁기에는 서강대학교 정치학과 교수로 386세대에게 정치학, 국제정치학, 북한정치를 강의하면서 매일 이들과 함께 토론하고 다투고 하면서 지냈다. 그들이 시위에 참가하는 애국정열도 잘 알고 그들이 우리 세대를 못 마땅히 여기는 것도 잘 안다. 그러나 내가 설득하기에는 너무 멀리 가 있었다.

나는 같은 50-60학번 세대에 속하는 이른바 신군부의 많은 장교들을 알고 지냈다. 그리고 가까운 친우들이 제5공화국 정부의 요직을 맡아 헌신하고 있어 그들의 생각도 잘 안다. 나는 12·12쿠데타 이후 국보위가 구성될 때 상임위원으로 참가해달라는 강력한 요청을 받았었다. 이때도 '나는 내 식으로 애국할테니 내버려달라'고 거절했다. 1980년 봄, 대학생들의 군사독재 반대 시위가 극한까지 내닫던 때는 대학 본부의 대책반에서 밤을 새면서 대책 논의에 참가했다. 나는 전두환 장군이 국보위 상임위원장을 맡고 있던 때에 두 번 독대했다. 12·12쿠데타 직후 북한에 대하여 알고 싶다고 해서 전 장군을 만나 두 시간 동안 브리핑을 해주었다. 그해 7월 한 달 나는 조지워싱턴대학교(George Washington University) 중소연구소의 개스턴 시거(Gaston J. Sigur) 소장의 초청으로 그 연구소에 가 있었다. 가기 전 다시 전두환 상임위원장의 요청으로 만났다. 한국 사정을 미국 측에 잘 설명해달라는 부탁을 받았다. 그래서 내가 물었다. 전 장군이 앞으로 정치할 생각이 있느냐고. 전 장군은 절대로 정치에 나서지 않고 국보위의 한시적 정치, 사회 정화 작업만 끝나면 군으로 복귀한다고 이야기했다. 나는 미국 도착 후 백악관 국가안보회의 사무실에서 그레그(Donald Phinney

Gregg: 후에 주한대사 역임)를 만났을 때 그레그가 전두환 장군이 정치를 할 것으로 보느냐고 물었다. 나는 안할 것이라고 자신 있게 말했다. 그레그의 제안으로 '전두환 정치참여'를 놓고 100달러를 걸었는데 내가 졌다. 나는 그레그에게 미국이 현 한국 사태에 개입하지 말 것을 강력히 요구했다. 우리끼리 수습한다고 했다.

나는 그때 50-60학번 세대와 386세대의 애국충정과 대한민국 민주 헌정질서에 대한 사랑을 아우를 수 있는 정치 지도자, 지적 지도자가 나타나서 혼란과 국민의 고통을 피할 수 있을 것이라 믿었었다. 모두가 사랑하는 대한민국이라 믿었기 때문이었다.

1983년 봄에 나는 풀브라이트 교환교수로 프린스턴대학교(Princeton University) 우드로 윌슨센터(Woodrow Wilson International Center for Scholars)에 가 있었다. 그 연구소에 있던 많은 학자들이 '한국사태'를 걱정해주면서 '너희가 겪고 있는 군사독재는 특정 목적을 가진 권위주의적 수단으로서의 독재이므로 독재 자체를 목적으로 하는 공산국가들의 전체주의 독재와는 근본적으로 다르다'고 내게 위로해줄 때는 고마운 생각에 눈물을 흘렸다.

그해 가을에 나는 중국어 공부도 할 겸 대만의 국립정치대학 국제관계연구소에 방문연구원으로 가 있었다. '쌍10절' 휴가에 장징위(張京育) 소장의 배려로 대만 지방을 여행했다. 아웅산 테러사건이 난 그 시간에 나는 리샨(梨山)에서 타이쭝(台中)으로 내려가는 차 속에 있었다. 이상한 느낌이 갑자기 생겨 타이베이로 서둘러 돌아와 보니 집에서 "익(金在益)이 죽었다"는 전화 메모가 와 있었다. 김재익 경제수석은 그때 대통령을 수행하고 미얀마에 갔었다. 김재익 박사는 공부가 깊은 철저한 민주주의 신봉자였다. 그런데도 국보위에 참가했다. 나와 밤새 토론 끝에 내린 결정이었다. 나라가 어지러울 때일수록 경제가 튼튼히 뻗쳐 주어야 하고 그러기 위해서는 직접 뛰어들어 싸워가면서라도 일을 해야 한다는 것이 김재익 박사의 생각이었다. 제5공화국에는 군사독재를 미워하기 때문에 빠른 시간 내에 군사독재체제를 끝내게 하기 위하여 참여한 사람들도 많았다. 모두 '살신성인'의 각오로 참여한 애국자들이었다. 나는 그들을 존경한다.

제5공화국 정부는 아웅산 테러사건이라는 용서 못할 테러를 감행한 북한 정권과 대화를 시작했다. 용기 있는 결단이었다. 적십자사를 앞세워 남북 이산가족 상봉이라는 가장 다급하고 현실적인 과제를 풀어보려고 애썼다. 나는 적십자회담 자문위원 자격으로 남북회담에 참여하였다. 1985년 8월 26일 나는 평양에 가서 75시간 체재했다. 분단 후 처음으로 그해 9월 28일 양측 100명씩 이산가족 상봉이 이루어졌다. 그때 열어둔 길로 그 뒤에도 몇 번의 이산가족 상봉이 이루어졌다. 제5공화국이 이룬 업적이다.

5. 제5공화국의 치적 평가

제5공화국은 유신체제의 제4공화국의 연장이었다. 박정희 대통령이 이끌던 유신을 지도부 교체로 새롭게 추진해보려던 신군부의 노력을 대표하던 '변형된 유신'이었다. 제5공화국은 유신 때의 경제개발계획을 '경제사회개발계획'으로 확대하여 경제 체제를 넘어 사회 구조까지 새롭게 고쳐 보려던 노력을 펴던 통치 기구였다. 제5공화국은 한국의 경제, 사회 구조를 선진화시킨 공적을 쌓았으나 역설적으로 유신 시대에 이룬 경제 발전으로 새로 형성된 시민 세력의 저항으로 무너졌다.

제5공화국 정부는 앞선 시대의 유신체제를 승계한 정부였으나 정치 영역에서는 다원주의 민주정치체제 복원을 위해 노력했었다. 전두환 과도정부는 1981년 1월에 선거를 앞두고 정당 창당을 허용하고 계엄령을 해제하였다. 이 조치로 여당인 민주정의당(민정당) 외에 민주한국당(민한당)과 한국국민당(국민당)이 창당되었다. 그리고 계엄령 아래서 구속되었던 정치인들을 석방하고 제적했던 대학생을 복학시키고 해직 교수들을 복직시켰다. 그러나 1980년 11월에 만든 '정치풍토 쇄신을 위한 특별조치법'에 의해 정치활동이 금지된 567명의 정치인들의 활동 규제는 그대로 두었다.

정치단체 결성 등 정치활동이 허용되면서 다양한 정치단체가 출현하였다. 좌파 지식인과 예술인들이 만든 '민중문화운동협의회'가 만들어졌고 운동권 학생 출신들이 만든 '민주화운동청년연합'도 출현하였다. 1984년에는 민주화운동 단체의 통합기구로 '민주통일국민회의'가 발족하였고 정치인 중심의 '민주화추진협의회(민추협)'도 만들어졌다.

김영삼, 김대중, 김종필 등 3김도 정치활동 금지가 풀려 정당들이 재편되었다. 새로 창당된 신한민주당(신민당: 총재 이민우)이 1985년 국회의원 선거를 통하여 제1야당이 되고 다시 민한당을 흡수하여 최대 야당이 되었다. 그러나 1987년 6·29 이후 대통령 후보 선출 문제로 분열되어 김영삼 총재의 통일민주당, 김대중 중심의 평화민주당(평민당)이 새로 생겨났다. 1987년 제6공화국 출범 때의 대통령 선거에서는 야당 분열로 여당후보 노태우 대통령이 당선되었다.

제5공화국의 민주화 조치로 야당의 정치운동이 활성화됨으로써 1987년의 거국적 민주화운동이 가능해졌고 그 결과로 제5공화국이 붕괴한 셈이다. 그리고 국민들은 제5공화국의 전제정치보다 민주화를 표방하고 나선 정치인들의 파당 투쟁을 더 위험하게 여겼음이 선거 결과로 나타난 셈이다.

제5공화국은 유신의 경제 선진화의 꿈을 승계하려고 노력했었고 그 결과로 7년간의 집권 기간 동안 한국 경제를 중화학공업 중심의 수출 강국으로 전환시키는데 성공하였다. 1980년에 175억 달러이던 수출을 1986년에는 347억 달러로 성장시켰다.

제5공화국 시대의 상징은 1988년 서울올림픽이다. 1986년의 아시아게임에 이어 2년 뒤 아시아에서 일본 다음으로 두 번째로 올림픽게임을 할 수 있도록 유치한 것은 제5공화국 업적의 상징이라 할 수 있다. 올림픽의 성공적 개최를 위하여 도로 건설, 도시 정비를 과감하게 추진하여 후진국으로 알려진 한국을 '선진국'으로 인식시켰다. 1988년 서울올림픽에 대해서는 나는 각별한 추억을 지니고 있다. 나는 올림픽을 유치하기로 발의하던 모임에도 우연한 계기로 참석했었고 경기 중에는 이어령(李御寧) 교수가 위원장을 맡았던 '올림픽평가위원단'에 위원으로 참가하여 일하면서 올림픽이 우리 사회에 미친 영향을 분석했었다.

제5공화국은 한국 정치사에서는 군사 정부의 전제정치체제에서 민주정치체제로 전환하는 과도적 역할을 했고 경제적으로는 다섯 번째의 경제개발5개년계획을 성공적으로 마무리하면서 경제선진국으로 들어서는 기초를 완성했다고 평가할 수 있다.

6·29선언과 제6공화국 출범

1. 6월항쟁과 6·29선언

제5공화국 시대의 군사독재 반대 시위는 1987년에 이르러 그 정점에 도달하였다. 1986년부터 학생들의 민주화 투쟁은 심상치 않은 상태로 진전되고 있었다. 그해 5월 22일자 일기에 나는 이제 학생민주화 투쟁은 '막바지 정국으로 가고 있다'고 썼다. 전국 대학교 게시판에 붙는 대자보가 똑같은 내용이고 동시에 나붙었다. 이것은 전국 대학교의 투쟁 지휘부가 하나의 본부에서 통제되고 있다는 것을 의미했다. 1987년 2월 5일자 일기를 보니 "사태가 곧 또 한 번의 쿠데타를 불러올 단계"라고 써 놓았다. 그리고 6월 10일 집권 여당이던 민주정의당(民正黨)에서 제5공화국 헌법에 따른 간접선거 대통령 후보로 노태우 대표를 지명한 날 '국민대회'가 주관한 '국민평화대행진'이 벌어졌는데 그 규모나 기세가 내란 수준에 달하였다.

정부와 여당이던 민주정의당 간부들도 사태의 심각성을 이미 알고 있었다. 나는 1986년 6월 23일, 친구 최병렬 의원의 주선으로 노태우(盧泰愚) 대표, 임철순(任哲淳), 권익현(權翊鉉) 의원을 한자리에서 만났다. 사태의 성격과 심각성에 대하여 객관적 평가를 받고 싶다는 것이 노태우 대표의 부탁이었다. 나는 사태의 심각성을 구체적으로 설명해주었다.

　1987년 6월에 들어서면서 '국민평화대행진'은 규모도 커지고 구호도 거칠어졌다. 5월에 총리로 지명된 이한기(李漢基) 교수의 건강이 걱정되었다. 이한기 교수는 서울대 법대대학원에 다닐 때 나의 지도교수였고 나는 이 교수의 조교로 일했었다. 이 교수는 당뇨가 심했는데 전쟁과 방불한 국민대회의 '국민평화대행진' 사태 수습이라는 긴장 상태를 견디시기 어려울 것 같아 나는 총리직 사임을 계속 종용했다. 6월 6일과 6월 18일 총리공관에서 만나 오랜 논의 끝에 이 총리서리의 사임 결심을 얻어냈다. 나는 이 총리에게 총리직을 사임하면서 대통령에게 다음과 같은 세 가지 사항을 제안하도록 적어드렸다. "첫째 국민에게 정부 선택권을 되돌려 주기 위하여 대통령 직선제로 개헌할 것, 둘째 이 안을 민정당 안으로 당에서 제안하게 할 것, 셋째 가능하면 김영삼 야당 대표와 타협하여 공동발표로 할 것". 이 총리는 좋다고 하셨다. 다만 민정당 대표에게 미리 알려야 하지 않겠느냐고 말씀하셨다. 논의 끝에 최병렬 의원이 주선하여 이 총리와 노 대표가 오찬하면서 알리는 것으로 합의하였다. 6월 22일 총리공관에 최병렬 의원까지 동석하여 총리와 함께 '총리의 사태수습 제안' 초안을 작성하였다. ① 직선제 개헌 ② 김대중 해금 ③ 정치범 석방…… 이 총리는 사표를 제출하면서 이 안을 직접 대통령에게 제시하기로 했다. 이 총리는 6월 23일 노태우 대표를 만나 총리직 사임계획을 통고했고 노 대표는 며칠 연기해줄 것을 요청했다. 노 대표도 6월 18일 직선제 수용 등을 조치할 결심을 굳히고 보좌관에게 선언문 초안을 만들도록 지시했다고 한다.

노태우 대표는 총리에 앞서 수습안을 직접 발표하기로 하고 최병렬 의원에게 발표문 초안을 검토하여 최종안을 만들도록 지시했다. 최병렬 의원은 6월 27일 밤 워커힐에서 작업을 마쳤다. 나도 읽고 코멘트 해주었다. 그리고 6월 28일 내가 그 내용을 이한기 총리에게 전해드렸다. 6월 29일 화요일 오전 10시 노태우 대표가 시국 수습 방안으로 「6·29선언」을 발표하였다. 대통령과 사전 협의 없이 단행했다. 이 선언은 큰 반향을 일으켰다. 대통령 직선제 개헌은 기정사실이 되었고 국민 저항은 끝났다. 6·29선언은 무혈(無血)의 쿠데타였다. 이로써 제5공화국 시기의 길고 지루했던 민주화 투쟁은 '국민의 승리'로 끝났고 대한민국의 헌정 질서는 복구의 궤도로 들어섰다.

2. 필사즉생(必死卽生)의 반전

'6·29선언'을 추진하는 일의 주역을 맡았던 최병렬 의원은 노태우 대표의 결심을 이끌어내는데 가장 어려움이 많았다고 고백했다. 최 의원은 주야간으로 전개되고 있던 '국민평화대행진'의 의미를 노 대표에게 설명하고 이한기 총리가 먼저 대통령 직선제를 수용할 것을 대통령에게 건의하고 총리직을 사퇴하면 민주정의당이 설 자리가 없어진다고 사태를 분석하여 보고하고 노 대표가 먼저 선언하는 것이 당을 살리는 길이라고 설득했다고 했다. 그리고 헌법을 고친 후 새 헌법에 따라 대통령에 출마하여 낙선하면 큰 분란 없이 정권 교체가 이루어지고 정국이 안정될 것이라고 '출마하여 낙선하기'를 권고했다고 했다. 즉 '필사즉생(必死卽生)'의 결단을 내려야 본인이 살고, 당이 살고, 대한민국이 산다고 결단을 촉구했다고 했다. 결국 노태우 대표는 이틀간 심사숙고 후 결단을 내리고 '6·29선언' 발표를 결심했다. 선언문 최종안은 최병렬 의원이 완성 했고 이를 이병기(李丙琪 박근혜 정부 대통령 비서실장, 국가정보원장 역임) 노태우 대표 보좌역이 다듬어 선언문을 완성했다.

'6·29선언'의 반향은 컸다. 반정부 시위를 하던 국민대회는 물론 일반 시민들도 모두 환영하였다. 26년간의 군사정부 시대를 마감하고 역주행하던 대한민국의 민주헌정을 다시 바른 흐름으로 바꾸어 놓은 역사적 계기를 이룬 '6·29 민주화선언'은 이렇게 노태우 민주정의당 대표의 결단과 그 측근 참모들의 사태 판단으로 '무혈의 혁명'으로 끝났다.

3. 제6공화국의 출범

'6·29선언' 후속 조치로 여당과 야당은 개헌 합의를 이루었고 양당이 공동으로 새 헌법안을 만들어냈다. 대통령을 5년 단임으로 국민이 직접 선출하도록 하고 국회에 국정조사권, 국정감사권, 청문회 개최권 등을 부여하여 국회의 행정부 견제력을 높이고, 헌법재판소를 창설하여 헌법 정신을 훼손하는 법률의 제정을 막게 하고, 지방자치제를 부활시켰다. 또한 헌법에 보장된 기본 인권의 보장을 위한 장치를 강화하고 특히 집회결사의 자유를 확대하였다.

제9차 개헌이 되는 제6공화국 헌법안은 1987년 9월 18일 국회에서 발의되고 10월 27일 국민투표를 거쳐 확정되었다. 정당의 재편도 함께 이루어졌다. 민주정의당과 1987년 5월 1일에 창당한 통일민주당(총재 김영삼)에 이어 10월 30일에는 신민주공화당(총재 김종필)이 창당되고 11월 12일에는 평화민주당(총재 김대중)이 창당되었다.

대통령 선거는 12월 16일에 치러졌다. 평화민주당 김대중 후보와 민주정의당 노태우 후보가 출마한 선거에서 노태우 후보가 당선되었다. 새 헌법에 따라 1988년 2월 25일 노태우 당선자가 제13대 대통령으로 취임하면서 제6공화국은 공식으로 출범하였다. 노태우 대통령은 국민이 직접 선출한 대통령으로 정통성을 가진 민주공화국 대한민국의 대통령이 되었다.

그러나 제6공화국 출범에 맞춰 1988년 4월 26일에 실시된 제13대 국회의원 선거에서는 여소야대(與小野大)의 4당 분점체제가 출현하여 노태우 대통령은 정통성을 갖춘 대통령의 권위를 갖추었으면서도 야당 견제로 뜻한 대로 과감한 개혁을 해나갈 수 없었다. 더구나 공안 정치가 종식되고 민주화 조치가 진행되면서 수많은 시민단체, 이익단체, 정치집단이 출현하면서 정치적 혼란은 '총체적 난국'이라는 평을 들을 정도로 심각해졌다.

4. 회복된 민주질서

제6공화국의 출범으로 민주헌정은 회복되었으나 시위는 오히려 더 극렬화되었다. '5공 비리' 청산 과정에서 나타난 다양한 이익집단들의 항의시위, 노동자의 '노동악법' 철폐를 요구하는 대규모 투쟁, 농민의 집단시위, 대기업 노동자들의 대규모 파업으로 사회 혼란은 심각해졌다. 더구나 결사의 자유가 보장되면서 '전국민족민주운동연합(전민련)', '전국교직원노동조합(전교조)', '전국농민운동연합', '전국대학생대표협의회(전대협)' 등 수많은 운동단체가 결성되어 시위 투쟁을 지휘하면서 시위는 훨씬 조직적으로 되어 파괴력도 커졌다.

제6공화국 출범과 더불어 민주화라는 투쟁 명분은 없어졌으므로 시민운동의 초점은 노동자, 농민 등 사회적 약자를 돕는다는 계급 투쟁적 명분과 민족주의를 앞세운 반미, 남북통일 추진 명분으로 옮겨 갔다. 이렇게 명분이 바뀌어 가면서 북한의 프롤레타리아 혁명(PD) 노선과 그리고 반미민족해방투쟁(NL) 노선과 연계되면서 점차로 한국 사회 내 여러 이익단체의 정치 투쟁이 북한의 대남 정치전과 뒤섞여 혼란은 더욱 심해졌다. 여기에 야당이 정권 투쟁에 반정부 투쟁을 이용하는 사태까지 보태져서 모처럼 되찾은 대한민국의 민주헌정 질서는 오히려 한국의 건전한 민주주의의 발전을 가로막는 결과를 가져 왔다. 국민의 다양한 의견을 타협을 통하여 하나로 수렴하여 국가와 사회 발전에 기여할 수 있도록 조율하는 장치가 민주정치이다. 그런데 민주화가 되고 나니 정당의 정권 장악이라는 분파이익 추구, 자기 집단의 이익만 앞세우는 이기적 반국가적 이익 추구가 난무하면서 역설적으로 민주화가 민주정치 자체를 파괴하는 현상이 일어나게 된 것이다.

민주주의 정치체제는 성숙한 시민들의 정치이다. 국민 중에서 자기 행위의 의미를 이해하고 자기 행위에 책임을 질 줄 아는 위공무사(爲公無私)의 시민 정신을 갖춘 시민들이 다수를 이룰 때 작동하는 정치체제여서 세련된 시민을 일정 수준 갖추지 못한 상태에서 운영할 때는 체제 파괴적 자해(自害) 사태를 가져 오게 된다. 30년 만에 군사 정부의 권위주의 통치를 마감하고 민주헌정 질서를 되찾아 새로 출발한 제 6공화국은 출발부터 험난한 길을 걷기 시작했다.

노태우 정권 5년의 성취

민주헌정체제 회복 후 새로 출발한 제6공화국 제1기에 해당하는 노태우 정부는 주어진 임기 5년 동안 여소야대의 국회의 전폭적 지원을 받지 못하는 상황에서도 많은 업적을 쌓았다. 특히 장기적 안목에서 대한민국이 발전해나갈 수 있는 외부 환경 조성에서 많은 것을 이루었다.

1. 남북 관계의 정립

노태우 정부는 출범과 더불어 남북 관계의 기본 틀을 만들어 정착시키는 일에 노력을 기울였다. 노태우 대통령은 임기 초인 1988년 7월 7일 '대북정책 특별선언'을 발표했다. 「7·7선언」이라고 부르는 이 선언의 정식 이름은 '민족자존과 통일번영을 위한 대통령 특별선언'이다. 주요 내용은 ① 남북동포의 상호 교류 및 해외동포의 남북 자유왕래 허용 ② 이산가족 생사 확인 적극 추진 ③ 남북 교역 및 문호 개방 ④ 비 군사물자에 대한 우방국의 북한과 무역용인 ⑤ 남북 간 대결 외교 종식 ⑥북한의 대미, 대일 관계개선 협조 등 6개항이다.

이 선언은 앞으로의 대북정책 개선 노력의 방향을 설정한 중요한 결단을 담고 있다. 이 선언을 통하여 노태우 대통령은 북한을 대등한 교섭 대상으로 인정하고 북한이 국제사회에 '정상국가'로 나올 수 있도록 지원하겠다는 파격적인 의지를 보여 주고 있다. 이 선언은 국민들의 적극적 호응을 받았다. 그리고 국제사회에서도 호의적인 평가를 받았다. 나도 7·7선언 작성 과정에 참가했다. 그래서 내용 요지를 그해 7월 2일에서 4일까지 쿠알라룸푸르에서 열린 '제2차 아시아-태평양 토론' 회의에서 외국의 반응을 미리 보기 위하여 사견이라고 포장을 하고 미리 발표했다. 말레이시아, 싱가포르, 소련, 중국, 베트남, 북한 대표가 모두 모인 자리에서였다. 모두가 박수를 쳐주었다. 특히 중국 대표는 한국의 '자신 있는 대북정책'에 경의를 표한다고 했다.

이어서 노태우 대통령은 9월 11일 정기국회에서 '한민족공동체 통일방안'을 발표했다. 이홍구 통일원 장관이 진두지휘하고 통일문제 전문가 수십 명을 동원하여 수십 차례 회의를 하면서 만들어낸 안을 국회에서 여야당이 함께 참가한 통일특위에서 검토하여 국민의 뜻을 모두 수렴한 안으로 완성한 것이다.

이 통일 방안의 기본 발상은 '국가통일'과 '민족사회통일'을 나누는 것이다. 이념을 달리하는 남북한 간의 국가 통일은 어느 한 쪽이 다른 쪽을 굴복시켜 흡수하는 방법 밖에 없고 그러기 위한 현실적 방안은 '무력해방' 뿐이므로 결국 국가 통일을 목표로 하는 통일 정책은 전쟁 정책으로 귀결되게 된다. 그렇다고 분단으로 고통 받는 남북한 주민들의 한을 덮어둘 수도 없는 일이다. 국가 통일은 조건이 성숙될 때로 미루고 남북한 민족사회를 서로 돕고 서로 나누는 사회로 만들어 하나의 협력공동체(common-wealth)로 먼저 만들어 나가자는 구상이 한민족공동체 통일안의 기본 구상이다. 각국이 주권국가로 남아 있으면서 하나의 생활공동체로 발전해나가고 있는 유럽공동체가 그 예이다.

한민족공동체 통일안은 3개 원칙, 3단계 접근으로 구성되어 있다. 3개 원칙은 민주, 평화, 자주이다. 이 세 가지 원칙은 각각 목적과 수단을 동시에 내포하고 있다.

첫째, 민주통일 원칙은 민주주의를 위한 통일, 그리고 민주적 방법에 의한 통일을 추구한다는 원칙이다. 둘째, 평화통일 원칙은 평화를 위한 통일, 평화적 수단에 의한 통일을 말하고 셋째, 자주통일 원칙은 자주적 단일 민족사회를 만드는 것을 목적으로 하는 통일과 자주적 방법에 의한 통일을 말한다.

통일의 3단계는 공존의 제도화 단계를 거쳐 상호 교류를 통한 양측의 체제 상응성(system compatibility)을 높여 가는 단계를 지난 후 세 번째 단계인 단일 정부 수립의 정치적 통일 단계로 들어간다는 구상이다. 이 통일 정책 마련에 나도 참가했다.

노태우 정부는 7·7선언으로 운을 떼고 한민족공동체 통일방안이라는 틀을 만든 후 북한과의 협의를 거쳐 1991년 12월 13일 남북 관계의 '대장전(大章典)'이라고 대통령 스스로가 이름을 붙인 〈남북 사이의 화해와 불가침 및 교류협력에 관한 합의서〉를 한국 정부를 대표하는 정원식 총리와 북한의 연형묵 총리가 서명하고 북한에서는 최고인민회의의 비준을, 그리고 한국에서는 국무회의의 결의를 거쳐 체결하였다(1992년 2월 발효). '남북기본합의서'라 줄여 부르는 이 합의서에서는 남북한 관계를 '나라와 나라 사이의 관계가 아닌 통일을 지향하는 과정에서 잠정적으로 형성되는 특수관계'로 규정하였다. 북한의 법적 성격을 어떻게 규정하는가 하는 문제가 초안을 작성할 때 가장 어려웠던 부분이었는데 동서독 기본 조약을 참조하여 그들이 동서독 관계를 규정한 특수 관계(besondere Beziehung)라는 개념을 빌려다 만든 것이다. 이 협의서의 주요 내용은 상호 체제 존중, 내정불간섭, 정전협정 준수, 상호 불가침, 현 군사분계선과 '지금까지 쌍방이 관할하여 온 구역(NLL의 간접 표현)' 존중 등이다. 이 협정 초안은 안기부, 통일원 등의 담당 전문가들과 다수의 학계인사가 참가하여 작성하였으며 안기부장 제1특별보좌관을 맡고 있던 이동복(李東馥)이 주역을 담당했다.

노태우 정부는 이어서 12월 31일 '한반도 비핵화에 관한 공동선언'을 북한과 합의하고 이듬해 1월 20일에 남북 총리가 서명하였다. 이 협정으로 남과 북은 핵무기의 시험, 제조, 생산, 접수, 보유, 저장, 배비, 사용을 하지 않기로 합의하였다. 이 합의는 결과적으로 한국의 핵무장만을 못하게 묶는 자승자박의 합의가 되었다. 북한은 이를 무시하고 핵무기를 개발하고 다섯 차례나 실험을 행하고 핵보유를 공식으로 선언하고 있는데 한국만 이를 지키고 있는 꼴이 되었기 때문이다.

노태우 정부의 이상과 같은 대북관계 기본 설정 노력은 평가할만하다. 지금까지의 한국의 대북한 정책의 기본 틀을 모두 만든 셈이기 때문이다.

2. 외교 지평의 확대

노태우 대통령 업적 중에 가장 크게 꼽히는 것은 북방외교와 유엔가입 등의 외교 지평 넓히기이다. 냉전 시대 대한민국의 외교권 영역은 미국이 주도하는 '자유민주' 진영뿐이었다. 특히 한국은 한국 안보에 직접 영향을 주는 중국과 러시아와는 완전히 차단되어 있었다. 중국과 러시아는 한반도 분단을 가져온 당사자들이고 북한의 동맹국, 준동맹국이어서 한국으로서는 관계 설정이 절대적으로 필요한 대상이었으나 접근이 어려웠던 나라들이다. 1970년대 박정희 대통령이 중국과 러시아와의 관계 개선 노력을 펴야 할 시기와 중국과 러시아 중 어느 나라를 먼저 접촉해야 하는가를 측근 참모들에게 연구시킨 일이 있었으나 그때는 실현하기 어려운 답답한 과제였다. 김성진 공보수석, 김경원 교수와 함께 며칠 밤 숙제를 푸느라고 고생했던 기억이 난다.

노태우 대통령은 냉전 체제가 끝자락에 도달한 시대 흐름을 타고 취임 직후부터 중국과 러시아와의 관계 개선에 적극적으로 나섰다. 더구나 취임 직후에 개최된 서울올림픽이 가져온 '화해와 평화'의 분위기에서 한국의 이미지가 높아진 것을 이용하여 다각적으로 러시아와 중국과의 관계 개선에 나섰다. 노태우 대통령은 1989년 2월 1일 헝가리와 수교 합의를 한 후 여러 통로로 러시아와 접촉하여 1990년 2월 22일 러시아에 영사처를 설치하는데 성공하고 초대 영사로 공로명(孔魯明) 대사를 보냈다. 그리고 이어서 같은 해 9월 30일 러시아와 대사급 외교 관계를 수립하기로 합의하였다.

나는 우연한 계기로 한·소(그때까지는 러시아 아닌 소련) 수교를 몽골 수도 울란바토르에서 축하하였다. 한국과 몽골은 그해 4월 수교하고 한국 정부는 7월에 울란바토르 호텔 방에 한국대사관을 설치하였다. 권영순 초대 대사가 부임해 있었다.

나는 그때 마침 몽골 동양학회가 주최하는 동아시아 8개국 회의에 한국대표로 참가하고 있었다. 미국에서는 스칼라피노(Robert Scalapino) 교수가, 그리고 소련에서는 쉬로코프, 티타렌코, 스톨리아로브 등 세 명의 전직 대사들이 참가했다. 회의가 열리는 동안 10월 1일 권 대사가 소련 참가자와 나를 대사관저(호텔 객실)로 초청하여 한·소 수교 축하 만찬을 벌였다. 며칠 뒤 스톨리아로브(Stolyarov) 대사가 별도 회의를 제안하여 테렐지 들판을 걸으면서 대화했다. 고르바초프 대통령이 일본 방문 후 귀국길에 한국을 방문하여 노태우 대통령과 정상회담을 가지려 하는데 가장 좋은 장소를 물어 나는 제주도를 제안했다. 그날 몇 가지 더 합의가 있었는데 나는 귀국하여 노태우 대통령에게 이홍구 특별보좌관을 통해 보고했었다. 한·러 제주 정상회담은 1991년 4월 19일 밤에 이루어졌다.

러시아에 이어 1992년 8월 22일에 한·중 수교가 발표되었다. 노태우 대통령이 대북정책 환경 조성을 위해 원교근공(遠交近攻)을 생각하였었는데 그 기초가 마련된 셈이었다. 그러나 그 과정은 순탄하지 않았다.

중국과는 1년의 비밀회의 끝에 수교에 성공했는데 한·중 수교로 한국은 한국의 가장 가까운 우방 중화민국(대만)을 잃었다. 중화민국은 역사의 흐름을 알고 있어 한·중 수교가 불가피할 것이라는 것을 예견하고 있었고 그래서 '단교 후의 관계'가 최선이 되도록 사전에 협의하자고 제의했었다. 한국 외교부는 이에 동의해놓고 이 약속을 어기고 중국과 수교하고 대만과 단교를 해서 대만의 분노를 샀었다.

1991년 12월, 내가 해마다 주최해오던 대만과의 연례회의(제11차 한

중학술회의) 차 한국대표단을 인솔하고 타이베이에 갔었다. 그때 리덩후이(李登輝) 총통이 불러 총통실에 갔었다. 이 총통은 우리 정부가 북경에서 중국과 수교 회담을 하고 있다는 것을 알고 있다고 하면서 단교 후의 관계에 대하여 한국 측과 합동위원회를 만들어 사전에 필요한 조치를 해둘 것을 제안하는 '구두 메시지'를 우리 정부에 전해달라고 했다. 나는 귀국하는 길로 정원식(鄭元植) 총리 관저에 들러 메시지를 전달했다. 한국은 그 제의를 수용하기로 하고 지키지 않았다. 1992년 8월 22일 한·중 수교가 발표된 날 대만 외교부 차관 찌앙샤오옌(章孝嚴)이 내게 전화해서 대만에 들러 달라고 했다. 나는 그때 안식년을 얻어 동경 게오이대학 교환교수로 가 있었다. 동경에서 직접 타이베이로 갔다. 찌앙 차관은 북경에서 진행되었던 한·중 비밀수교 회담의 회의록을 펼쳐 놓고 하나씩 우리 정부가 한 거짓말을 지적하였다. 대만 외무장관 첸푸(錢復)는 2년 뒤 이임하면서 이임사의 반을 한국에 대한 섭섭함을 지적하는 이야기로 채웠다.

노태우 대통령의 북방외교 노력의 하나로 한국은 건국 45년 만에 유엔 가입에 성공하였다. 1991년 9월 17일에 열린 제46차 유엔총회는 대한민국과 조선민주주의인민공화국의 유엔 가입을 만장일치로 승인하였다. 한국은 161번째의 회원국이 되었다. 나는 그 역사적 회의를 외무부 정책자문위원장 자격으로 참관하는 영광을 가졌다. 회의에는 이상옥 외무장관, 노창희 주유엔대사, 국회외교분과위원인 박정수, 박찬종 의원, 그리고 자문위원회에서 나와 유정렬, 이경숙 교수가 참석하였다. 그날 북한대표로 참가한 강석주 부부장을 잠깐 만나 서로 축하했다.

3. 21세기의 준비

노태우 대통령은 취임 1년 만인 1989년 6월 대통령령 제12720호로 '대통령자문 21세기위원회'를 창설하였다. 통일 성취 및 국가 위상 정립, 지속적 경제 발전, 과학기술의 발전, 밝은 사회의 건설과 민족문화 창달 등 네 가지 영역에서 2020년까지 30년을 내다보면서 장기 발전 계획을 세운다는 거창한 목표를 내걸고 각계 전문가 40명을 선발하여 위원회를 출범시켰다. 초대 위원장에는 나웅배(羅雄培) 전 부총리가 선임되었고 위원으로는 한승주, 이달곤, 유우익 등 후에 장관으로 기용된 사람을 포함하여 김영무 변호사, 안청시, 양수길, 오세정, 정구현 등 저명한 교수 등을 포함한 40명이 선임되었다.

나도 위원으로 선임되어 부위원장직을 맡았다가 김영삼 정부 시대로 들어가서 제2대 위원장 이 관(李寬: 전 과학기술부 장관) 후임으로 1993년 4월 제3대 위원장을 맡아 『21세기의 한국』이라는 1,300페이지의 종합보고서를 만들고 1994년 위원회가 5년 존속 기한을 마칠 때 임기를 끝냈다.

21세기위원회의 뿌리는 1985년 봄에 발족했던 〈조선일보 21세기 모임〉이다. 1985년 조선일보가 창간 65주년을 기념하기 위해 의미 있는 일을 하기로 하고 여러 가지 구상을 할 때 1984년 편집국장을 막 끝내고 편집담당이사를 맡고 있던 최병렬과 안병훈 편집국장이 나와 함께 계획한 것이 〈21세기 모임〉이었다. 1985년 1년 동안 "21세기 오늘의 전개"라는 연속 기획물을 조선일보에 매주 싣기로 한 계획이었는데 그해 연말까지 36회의 전문가 토론회의를 열고 매주 원고지 40매 분량으로 한 사람이 대표집필하여 연재하는 프로젝트였다. 이 계획을 위해 주제 선정과 전문가 섭외 등의 일을 맡을 10인 기획위원회를 구성하였는데 당시 명망 있던 지식인들이 모두 참여하여 주었다. 권태완, 권태준, 김우창, 김학준, 서광선, 이인호, 정근모, 한승수, 그리고 위원장을 맡은 이홍구와 간사를 맡은 나까지 10명이었다. 토론회에는 모두 146명의 전문가가 참석하였다. 그 결과는 나중에 『한국 21세기: 오늘의 문제와 내일의 과제』라는 제목으로 조선일보에서 단행본으로 발간하였다.

〈조선일보 21세기모임〉을 전국적 모임으로 확대해놓은 것이 '대통령 자문 21세기위원회'였다. 노태우 정부 출범 당시 정무수석 비서관을 맡았던 최병렬과 내가 함께 기획을 한 프로젝트였다. 마침 노태우 대통령이 대한민국의 장기 비전을 다듬어 보려는 생각을 갖고 있어서 이 프로젝트가 가능했다. '21세기위원회'의 연구결과물들은 완벽한 연구기획물이라기보다는 생각할 것을 던져주는 과제 발굴의 성격을 띤 보고서들이었다. 위원회가 발간한 최종 보고서 『21세기의 한국: 2020년을 바라본 장기 정책과 전략』(1994)은 그런 뜻에서 노태우 정부가 구상하고 있던 미래 비전을 보여주는 안내서라고 할 수 있을 것이다. 21세기위원회는 김영삼 정부가 1994년 5월 해체하였다.

참고로 한국 사회에서 '미래 비전의 탐구'의 필요성을 계몽하고 앞장서서 미래 연구를 선도해온 사람은 이한빈 전 경제부총리였다. 이한빈 박사는 이미 1960년대에 미래 탐구의 필요를 강조하면서 뜻을 같이 하는 지식인들을 모아 '한국미래학회'를 만들고 이 학회가 중심이 되어 1969년 『한국의 미래』라는 연구보고서도 만들어 내었다. 이한빈 박사의 〈미래학회〉에 적극 참여하여 헌신해온 분들로 최정호, 정범모 교수 등 학계에 있던 사람들과 이헌조(李憲祖) 사장 등 기업인과 자유직업을 가진 분들이 있다. 나는 김형국(金炯國), 최상철(崔相喆) 교수와 함께 책임간사를 맡아 한국미래학회를 세계미래학회와 연계시키는 일 등을 했었다. 한국미래학회가 노태우 정부의 '대통령자문 21세기위원회'의 원조인 셈이다.

노태우 정부의 미래 비전 개발과 장기 계획 구상 중에는 국군 조직의 재편도 포함되었다. 1988년 8월 18일에 대통령 지시가 있었다는 것을 상징하여 '818사업' 또는 '818계획'이라 이름 붙인 군개혁 계획은 의욕적으로 추진되었으나 각 군의 저항이 강해서 큰 성과를 거두지 못했다. 육·해·공군 3군 독립체제의 군 구조를 단일 합동군으로 점차적으로 재편하는 계획이었는데 각 군 수뇌부의 반대로 실현하지 못했다. 그러나 이 계획은 그 이후 노무현 정부에서 만든 '국방개혁 2020', 그리고 이명박 정부에서 만든 '국방개혁 307'의 틀을 짜는 데 많은 도움을 주었다. 나는 '818계획' 수립 과정과 '국방개혁 2020' 수립 과정에는 자문위원으로, 그리고 2011년 3월 7일 대통령에게 보고한 날을 반영하여 이름 붙인 '국방개혁 307'을 작성한 국방선진화추진위원회에는 위원장으로 참가했었다.

4. 국민 단합을 위한 노력

노태우 대통령은 1987년의 6·29선언으로 민주헌정이 회복된 다음 새로운 민주 헌법에 의하여 국민이 직접 선출한 대통령이라는 점에 큰 자부심을 가지고 있었다. 그리고 새 정부의 정통성을 부각시키기 위하여 많은 노력을 폈다. 특히 사회의 다양한 집단을 모두 아우를 수 있는 인사정책을 펴려고 노력했으며 군사정부의 인상을 바꾸기 위하여 의도적으로 군 인사를 주요 직위에 보임하지 않았다.

노태우 정부는 5년 동안 국무총리 다섯 명을 임명했다. 이현재, 강영훈, 노재봉, 정원식, 현승종 등 다섯 명 총리 중 강영훈 총리 외의 네 분은 모두 대학교수였다. 그리고 강영훈 총리도 군 출신이었으나 미국 USC에서 정치학 박사학위를 받고 귀국 후 교수직과 외교안보연구원장, 주영대사를 역임한 분이어서 군 출신이라고 하기는 어렵다.

노태우 대통령 정부의 초대 총리로는 김준엽(金俊燁) 고려대 총장이 거론되었다. 나는 남북 관계에서 자주 벌어지는 정통성 싸움과 관련하여 김준엽 총장의 광복군 이력이 도움이 될 것이라는 것 등을 들어 김 총장을 강력히 추천했었다. 김 총장은 민주화투쟁 과정에서 많은 학생들이 희생되었는데 총장이 그 '연속선상의 정부'에 몸을 담을 수 없고 더구나 전두환 전임 대통령이 '국정자문위원장'이란 상왕(上王)직을 만든다는데 그 앞에 가서 보고하는 일을 해야 하는 총리직을 맡을 수는 없다고 내게 거절 이유를 설명했다.

노태우 대통령 스스로가 본인의 회고록에서 업적으로 내세운 23개 항목을 일별하면 외교 지평 확대 이외에 KTX 등 사회간접자본 건설 등과 정치 활동의 자유와 언론자유의 확대, 노사 관계 자율화, 전국민의 의료보험화와 함께 전교조의 불법화와 해산 등을 꼽았다.

노태우 정부는 민주주의가 회복된 후 시작된 제6공화국의 첫 정부라는 점을 자각하고 '민주화의 기초'를 닦는데 노력하였으나 여소야대의 국회, 언론집회결사의 자유 확대의 여파로 생겨난 다양한 집단 시위 등으로 큰 성과는 거두지 못했다. 그러나 민주정치 풍토를 정착시키는데는 크게 기여한 정부로 평가할 수 있다.

김영삼 정부의 5공 청산

1. 3당 합당으로 집권당 대표가 된 김영삼

노태우 대통령 소속 정당은 보수 성향의 민주정의당(민정당)이었다. 그 당이 대통령 임기 시작 직후에 실시된 국회위원 선거에서 299석 중 125석을 얻으면서 여소야대의 국회 구성이 되었다. 야당은 김대중(金大中)의 평민당, 김영삼의 민주당, 김종필(金鍾泌)의 공화당 순으로 의석을 얻었다. 노태우 대통령의 집권당은 국회 내에서 다수 의석을 점하기 위하여 김영삼의 민주당과 김종필의 공화당과 합당하였다. 그리고 당 대표를 김영삼이 맡도록 하였다. 이 조치로 김영삼은 거대 여당 민자당의 대표가 되고 대통령 후보가 되어 1992년 12월에 있었던 제14대 대통령 선거에서 신민당(평민당과 통일민주당 잔류파인 민주당과 합당한 당) 후보 김대중과 국민당 후보 정주영을 큰 표차로 이기고 대통령에 당선되었다.

민주화된 제6공화국 헌법에 따라 국민들이 자유로운 분위기에서 직접 선거에 참여하여 김영삼 대통령을 선출함으로써 대한민국의 민주헌정은 자리 잡았다. 다만 민주헌정이 보장하는 결사의 자유의 행사로 국민들이 쉽게 정당들을 만들기 시작해서 정당 정치가 혼란을 가져 왔다는 부작용도 많이 이야기 되고 있다.

정당의 이념적 성향의 모호성도 문제가 되고 있었다. 군정체제의 연장이라던 제5공화국의 중심 정당이던 민주정의당이 군사정권과의 투쟁을 앞장서서 펼치던 민주당과 합당하여 그 민주당의 대표가 통합한 당의 대표가 되고 다시 노태우 정부를 승계하는 보수정당 정부의 수장이 되는 기이한 현상이 벌어졌다.

2. 정당의 이합집산과 정당정치의 혼선

김영삼 대통령은 김대중과 함께 한국 정치에서 반군부 독재를 위해 싸워 온 민주화 세력의 대표였다. 그러한 김영삼 대통령이 신군부 세력을 대표하던 노태우 대통령을 승계함으로써 정당이 표방하는 이념 정향에 혼선이 일어나기 시작했다. 김영삼 대통령은 노태우 대통령이 대표이던 민자당 대표로서 대통령에 당선되었지만 민주화 세력을 대표해 온 경력을 내세워 최초의 '문민정부'를 표방하였다. 그리고 나아가서 집권하자마자 최급선무로 선임자인 노태우를 포함한 구 군사정부 세력을 모두 척결한다는 '5공 청산'을 과제로 내세웠다.

제6공화국 시대에 들어서면서 정당의 창당과 이합집산은 너무 잦아서 국민들이 미처 정당의 이념 정향을 알지 못하는 상태에 이르렀다.

1995년 3월에는 김종필이 자유민주당을 창당하고 9월에는 1992년 선거에서 패배한 후 정계 은퇴를 선언했던 김대중이 새정치국민회의를 창당했다. 그리고 12월에는 민자당이 신한국당으로 개명했다. 1997년에는 새정치국민회의가 자민련과 합당하고 김대중으로 대통령 후보를 단일화하고 신한국당이 민주당과 합당하여 한나라당이 되고 한나라당이 이회창(李會昌)을 대통령 후보로 내세웠다. 1997년 선거에서 김대중 후보가 제15대 대통령으로 당선되었다. 1992년에는 김종필이 보수 성향의 김영삼을 대통령으로 만들었고 1997년에는 그 김종필이 진보 성향의 김대중을 대통령으로 만들었다.

1961년의 5·16군사혁명부터 1992년까지 31년간 군출신 대통령이 통치하던 시대를 마감하고 다시 '문민정부'를 시작한 김영삼 대통령은 자신 있게 '5공 청산', 부정부패 척결 등을 시작했다. 김영삼 대통령은 1992년에 실시된 제14대 대통령 선거에서 김대중 후보에 42.0% 대 33.8%라는 큰 차로 승리한데 자신감을 가지고 자기가 승계한 노태우 정부 관련 인사를 철저히 배제한 인사를 단행하고 대북정책에서도 김일성과의 정상회담을 추진하는 등 자기를 지지해주었던 '사회주류'의 기대를 벗어나면서 국민의 지지를 잃어 갔다. 그 결과가 1995년 6월 27일에 실시된 지방자치단체장과 지방의회 선거에서 나타났다.

31년 만에 부활한 지방자치단체장 선거에서 여당 민주자유당은 서울을 비롯한 10개 시·도에서 패배하고 5곳에서만 이겼다. 기초단체장 선거에서도 69 대 84로 야당 민주당에 졌다. 서울시의회 선거에서는 민주당에 122 대 11로 참패했다. 김영삼 대통령의 자만이 가져온 결과였다.

그때의 상황을 나는 일기에 이렇게 썼다. "6월 27일 지방자치단체 선거에서 여당이 참패했다. 더 정확히는 여당이 아니라 김영삼 대통령이 참패했다. 첫째로 '이념'에서 신뢰를 잃었다. 김영삼 대통령은 자유민주주의체제를 지키려는 중산층 보수주의자들의 지지를 받아 대통령이된 사람이다. 김대중 대통령이 되면 반공 기저가 흔들릴까 걱정되어 김영삼을 지지했다. 그런데 김 대통령은 당선 후 좌파, 용공 성향 인사를중용하고…… 둘째로 정책집행 능력을 갖추지 못해 국민들을 실망시켰다. 정부는 움직이지 않는다. '민주산악회' 등 사조직 중심으로 국정을운영하여…… 셋째로 자기를 지지해주던 사람들을 배신했다. 이 사회의 중추를 이루던 지도자들과 지식인들을 불명예스럽게 강제퇴진 시켰다. 이제 누가 김 대통령을 믿고 봉사하겠는가?"

김영삼 대통령의 좌충우돌은 몇 년 뒤 제15대 선거에도 영향을 미쳤다. 이회창 후보가 보수의 선명성을 강조하느라고 김영삼과 거리를 두다가 김대중 후보에게 석패하게 된다.

3. 김영삼의 5공 청산

김영삼 대통령은 1993년 2월 제14대 대통령에 취임하였다. 민주화된제6공화국의 두 번째 대통령이 된 셈이다. 김영삼 대통령은 평생 민주화투쟁을 벌여 왔던 정치가였다. 그리고 5·16 후 거의 30년 동안 군사정부로부터 탄압을 받아 온 정치적 피해자였다. 김영삼 대통령은 대통령 취임 후 첫 과업으로 '5공 청산'의 기치를 내걸고 앞선 정부의 주도세력을 탄압하기 시작했다. 그리고 같은 당의 선임 대통령인 제6공화국의 노태우 대통령도 12·12군부쿠데타 주역의 하나였다는 이유로 '5공청산' 대상에 포함시켰다.

김영삼 대통령은 거세지던 좌파 세력에 대항하기 위한 보수대연합의

지도자로 선출된 대통령이었으면서도 '권위주의 청산', '역사바로세우기'라는 반체제 운동을 펴면서 보수라 부르는 자유민주주의 세력의 주류를 분쇄해나가는 모순된 정책을 펴나갔다.

김영삼 대통령은 취임 후 첫 과업으로 5공화국을 주도하던 〈하나회〉를 분쇄하는 군의 숙군 작업부터 시작했다. 육사 제11기생들이었던 전두환, 노태우, 김복동, 정호영 등이 1963년에 친목 모임으로 〈하나회〉라는 사조직을 만들었다. 그 후 하나회는 선·후배들을 한 기에 3~4명씩 선발하여 참여시키면서 육사 졸업생을 종적(縱的)으로 연결하는 큰 조직으로 컸다. 하나회는 소속 장성들이 12·12쿠데타를 주도하였다고 알려지면서 세상에 그 존재가 알려지기 시작했다. 하나회 출신 장성들은 제5공화국에서 요직을 차지하였다. 육사 8기의 윤필용(육군 방첩부 대장 등 역임), 차규헌(대장 전역, 교통부장관 역임), 유학성(대장 전역, 안기부장 역임), 10기의 황영시(대장 전역, 감사원장 역임) 등은 '하나회의 선배'로 나중에 참여하였고, 11기의 전두환, 노태우, 정호영(대장 전역, 국방장관 역임), 김복동(중장 전역, 국회의원 역임), 권익현(민정당 사무총장 역임), 12기의 박희도(대장 전역, 육군참모총장 역임), 박준병(대장 전역, 국회의원 역임), 박세직(소장 전역, 서울시장 역임), 13기의 최세창(대장 전역, 국방장관 역임), 14기의 이종구(대장 전역, 국방장관 역임), 이춘구(준장 전역, 내무장관 역임), 15기의 이진삼(대장 전역, 육군참모총장 역임), 16기의 장세동(중장 전역, 안기부장 역임), 17기의 허화평, 허삼수, 안현태, 김진영, 이현우, 18기의 이학봉 장군 등이 하나회의 주요 회원들이었다. 공식 회원은 11기부터 36기까지 총 140명 정도였다.

〈하나회〉 소속 장성들을 전원 예편시킨 김영삼 대통령의 숙군 조치는 군조직 체계에 큰 혼란을 가져왔다. 예편된 하나회 회원들은 공직에서도 해임시켰다.

김영삼 대통령은 '역사바로잡기' 운동을 벌여 '4·19의거'를 '4·19혁명'으로, 5·16혁명을 '군사정변'으로, 광주 사태를 '광주민주화운동'으로, '6.10항쟁'을 '명예혁명'으로 개명했다. 또한 김 대통령은 1994년 공직선거법 및 부정선거방지법, 정치자금법, 지방자치법 등 정치개혁 법안을 만들어 냈으며 공직자 재산 공개도 제도화하였다. 1993년 8월에는 '금융실명제'를 도입하고 1995년에는 부동산실명제도 실시하였다.

과거사 청산과 관련하여 전두환, 노태우 두 전직 대통령을 기소하여 전두환 사형, 노태우 12년 징역형을 받도록 하여 복역시키다가 1997년 12월 사면석방 하였다.

김영삼 대통령 통치 5년간의 업적은 과거 비리 청산, 군사독재 잔재 청산, 과거사 정리 등 정치적인 것에 집중되었다.

4. 김영삼의 민주화 공헌

김영삼 대통령은 대한민국의 민주헌정을 지키는데 가장 큰 기여를 한 정치인이었다. 27세에 제3대 민의원에 당선된 이후 평생을 정치인으로 활동하였다. 1993년에 대통령으로 당선될 때까지 김영삼 대통령은 평생 야당 정치인으로 대정부 투쟁에 나섰으며 오랫동안 탄압을 받았었다. 특히 유신 시대에는 가택연금으로 정치활동을 제한 받기도 했었다.

1985년 정치활동 금지를 받았던 정치인들이 해금되면서 정당 활동이 활발히 재개되었다. 김영삼 신민당 총재도 김대중, 김종필과 함께 정치활동을 재개하였다. 1987년의 대통령 선거를 내다보면서 대표적 야당 지도자로 김영삼과 김대중 의원이 주목받고 있을 때 〈월간조선〉은 1985년 5월 '양김(兩金) 시대'의 두 주인공의 생각을 공론화하기 위하여 이들 두 지도자들을 인터뷰하기로 하고 대담자로 나와 이홍구 교수를 선정하였다. 이홍구 교수가 김대중 의원을 , 그리고 내가 김영삼 총재를 맡았다. 그때 나는 처음으로 김영삼 대통령을 만났다. 세 시간에 걸쳐 나는 김영삼 대통령의 '민주화 투쟁' 구상을 치밀하게 캐물었다. 그런 인연으로 1992년 대통령 후보 시절 몇 차례 만나 외교정책 관련 자문을 맡은 적이 있다. 대만문제 해결을 위해 나는 김영삼 대통령 후보와 대만 리덩후이 총통 간의 협의를 주선하기도 했다.

대통령 당선 후 취임 전 조각(組閣) 과정에서 김영삼 당선자는 내게 함께 일할 것을 제안하였으나 나는 '교수직이 천직'임을 이유로 정중히 사양했다. 1993년 2월 초 하얏트호텔에서 만났을 때 나는 두어 시간 '대통령 직무수행 때 해야 할 일 4가지와 해서는 안 될 일 4가지'를 조목조목 말씀드렸다. 김영삼 후보는 모두 동의했으나 결국 하나도 지키지 않았다. 그때 내가 강조했던 것은 '대통령은 일하는 사람이 아니라 생각하는 사람이어야 한다'는 것과 중요한 국가정책은 반드시 '친분 있는 사람보다 전문가를 만나 의견을 들어라'는 것이었다.

김영삼 대통령은 취임 초기에는 '전문가'들을 중용했었으나 임기 후반에 가서는 '가까운 사람'들에게 포위당했다. 나라를 위해서도 안타까운 일이었다. 노태우 대통령이 만들었던 '21세기 위원회'도 임기 초에 내게 위원장직을 맡기고 매주 한 번씩 만나 나와 장기 계획에 대하여 자유토론을 했었으나 1년 뒤 위원회 자체를 해체해버렸다. 대북정책, 외교정책, 특히 북한의 핵개발 저지 문제 등에서 김영삼 대통령은 원칙을 벗어난 즉흥적인, 그리고 정무적인 판단으로 대응하면서 일을 어렵게 만들어 놓았다.

김영삼 대통령의 임기 중 공헌으로 가장 크게 평가해야 할 것은 부정부패 척결과 군의 정치 관여 방지장치 구축 등을 꼽을 수 있을 것 같다. 김영삼 대통령은 스스로 32년간의 군사통치 시대를 마감한 문민정부 시대를 시작한다고 공언하고 전두환, 노태우 두 대통령을 구속하고 재판을 통하여 중형을 받도록 하였다. 그리고 '정치군인'으로 지목된 군 장성을 모두 전역시켰다. 그리고 '공직자 선거 및 선거부정방지법' 등을 만들어 관권선거, 금권선거를 막는 장치들을 마련하였다.

김영삼 대통령은 민주화 이름으로 대한민국의 안위를 위협하는 반국가적 단체까지 모두 자유롭게 활동할 수 있도록 길을 열어 주어 '진보정권 시대 10년' 등장의 길을 열어 주었다.

제 7 장

진보 정부 10년

민중민주주의로의 탈선

07

진보 정부 10년
민중민주주의로의 탈선

편의상 대한민국 건국부터 제6공화국 초기의 노태우, 김영삼 정부까지를 보수정권 시대로, 그리고 뒤 이은 김대중 정부와 노무현 정부 통치 기간을 진보 정치 10년이라고 부른다. 그러나 요즘 한국 사회에서 쓰고 있는 보수와 진보라는 용어는 정치학에서 쓰는 보수, 진보 개념이 아니다.

보수주의자로 불리는 사람들 스스로가 생각하는 보수는 '대한민국의 자유민주주의 이념을 지키려는 사람들로 강한 애국심과 민족주의 정서를 가진 사람들'을 지칭하고, 보수를 적대시하는 사람들은 '자기가 가진 부, 권력, 지위 등 기득권을 권위적 수단으로 지키려는 집단에 속한 사람'들로 규정한다. 그리고 이에 대비하여 진보는 스스로를 진보주의자로 생각하는 사람들은 '사회적 약자가 잘 살 수 있도록 기득권 수호 계층과 투쟁하여 사회적 약자의 권리를 찾아주려는 생각을 가진 사람들'이라 규정하고 있는데 반하여 소위 보수라고 불리는 사람들은 진보란 '기계적 평등주의를 내세우고 사회적 약자의 이익 신장을 위하여 공동체의 이익은 제쳐두고 투쟁을 마다하지 않는 사람들'을 지칭한다.

북한 정권에 대한 태도를 보면 현재 통용되는 보수, 진보 개념의 차이는 선명하게 들어난다. 보수는 프롤레타리아 계급 독재를 국시로 내걸고 있는 북한 정권을 '적'으로 본다. 타협 불가능한 이념을 내세우고 대한민국 체제에 대하여 도전하는 세력이므로 이들과는 싸워야 한다고 생각한다. 그러나 진보를 자처하는 사람들이 보면 북한 정권은 함께 민족의 앞날을 논의할 상대로 받아 줄 수 있는 상대이다. 평등주의와 사회적 약자인 프롤레타리아의 이익을 위하여 투쟁한다는 데는 생각을 같이 하기 때문이다. 현재 한국 사회 내의 진보는 북한과 이념적 유사성을 느끼고 있으면서도 북한 정권과 손잡는 것을 주저하는 '이념적 진보' 세력, 북한의 프롤레타리아 계급 해방 투쟁을 용인하는 친북 세력, 그리고 나아가서 북한의 남조선 해방을 도우려는 종북 세력으로 나눌 수 있다.

그러나 이러한 보수, 진보의 논리적 구분은 가능하나 현실에서는 많은 혼동이 있을 수 있어 한국의 현실 정치를 혼란스럽게 만들고 있다. 대한민국의 기본 이념인 자유민주주의 가치를 존중하는 보수주의자들은 개인의 '인간 존엄성이 보장된 자유'를 억압하는 권위주의적 전제정치에 강하게 저항한다. 그런데 사회적 약자의 권익 신장을 앞세우는 진보도 사회적 약자의 기본 인권을 탄압하는 북한식 절대주의 전제정치에 저항한다. 그래서 이들 진보주의자들은 '반북한'이라는 점에서 보수와 뜻을 같이 하게 되어 보수-진보의 구분을 흐리게 한다.

민주헌정질서를 회복한 제6공화국의 제3기, 제4기 정권이 되는 김대중 정부와 노무현 정부는 대통령 자신들의 사상 성향과 이들을 대통령으로 만든 지지자들의 사상 성향 등을 볼 때 '친북진보' 정권으로 분류되고 있다. 그래서 김대중-노무현 정권 10년을 '진보 정부 10년'으로 묶어 다룬다.

제7장에서는 김대중의 '국민정부'와 노무현의 '참여정부' 등장 과정을 살펴보고, 진보 정부가 등장하게 된 배경이 되는 한국 사회의 변화와 두 정부의 대북 유화정책으로 알려진 '햇볕정책'을 다룬다. 이어서 진보 정부 등장으로 한국 사회가 이념으로 분열된 이른바 '남남갈등'을 다룬다. 그리고 이런 갈등과 대한민국 정체성 문제를 곁들여 살펴본다.

김대중의 '국민의 정부'와 노무현의 '참여 정부'의 등장

1992년 대통령 선거에서 김영삼 대통령에게 패배한 김대중 신민당 후보는 정계 은퇴를 선언하고 영국으로 유학을 갔다. 그러나 김대중은 정계 복귀를 선언하고 귀국하여 1995년 9월 '새정치국민회의'라는 새 당을 창당하였다. 그 결과로 신한국당으로 개명한 김영삼 대통령의 민자당과 그해 봄 김종필이 창당한 자유민주연합(자민련)과 세 당이 정립하는 이른바 '3김 시대'가 열렸다.

1997년 제15대 대통령 선거가 가까워오면서 김종필의 자민련과 김대중의 새정치국민회의가 손잡고 김대중을 단일 후보로 내세웠다. 이에 반하여 김영삼 정부의 집권 여당인 신한국당은 대통령후보 경선에서 패배한 이인제(李仁濟) 후보가 국민신당을 창당하고 독립 후보로 나서면서 당 분열을 가져와 이회창 후보는 김대중에게 패배하였다. 김대중 정부는 이런 과정을 거쳐 1998년 2월 25일 시작되었다.

1997년 제15대 대통령 선거에서 정권 승계가 실패한 것은 하나의 역설(逆說)적 결과였다. 보수를 표방한 김영삼 대통령이 한국 사회의 보수 주류를 실망시킨데 대하여 신한국당의 후보로 나선 이회창 전 총리는 선명한 보수 노선을 강조하기 위하여 '김영삼 세력'과 거리를 두었고 그 결과로 '보수결집'에 실패하여 김대중 후보에게 40.3% 대 38.7%로 석패하게 된 것이다.

1997년 선거가 가까워지던 가을에 나는 이회창 후보의 요청으로 신라호텔 아리아께(有明)에서 단독으로 만났다. 나는 김영삼 대통령과 박근혜를 찾아가 만나라고 권했다. 이번 선거는 보수 승계냐 진보 진출이냐 하는 치열한 접전이 예상되고 당락은 100만 표 이내로 결정될 것 같으므로 승리를 위해서는 김영삼 대통령과 박근혜 씨의 도움이 꼭 필요하다고 설명했다. 김영삼 대통령이 이인제 후보를 말리면 100만 표 이상의 차이가 생기며 박근혜 씨의 지원을 받으면 30만 표의 추가 지지를 얻을 수 있다고 권했다. 이회창 후보는 승리를 자신하고 '선명성을 지키기 위해' 두 사람을 찾아가지 않았다. 그리고 1.6% 차이로 김대중 후보에게 졌다.

5년 뒤인 2002년에 실시된 제16대 대통령 선거에서는 새정치민주당 (새정치국민회의의 후신) 후보로 나선 노무현이 '국민통합21'당의 정몽준과 합의하여 단일 후보로 나서면서 다시 출마한 신한국당의 이회창 후보를 누르고 대통령에 당선되었다. 노무현의 대통령 당선으로 노무현의 지지 기반이던 이른바 386세대 운동권 출신 정치인들이 대거 정권 중심에 포진하게 되어 김대중 때의 진보 정부보다 가일층 진보 색채가 진한 노무현 정부가 출범하여 5년간 대한민국을 통치하였다. 김대중-노무현 10년의 대한민국 헌정사 속에서의 위치와 특색을 정리한다.

1. 김대중의 '국민의 정부' 출현

1998년 2월 25일은 한국 헌정사에서 큰 의미를 가지는 날이다. 야당 '새정치국민회의' 후보로 나선 김대중이 여당 신한국당 이회창 후보를 1.6% 차이로 누르고 대통령에 당선, 처음으로 투표로 보수-진보정권 교체를 이루고 '국민의 정부'를 출범시킨 날이기 때문이다. 김대중 정부의 출범이 의미를 가지는 것은 급속한 경제 발전으로 새로 등장한 공업노동자를 중심으로 한 '가지지 못한 시민계급'의 지지를 받아 등장한 사회주의 성향의 정부 출범이기 때문이다.

사회적 약자를 대변하여 이들의 복지 향상을 약속하고 집권에 성공한 김대중 대통령은 'IMF사태'라고 부른 경제 위기에 봉착하여 우선 경제를 회생시키는데 1차적 목표를 둘 수밖에 없었고 한국 경제를 이끌던 재벌을 살려 내기 위하여 노동자의 눈에 보이는 이익 확대보다 재벌 기업을 보호하는 정책을 폈다. 김대중 대통령은 취임사에서 '민주주의와 시장경제의 병행 발전'을 국정 지표로 내걸고 정부, 기업, 금융, 노동의 4대 부문 구조 조정에 착수하였다. 기업 구조 조정에서는 재벌들을 주력 업종 중심으로 집중 체제로 개편해나갔으며 금융개혁에서는 금융기관 통폐합을 통하여 시중 은행의 규모를 키웠다. 노동개혁에서는 노동시장의 유연화, 성과제 도입 등을 추진하여 사회주의 경제를 기대하던 노동계를 실망시켰다.

취임 초의 경제 위기를 어느 정도 수습한 후 국민의 정부는 정치민주화, 사회민주화, 남북 화해 등 미루어 놓았던 정책 과제를 정책화해나갔다. 권위주의 시대의 통치체제를 개혁하기 위하여 인권법을 제정하고 국가인권위원회를 출범시키고 국회법을 고쳐 국회가 제 역할을 할 수 있도록 개혁해나갔다.

김대중 정부는 남북한 관계 개선에 착수하여 남북한 화해 협력에 적극 나섰다. 남북한의 화해와 협력을 추진하여 남북 간의 평화체제를 구축해 나간다는 '햇볕정책'을 수립하여 능동적으로 북한과의 접촉을 펼쳤다. 그 결과로 2000년 6월 15일 평양에서 남북정상회담을 가지고 '6·15선언'을 이끌어 내었다. 그러나 이러한 급진적 대북 화해정책은 한국 사회의 중심 세력을 이루던 '보수층'의 강한 반발을 불러 왔고 결과적으로 한국 사회를 '남남갈등'으로 몰고 갔다.

2. 노무현 '참여 정부'의 '진보 정부' 승계

김대중 대통령의 진보적 '국민의 정부' 5년에 이어 2002년의 대통령 선거에서 새천년민주당(약칭: 민주당)의 노무현 후보가 제16대 대통령으로 당선되면서 진보정권 시대를 다시 5년간 연장시켰다. 2002년 12월에 실시된 제16대 대통령 선거에서 여당 민주당의 노무현 후보가 유효표의 48.9%를 얻어 한나라당(신한국당 개명)의 이회장 후보를 2.3% 차로 이겨 대통령에 당선되었다. 노무현 후보는 보수 정당을 표방했던 '국민통합21'의 정몽준 후보와 후보 단일화를 합의하여 여론조사에서 이겨 단일 후보가 되면서 승리할 수 있었다. 노무현 대통령의 당선은 예상을 벗어난 것이어서 화제가 되었다. 우선 민주당 내의 후보 경선에서 보수를 자처하던 이인제 후보와 경쟁하여 '국민경선제'라는 경선 방식을 통해 승리하였다. 당시 여론조사에서는 이인제 후보가 앞섰다. 그리고 영남-호남간의 지역감정이 높던 때에 부산 출신이면서 호남에서 지지를 얻어 승리했었다.

노무현 정부는 김대중의 진보정권을 승계하는 정부였지만 주도적 지지층이 젊은 층이어서 세대교체의 의미가 컸다. 노무현 정부를 지지한 새 세대는 '386세대'라 부르는 전후 세대였다. 5·16 이후 군사정권에 의해 추진되었던 경제발전계획에 의해 한국 사회가 후진 농업사회에서 근대화된 공업국가로 바뀌고 산업노동자가 급속히 늘어나 새로운 정치 세력으로 등장하면서 산업사회로 바뀌던 때에 출생하여 유신 시대에 중등 교육을 받은 정치참여 의식이 강한 젊은이들이 대거 등장하였다. 이렇게 한국의 정치 풍토가 급진화하기 시작하던 때에 30대의 장년으로 성장한 새 세대가 386세대였다. 노무현 정부는 386세대를 대표하는 정부라는 뜻에서 스스로를 '참여정부'라 불렀다. 386세대는 '1960년대 출생, 80학번, 당시의 나이 30대'인 세대를 칭한다.

참여정부는 국정 목표를 '국민과 함께 하는 민주주의 정착', '더불어 사는 균형발전 사회 건설'로 삼았다. 386세대는 6·25전쟁을 경험한 앞선 세대와 달라서 사회주의 이념에 저항감을 갖지 않아 북한에 대하여 포용적이었고, 산업화가 가져온 빈익빈부익부 현상에 대하여 강한 저항감을 가지게 되면서 '사회주의 이념'에 공감하던 세대였다. 그 결과로 한국 정치에 대중민주주의 열풍을 불러 일으켰다.

참여정부를 이끌던 참여세대는 이러한 성장 배경에서 북한이 집요하게 선전하는 '반미주의', '계급투쟁', '민족지상주의' 등에 쉽게 동조하면서 기성세대의 '친미주의', 분배보다 성장에 더 높은 가치를 두는 '집단주의적 경제성장 옹호 논리', '반공의식'과 부딪히기 시작하였다. 참여정부는 기성세대가 존중하는 가치를 시대착오적 구시대 논리로 매도하고 보수라고 이름 붙이고 사회주의적 평등주의 이념을 앞세우는 세대를 진보라고 부르면서 차별화하였다. 노무현 정부는 스스로를 진보정부라 부르고 앞선 정부를 보수로 비판하면서 보수 세력 타도를 당면 과제로 삼았다. 한국 사회를 보수와 진보로 나눈 이른바 '남남갈등'을 불러온 정권이 노무현 정부였다.

참여정부는 대북 친화적 성향을 숨기지 않고 김대중 정부의 '햇볕정책'을 더욱 적극적으로 전개하여 북한에 대한 경제 지원을 확대하고 국제사회에서 북한을 옹호하고 나아가서 미국의 대북 강경책을 비판함으로서 한미 동맹을 위험 수준까지 악화시켰다. 그리고 국내에서도 반재벌 정책을 강화하여 나갔다.

노무현 대통령은 새천년민주당을 나와 2003년 11월 11일 열린우리당을 새로 창당하여 진보 성격이 뚜렷한 정당을 만들었다. 그리고 이러한 급진적인 사회주의적 개혁추진으로 보수 정당과의 갈등이 심화되어

2004년 3월에는 야당인 한나라당이 새천년민주당과 손을 잡고 제출한 대통령탄핵소추안이 국회에서 가결되어 대통령 직무가 일시 정지되는 사태까지 생겨났다. 노무현 대통령은 그러나 헌법재판소가 5월 14일 탄핵소추를 기각함으로써 두 달 만에 다시 대통령직을 수행할 수 있게 되었다.

노무현 대통령은 노동계 등 진보 세력이 급상승하면서 같은 해 4월 15일에 실시된 국회의원 선거에서 승리함으로써 소신대로 과감하게 진보정책을 밀고 나갔다. 제17대 총선에서 노무현이 창당한 열린우리당이 152석을 얻어 다수당이 되었고 한나라당 121석, 민주노동당 10석, 김대중의 새천년민주당이 9석, 김종필의 자민련 4석, 정몽준이 창당했던 국민통합21이 1석을 얻어 여당이 과반수를 차지함으로써 정책 추진에 탄력을 받았다.

노무현 정부는 참여정부답게 우선 '국가보안법' 철폐에 나섰다. 그러나 야당과 보수 단체의 거센 반발로 실패하였다. 노무현 정부는 과거와의 단절을 상징적으로 보여주고 충청도-호남지역 주민의 지지를 확보하기 위하여 수도를 '행정수도'라는 이름으로 충청남도 연기-공주로 이전하는 계획을 추진하였으나 헌법재판소에서 위헌 판결을 받아 '행정중심복합도시'라는 이름으로 고쳐 추진하였다.

노무현 정부는 이어서 여당을 앞세워 '친일반민족행위진상규명특별법'을 제정하여 1,005명을 친일 반민족 행위자로 발표하여 '정치적'으로 매장하였다. 보수 진영을 해체해 나가는 간접 방법이 일제강점기에 활동하였던 원로들이 다수 포함된 '친일 인사'들 숙청이었기 때문이다. 그리고 노무현 정부는 '사립학교법'을 개정하여 이사진의 4분의 1을 외부에서 선임하도록 하여 '전교조' 출신 이사들이 사학 경영에 참여하는 길을 열었다.

노무현 정부가 가장 역점을 두었던 정책은 대북정책으로 김대중 정부가 추진했던 '햇볕정책'을 더욱 광범히 추진하려고 노력했다. 노무현 정부는 남북경제협력사업을 확대하여 임기 초에 개성공단을 만들어 운영하기 시작했다. 개성공단에 전기를 공급하고 경의선 철도를 연장하여 원자재와 제품의 수송을 편하게 하고 한국 기업이 공단 내에 공장을 짓게 하고 북한 노동자(2016년 폐쇄 당시 5만 3천 명)가 일하게 하였다. 개성공단은 그 후 10년간 20억 달러 상당의 상품을 생산하여 북한을 도왔다. 그밖에 금강산관광의 확대, 대중문화 교류, 스포츠행사 공동주최, 남북정상회담 개최 등 폭넓은 북한 포용정책을 폈다. 그러나 이러한 남북 화해 노력이 북한의 핵실험 등으로 '일방적 북한 지원'이라는 비판이 높아지면서 보수 세력의 반정부 투쟁이 격화되어 '진보 시대 10년'의 막이 내리게 된다. 2007년 12월에 실시된 제17대 대통령 선거에서 한나라당의 이명박 후보가 당선됨으로써 '보수회귀'의 새 시대가 시작되었다.

민중민주주의 시대 | 대중영합주의의 대두

김대중 대통령의 국민정부에서 노무현 대통령의 참여정부로 이어지는 10년간의 한국 정치사를 보통 민중민주주의 시대라 부른다. 민중은 국민 중에서 빈곤 계층에 속하는 피압박 대중을 말한다. 가진 자에 대한 '가지지 못한 자', 사회 각 영역에서 지배하는 자가 아닌 '지배 받는 자', 그래서 자기의 국민적 권리를 제대로 보장 받지 못한 자를 뜻한다. 이 용어는 엄격한 사회과학적 용어가 아니라 정치 구호적 용어라 할 수 있다. 민중민주주의는 저항적, 투쟁적 구호를 담고 있는 개념이다. 민주주의가 제대로 실행되었으면 모든 국민이 가난하거나 부유하거나 똑같이 정치참여의 기회를 가져야 하는데 가진 자들이 비민주적으로 정치권력을 독점하고 전제적으로 가지지 못한 자를 탄압해왔으므로 대중들이 단합하여 국민의 권리를 되찾고 당당하게 정치참여권을 행사하자는 '계급해방'의 논리를 담고 있는 혁명적 용어이다. 그래서 이러한 함의를 가진 '국민정부', '참여정부'라는 이름을 내건 것이다.

왜 대중민주주의가 1990년대에 대두되고 그리고 왜 대중민주주의가 대중영합주의 정치로 발전해 나갔는가? 사회 구성의 급격한 변화가 근본적 요인이고 일천한 민주주의 경험으로 아직 성숙된 시민 정신을 갖춘 시민이 사회의 주류를 이루지 못한 한국적 특이성을 또 하나의 요인으로 꼽을 수 있다. 여기에 더하여 남북 분단의 특수한 상황에서 민주화된 한국 사회에 북한이 침투하여 계급투쟁을 교사하는 정치전을 벌인 것이 또 하나의 요인이 될 수 있다. 간단히 각 요인을 살펴본다.

1. 사회 계층의 분화

5·16군사혁명 이후 제1차 경제개발5개년계획이 시작된 1963년부터 한국 경제는 고도성장을 시작하였다. 박정희 시대 18년과 그 뒤를 이

은 제5공화국 시대가 끝나던 1987년까지 한국 경제는 연평균 8.7%라는 놀라운 성장을 기록했다. 같은 기간 1인당 국민소득은 82달러에서 3,218달러로 증가했다.

수출 주도의 중화학공업에 중점을 둔 경제개발계획의 추진으로 한국 사회 구조도 급격히 변하였다. 농업 등 1차 산업 종사자가 경제활동 인구의 80%가 넘던 한국 사회에 제2차 산업 분야에 종사하는 제조업 노동자가 갑자기 늘어나면서 사회 구조가 급격히 바뀌기 시작하였다. 특히 노동자의 조직인 노동조합이 급성장하면서 새로운 정치 세력을 이루게 되었다.

국민정부가 들어선 1998년쯤 되면 한국 사회는 군사정부가 통치하던 1960년대와 1970년대와는 근본적으로 다른 사회가 되어 있었다. 우선 일제강점기 시대에 교육받았던 구세대는 사회 일선에서 모두 물러났다. 해방 1세대가 사회 상층을 차지하고 6·25세대가 중견층을 이루고 1960년대에 태어난 이른바 386세대가 사회의 중심 층을 이루게 된다.

해방 1세대는 가난과 전쟁 속에서 고통을 받았으나 사회 진출에서는 축복받은 세대였다. 일본 지배자들이 밀려난 사회 각 영역의 조직 상층부의 공석을 쉽게 차지할 수 있었기 때문이다. 박사학위만 받으면 새로 생긴 대학들의 교수직을 쉽게 얻을 수 있었으며 공기업, 은행 등의 빈 자리를 쉽게 차지할 수 있었다. 그 다음 세대인 6·25세대는 급속한 산업화로 새로 출현한 기업, 공장 등에서 일자리를 쉽게 얻을 수 있었다. 이들은 우리 사회에 없던 노동자 계층을 이루게 된다. 이들은 앞선 세대의 '배우지 못한 농민'들과는 달리 모두 학교 교육을 받았고 도시생활을 하면서 각종 단체에 가입하여 다양한 이익집단을 구성할 수 있었다. 바로 그 뒤를 이은 세대가 386세대이다. 대학교육의 확대로 대부분 고등교육을 받았으나 이미 사회 각 영역의 윗자리는 앞선 세대가 다 차지하고 있어 계층 간의 상향 이동(upward mobility)이 제약받기 시작한 세대가 된다. 이들이 사회의 중심 구성원이 되면서 이들의 '좌절감'이 사회 불안을 조성하는 큰 요인이 되었다.

2. 정치민주화가 가져온 참여 확대

1987년의 '민주헌정 복원'은 한국 사회의 정치 풍토를 혁명적으로 바꾸어 놓았다. 국민의 기본권을 제약하던 군사정부의 전제적 통제는 모두 사라졌다. 특히 집회결사의 자유가 허용됨에 따라 수백 개의 이익집단이 형성되었고 다시 이런 이익집단이 정치적 성향에 따라 협동, 통합 등을 거치면서 정치 풍토를 좌우하는 큰 정치 세력으로 등장하였다.

예를 들어 '도시산업선교회'라는 종교 조직과 회사 내의 노동조합이 손을 잡으면 웬만한 중소기업을 문 닫게 할 수 있었고, '전국'자가 붙은 조직들이 정부의 정책을 좌지우지 할 수 있게 되었다. 정치민주화는 힘 없던 대중들에게 국민의 자격으로 정치참여의 기회를 주었고 그 결과로 '국민-참여정부' 시대가 열린 것이다.

레닌(V. I. Lenin)은 혁명을 가능하게 하는 힘으로 '의식화 되어 있는 지식인들로 조직한 당의 지적 파괴력(intellectual destructive force of the party)'과 '동원된 대중의 물리적 파괴력(physical destructive force of the mass)'이 있어야 한다고 했다. 그리고 대중의 힘은 선동과 선전으로 이끌어 낼 수 있다고 했다. 레닌은 대중은 '눈앞의 이익'에 주목하고 근본적인 계급이익 등에 대해서는 둔감하다고 말하면서 눈앞의 이익을 내세운 선동에 주력할 것을 강조하였다. 국민-참여정부 시대에 들어서면서 386세대가 지적 파괴력을 제공하고 그 다음 세대가 물리적 파괴력을 제공함으로써 한국의 정치 풍토는 대변혁을 겪게 된다.

3. 참여의 조직화와 체계화

민주주의는 모든 국민의 정치참여권의 평등을 의미한다. 이른바 등가 참여의 원칙이다. 이 원칙에 따라서 정치참여에서는 참여자의 지적 수준 등 질(質)이 아니라 수(數)가 결정권을 갖게 된다. 이 원리를 악용하면 선동에 약한 대중을 조직적으로 선동하여 다수를 하나로 묶어 국가 정책을 원하는 대로 이끌어 갈 수 있게 된다.

'가지지 않은 사람'들의 집단인 대중은 1차적으로 부의 분배에 관심을 가진다. 가진 자의 풍요와 자기의 빈곤을 비교할 때 느끼는 좌절감을 선동을 통하여 계급투쟁으로 발전시킬 때 '공산혁명'이 가능해진다.

한국의 공산화를 국가의 존재 의의로 삼고 있는 북한 정권과의 대결이라는 특수한 한국의 정치 환경에서는 한국 사회 내의 계층 간의 대립이 바로 북한이 시도하는 한국 사회 내에서의 프롤레타리아 계급혁명으로 연계시키기 좋게 되어 북한은 본격적으로 이를 활용하기 시작하였다. 북한은 사회 내의 불평등 구조를 개선하기 위하여 나선 노동자들의 투쟁을 반정부투쟁, 반미투쟁, 그리고 나아가서 북한 노동계급과의 연대투쟁으로 유도하기 위하여 노력하였다. 북한은 친북 지하당 조직을 구축하여 이들을 앞장세워 '민주화투쟁', '반미투쟁', '계급투쟁'을 체계적으로 지도할 다양한 합법, 비합법조직체들을 만들었다.

이러한 복잡한 요인으로 '6·29민주화' 이후 노동운동을 중심으로 하는 많은 이익단체가 폭발적으로 생겨났으며 노동운동은 조직화되어 정치 세력화되었다. 우선 노동조합은 1986년 말 2천675개에 불과했었으나 1988년 말에는 6,164개로 늘어났다. 특히 정부가 인정한 한국노총과 각 산별노조 외에 1970년대부터 자율적으로 만든 '민주노조'가 비약적으로 늘어났다. 그리고 1990년에는 이들 민주노조의 연합체인 '전국노동조합협의회(전노협)'가 출범하였다. 전노협은 점점 더 커져 1995년에는 861개 노조에 41만 8천 명의 조합원을 거느린 '전국민주노동조합총연맹(민노총)'이 설립되었다.

법으로 금지된 교원들의 노조도 생겨났다. 1989년 발족한 '전국교직원노동조합(전교조)'은 '국민의 정부' 출범 후 1999년 교원노조법이 국회를 통과하여 합법화되었다. 전교조는 6만 명의 조합원을 가진 막강한 정치 조직이 되었다. 공무원도 노조 설립을 위한 투쟁을 벌여 2001년 '전국공무원직장협의회총연합(전공련)'을 설립하였으며 2004년 공무원 노조법이 제정되어 다양한 공무원 노조가 결성되었다.

그밖에 비정부단체(NGO)로 등록한 시민단체도 6·29 이후 급증하였다. 현재 활동 중인 4천여 개의 시민단체 중 80%가 1987년 이후에 조직되었다.

이렇게 많은 시민단체를 비롯한 대중 조직이 국민-참여정부 시대에 정부를 이끌다시피 하는 폭넓은 정치참여를 선도하였다.

4. 대중영합주의와 민주정치의 왜곡

국가공동체 전체의 이익보다 자기가 속한 집단의 이익을 앞세우고 투쟁하는 대중 조직이 늘어나게 되면 이들의 지지로 정권을 장악하기 위하여 나서는 정치인과 정당들이 나타나게 된다. 이런 사태를 보통 대중영합주의(populism) 현상이라고 부른다. 아르헨티나의 페론(Juan Domingo Peron) 대통령이 '무책임한 노동자집단'의 이익 추구에 영합하여 이들의 지지로 대통령에 당선되어 장기 집권하면서 아르헨티나의 경제를 파산 지경까지 몰고 간 것이 선례가 되어 대중영합주의를 페론이즘(Peronism)이라고도 부른다.

군사정권 당시 정부 탄압으로 정치 활동을 못하던 노동단체와 각종 반정부 시민단체들이 6·29민주화선언으로 민주헌정이 복원되면서 활동의 자유를 얻어 큰 정치 세력으로 등장하면서 이들의 이익에 영합하여 정권을 장악하려는 정치인, 정당들이 많이 출현하였다. 김대중의 국민정부와 노무현의 참여정부는 집단이익을 앞세운 민주화 세력, 즉 민주화 명분으로 집단이익을 앞세운 대중 세력의 지지로 출현한 정부이다.

대중영합주의가 정치를 지배하게 되면 민주주의는 왜곡되고 후퇴한다. 국가의 민주질서를 지키려는 국가안보 정책마저도 집단이익을 주장하는 집단들에 영합하여 집권한 정부가 스스로 포기하는 자해 행위를 하게 되기 때문이다. 노동자들의 무리한 요구를 정부가 오히려 지원함으로써 대기업의 생산 능력을 급감시켜 국가 경제를 파탄으로 몰고 간다거나 국가 재정의 한계를 넘는 복지 요구에 정부가 국방예산을 깎아 복지예산으로 전환함으로써 국가안보 자체를 위태롭게 한다면 대중영합주의는 민주헌정 질서뿐만 아니라 민주공화국의 존립마저 위태롭게 한다.

진보 정부와 햇볕정책 | 너무 앞서 간 북한 포용

김대중 대통령의 '국민정부' 5년, 그리고 이를 이은 노무현 대통령의 '참여정부' 5년 등 진보 정부 10년은 너무 앞서간 북한 포용정책으로 대한민국 헌정사에서 '민주헌정'의 이념적 정체성을 약화시킨 시대로 기억될 것이다. 통일을 앞당기려는 욕심에서 시작된 두 대통령의 대북 접근 과정에서 '자유민주주의' 기본 이념의 한 부분을 양보해가면서까지 북한과의 관계 개선을 시도함으로써 북한 공산주의 전체주의-전제 정치에 강력히 저항하는 국민들과의 마찰을 불러 일으켜 우리 사회 내에 이른바 '남남갈등'을 불러 왔으며, 한국 안보의 기초가 된 한·미 동맹을 허무는 '안보위기'를 초래했다. 진보정권 10년 동안 추구했던 햇볕정책을 정리한다.

1. 햇볕정책의 논리

김대중-노무현 정부의 대북정책의 기조는 '햇볕정책'이라 부르는 북한 포용정책이다. 체제 상이성은 일단 접어두고 북한을 경제적으로 돕고 나아가서 북한의 안전을 보장해줌으로써 북한의 대남정책을 대결에서 협조 관계로 전환시켜 남북 공존시대를 열어가겠다는 것이 '햇볕정책'의 기본 구상이다.

'햇볕정책'이란 용어는 김영삼 정부 초기에 이미 거론된 것이었다. 그때는 부정적 뜻으로 썼던 표현이었는데 김대중 정부가 출범과 동시에 '햇볕정책'을 새로운 능동적 대북정책으로 사용하기 시작한 것이다.

김영삼 정부 초기에 대북정책의 기조를 논의하는 비공식 정책회의가 있었다. 통일부 정책자문위원으로 나도 이 모임에 참석했다. 이 자리에서 새 정부의 중책을 맡은 분이 남북 간의 대결 구도를 평화공존체제로 바꾸기 위해 우리가 먼저 대가 없이 북한에 경제 원조를 해주자고 제안했다. 우리가 대규모 지원을 하기 시작하면 북한도 우리의 선의를 이해하고 10분의 1이라도 호의적 반응을 보일 것이고 이러한 관계가 지속되다보면 남북 간에 신뢰가 쌓여 서로 협조하는 공존체제가 이루어지지 않겠느냐는 취지의 제안이었다. 나는 그 자리에서 반대했다. 이 제안은 마치 '이솝우화'에서 해와 바람이 외투를 입고 있는 손님의 옷을 벗기는 내기를 할 때 바람이 못 벗긴 옷을 해가 볕을 비추어 손님이 더워서 스스로 옷을 벗었다는 이야기의 논리와 같은 것인데, 만일 손님이 외투 속에 칼을 품고 있었다면 햇볕으로 옷을 벗기는 것이 옳은 정책이 되겠느냐고 반문했다. 이 제안을 했던 그 관리는 '햇볕정책에 반대한다면 당신은 바람 정책을 계속하자는 것이냐'고 반발하였다. 나는 햇볕정책도 바람 정책도 모두 안 되고 '길들이기 정책'을 택해야 한다고 주장했다. 우리가 원하는 방향으로 북한이 호응하면 도움을 주고, 어긋

나는 길로 들어서면 응징해나가야 북한을 길들일 수 있다고 답변했다. 그 회의에서 '햇볕정책'은 순진한 대북정책으로 부정적 뜻으로 평가하고 논의를 접었다.

북한이 만일 '정상국가'라면 햇볕정책은 펴볼만한 정책이다. 여기서 '정상국가'란 모든 국민의 안위와 복지를 중시하는 국가, 그리고 정부가 지키기로 한 약속을 지키는 국가를 말한다. 그런데 북한은 북한 인민의 안전과 복지는 제쳐두고 오직 통치자의 이익만 앞세우는 국가이고, 국제사회에서 약속한 것을 한 번도 지키지 않은 나라이기 때문에 아직은 '햇볕정책'과 같은 선의가 오가면서 상호 신뢰를 쌓아갈 수 있는 대상이 되지 못한다.

북한은 '미제국주의자의 지배'에서 남조선을 해방시키고, 남쪽 사회에서 인민을 착취하는 부르주아 계급으로부터 인민을 해방하는 것을 북한 정부의 존재 의의라고 이미 선언하고 이를 준수하고 있어 우리가 선의를 보여준다고 대남정책을 바꿀 수 없는 상태에 있었다. 그리고 남반부 해방을 위한 구체적인 전략을 이미 1964년 조선노동당 제4기 제8차 전원회의에서 채택한 결의로 굳혀 놓은 상태에 있었다.

북한의 대남혁명 전략은 마오쩌둥(毛澤東) 전략과 함께 모두 레닌 전략에 기초하고 있고, 레닌 전략은 손자 전략을 계승하고 있다. 그래서 나는 서강대에서 북한 전략을 강의할 때 손자-레닌-소콜롭스키-마오쩌둥의 전략을 가르쳤다. 그리고 냉전 구조도 미국 전략의 근간을 이루는 클라우제비츠 전략과 소련이 따르는 손자 전략의 대결 구도라고 해설했다. 레닌은 우선 내가 지지 않도록 체제를 굳히고 상대가 질 때를 기다리면 이기게 된다는 손자의 가르침(可勝在敵 不可勝在己, 先爲不可勝 以待敵之可勝)을 따라 상대의 지휘부를 유인하여 공존을 합의하여 나에 대한 공세를 늦추고 상대의 내부에 들어가 통일전선전을 펴 정치전을 통하여 승리하도록 하자고 가르쳤다. 북한이 이러한 레닌 전략을 따르고 있는데 여기에 우리가 섣부른 일방적 시혜(施惠) 정책을 편다고 진정한 평화공존 관계를 이끌어낼 수는 없는 것이다.

북한과의 '제도화된 공존' 관계를 이루기 위해서는 북한이 스스로 우리를 이길 수 없다는 것을 깨닫게 하는 수밖에는 길이 없다는 것이 나의 생각이다. 상대의 공격 의지를 깨는 억지(抑止)만이 공존을 수락시키는 길이라고 나는 생각한다.

2. 대북 포용정책

김대중 정부는 출범과 동시에 무력도발 불용인, 흡수통일 배제, 가능한 분야부터의 협력 추진이라는 3개 원칙을 내세우고 정경분리 원칙을 선언하고 민간 경제협력의 길을 열어 놓았다. 이러한 정부 정책에 따라 현대그룹이 금강산관광사업 등 9개의 사업에 착수하여 북한에 대한 경제 지원을 시작하였다.

김대중 대통령은 이어 남북 정상회담을 추진하였다. 김대중 정부는 여러 차례의 비밀 접촉을 통하여 비밀리에 4억 5천만 달러를 북한 측에 제공하고 2000년 6월 15일 평양에서 분단 사상 최초의 남북한 정상회담을 가졌다. 이 선언에서 남북은 자주통일 원칙을 합의하고 김대중 대통령의 '국가연합제' 안과 북측의 '낮은 단계 연방제' 안을 토대로 통일 방안을 모색하고, 이산가족 면회, 비전향 장기수의 송환 등을 합의함과 동시에 "남북 경제협력을 통하여 남북한의 균형적 발전을 위해 사회-경제의 여러 영역에서 교류를 활성화"하기로 합의하였다.

나는 임기를 마치고 퇴임한 김영삼 대통령과 가끔 상도동 댁에서 점심을 했다. 2000년 8월 6일에 만났을 때 김영삼 전 대통령은 재임 중에 김대중 대통령의 친북 동향에 대하여 보고를 자주 받았다고 하면서 김대중 대통령이 벌이던 대북 협력에 대하여 깊은 우려를 표명했었다. 나는 2002년 1월 8일 김대중 대통령을 만나 나의 우려를 전했으나 마이동풍(馬耳東風)이었다.

이러한 정치적 포용정책에 따라 경제 교류는 비약적으로 확대되었다. 1997년 기준 3억 달러 정도의 남북 교역액은 김대중 정부 말기인 2002년에는 6억 4천만 달러, 노무현 정부가 끝나던 2007년에는 17억 달러에 이르렀다. 그리고 1998년에 시작된 금강산관광 사업을 통해서 매년 25만 내지 30만 명의 관광객 방문으로 지불하는 약 5천만 달러의 외화를 북한이 얻을 수 있었고, 남북 합작사업의 표본으로 2000년에 시작된 개성공단도 해마다 규모가 늘어 노무현 정부의 말기인 2007년에는 65개 기업이 가동하면서 2만3천 명의 북한 노동자를 고용하여 3억 4천만 달러의 상품을 생산하였다.

나는 김대중 대통령의 대북 포용정책에 불안을 느꼈다. 그때 일기에는 그런 걱정이 자주 나타난다. 1998년 8월 13일자 일기에는 "…… 공안범 모두 특사하고, 대통령 주변은 모두 '진보적 인사'로 채우고…… 마치 북한을 도와 한국 사회를 차근차근히 안에서 부수는 정책을 펴고 있는 것 같다"라고 썼다. 그리고 이런 우려를 담은 나의 신문칼럼은 게재금지 당했다(동아일보 1999. 2. 24, 조선일보 1999. 9. 19).

노무현 대통령은 임기 말인 2007년 10월 2일 평양을 방문하여 김정일 위원장과 정상회담을 가지고 8개항의 '10·4공동선언'을 발표하였다. 남북 상호 존중, 적대관계 종식, 불가침 의무 준수, 경제협력사업의 활성화 등의 우호적 내용을 담은 성명이었다. 노무현 정부는 북한이 2003년 1월 핵확산금지조약에서 탈퇴하고 핵무기 개발을 지속할 것을 선언함에 따라 미국 등 국제사회에서 북한에 대한 제재를 논하던 때에도 대북 경제지원을 강화하고 2005년 11월 유엔이 '북한인권 결의안'을 채택할 때에도 기권함으로써 한미 관계를 경색시켰다.

3. 북한의 대남 정치전 기반 조성

김대중-노무현 정부가 '민족자주', '우리민족끼리'를 앞세우고 이념과 체제를 넘어선 북한 포용정책을 실천해나감에 따라 북한에 우호적인 좌파 단체들이 우후죽순처럼 출현하였으며 이들은 '민족공조'를 앞세운 반미통일운동을 활발히 전개하였다. 노무현 정부가 '국가보안법'을 폐기하려고 나서면서 좌경 민중주의 운동은 한국 사회를 휩쓸었다.

북한은 이 기회에 정치전을 통한 친북 정권 창출에 총력을 기울였다. 북한은 좌익 단체를 앞세워 한국 정치에서 '선거를 통한 공산화'를 시도하였다. 한국의 민주화된 정치체제를 악용하여 친북단체가 선거전을 이끌어가도록 하면 종북 정권 창출이 가능하다고 북한은 믿었다. 북한 정권은 대남 정치전 기구로 만든 '민족화해협의회'의 대응 조직으로 남한 사회에 '민족화해협력범국민협의회'를 만들어 두 협의회의 합동으로 서울에서 8·15 경축대회를 열기도 하였다. 그리고 그 대회장에는 태극기도 들고 들어가지 못하게 막았다.

북한은 통일전선전략으로 비군사적 통일을 성취하기 위하여 상층통일전선을 펴 친북 정부가 수립되면 이 정부를 연방제로 묶고 친북 정부의 대북 포용정책으로 대중 투쟁의 환경을 조성한 후 대중 투쟁을 펴 하층통일전선을 구축하게 되면 '선거'를 통한 북한 주도 통일이 가능하다고 판단하였다. 그리고 그러한 정치전의 1단계로 김대중 정부와 노무현 정부의 대북 포용정책을 이용하였다. 북한은 이 정치전에서 상당한 성과를 거둔 셈이다. 대남 정치전의 기반을 구축할 수 있었기 때문이다.

4. 남남갈등의 격화

김대중-노무현 정부의 10년간의 '햇볕정책'은 평화통일이라는 목표와 달리 한국 사회를 친북 세력과 자유민주주의 수호 세력으로 분열시키고 이들 간의 투쟁인 이른바 '남남 갈등'을 심화시킨 결과를 초래하였다. 대한민국의 민주헌정체제를 지키려는 국민들은 진보 정부의 '철없는 대북 포용정책'에 대응하여 과감한 투쟁을 벌이기 시작하였다.

노무현 정부가 발족한 1년 후인 2004년 3월, 자유민주주의 수호를 당헌으로 하던 한나라당은 민주당과 연합하여 노무현 대통령을 탄핵 소추하였다. 대통령의 선거 중립 위반 등을 이유로 제출한 탄핵 소추결의가 국회에서 가결됨으로써 노무현 대통령의 권한정지가 이루어졌다.

그러나 헌법재판소는 선거법 위반은 인정하면서도 대통령직을 못 맡게 할 정도는 안 된다고 판시하여 탄핵안을 기각시켰다.

대통령 탄핵사건은 결과적으로 좌파의 결집을 강화시켜 뒤이은 국회의원 선거에서 원내 제1당이던 열린우리당의 의석이 늘고 좌파 정당인 민노당의 원내 진출이 이루어져 국회를 좌파가 지배하는 반작용을 가져 왔다.

국회에서 다수 의석을 차지하게 된 노무현 정부는 국가보안법 폐기안, 과거사 진상규명법안, 사학 관련 법안, 언론 관련 법안 등 이른바 '4대 개혁 법안'을 상정하였다. 국가보안법 폐기에는 실패하였으나 유사한 법과 규정을 만들어 보수세력 약화의 도구로 활용하였다. 그리고 그 과정에서 한국 사회에 좌-우간에 넘을 수 없는 깊은 골을 만들어 단합된 안보정책, 경제정책을 세울 수 없게 만들어 놓았다.

좌파 정권 10년간에 깊어진 남남갈등은 진보 정권 10년이 지난 후에도 한국 사회를 이념적으로 분열시키는 뿌리가 되어 한국의 민주헌정 질서를 끊임없이 흔들어 놓고 있다.

진보 정권 10년간의 대한민국

군사 정부의 오랜 통치로 허물어져 가던 대한민국의 민주헌정은 1987년의 6·29선언으로 회생의 길에 들어섰다. 주권자인 국민이 새 헌법에 따라 직접 대통령을 뽑음으로써 민주헌정의 기본은 되살아났다. 노태우 정부와 김영삼 정부로 이어지는 수평적 정권 교체로 민주헌정

질서는 회복되었으나 통제를 벗어난 민주정치체제를 악용한 반민주주의 세력의 도전을 받아 합헌 정부가 정상적 통치를 하기 어려운 혼란 상태가 벌어졌다. 대중 운동을 가장한 친북 세력의 반정부 투쟁으로 정부는 제 기능을 수행하기 어려운 지경에 빠졌다.

진보 정치 10년간의 대한민국 사회가 겪은 어려움을 몇 가지 짚어 본다.

1. 사회의 파편화

6·29선언으로 들어선 새로운 민주헌정질서인 '87년 체제'에 따라 국민이 대통령을 직접 선출하는 참정권을 되찾았고 국민들의 언론, 집회, 결사의 자유가 대폭 확대되었다. 이에 따라 각종 이익집단들이 여러 형태의 단체를 결성하여 자기집단 이익 확대를 위한 투쟁을 벌이기 시작했다. 이렇게 활성화된 대중 운동은 좌편향의 종교집단, 정치집단의 지원을 받아 대규모의 가두 투쟁 형태로 나타났다. 그리고 북한이 이를 이용하여 대중 운동을 조직적인 반정부 투쟁으로 유도해 나감으로써 사회는 정치투쟁 마당으로 변하였다.

다양한 이익단체 등장으로 국가이익보다 집단이익을 앞세운 정치 투쟁이 격화되면서 사회는 파편화되기 시작했다. 그리고 이들 이익집단의 투쟁에 영합하는 정치 단체들의 득표 전략과 연계되어 의회정치는 대중영합주의 단체들 간의 투쟁 마당으로 변질되기 시작하였다.

5·16 이후 40년에 걸친 급속한 산업화는 사회의 계급적 분열을 촉진했고 부의 불균등 분배로 가진 자와 가지지 못한 자를 갈라놓았다. 특

히 산업 현장에서 사용자와 근로자의 갈등을 심화시켰다. 살아온 시대적 배경이 다른 세대 간의 갈등도 심해졌다. 그리고 산업화에 따른 국민의 의식 변화도 사회 파편화를 가속시켰다. 국민들의 물질적 생활 향상에 대한 기대 수준이 높아지면서 '부의 평등'에 대한 강한 요구가 나타났다. 이러한 갈등 요소는 '87년 체제' 이전에는 정치적 통제 아래 잠복되어 왔었으나 6·29로 민주주의가 회복되면서 억압되었던 갈등들이 폭발적으로 표출하였다.

문제는 이러한 사회 파편화의 큰 흐름에 편승한 정치인들의 '대중영합주의'가 파편화를 악화시켰다는 점이다. 1997년 선거에서 진보 정권이 들어서고 다시 이어서 2002년 선거에서 진보 정권이 지속된 것은 바로 이런 사회 파편화의 정치적 편승 현상의 결과라 할 수 있다. 한국의 경우 한국 사회에서 계급혁명을 시도하는 북한 정권의 집요한 정치 공작까지 보태져서 한국 사회는 구심점을 잃고 헤매는 정치 혼란을 겪기 시작했고 그 후유증은 지금까지도 나타나고 있다.

2. 대기업 중심 경제발전정책의 차질

부존자원도 없고 축적된 자본도 없는 후진 농업국가였던 한국의 산업화 정책은 대기업 중심의 수출 주도형 공업화를 중심으로 세울 수밖에 없었다. 정부 주도로 외국 자본을 도입하고 금융정책을 통하여 유망 기업을 집중적으로 육성하여 이들 기업들이 산업화를 주도하게 하는 수밖에 없었다. 1962년에 시작한 제1차 경제개발5개년계획부터 제4차 5개년계획까지 추진된 대기업 육성 정책으로 삼성, 현대, LG 등의 민간

기업들이 재벌로 성장하였고 여기에 포항제철 등의 공기업의 대형화까지 겹쳐 한국 경제 구조는 대기업과 이들을 뒷받침하는 다양한 중소기업들로 구성된 피라미드형 산업 구조를 갖추게 되었다.

박정희 대통령의 진두지휘로 추진된 수출 주도 정책은 기대 이상의 성과를 내었다. 1964년에 1억 2천만 달러이던 수출은 1967년 3억 달러, 1970년에는 10억 달러, 그리고 1977년에는 100억 달러로 늘었으며 그 여세로 2006년에는 3천2백억 달러에 이르렀다. 제3차 5개년계획(1972-1976)에서는 중화학공업 육성에 힘을 모았다. 철강, 조선, 자동차를 포함한 기계, 석유화학, 전자 및 비철금속의 6개 영역에 집중적으로 투자하여 이를 추진하였다. 그 결과로 1970년에 약 40%를 차지하던 중화학공업의 비중이 1979년에는 54%로 늘어나서 공업 구조의 중심이 대기업 주도의 중화학공업으로 이동하였다.

10·26 이후 등장한 전두환 대통령의 제5공화국 정부는 국민들의 반유신 정서를 완화시키기 위하여 경제민주화 정책을 펴기 시작하였다. 대기업을 규제하고 중소기업을 지원하는 산업 구조 조정부터 근로자의 '노동조합' 운동을 부분 허용하여 분배의 평등화를 지향하는 정책을 펴기 시작하였다. 이러한 대중영합주의적 정책은 6·29민주화선언을 계기로 경제민주화라는 명분으로 급속히 확대되었다. 경제민주화란 소득배분의 평등을 지향하는 사회주의의 실천을 의미한다. 경제민주화 정책은 대기업 중심의 경제 체제에 대한 도전이 되는 셈이다. 6·29 이후 경제민주화는 1차적 경영민주화로 초점이 맞추어지면서 노사 분규가 과격화되고 노조가 점차로 전투적으로 되어 갔다. 그 결과로 노동임금

은 노동 생산성을 능가하고 대기업의 수출 경쟁력은 급격히 떨어져 경제성장 속도를 늦추기 시작하였다.

노동조합이 앞장선 '경제민주화 투쟁'은 진보 정부가 들어선 이후에는 좌파 정치세력의 지원을 받아 점차 정치화 되어갔다. 이러한 혼돈 속에서 한국 경제는 1997년의 세계금융위기를 맞이하여 외환위기를 극복하지 못하고 IMF의 구제금융을 얻는 상태에 이르렀다. 경제 성장은 둔화되고 노사 분규는 격화되어 한때 성공한 산업화 국가로 평가되던 한국은 경제 취약 국가로 전락하였다.

진보 정부 10년간 경제민주화는 더욱 강하게 추진되어 한국 경제는 시장경제의 틀과 사회주의 정책이라는 두 가지 상반된 흐름이 만드는 소용돌이에 접어들게 되었다. 그리고 그 후유증은 2010년대의 경제성장 답보까지 이어지고 있다.

3. 한·미 동맹 약화와 안보환경 악화

진보 성향의 김대중 정부와 노무현 정부가 10년간 '햇볕정책'이라는 북한 포용정책을 펴나가던 시기에 한미 관계가 크게 흔들렸다. 1993년에 대통령으로 취임한 김영삼 대통령이 취임사에서 '어떤 가까운 동맹국가보다도 민족이 더 소중하다'고 선언한 때부터 미국은 한국의 대북 유화정책을 경계하기 시작했었고 북한이 핵무기 개발을 진행하고 있는 과정에서도 한국 정부가 북한과의 협력을 추진하는데 대하여 미국은 우려와 함께 한국의 대북정책 발전을 주의 깊게 지켜보고 있었다. 그러던 중에 1998년에 진보 성향의 김대중 정부가 들어서고 북한과의 관계 개선에 적극 나서자 미국은 한·미 동맹 유지를 심각하게 재검토하기 시작하였다.

북한은 1985년에 5MW의 원자로를 완공했고 그해에 50MW 원자로 건설에 착수했으며 1989년에는 태천에 200MW 원자로 건설에 착수했다. 그리고 1985년에는 폐연료봉에서 플루토늄을 추출하는 방사화학실험실을 영변에 짓기 시작하였다. 이러한 북한의 핵무장 노력을 막기 위하여 노태우 정부는 1991년 12월 31일 「한반도비핵화공동선언」을 북한 정부와 합의하여 발표하였다. 이 합의로 남북한 모두 핵무기를 보유하지 않고 또한 생산도 하지 않겠다는 것을 약속했으나 북한은 이 합의를 속이고 영변에서 핵폭탄 제조용 플루토늄 생산에 들어갔다.

1992년 미국은 영변 핵시설 폭격을 계획하였다. 그해 4월 23일 국방부에서 미군의 영변 폭격 계획을 논의하는 자리에 나도 정책자문위원으로 참석했었다. 그러나 나중에 알려진 바와 같이 1993년 폭격 실행 직전에 김영삼 대통령이 거부하고 지미 카터(Jimmy Carter) 전 미국 대통령이 평양을 방문하고 그곳에서 전화로 클린턴(Bill Clinton) 대통령에게 건의하여 폭격을 막은 후 영변 폭격 계획은 없던 일이 되었다.

1998년 김대중 정부 출범 후 1999년 6월 서해 연평도 앞바다에서 남북한 해군간의 접전이 있었음에도 김대중 정부는 북한 정부와 계속 접촉하여 1년 뒤인 2000년 6월 김대중 대통령이 평양을 방문하여 김정일 국방위원장과 정상회담을 가지고 함께 '6·15선언'을 발표하였다. 이 선언에서 남북 정부는 "통일문제를 우리 민족끼리 자주적으로 해결해 나가기로" 합의함으로서 미국과의 관계에 '거리'를 둘 것을 시사하였다.

미국 정부는 한국 정부의 대미정책 변화를 확인하기 위하여 한국 전문가들을 한국에 보냈다. 나도 스탠리 로스(Stanley Roth: 1월 15일), 칼 포드(Carl Ford: 3월 13일), 웬디 셔먼(Wendy Sherman: 5월 8일) 등을 서울에서 만났다.

6·15선언이 특히 문제였다. 5개항 합의 중에서 제1항의 '통일은 민족 끼리'라는 '통일문제에서 외부세력 배제'라는 항목과 제2항의 '남측의 국가연합 제안과 북측의 낮은 단계 연방안에 공통성이 있음을 인정하고 이 방향에서 통일을 모색하겠다'는 요지의 내용은 정확히 북한 주장의 '고려연방제 통일안'의 수용으로 해석될 수 있었기 때문이다. 나는 김대중 방북 직전 김대중 대통령이 통일 전문가들을 청와대로 초청하여 예정된 평양에서의 남북 정상회담에 대하여 의견을 듣기 위하여 만든 자리에서 '약속한 것이니까 상봉은 하되 어떠한 합의도 하지 말 것'과 '한국 국민 5천만을 대표한다는 사실을 절대로 잊지 말고 대한민국 대통령이라는 격(格)을 지켜줄 것', 그리고 '민족단결 강조가 한미 관계에 영향을 주어서는 안 된다는 것' 등 세 가지를 당부하였다. 그러나 계획대로 6·15선언이 합의되었고 이 선언에 1항과 2항 내용이 포함되었다. 그 결과로 한·미 관계에 긴장의 추가 하나 더해졌다.

북한은 진보 정부가 남북 화해를 확대해가는 동안에도 대남 도발을 계속하였다. 1999년의 연평해전의 패배를 만회하기 위하여 북한이 감행한 제2연평해전이 2002년 6월에 있었고 2002년 10월 평양을 방문한 켈리(James Kelly) 미국 국무차관보에게 농축우라늄 프로그램이 진행 중인 것을 시인했으며 2003년 1월에는 영변 원자로를 재가동했다.

노무현 대통령이 취임한 후인 2005년 2월 북한 외무성은 공식으로 핵무기 보유를 공표하고 2006년 7월에는 대포동 2호 미사일 발사 실험, 2006년 10월 첫 지하 핵폭발 실험을 실시하였다. 북한의 이러한 공개적 핵개발 관련 행동에도 노무현 정부는 2004년 남북 경제협력사업의 상징인 개성공단을 완성하여 문을 열었고 2007년 10월 2일에는 노무현 대통령이 평양을 방문하여 김정일 국방위원장과 정상회담을 가진 후 「10·4공동선언」을 발표하였다. 「6·15공동선언」의 고수와 남북 교류협력 발전을 다짐하는 「10·4성명」은 북한이 추진하던 남북 정부간 '상층 통일전선' 구축의 완성을 뜻하는 것이어서 한국 국내의 보수 진영의 국민들의 강한 저항을 불러 일으켰고 미국이 확고한 한국과의 동맹 관계를 언제든지 재고할 수 있는 '상황적 동맹' 수준으로 낮추는 결과를 가져 왔다. 나는 이러한 미국의 한국안보 보장 수준의 격하는 2002년 11월 4일에 방한한 아마코스트(Michael Armacost) 브루킹스연구소장, 11월 12일에 서울에 온 올브라이트(Madeleine Korbel Albright) 전 미국 국무장관 등과의 만남에서 감지할 수 있었다.

한국의 안전은 한국 스스로의 힘만으로 보장할 수 없다. 워낙 국력의 차이가 큰 중국이 북한을 뒷받침하고 있고 북한은 핵무기 개발 등 국제적 제재를 무릅쓴 전력 증강을 중국의 비호 아래 계속하고 있는 상황에서 한국은 북한의 위협과 중국의 개입을 억제해줄 수 있는 미국의 '확대억제(extended deterrence)'를 절대로 필요로 한다. 특히 핵을 보유하지 않기로 결정한 한국 정부로서는 핵무장을 하고 있는 중국과 북한의 핵무기 사용을 억제하기 위해서도 한·미 동맹에 의한 미국의 억제 약속을 확보해야만 한다.

한국은 6·25전쟁이 휴전으로 끝난 1953년에 한미상호방위조약을 체결하고 25년이 지난 1978년 11월에는 한미연합사령부를 창설하여 미군 장성이 주한 미군과 한국군의 작전통제권을 행사하도록 하였다. 한국에 대한 외부 침략이 있을 경우 미군이 자동 개입할 수 있도록 한 장치이다. 이러한 한·미 동맹은 동북아의 특수한 안보 환경을 고려할 때 한국의 안전을 보장하는 가장 중요한 장치이다. 이러한 한·미 동맹이 진보 정부의 '반미 친북' 성향의 표출로 흔들리게 된 것이 진보 정부 10년의 가장 큰 문제였다고 생각한다.

4. 남남갈등에 묻힌 민주헌정질서

김대중 정부와 노무현 정부는 '민주화'의 명분으로 좌편향의 정치, 사회단체들의 출현을 도왔다. 그 결과로 수백 개의 단체들이 수시로 가두 투쟁을 벌여 사회 분위기는 항상 긴장 속에 묻혀 있었다. 그리고 이러한 좌파 단체의 투쟁에 대응하기 위한 다양한 우파 단체의 투쟁이 벌여져 서울 시가는 가두 투쟁의 마당으로 변했다. 한국 사회는 진보 성향의 김대중, 노무현 정부를 지지하는 좌파 시민단체와 대한민국의 자유민주주의 이념을 수호하려는 우파 단체들이 주도하는 투쟁에 따라 친정부-반정부 시민으로 분열되었는데 분열을 가져온 가장 큰 요인은 정부의 대북 자세였다. 특히 북한의 도전에 저자세로 대응하는 정부의 '민족지상주의 탈이념 실용주의' 자세에 분노하는 대한민국 정체성 수호 세력들은 정부의 북한 포용정책을 굴종적 정책, 대한민국의 정체성을 포기하는 반국가 행위로 보고 저항하였다. 예를 들어 김대중 정부가 북한이 고자세로 수용을 거부하는 남측의 남북 정상회담 요청을 9차례나 반복 요청하고 비밀리에 4억 5천만 달러를 헌납하고 이룬 데 대하여 이를 굴종적이라 비판했다.

친북-반미 세력으로 규정된 이른바 좌파 세력과 반공-친미 세력으로 불리게 된 우파적 자유민주주의 수호 세력 간의 갈등은 진보 정부 10년간 정부의 비호로 성장한 좌파 단체의 활발한 활동으로 그 이후의 대한민국 정치를 혼란으로 몰고 갔다. 정권 교체 후에도 한 번 나뉜 좌-우파의 갈등은 쉽게 아물지 않아 한국 정치를 어둡게 만드는 요소로 남아 있다.

민주주의는 타협의 정치이고 타협은 국회에서의 여야당간의 협상으로 이루어지도록 민주정치체제가 구성되어 있다. 그러나 사회가 이념으로 분열되고 분열된 사회가 선거를 통하여 정당을 이념 집단으로 만들어 놓으면 의회 내에서의 토론과 표결로 합의점을 찾아내는 민주헌정 질서는 무너진다. 타협이 불가능해지기 때문이다. 현재 한국의 민주정치는 '식물국회'라 부를 정도로 기능이 마비된 국회로 말미암아 빈사 상태에 머물러 있다. 진보 정부 10년간의 이념 투쟁 조장이 가져온 결과이다.

제 8 장

보수 회귀 시도 10년
미흡한 복원

보수 회귀 시도 10년

미흡한 복원

대부분의 한국 사회 구성원은 대한민국을 사랑한다. 무능한 정부, 못마땅한 정부 시책, 각박한 살림에 불만을 터뜨리면서도 대한민국을 아끼고 지키려 해왔다. 가진 자의 오만과 방자한 행태에 불만을 가졌어도 대한민국을 버리고 북한을 택하겠다는 한국 사람들은 많지 않다. 가난을 벗어나 여유로워진 살림과 언론·출판의 자유, 집회·결사의 자유, 거주이전의 자유, 선거권과 피선거권의 보장 등 민주주의가 약속한 최소한의 기본권은 누려왔기 때문이다.

빈부 격차의 확대가 가져온 사회 계층 간의 갈등과 신분 상승의 기회가 줄어드는데 대한 불만 등으로 '평등', '복지 확대', '근로자의 권익 확대' 등 사회주의적 약속에 호의적 반응을 보이면서도 전근대적 1인 독재의 전체주의-전제주의로 굳어진 가난한 북한 체제를 선호하는 국민은 많지 않다. 한국사회의 주류는 대한민국의 민주헌정체제를 자랑으로 삼고 지키려 해왔다. 그러나 불법과 부정으로 민주헌정질서를 훼손하고 무리한 장기 집권을 모색하는 정치집단에 대하여는 강하게 저항하였고 가진 자들이 기득권 수호를 위하여 불법과 부정을 일삼을 때는 분노하였다.

5·16 이후 4반세기 동안 지속된 군사 정부에 대하여 이들이 이루어 놓은 경제 발전은 시인하면서도 이들에 의하여 훼손된 민주헌정질서에는 끈질기게 저항하였고 그 결과로 1987년의 6·29라는 민주 회복을 이룰 수 있었다. 그러나 그 뒤를 이은 노태우, 김영삼 두 보수 정부는 파편화 되어가던 한국 사회를 하나로 아우르는데 실패하였고 산업화된 한국 사회에서 새로운 정치 세력으로 등장한 근로대중의 기대를 충족시키는데 실패하여 사회 불안은 높아졌다. 그 결과로 1997년 선거에서 좌파 정권이 집권하게 되었고 좌파 정부 10년의 이른바 '진보정권 10년'이 지속되었다.

진보 정권 10년 동안 무제한으로 확대된 자유로 이익집단을 대변하는 시민단체가 폭발적으로 출현하여 이들이 다양한 시민운동을 벌여 사회는 혼란 속에 휩쓸어들었고 여기에 북한의 정치전이 가미되어 대한민국의 자유민주주의 국가로서의 정체성이 무너지는 지경에 이르렀다. 특히 진보 정부는 한국의 민주헌정을 위협하는 북한 정권과의 협력을 추구하면서 통일을 위해서는 대한민국의 자유민주주의 이념도 양보할 수 있음을 시사함으로써 대한민국을 수호하려는 한국의 보수 진영을 자극하였다. 이러한 진보 정부의 탈이데올로기 움직임에 위협을 느낀 국민들의 반동으로 2007년 선거에서 보수 진영을 대표하는 이명박 정부가 출현하고, 이를 뒤이어 박근혜 정부가 2012년에 출범하였다.

이명박 정부는 이러한 국민들의 기대에 부응하기 위하여 대북 정책을 재조정하고 국방, 외교 기구를 새롭게 정비하는 여러 가지 계획을 세웠으나 추진력을 발휘하지 못하여 미흡한 개혁으로 임기를 마감하였다. 박근혜 정부도 보수 회귀 시도를 했었으나 미숙한 정부 운영으로 국민의 불신을 자초하여 국민의 기대에 부응하지 못했다. 임기 말년에는 국회의 탄핵소추로 '식물대통령'으로 무력화 되었으며 권위를 상실하여 민주헌정 복원에 실패하였다.

제8장에서는 이명박-박근혜 정부의 국정 정상화 노력을 다룬다.

이명박 정부의 등장

진보 정부 10년을 마감하고 2007년 12월 선거에서 야당 한나라당의 이명박(李明博) 후보가 여당이던 열린우리당과 새천년민주당의 일부가 합쳐서 새로 출범한 통합민주당의 정동영(鄭東泳) 후보에 압승하고 2008년 대통령에 취임하였다. 10년만의 보수 회귀가 이루어진 셈이다. 이명박 후보는 투표자의 48.7%의 지지를 얻어 26.1%를 득표한 정동영 후보와 530만표 차이라는 압도적 승리를 거두었다. 이 득표 차는 역대 대통령 선거 사상 최대였다.

2007년의 선거로 한국 역사상 두 번째로 진보 여당과 보수 야당의 정권 교체가 이루어진 수평 정권 교체가 이루어진 셈이다. 선거로 수평적 정권 교체가 순조롭게 이루어졌다는 점에서 한국의 민주주의체제는 안정되었다고 할 수 있었다.

이명박 정부는 절대적인 국민의 지지로 출범하였다는 자부심을 가지고 자신 있게 국정 개혁에 착수하였으나 큰 성과를 거두지는 못하였다. 5년 단임제라는 틀에 묶여 개혁을 추진할만한 시간을 가지지 못했고 또한 국회를 통한 야당의 견제를 극복하지 못했기 때문이다. 그러나 장기적 개혁의 틀을 마련했다는 점에서는 평가를 받을 만하다. 아쉬운 점은 같은 여당에서 당선된 박근혜 정부가 이 개혁 계획을 승계하지 않아 개혁의 흐름이 끊겼다는 점이다.

1. 진보 정권 하의 사회 불안이 가져온 반동

이명박 정부의 출현은 앞선 진보 정부의 무리한 대북 유화정책과 대한민국의 자유민주주의 헌정질서를 훼손하는 무리한 반시장주의 경제 정책에 대한 반동으로 이루어진 셈이다.

국민들의 기본 정서는 안보 불안이 없고 안정된 경제 발전이 유지되는 나라를 만들어 달라는 것이었다. 급격한 북한 포용정책과 그 결과로 조성된 한미 동맹 관계의 악화로 국민들의 안보 불안이 커지고 북한에 대한 '퍼주기'식 원조의 확대와 경제 부진이 맞물려 경제 불안이 깊어지면서 국민들은 진보 정부를 못마땅하게 여기기 시작했다. 여기에 대통령 측근의 부정부패가 가중되고 연이은 시민단체들의 정치 투쟁이 사회를 불안하게 함으로써 국민들의 진보 정부에 대한 염증이 고조되었다.

이러한 복합적 요인으로 진보 정부는 국민들의 신망을 잃었고 그 반동으로 국민 정서는 '반진보(反進步)정치'로 굳어지면서 보수 회귀를 약속한 한나라당에 기대를 걸게 된 것이다. 이명박 정부의 출현은 한나라당에 대한 국민들의 신임에서라기보다는 앞선 김대중, 노무현 정부의 좌파 성향에 불안을 느낀 국민들의 정서적 반동 때문에 가능했다고 볼 수 있다.

2. 반미 친북정책이 가져온 불안

김대중 정부는 출범과 동시에 남북 관계 개선에 나섰다. 김대중 대통령 정부의 통일부 장관이던 임동원(林東源)은 "상호 긴밀히 협조하는 '남북연합'을 제도화하고······ 냉전 잔재를 청산하여 평화를 정착시키자"는 것이 김대중 대통령의 뜻이었다고 밝히면서 먼저 북한이 원하는 것을 주고 후에 그 대가를 받는다는 정책이라고 대북 경제지원을 정당화했다. 김대중 정부는 북한과의 협상을 통하여 2000년 6월 15일 정상회담에 성공하였다. 이를 이어받아 2003년에 출범한 노무현 정부도 출범과 동시에 적극적으로 대북 지원에 나섰다. 10차례의 남북장관급 회담을 가진 후 2003년 6월 개성공단 건설에 착공하고 2004년 12월에 준공식을 가졌다. 2005년 3월부터는 개성공단에 남쪽에서 전기 공급을 시작했다.

노무현 정부는 스포츠 교류에도 적극적으로 나서서 2003년 10월 평양에 현대그룹의 정주영 회장이 기증한 '유경체육관'도 지어주었다. 경제 원조도 김대중 정부를 승계하여 매년 3천억 원~4천억 원을 제공하였다.

노무현 정부는 임기 말인 2007년 10월 평양에서 남북 정상회담을 열고 남북한 관계를 더욱 긴밀하게 하는 '10·4공동선언'을 채택하였다.

북한은 1980년대 초부터 핵무기를 개발하기 시작하였고 1992년에 한국과 「한반도비핵화공동선언」을 채택하고도 개발을 중단하지 않고 국제적으로 비난을 받기 시작하자 1994년에 NPT탈퇴를 선언하여 '제1차 핵위기'가 시작되었다. 북한은 한동안 미국, 일본, 중국, 러시아와 남북한 등이 참가하는 6자 회담에 참가하면서 핵시설 동결 조건으로 유류 지원, 핵발전소 건설 등을 받기로 했었으나 2005년에는 이를 뒤엎고 '핵보유 선언'을 하고 나섰다. 이른바 '제2차 핵위기'이다. 북한은 한발 더 나아가 2006년 7월에는 7기의 미사일 발사 실험을 강행하고 10월에는 핵실험도 강행하였다. 국제사회의 여론이 나빠지면서 유엔안전보장회의는 대북제재결의 1695호, 1718호를 채택하였다.

이러한 북한의 핵도발이 계속되는 중에도 노무현 정부는 대북 경제협력을 확대하고 국제연합의 대북인권결의안 채택에도 기권하는 등 국제사회의 제재로부터 북한을 비호하였다. 이 과정에서 미국과의 긴장이 높아져 갔다. 노무현 대통령은 공개적으로 "한미 동맹은 중요성이 많이 떨어졌고…… 남북 대화를 위해서는 한미 동맹을 강조하지 않는 것이 좋다"라고 했다.

노무현 정부의 이러한 반미·친북 노선은 안보를 우려하는 국민들을 불안하게 만들었으며 국민들이 진보 정권을 더 이상 놓아두어서는 안

되겠다는 생각을 하기 시작하였다. 이러한 국민의 안보 불안이 2012년 선거에서 보수 정권을 선택하게 만든 가장 큰 요인이 되었다. 이명박 정부 출현은 이러한 국민 정서에서 이루어졌다.

기대 속에 시작된 이명박 정부의 안보환경 복원사업

이명박 정부는 선거에서 나타난 국민들의 '보수 회귀'의 기대에 부응하기 위하여 안보환경 개선 과업에 힘을 기울였다. 이 중에서 내가 직접 관계했던 세 가지 개혁 사업을 간단히 소개한다.

1. 국방선진화계획

1969년 미국의 닉슨(Richard Nixon) 대통령은 북경을 방문하여 중국과의 수교를 합의한 후 귀국길에 괌(Guam) 미군기지에 들려서 '괌 독트린'을 발표하고 이를 다듬어 1970년 '닉슨 독트린'을 공식 선언하였다. 그 내용은 앞으로 미국은 월남전과 같은 전쟁은 다시 하지 않을 것이고 아시아-태평양 지역의 우방국들은 각자가 자위(自衛)를 하라는 것이었다. 미국은 지원은 할지라도 직접 참전하지 않겠다는 선언이었다. 닉슨독트린은 한국에 큰 충격을 주었다.

대한민국 건국 이래 하루도 북한의 무력 위협에서 자유로운 때가 없었던 한국은 미국의 방위 약속을 북한 억지 수단으로 믿고 있었으며 더구나 북한을 지원하는 막강한 군사력을 갖춘 중국과 소련을 대응하는 데는 자체의 힘만으로는 이를 감당할 수 없어 미국의 '확대억제' 약속에 의존할 수밖에 없는 상황이었기 때문이다. 한국은 6·25전쟁 이래 한미 동맹을 국방의 기반으로 삼아 왔다. 북한의 군사 위협은 주한미군과 함께 대응한다는 것이 국방정책의 기초였다. 그런데 미국이 '자위'를 요구함으로써 한국은 하루아침에 안보 위기를 안고 살게 된 것이다.

박정희 대통령은 이러한 긴박한 상황에서 국방부에 독자적 전쟁 기획을 하라고 지시했다. 이 때 처음으로 한국군은 '적극방어전략(Active Defense Strategy)'이라는 종합적인 전쟁 계획을 세웠다. 그리고 이에 필요한 장비를 자체 생산하는 계획으로 '율곡계획'을 세웠다. 적극방어전략의 핵심은 북한의 공격이 시작되면 휴전선 이북으로 들어가 북한 지역에서 방어 전투를 한다는 것이었다. 기동력이 높은 기갑부대를 창설하여 휴전선과 사리원선 사이에서 방어전을 편다는 이 계획에 따라 제3야전군을 창설하고 전차의 국산화를 결정하였다. 이른바 「자주국방계획」이었다. 나도 이 계획 수립에 참여하여 '장기 전략', '무기체계', '장차전 양상' 등의 기획문서를 3년에 걸쳐 만들어냈다.

1988년 8월 18일 노태우 대통령은 그동안 추진해왔던 군전력 증강 계획을 바탕으로 한국군이 독자적 전쟁 수행이 가능한 새로운 계획을 세우도록 국방부에 지시하였다. 이것이 '8.18계획'이다. 국방부에 설치된 〈8.18계획위원회〉(위원장: 김재창)는 2년에 걸쳐 군구조 조정부터 무기체계의 재구성까지 광범위한 계획을 세웠다. 나도 이에 동참했다. 이때 위원회에서는 육·해·공군의 3군을 통합하여 하나의 '국군사령부'를 만들려고 했으나 각 군의 강한 저항으로 실패했다.

김대중 정부도 〈국방개혁위원회〉를 두고 장기 계획을 다듬었으며 노무현 정부는 청와대에 '국방발전자문위원회'를 두고 그 밑에 국방부에 실무팀이라 할 '국방개혁위원회'를 설치하여 국방개혁 작업을 지속하였다. 그 결과로 내어 놓은 것이 '국방개혁 2020'이다. 이 계획은 오히려 군을 축소하는 계획으로 만들어졌다. 예를 들어 군병력 규모를 2020년까지 50만 명으로 줄이고 사병의 근무 연한을 18개월로 단축하는 안 등이 포함되어 있었다. 남북 관계 개선으로 "남북 간의 전쟁은 없다"는 대통령의 인식이 반영된 것이다. 노무현 대통령은 자위력 유지라는 국방 의지보다는 대중영합주의적 인기 관리에 더 관심을 두고 군을 축소 재편하는 방향으로 지침을 주어 만든 것이어서 '국방개혁 2020'은 다시 손을 대지 않을 수 없었다.

이명박 대통령은 '보수 회귀'의 정책 실천의 하나로 주류 한국 국민들의 안보 불안을 고려하여 과감한 국방력 강화 구상을 하고 있었으며 이러한 구상의 실천을 위하여 '국방선진화추진위원회'를 만들어 새로운 국방 계획을 만들기로 결정하였다. 이 구상에 따라 이명박 대통령은 2009년 12월 15일 군에서 기획업무에 참여했던 육·해·공군 예비역 장성들과 국방연구원 연구위원, 민간전문가 등으로 15명의 위원을 선정하여 국방선진화추진위원회를 발족시켰다. 이명박 대통령은 민간전문가가 위원장을 맡는 것이 개혁 대상인 군의 다양한 요구에 영향 받지 않아 좋을 것이라고 생각한다면서 나에게 위원장직을 맡겼다.

국방선진화추진위원회는 1년간 40여 차례 일선 부대를 방문하여 현황 파악을 해가면서 국방부의 지원을 받아 총 71개의 개혁안을 만들었다. 기본 전략 목표를 '능동적 억제(proactive deterrence)'로 세우고 이에 맞추어 군조직 개편, 전력 정비, 운영지침 개편 등 광범위하게 개혁안을 만들었다. 중점을 둔 것은 합동성 강화를 위한 '통합군체제'로의 전환, 네트워크 중심전(NCW)에 적합한 유연한 부대 편성, 지휘체계의 단순화, 4D(탐지, 교란, 파괴, 방어) 능력의 강화, 북한 핵전력에 대한 선제적 무력화(無力化)를 위한 3축 전력(Kill-Chain, KAMD, KMPR) 구축 계획이었다. 그리고 통합군으로 편성된 '서해북부사령부'를 창설하여 수도권의 해양 방어를 강화하는 안도 포함시켰다.

선진화계획 최종안은 2010년 12월 6일 대통령에게 보고하고 그 안을 국방부에 제출하였다. 국방부는 이 안을 검토한 후 보완하였다. 수정 보완된 안은 2011년 3월 7일 국방부장관, 각 군 참모총장과 선진화위원 합동으로 대통령에 보고하고 그 자리에서 「국방개혁 307」이라 이름을 붙여 확정하였다.

국방부는 이 안을 토대로 현실 여건을 반영하여 「국방개혁 2030」으로 완성하였다.

'국방개혁 307'이 「국방개혁 2030」으로 다듬어지는 과정에서 가장 아쉬웠던 부분은 현재의 3군 참모총장제를 통합군 산하의 3군사령부로 개편하고 군령체계를 통합군사령관-각 군 사령관으로 단순화하고 각 군 사령관 밑에 작전부사령관과 군정을 담당할 부사령관을 두는 안이 '없던 일'로 된 것이다. 그리고 국방부직할 통합군으로 군단급 '서해북부사령부'를 창설하기로 했던 계획이 '서해5도 방위사령부'로 축소된 것이다. 원래의 계획은 해병 중장이 지휘하는 군단급 부대로 만들어 공군, 해군, 육군 특전부대 등을 파견 받아 통합운영하는 통합군을 창설하려던 것이었으나 축소된 '서해5도 방위사령부'는 해병대사령관이 지휘하는 사단급 부대로 해병 위주의 병력으로 도서 방어를 하고 해군, 공군이 요청에 따라 지원하는 형태로 되었다.

해병 부대를 증강하고 육군 특전부대를 확장하여 강력한 신속 기동 타격부대를 양성하여 '능동억제전략'이 요구하는 kill-chain의 지상전투 전력으로 활용하려던 계획은 부분적으로만 채택되어 아쉬움이 남았다. 그밖에 군편제를 고정식 피라미드 구조를 고쳐 독립 전력 요소별 기능 부대를 필요에 따라 통합하여 운영하는 유연한 'lego 조립식' 편제의 구조로 재편하려던 계획도 유보되어 아쉬웠다. 억제전력의 투사를 바다에서 하려는 'from the sea' 구상도 제대로 반영되지 못하여 앞으로의 과제로 남겨 두었다.

「국방선진화」 작업 중인 2010년 3월 26일 북한이 잠수함 기습 공격으로 순찰 중이던 한국 해군의 '천안함'을 격침한 사건이 나서 이 대통령은 이를 계기로 우리의 종합적인 안보 능력과 태세를 점검하도록 정부에 지시했다. 정부는 5월 9일 이를 위해 새로 「국가안보총괄점검회의」를 만들었다. 예비역 장성들과 외교안보 관련 민간전문가 등을 섞어 15명으로 점검회의를 구성하고 3개월 동안 국방부, 외교부, 통일부, 국정원 등 안보 관련 전 부서를 대상으로 점검을 실시하고 그해 9월 3일 대통령에게 그 점검 결과를 보고하였다. 나는 국가안보총괄점검회의 의장직을 맡았다.

보고하는 자리에서 나는 대통령에게 점검하면서 느낀 나의 소감을 간단히 요약해서 구두로 보고했다. 나는 (1)현 상태로 북한의 무력도발을 저지하는 것이 어렵다 (2)우리 군은 4세대 장비를 상당수 확보하고 있어 주로 2세대의 낙후한 장비를 갖춘 북한군보다 우세하나 (3)북한 군은 제4세대 전쟁에 맞추어 군을 편성, 운영하는데 비해 우리는 아직 도 2세대적 사고로 군을 운영하고 있어 (4)현 상태로는 승리를 보장할 수 없다고 했다. 이명박 대통령은 안보총괄점검 결과를 국방선진화 계 획에 반영할 것을 내게 당부했다.

국방선진화 계획은 국가 차원에서 치밀하게 연구하여 작성한 포괄적 국방 개혁이었다. 그러나 대통령의 실천 의지가 강하지 못했고 국회에 서의 야당 반발이 강하여 결국 '안'으로 끝나고 부분적으로 실현되는데 그쳤다.

2. 외교력강화계획

21세기는 '외교'의 시대이다. 교통통신 기술의 발달로 전 지구가 하나 의 삶의 무대로 변해가고 있다. 세계가 하나의 공동체가 되어가고 있어 정치, 경제, 안보, 문화 등 모든 삶의 영역에서 국가 간의 교류가 심화되 고 있기 때문에 이제 외교는 국가 정책의 모든 영역에 걸쳐 이루어지고 있다. 이런 변화로 외교는 의전 중심의 19세기적 외교 틀을 벗어나 고 도의 전문성을 가진 포괄적 국가 간 관계 조정 기능을 담당하게 된다.

이러한 추세에 맞추어 모든 나라는 외교 기구를 확대하고 외교관의 전문성을 높이는 제도를 마련하고 있다. 이명박 정부도 외교력 강화를 주요 정책 목표로 세우고 우선 그 계획을 세우기로 했다. 이명박 정부 는 2009년 10월 23일 '외교력강화위원회'를 발족시켜 계획 수립을 하도록 지시하였다. 외교통상부, 행정안전부, 기획재정부 차관과 국회 외교분과위원 소속 의원 2명, 그리고 외교안보연구원 교수, 민간전문가 등으로 15명의 위원회를 구성하여 새 시대에 맞는 전문성을 갖춘 외교관 양성 제도 도입, 외교통상부의 조직 재편, 소요예산의 추정 등을 연구 과제로 부여하였다. 그리고 제1차 과제로 전문성을 갖춘 외교관 양성 체제 구축안을 만드는 작업을 시작하였다. 이명박 대통령은 내게 이 위원회의 위원장직을 맡겼다. 당시의 외교관 충원 제도는 외무고시로 선발한 인원을 외교안보연구원에서 1년간 연수시켜 외교관으로 임용하는 제도였다. '우수한 학사를 선발하여 1년간 연수시키는 제도'였다.

이 위원회는 1년간 작업을 수행하고 2011년 9월 '국립외교원 창설 계획'을 완성하였다. 그 핵심은 새 시대가 요구하는 전문성을 갖춘 외교관을 양성하는 국립특수대학원을 창설하는 것이었다. 선발고사를 통해 100명의 대학졸업생을 뽑아 2년간 석사과정의 교육을 시켜 외교학 석사를 수여하고 외교통상부에서 필요로 하는 약 40명을 외교관으로 임용하는 계획이다. 나머지 60명은 통일부, 국가정보원 등 외교전문 인력을 필요로 하는 국가 기관에서 5급 공무원으로 임용하고 소수는 박사과정에 진학시킨다는 내용이다. 국립외교원은 장관급 총장이 운영하는 '국립특수전문대학원'으로 독립시키고 외교통상부 장관이 이사장을 맡도록 계획하였다.

국립외교원 설치 계획은 대통령 결재 과정에서 관련 부서의 반대 요구가 반영되어 현재 외교부 산하의 국립외교원으로 축소, 격하되었다. 시험으로 40명을 선발하여 학위 없이 1년간의 연수를 거친 후 모두 외교관으로 임용하는 안으로 바뀌었다.

외교력 강화 사업의 과제 중 외교통상부의 구조 개편, 예산편성의 기준 재조정 등은 대통령 임기가 끝나면서 손도 대지 못하고 위원회가 해체되었다.

3. 통일정책 바로 잡기

노태우 정부 때 만들어 놓은 통일정책의 큰 틀을 김영삼 정부 때 흩어놓고 뒤이어 등장한 '진보정권 10년' 동안 성급한 햇볕정책으로 김대중-노무현 정부가 허물어 놓았다. 이명박 정부는 출범과 동시에 허물어 놓은 통일정책을 현인택(玄仁澤) 통일부 장관을 앞세워 바로 잡는 일에 착수하였다. 우선 통일목표, 통일원칙을 다시 바로 잡고 급증하는 탈북동포들의 정착사업 구축, 국민들의 통일문제 인식을 바로 잡는 통일교육의 체계화, 남북 교류의 정책적 관리 등을 펼쳐 나갔다. 대북정책의 복원사업을 펼친 셈이다.

한국의 통일정책은 6·25 이후 20년간은 북진통일이었다. 민족상잔의 6·25전쟁을 벌여 수백만 명의 인명 피해를 입힌 북한 정권을 용서할 수 없었던 그때의 국민감정을 생각하면 당연한 결정이었다. 그러나 1970년에 이르면서 북한에 대한 적대감에서 벗어난 이성적인 판단이 가능해졌고 범세계적인 냉전 구도 속에서 북진 통일이 가능하지 않다는 현실 인식이 자리 잡았다. 분단 현실을 인정하고 실현 가능한 통일정책이 거론되기 시작했다. 많은 주장과 방안이 거론되었지만 대체로 분단을 안정적으로 관리하면서 북한 체제 변화를 유도하여 평화적으로 통일국가를 만들어야 한다는 '점진적 동화(同化)' 정책이 국민적 합의로 되어갔다. 그래서 자리 잡은 것이 이른바 3단계 통일론이었다. 남북한의 공존체제를 제도화하여 전쟁 재발을 막고 교류협력을 통하여 북한을 서서히 민주화시켜 한국 체제와의 체제상응성을 높여 나가다가 무리가 없을 때 정치적 통합을 이룬다는 것이었다.

새로운 통일정책의 첫 단계인 남북한의 공존체제 제도화를 위하여 1972년 7월 4일 박정희 대통령의 제3공화국 정부는 북한과의 협의를 성사시켜 「7.4공동성명」을 발표하였다. 이 공동성명의 주요 내용은 서로 무력도발을 하지 않을 것과 남북한 정부가 서로를 실질적인 남북한의 정치주체임을 인정하고 앞으로의 협의를 위하여 '남북조절위원회'를 상설 기구로 설치한다는 것이었다. 제3공화국 정부는 이어서 1973년 6월 23일에 '6·23선언'을 발표하고 북한이 국제연합에 가입하는 것을 반대하지 않는다고 함으로써 국제사회에서의 북한의 국가로서의 지위를 인정한다는 것을 밝혔다.

이러한 배경 속에서 노태우 대통령의 제6공화국 정부는 1989년 9월 11일 '한민족공동체 통일방안'을 발표하였다. 그리고 이렇게 만들어진 통일정책의 기본 틀에 맞추어 정책을 펴나갔다. 노태우 대통령은 1990년 7월 20일 '남북 간의 민족대교류를 위한 특별선언'을 발표하고 9월 6일에는 북한과 합의하여 서울에서 제1차 총리급 남북고위급회담을 열었고 10월 16일에는 평양에서 제2차 회담을 열었다. 다음해인 1991년 9월 17일에는 남북한이 유엔에 동시에 가입하고 12월 13일 제5차 남북고위급회담에서 「남북기본합의서」를 합의했으며 1992년 1월에는 「한반도비핵화공동선언」을 교환하였다.

한국의 통일정책 기본 틀은 '한민족공동체 통일방안'으로 사실상 완성된 셈이다. 그리고 그 기본 틀은 지금까지 지켜지고 있다.

'한민족공동체 통일방안'은 노태우 정부 때 이홍구 국토통일원 장관 주도 아래 여러 통일문제 전문가들이 약 반년에 걸쳐 논의하여 만든 작품이다. 이 틀의 핵심 개념은 민족공동체이다. 삶의 양식의 총화가 문화이고 문화 동질성을 공유하는 인간집단이 민족이다. 하나의 민족이 공동체를 이루게 되면 민족공동체가 된다. 민족공동체는 하나 이상의 정치공동체를 이룰 수도 있다. 이런 뜻에서 남북한으로 나뉘어 살고 있는 한민족이 하나의 민족공동체로 재통합하는 것이 민족통일이다. 한민족공동체 통일 방안은 정치통합보다 민족사회 단일화에 중점을 두는 통일 방안이다.

이홍구 장관은 그전부터 이런 구상을 해왔다. 1982년 8월 리우데자네이루에서 열렸던 세계정치학회(IPSA) 정기총회에 나와 함께 참가하였는데 가는 비행기 안에서 장시간 이 구상을 논의했었다. 국내 정치는 사회 구성원 모두가 고르게 자유를 누리는 민주공동체를 이루어 나가도록 노력해야 하며 남북 관계는 초국경적 민족공동체 구축에 역점을 두고 추진해야 하고 나아가서 동아시아 평화를 위해서는 '아시아-태평양공동체'를 만들어야 한다고 했다.

한민족공동체 통일 방안은 세 가지 원칙을 지키면서 추진하여야 한다고 규정했다. 첫째는 민주통일 원칙이다. 통일은 민주주의를 위한, 그리고 민주적 방법에 의한 통일이어야 한다. 통일된 국가는 민주헌정질서를 가진 나라여야 하고 통합 과정은 주권자인 남북한 주민 모두가 참여하는 민주적 의사결정에 따라야 한다는 원칙이다. 둘째는 평화통일 원칙이다. 평화는 '자발적 공존합의'를 말한다. 따라서 통일은 남북한 간, 그리고 남북한 모든 구성원들 간의 공존이 보장되는 통일이어야 하고 성취 수단도 비폭력적인 합의로 이루어야 한다는 원칙이다. 셋째는 자주통일 원칙이다. 통일은 민족의 자주성을 보장하기 위한 것이어야 하고 또한 성취 과정도 남북한 주민이 자주적으로 추진해야 한다는 원칙이다.

이렇게 정교하게 다듬어진 통일정책 틀은 진보정권 10년 동안에 많이 흔들렸다. 민주헌정의 원칙을 배제한 북한의 남북연방제를 수용한다든가 북한이 비핵화 약속을 파기한 상태에서 대북경제 지원을 확대한다든가 하는 원칙의 포기로 김대중 정부와 노무현 정부는 통일정책 3원칙을 깨고 일방적 북한 포용정책을 펴나갔다. 특히 두 대통령은 무리하게 정상회담을 추진하면서 통일 원칙의 훼손을 감수하기로 함으로써 대한민국 정체성을 지켜야 한다고 주장하는 많은 국민들의 저항을 받아 왔었다.

이명박 정부는 보수 회귀를 열망하는 국민들의 기대에 부응하기 위하여 '통일정책 바로 잡기'에 많은 노력을 기울였다. 이명박 대통령은 오랫동안 통일문제를 연구해온 고려대 일민국제관계연구원 원장 현인택(玄仁澤) 교수를 통일부 장관으로 영입하여 대북정책 다듬기를 맡겼다. 한미 안보 관계, 한일 안보협력 문제 등을 오랫동안 다루어온 현인택 장관은 통일정책을 안보, 외교정책과 연계하여 조정해 나가며서 통일

준비의 기초를 굳히는데 노력을 기울였다.

현인택 장관은 한국민이 금강산관광 중에 북한군 총격으로 사망한 '박왕자 사건'(2008. 7. 11)에 대하여 북한이 사과-재발 방지 약속을 거부하자 사업 자체를 중단시켰다. 그리고 남북교류의 상징으로 개통했던 문산-개성 간 화물열차 운행도 중단시켰다(동년 11월). 북한은 2010년 3월 26일 백령도 부근에 잠수정을 침투시켜 한국 해군경비함 천안함을 격침시키고도 이를 시인, 사과하지 않았다. 북한의 「기본합의서」의 명백한 위반 행위를 응징하기 위하여 현인택 장관은 국방부와 협의하여 대북지원 사업의 전면 중단을 단행하였다. 「5·24조치」로 알려진 이 조치로 일부 인도적 구호 원조 외의 대북지원 사업은 모두 중단했다. 그리고 금강산과 개성공단을 제외하고 북한지역 방문 불허, 교역 중지, 신규투자 금지, 선박의 우리 해역 운항 불허 등도 이 조치에 포함하였다.

현인택 장관은 국민의 통일의지를 하나로 만들기 위하여 통일정책에 대한 다양한 의견을 듣기 위한 통일고문회의를 활성화시켰다. 대통령자문기구인 통일고문회의는 1970년에 설치되어 있었으나 유명무실했던 것을 다시 활성화하여 중요한 통일정책에 대한 자문을 받았다. 2011년 2월 이홍구 전 국무총리를 의장으로 하는 30명의 고문회의를 새로 구성하였다. 종교계, 경제계, 관련 사회단체, 학계 대표 등으로 구성된 새 회의는 통일정책, 대북정책의 큰 틀을 다시 다듬는데 많은 기여를 하였다. 나도 이 회의에 고문의 한 사람으로 참가하였다.

정부의 통일정책이 몇 번 바뀌어 오면서 국민들의 통일 인식에 많은 혼선이 일어나고 있는데 대하여 이명박 정부는 체계적인 통일교육의 필요성을 느끼고 통일교육을 지도하기 위하여 전국적 조직으로 만들었던 '통일교육위원회'를 정비, 활성화 시키는 작업을 시작하였다. 통일교육위원회는 대학 총장, 교수, 주요 통일 관련 단체대표 중 통일교육에 대한 전문 지식을 갖춘 1천2백 명으로 구성되었으며 이 통일교육위원회를 활성화 시켜 학교 교육, 사회 교육에서의 통일교육을 지도해 나가기로 하였다. 나는 2009년 10월에 새롭게 재편성된 위원회의 '중앙협의회 의장'직을 맡아 통일교육 표준자료집 작성, 각종 연수계획 수립 등의 업무를 수행하였다.

현인택 장관은 3만 명에 달하는 탈북 동포들이 한국 내에 잘 정착할 수 있도록 돕는 일에 특히 관심을 모았다. 탈북자의 적응 교육을 담당하는 교육훈련기관인 '하나원'의 규모를 키우기 위하여 제2의 하나원을 건립하고 탈북동포 정착을 지원하는 새터민 지원 재단도 새로 만들었다.

반세기 이상 분단되어 있던 남북한 사회를 하나의 사회로 재통합하는 과정은 치밀한 사전 준비 없이는 순탄하게 관리하기 어렵다. 현인택 장관은 통일을 이룰 때까지 20년간 동서독 사회 재통합 작업을 수행해 온 독일의 경험을 체계적으로 전수받기 위하여 2011년 6월 독일 정부의 협조를 얻어 '한독통일자문위원회'를 설치하였다. 한국과 독일 양측에서 각각 12명씩의 관계 전문가를 선정하여 합동위원회를 만들고 매년 1회씩 회의를 열고 정치, 경제, 군사, 외교, 교육, 사회 보장 등 사회 모든 영역에서 독일이 통일 추진 과정에서 겪었던 문제를 함께 논하고 독일이 추진했던 각종 정책과 관련된 자료를 확보하는 작업을 수행하고 있다. 특히 동서독 군의 통합, 교육체계의 통합과 관련된 독일의 경험 자료는 우리에게 큰 도움을 주고 있다. 나도 지난 5년 동안 위원의 한 사람으로 참가하고 있다.

박근혜 정권의 비극

박근혜(朴槿惠) 정부는 이명박 정부가 못다 이룬 '보수 복원' 과업을 끝내라는 국민들의 기대를 안고 2013년 2월에 출범하였다. 진보정부 10년에 대한민국의 정체성이 흔들린다고 걱정했던 국민들은 2007년의 대선에서 이명박 정부를 압도적 지지로 출현시켰다. 국회도 여당이 다수석을 차지하여 안정되게 정부 시책을 펼 수 있었다.

이명박 정부는 경제 활성화에서는 많은 업적을 냈다. 2012년에 1인당 국민소득 2만 7천 달러, 수출 5,000억 달러를 기록했고 미국, EU, 남미 여러 나라와의 자유무역협정도 성공적으로 마무리하고 미국 발 금융위기도 잘 넘겼다. 그리고 천안함 사건(2010년 3월), 연평도 포격사건(2010년 11월)도 그런대로 잘 대응했다.

그러나 국내 정치에서 종북 세력의 활발한 활동을 통제하는데 소극적이었으며 외교안보 체제개혁, 통일정책의 틀 잡기 등에서 국민의 기대만큼 성과를 내지 못했다. 국민들은 미진했던 '보수 복원'의 완성을 위하여 좀 더 이념이 뚜렷한, 그리고 청렴한 보수 정권이 나서서 대한민국을 바르고 안정된 자유민주주의 국가로 우뚝 서게 하기를 기대하면서 제18대 대통령 선거를 기다렸다.

2012년 12월에 실시된 제18대 대통령 선거에서 국민들은 확실한 보수 복원을 기대하며 새누리당의 박근혜 후보를 대통령으로 선택하였다. 민주통합당의 문재인 후보를 51.6% 대 48.0%로 누르고 박근혜 대통령이 승리하였다.

박근혜 정부는 국민의 기대에 부응하여 종북 단체 '이석기 RO조직'을 해체하고 통합진보당을 해산하고 전국교원노조를 무력화 시켰으며 북한의 개성공단 출입통제에 대응하여 공단 자체를 폐쇄하고 유엔 대북인권결의안 채택을 유도하고 역사교과서 국정화에 착수하는 등 많은 일을 해냈다. 그리고 한미 정상회담, 한중 정상회담 등을 적극적으로 펴나가면서 많은 외교적 성과도 거두었다.

그러나 문제는 나라 안에서 터졌다. 총리 임명, 내각 구성부터 주요 국책기관장 임용까지 국민들이 납득할 수 없는 인사를 요직에 임명하면서 국민들을 혼란스럽게 만들었으며 여당과의 관계가 불통으로 헝클어지고 의회와의 정치가 마비되면서 '불통대통령'이라는 국민의 비난을 받기 시작하였다. 이러한 국민의 불만이 반영되어 2014년 7월 국회의원 재보선에서 여당이 참패하고 이어서 2016년의 총선에서 여당인 새누리당이 참패하여 국회의 과반수 의석 확보에 실패하였다.

박근혜 대통령은 점차로 내각, 여당, 국회와의 정상적 정책 협의를 포기하고 몇몇 '가신(家臣)'에 의지하여 국정을 펴는 폐쇄통치를 펴나갔다. 그러던 중 2016년 10월에 가신의 부정부패가 알려지면서 하루아침에 대통령의 권위를 잃고 '식물대통령'으로 전락하였다. 스스로 자초한 고립무원의 환경에서 야당과 국민의 저항을 받아 대한민국 헌정 사상

두 번째로 임기 중 국회에서 탄핵결의가 가결되어 헌법재판을 받는 비극적 사태를 맞았다. 국회 탄핵결의 이후 야당은 매주 토요일 광화문에서 탄핵촉구 민중대회를 열고 이에 반대하는 '대한민국 수호세력'은 시청 앞 광장에서 태극기를 든 군중대회를 매주 토요일에 열었다. 수십만 명의 군중이 서울 시내에서 탄핵 찬반 시위를 하면서 '한국 민주주의'는 무정부의 혼란에 허물어졌다. 보수 회귀를 기대했던 국민들의 여망은 허물어졌고 대한민국의 헌정질서가 정치 혼란의 소용돌이에 휩쓸려 들어가는 불행한 일이 벌어졌다.

1. 기대 속에 출발한 박근혜 정부

박근혜 대통령은 노무현 대통령 탄핵사태가 벌어졌던 2004년 3월에 사임한 최병렬 한나라당 대표를 이어 당대표를 맡았을 때부터 대통령 출마를 결심하고 준비를 시작하였다. 노무현 대통령의 '진보 정권'을 선거로 종식시켜야겠다는 한나라당의 결심을 반영하여 2007년 선거를 대비하여 당에서는 박근혜 후보자의 정책 '학습'을 시작하였다.

박근혜 대통령은 박정희 대통령 서거 이후 18년간 은둔 생활을 하다가 1998년 대구시 달성군 보궐선거를 통하여 처음으로 정치에 입문한 정치 신인이었다.

박근혜 의원은 조직된 지지 세력을 갖추지 못하여 최병렬 대표 등 한나라당 원로의 후원을 받아 대통령 후보 학습을 시작하였다. 그러나 한나라당 후보로 나선 이명박 의원이 지난 선거에서 이회창 후보가 구축했던 인재들을 거의 모두 흡수한 상태여서 경선캠프 구성에서 많은 어려움을 가졌었다.

최병렬 대표는 손이 닿는 각계 전문가들에게 부탁하여 '학습'을 시켰다. 나도 부탁을 받고 2005년 9월 30일 2시간에 걸쳐 박근혜 경선후보에게 남북 관계, 북한의 대남전략, 우리 통일정책의 틀들에 대하여 강의해주었다.

경선캠프는 2007년 초에 꾸려졌다. 조선일보 편집국장과 부사장을 역임한 안병훈 기파랑 사장이 위원장을 맡고 선거운동을 지휘하였다. 안 위원장은 중요 정책별로 팀을 구성하고 각 팀에 자문단을 만들어 방향을 잡도록 했다. 안병훈 위원장의 부탁을 받고 나는 '외교안보자문위원회'를 구성해주었다. 공로명 전 외무부 장관, 김재창 전 한미연합사 부사령관, 박용옥 전 국방부 차관, 이재춘 전 주러시아대사, 국가정보원 차장을 지낸 이병기, 합참정보본부장을 역임한 박승춘 장군, 안기부 제2차장을 역임한 이병호 대사, 구본학 한림국제대학원대학교 교수 등이 위원으로 참가하였다. 이 자문단은 박근혜 후보와 함께 몇 차례 회의를 가지면서 자문을 했다.

박근혜 후보는 그해 2007년 8월에 가졌던 공천대회에서 이명박 후보에게 1.5% 차이로 패배하였다. 패배 후 대표직을 사퇴하고 국회의원으로 활동하면서 다시 대선 준비에 착수했다. 이번 준비 기간에는 2007년 때의 캠프참여자는 모두 배제하고 새로 '국가미래연구원'을 차리고 이들 중심으로 선거 준비를 해서 2012년 12월 19일 한나라당이 개명한 새누리당 후보로 대선에 출마하였다. 그리고 선거에서 민주통합당 문재인(文在寅) 후보에 신승(51.6% 대 48.0%)하여 제18대 대통령에 당선하였다.

　박근혜 대통령은 부친 박정희 대통령의 이념을 승계하리라는 국민의 기대가 커서 진보 정권 재창출을 시도하던 노무현 전 대통령의 비서실장 문재인 후보가 대통령이 되는 것을 막기 위해 보수 성향의 국민들이 전폭적으로 지지하여 대통령으로 당선된 셈이다. 박근혜 대통령에 대한 지지(support)보다 진보정권 창출 저지를 위하여 박근혜 후보를 인용(忍容: tolerate)한 셈이다.

2. 고립 자초한 '불통정치'

　국민의 기대 속에 2013년 2월 출범한 박근혜 정부는 북한의 도전으로 처음부터 시련을 겪기 시작하였다. 한 해 전인 2012년 4월에 출범한 김정은 정부는 앞선 김정일 정부보다 더 강도 높은 대남 압박을 시작하였다. 출범과 동시에 김정은 정부는 헌법을 고쳐 '핵보유국'임을 천명하고 그해 12월 12일에는 장거리 유도탄을 발사하여 지구선회 궤도에 진입시켰으며 박근혜 정부 출범 직전에 제3차 핵실험을 단행하여 남북한 관계를 악화시켰다. 그리고 2013년 4월 개성공단 폐쇄 조치를 시작하였다. 북한은 4월 3일 개성공단에 입주했던 123개 기업의 관계자들의 입북을 막고 5만 3천 명의 북한 근로자들을 고향으로 돌려보냈다.

　박근혜 정부는 북한이 핵을 포기하면 5.24조치를 해제하고 북한에 대한 경제 지원을 재개하겠다고 발표했으나 북한은 이러한 약속을 담은 박근혜 대통령의 '드레스덴 선언'을 일축하고 핵개발 계획을 그대로 진행시켰다. 박근혜 정부는 대북경제 지원을 중단했다.

박근혜 정부는 보수 진영의 지지자들의 기대에 부응하기 위하여 국내의 불법 좌파 단체들을 정리하는 일을 시작하였다. 북한 정치전의 전위인 '이석기 RO조직'을 해체하고 통일진보당을 해산시켰으며 전교조(전국교직원노동조합)을 무력화시켰다.

외교환경 개선에도 힘을 기울여 2013년 5월 박근혜 대통령은 미국을 방문하여 한미 정상회담을 가졌으며 다음 달에는 북경에 가서 시진핑(習近平) 주석과 한중 정상회담을 가졌다. 중국과의 협력 관계 증진에서는 많은 성과를 거두었다. 2014년 7월 시진핑 주석의 방한을 성사시키고 11월의 정상회담을 통하여 한중 FTA 협상도 마무리 지었다. 그밖에 종군위안부 문제도 일본 정부와의 타협에 성공했고 미국과 협의하여 작전권 이양 시기를 연기하였다. 그리고 유엔 대북인권결의안 채택도 성공적으로 유도하였다.

박근혜 정부는 초기의 이러한 성과에도 불구하고 출범 초부터 통치방식을 두고 많은 비판을 받았다. 대통령이 내각, 국회, 정당 그리고 국민으로부터 고립되어가기 시작했기 때문이다. 박근혜 대통령은 중요 정책 결정에서 여당과의 협력을 외면하고, 심지어 내각의 각료들과도 긴밀한 협의 없이 대통령이 독단으로 정책들을 결정해 나갔다. 특히 야당과의 접촉을 피함으로써 국회에서 야당의 저항을 불러와 모든 정책이 국회에서 정체되는 사태가 벌어졌다.

더욱 심각한 문제는 인사정책이었다. 박근혜 대통령은 같은 당의 이명박 정부에서 일했던 관료들을 모두 배제하고 새사람으로 교체함으로써 정책의 지속성이 크게 훼손되었다. 그리고 대통령 선거운동 때 차린

선거캠프 참가자 중심으로 전문성이 의심되는 알려지지 않은 신인들을 대거 요직에 등용함으로써 정책의 입안, 수행에서 혼란이 일어났다.

박근혜 대통령은 소수의 측근 인사로 구성된 사조직을 중심으로 국정을 펴나감으로써 '밀실통치-불통정치'라는 비판을 자초하였다. 이러한 사조직 중심의 통치는 정책 전개의 추동력이 될 관료 집단의 적극성과 국민의 지지를 얻지 못해 제대로 결과를 내지 못했다. 뿐만 아니라 대통령의 권위마저 흔들리게 만들었다.

박근혜 정부의 이러한 '사조직 중심 궁정정치'는 정권출범 4년째가 되던 2016년에 이르러서는 대규모 민중저항사태를 불러와 헌정질서 자체를 위협하는 비극적 사태까지 벌어지게 되었다. 더구나 2016년 봄에 치러진 국회의원 선거에서 여당의 내분으로 여당이 과반수 의석을 차지하지 못하게 됨으로써 사태는 더욱 악화되었다. 인사정책의 실패로 관료와 군조직의 지지를 잃고 당청 관계의 파행으로 여당의 지지도 받지 못하게 됨에 따라 대통령은 고립무원의 '식물대통령'이 되어 버렸다.

3. 미숙한 정책으로 혼선 가중

박근혜 대통령이 '사조직에 갇힌 통치'를 고집하면서 다양한 정책의 통합조정 기능을 할 수 있는 중앙정부의 기능이 마비되어 정책 혼란이 가중되었다. 국방정책-외교정책-통일정책은 유기적으로 연관된 정책인데 이를 통합조율할 수 있는 기능이 없는 상태에서는 정책 혼선은 불가피해진다. 북한 핵위협의 급박한 사태에 대해서도 국방-외교-통일정책의 조율이 이루어지지 않아 국제사회에서의 불신을 자초하여 국가안보를 위태롭게 만든 것은 그 한 예이다.

만일 박근혜 대통령이 사조직에 의존한 즉흥적, 과시적 정책을 펴는데 집착하지 않고 정부 조직, 국책연구소, 전문 자문단 등을 활용하여 체계적으로 정책을 수립하고 실천해나갔다면 본인의 구상을 성공적으로 펼쳐 나갈 수 있었을 것이다. 가장 중요한 외교안보 정책만 하더라도 이미 만들어져 있던 국가안보실(실장: 김관진金寬鎭 전 국방부 장관)을 확장하여 운영하였더라면, 그리고 국방연구원, 국립외교원 등을 활용하여 정책 검증을 해나갔더라면 THAAD, GSOMIA 등 문제를 정치적 부담 없이 잘 처리할 수 있었을 것이고 이미 마련되어 있던 국방개혁 계획안을 바탕으로 새로운 정책을 다듬어 나갔다면 북핵 위협에 허둥대는 대응을 하지 않았을 것이다.

대북정책과 통일정책도 마찬가지이다. 국민의 단합된 의지 창출을 위해 구성해놓은 통일고문회의를 적극적으로 활용했더라면 대북정책에서 야당과의 불협화음을 사전에 예방할 수 있었을 것이다. 통일정책과 관련하여서는 통일부 외에 통일연구원이 있고 역사가 오래된 여러 민간연구소가 있다. 이런 기구들을 동원하여 정책을 다듬었으면 '드레스덴 선언', '통일대박론'과 같은 국민과 우방국들을 혼란스럽게 만든 뿌리 없는 정책을 내놓지 않았을 것이다.

민주주의 국가에서 중요 정책은 국민의 대표기관인 국회의 지지와 협력을 얻어야 순탄하게 추진된다. 그리고 언론, 학계 등의 여론을 순기능적으로 유도하여야 정책 실천에 필요한 추동력을 얻는다. 이를 위해서는 대통령을 보좌하는 청와대 비서진과 여당과의 밀접한 협조가 절대적으로 필요하다. '당정협의'를 위해서는 상설적인 통로가 구축되어야 하고 여당 의원들이 국회 지원을 창출할 수 있도록 해야 한다. 여당이 친박(親朴), 비박(非朴) 집단으로 분열되고 당청 정책 조율 통로인 정무수석실이 제 기능을 하지 못하는 상황에서는 대통령의 정책 구상이 아무리 좋은 것이어도 정쟁을 유발할 뿐 국회의 지원을 얻을 수 없고 따라서 실천을 위한 추동력을 갖지 못한다.

대통령도 사람이다. 혼자서 모든 영역에 전문적인 식견을 가질 수는 없다. 그래서 참모진이 있고 각 부처를 담당하는 장관이 있고 국무회의가 있다. 정부의 공식 기구를 앞세워 정책을 펴나가면 정책의 지속성을 유지할 수 있고 정책 추진의 추동력을 얻는데 편리하다. 그리고 새로운 환경에서 갈 길을 찾기 어려울 때는 전문가, 원로에게 물으면 된다. 박근혜 대통령은 박정희 대통령이 키워 놓은 많은 인재들을 백분 활용할 수 있는 위치에 있었다. 그러나 이들을 찾지 않았다. 2007년 때의 대선 경선 참모들도 만나지 않았다.

박근혜 대통령은 개인감정 때문에 그랬을 것이라 짐작되지만 앞선 이명박 정부의 정책은 모두 폐기하려 했다. 진보 정권이 무리하게 수도 이전을 추진하면서 새로운 수도로 만든 세종시를 이명박 정부가 들어서면서 다른 용도로 활용하고 무리한 신수도(新首都) 계획을 폐기하려고 했을 때도 박근혜 대통령이 원칙과 약속을 내세우고 끝까지 무리한 신수도 계획을 계속 추진했다. 행정부가 서울과 세종시로 나뉘어 엄청난 어려움을 겪는 것을 알면서도 고집함으로써 국민들이 대통령의 정책들에 대하여 신뢰하지 않게 만들었다.

박근혜 대통령은 이렇게 파행적으로 정책을 선택함으로써 국민들의 불신을 불러와 2016년 가을 '최순실 게이트'에서 고립무원의 상태를 자초하게 된 것이다.

4. '최순실 사태'로 실각

2016년 10월 명문 이화여자대학교에서 총장퇴진운동이 벌어졌다. 정유라라는 마장마술 분야의 체육특기생의 입학이 학칙에 어긋나는 절차로 이루어진데 대하여 학교에 책임을 묻는 학생들의 저항운동이었다. 그런데 이 학생의 모친이 박근혜 대통령이 가장 신임하는 '사조직의 핵심'이라는 것이 알려지면서 사태는 '청와대의 비리'로 번졌다. 40년 전 작고한 육영수 여사를 대신하여 박근혜 대통령이 영부인의 역할을 하는 영애로 있을 때 접근하여 '새마음봉사단'을 함께 만들어 운영하던 최태민의 딸이 정유라의 모친 최순실임이 밝혀지면서 사태는 박근혜 문제로 바뀌기 시작했다.

박근혜 대통령의 사조직 중심 통치의 핵이 되는 이른바 '문고리 3인방'이라는 측근 비서관들이 최순실과 연계되어 사태는 대통령의 영향력을 악용하여 대기업으로부터 거액의 기부금을 뜯어낸 사건으로 확대되었다. '최순실 게이트'라 부르는 이 사건으로 대규모 민중집회가 매주말 열리고 최순실과 청와대 측근 비서관 3인이 구속 수사를 받는 일이 벌어졌다. 그리고 이와 연루되어 박근혜 대통령도 공범으로 수사 대상이 되었다.

'최순실게이트'는 야당의 반정부 투쟁으로 확대되어 더불어민주당,

국민의당, 정의당 등 야당 3당이 합동으로 대통령 탄핵소추를 벌여 국회에서 탄핵소추가 결의되었다. 국회는 마비되고 행정부의 기능도 정지된 상태가 되면서 박근혜 대통령 정부는 출범 4년 만에 몰락하였다. 국회에서 대통령 탄핵결의안이 의결된 2016년 10월 9일부로 황교안(黃敎安) 총리가 대통령 직무대행직을 맡았다.

보수 정권의 좌초

1987년의 민주화혁명으로 대한민국은 민주주의를 회복했다. 오랜 군사 정부의 전제적 통치에서 모든 사회 구성원이 자유를 누리고 참정권을 행사하는 민주국가로 대한민국은 다시 태어났다.

새로운 헌법에 따라 출범한 노태우 정부의 민주주의 회복 조치들로 대한민국은 국제사회에서 '민주국가'로 인정받음으로써 '선진-민주국가'의 대열에 합류할 수 있었다. 국내 정치는 안정되었으며 경제 발전도 순조롭게 진행되었다. 때마침 냉전체제가 허물어지는 화해와 평화의 국제 정세가 자리 잡으면서 한국은 국제연합에 가입하고 중국과 구소련과도 수교할 수 있었고 북한과도 관계 개선을 이루어 서로가 서로를 존중하는 평화공존관계 수립에 성공하여 남북한 관계를 제도화하는 '기본합의서'도 체결하고 '남북비핵화공동선언'도 채택했다.

김영삼 정부는 이러한 분위기에서 출범하였다. 노태우 정권이 다져 놓은 자유민주주의 헌정질서를 더욱 굳히고 안정화시키라는 국민의 열망 속에서 김영삼 정부는 '교육받은 중산층'을 주축으로 하는 시민 층의 절대적 지지를 받고 출발하였다. 그러나 국민의 지지를 과신하고 지난 군부통치 시대의 이른바 '구악(舊惡)'을 척결한다고 나서서 전직 두 대통령을 부정축재자로 기소하여 형사처벌하고 군내의 사조직 제거에 착수하여 '하나회'를 해체하고 군에서 내보내는 등 무리한 사회정화 작업을 하면서 정권의 지지 기반이던 보수적 시민 계층을 소외시켰다.

김영삼 정부는 나아가서 민주주의를 확대한다는 명분으로 대한민국의 자유민주주의 헌정체제에 도전하는 친북 단체의 활동도 보장하는 관대한 정책을 펴면서 대한민국의 정체성마저 흔들어 놓았다. 이러한 새로운 분위기에서 노동조합운동이 활성화되고 산업화로 수적으로 급격히 팽창한 노동 계층이 정치에 적극 나서면서 민중민주주의가 자리 잡게 되었다. 그 결과로 보수 정권 10년은 김영삼 정부로 끝나고 김대중-노무현 정부의 진보 정권 시대 10년이 이어지게 되었다.

이명박 정부는 그 반동이다. 진보 정부의 지나친 대북한 유화정책으로 한국 사회 내에서 친북좌파 단체의 정치 활동이 활성화되자 이에 불안을 느낀 국민들이 친북 진보 정부에 등을 돌리면서 다시 이명박 정부를 선택하여 보수 회귀를 기대하였다. 그리고 이명박 정부의 미흡한 보수 회귀에 더 분명한 보수 정부를 기대하고 국민들은 박근혜 정부를 선택하였다. 그렇게 출범한 박근혜 정부가 무력하게 허물어지면서 한국 정치는 또 한 번의 혼란으로 빠져 들어갔다.

1. 감당하기 어려운 시대환경

시대 전환적 변화를 가져올 거센 흐름들이 21세기에 들어서면서 동시에 밀어 닥치고 있다. 세계가 하나의 삶의 터전으로 되는 세계화의 흐름이 국경을 방패삼아 독선적 통치를 하던 나라들을 뒤흔들고 있다. 사상도 이념도 체제도 모두 국경을 넘나들며 체제 변화를 강요한다. 급속한 산업화로 생산의 자동화가 급격히 진행되면서 많은 일자리가 사라지고 있다. 그리고 낮아진 국경을 넘어 후진국의 노동자들이 선진국으로 몰려들면서 선진국의 실업률이 급증하고 있다. 여기에 정치민주화의 거센 물결 속에서 근로자들의 정치참여가 폭발적으로 늘어 모든 나라에서 사회주의적 복지국가 창출 운동이 벌어지고 있다.

북한은 한국과 다른 체제를 운영하고 있다. 1인지배의 전체주의-전제 정치체제를 70년간 유지해오고 있다. 바깥세상의 흐름이 새어 들오는 것을 막을 수 있는 체제여서 주민들을 '허구의 이상향'에 살고 있는 것으로 속일 수 있다. 지배자가 주민의 삶의 질을 희생시키면서도 '남반부해방'을 추진할 수 있다. 불변의 북한과 시대 흐름에 민감하게 반응하며 변해가는 남한간의 싸움에서는 북한이 유리하다. 남한 사회가 시대 흐름에 적응 못해 허덕일 때 남쪽 사회가 집단이익을 위해 심각한 내분을 일으킬 때를 골라 개방된 남쪽 사회에 침투하여 내부에서 정치전을 벌여 붕괴시킬 수 있기 때문이다.

남쪽 사회는 지난 70년 동안 급격한 변화를 거쳤다. 해방과 6·25전쟁을 겪으며 고생했던 세대는 기대 이상으로 잘 살게 된 오늘의 선진화된 한국을 자랑으로 여기고 웬만한 정치인들의 부정부패, 정책 실패는 너그럽게 보아주면서 만족하게 살고 있다. 그리고 6·25 때 지켜본 공산당의 무서움을 잘 알기 때문에 북한의 선동에 말려들지 않고 정부가 북한으로부터 대한민국을 잘 지켜준다면 고맙다고 생각한다. 그래서 '보수'가 된다.

그러나 386세대 이후의 오늘날 한국 사회의 주류를 이루는 한국인들은 생각이 다르다. 기대가 훨씬 높다. 선진 민주국가 수준의 풍요한 삶을 기대하고 이에 못 미치면 정부를 비난한다. 절대빈곤을 벗어나 미국, 독일의 노동자의 봉급보다 더 많은 봉급을 받는 노동자도 더 나은 생활을 위해 반정부 투쟁을 벌인다. 1987년의 민주화혁명 이후 거의 완전한 민주주의체제가 자리 잡은 오늘의 정치 상황에서도 '민주화'를 요구하면서 가두 투쟁을 벌인다.

북한은 이러한 한국의 사회 구성 변화를 이용하여 시대착오적인 계급투쟁을 부추기고 '가진 자'에 대한 증오심을 부채질한다. 여기에 영합하여 정권을 장악하려는 정치집단이 편승하면 한국 사회를 혼란에 빠뜨리는 정치 투쟁을 불러 올 수 있다.

한국은 가장 빠른 경제 성장을 이룬 나라로 불과 반세기만에 후진 농업사회에서 선진 공업국가로 변신했다. 인구의 80% 이상이 농민이던 건국 당시의 인구 분포가 21세기에 들어서서는 제2차, 제3차 산업 종사자가 국민의 대부분을 차지하는 나라로 변했다. 문맹률이 80%에 달하던 한국 사회가 대학 진학률이 세계 제1의 나라로 바뀌었다. 이러한 변화로 한국 사회 구성은 급격히 바뀌고 있다. 근로대중이 사회의 중추가 된 한국에서 대중민주주의가 새로운 정치체제로 자리 잡아가게 된 것은 당연한 흐름이다.

범세계적인 국제화, 민주화의 흐름에 한국 사회 자체의 급격한 계층 구조 변화가 어울리면서 한국은 거센 정치적 소용돌이에 휩쓸려 들어가고 있다. 특단의 조치 없이는 한국 정치의 혼란은 피하기 어려운 상황이다. 이러한 환경 속에서 시대역행적인 '사조직 중심'의 비타협적 전제(專制)를 고수하던 박근혜 정부가 실각하게 된 것이다.

2. 북한의 정치전

북한은 한국의 민주화를 대남정치전 전개의 호기로 보고 있다. 1987년의 민주혁명을 지켜본 당시 김일성 주석은 "이제 남북한 전선은 휴전선이 아니라 서울이다"라고 공언하였다. 민주화된 한국에서 친북 정권을 창출하는 정치전을 펴면 전쟁 없이도 북한 지배의 통일을 이룰 수 있다고 본 것이다. 민주정치체제에서는 국민의 다수표를 얻은 정당이 집권한다. 북한은 친북 정당을 선택하여 정치 자금을 지원하고 지하조직을 활용하여 조직 활동을 도와주면 그 정당이 승리할 것이고 그렇게 승리한 정당과 손잡고 한국을 북한 지배의 연방 속에 포용할 수 있다고 김일성은 공언했다.

1987년 체제 아래 무한대로 늘어난 정치적 자유와 언론자유를 누리면서 반정부 단체를 시민단체라는 이름으로 만들어내고 이들을 앞세워 반정부 투쟁을 벌이면 언젠가는 친북정부 창출도 가능하다고 북한 당국은 믿고 있고, 지금 그렇게 정치전을 펴고 있다. 민주체제에 손발이 묶인 정부는 이에 대응하기 어려워진다.

1987년 체제는 그 당시 상황에서는 가장 합리적인 체제였다. 그러나 30년 동안 급속히 변화한 한국 사회 환경에 적응하려면 치밀한 체제

조정, 정책 조정을 끊임없이 해왔어야 했다. 이러한 시대 변화에 적응 못하고 전근대적인 통치 방식에 안주해 온 박근혜 대통령의 독선적 통치가 2016년의 정치 위기를 자초했다.

3. 정당정치의 붕괴

18세기 말 미국의 건국의 아버지라고 일컫는 지도자들은 인류 역사상 처음으로 '제퍼슨식 민주정치'라는 새로운 통치체제를 구상했으며 이 구상에 따라 신대륙에 새로운 공화국을 만들었다. E Pluribus Unum(다양성으로부터 하나로)이라는 기치 아래 시민들이 타협을 통하여 하나의 결정을 만들어내는 민주정치체제를 만들어 내었고 이 체제로 200년 만에 전 세계인이 부러워하는 부유하고 강한 미합중국을 만들어냈다. 이 체제는 자기 행위의 의미를 알고 자기 결정에 책임을 질 줄 아는 국민인 시민이 주권을 행사하는 주권재민의 정치체제이다. 여기서 시민이라 함은 공동체 전체의 안전과 번영을 개인이나 집단의 이익에 앞세우려는 선공후사(先公後私)의 공동체 정신을 가진 국민을 말한다.

공동체 이익을 지키기 위한 방법은 여러 가지가 있을 수 있어 사람마다 다른 실천 방안을 주장할 때 이러한 다양한 의견을 타협을 통해 하나로 만든다는 것이 제퍼슨 민주주의의 핵심 원칙인데 그러기 위해서는 뜻을 같이하는 사람들이 정치적 견해를 같이 하는 사람들의 집단인 정당을 만들어 정당을 앞세워 타협을 펼치는 방법이 가장 바람직하다고 생각해서 정당정치 제도를 만들어 내었다. 제퍼슨 민주주의가 제대로 작동하기 위해서는 공당인 정당들의 정치가 자리 잡아야 한다. 미국은 정당정치를 중심으로 지난 200년간 3억 인구의 공화국을 성공적으로 다스렸다.

정당이 공당이 아니라 특정 이익을 추구하는 집단인 사당(私黨)으로 전락하면 제퍼슨 민주정치체제는 무너진다. 이러한 사당이 생겨나는 원인은 주권자인 시민의 공동체 의식이 무너질 때 생겨난다. 민주주의는 시민의 정치인데 시민이 공동체 정신을 잃으면 민주주의는 허물어진다.

한국의 민주주의는 건국 초기의 특수 상황에서 도입된 정치체제였다. 건국 초기에는 걸출한 지도자들이 있어 그들의 리더십으로 정당을 이끌어 그런대로 민주공화국을 지켜냈다. 그런 뜻에서 초기 한국의 민주주의는 정당정치라기보다 지도자들의 정치였다. 지도자가 공동체 의식을 저버리면 그 정당은 지도자의 사당으로 전락하여 정권 탈취의 도구로 되어 버린다. 그리고 정치인들의 이합집산으로 정당은 해체되고 재결합되기를 반복한다. 5·16 이후 1987년까지는 부국강병의 강한 의지를 가진 지도자가 전제정치를 펴는 도구로 정당을 만들어 운영했다. 이러한 전제주의적 공화정치는 1987년 시민항쟁으로 무너지고 1987년 체제라는 정당 중심의 민주정치체제가 등장한 것이다.

노태우 정부, 김영삼 정부, 김대중 정부, 노무현 정부, 이명박 정부, 그리고 박근혜 정부까지 6번의 선거를 통한 평화적 정권 교체로 한국의 민주정치는 자리 잡았다. 그리고 정당정치체제도 틀을 갖추어 왔다. 그러나 시민 의식이 급격히 바뀌는 정치 환경에서 정당이 공당의 기능을 못하면서 한국의 민주헌정은 위기를 맞게 된 것이다. 정당들은 공동체 정신을 잊은 채 집단이익을 앞세워 정권을 장악하려는 사당으로 전락했다. 뚜렷한 이념성향도, 정책도 내세우지 못하고 대통령 후보 중심으로 헤치고 모이는 정치투쟁 집단으로 전락하였다. 특히 뚜렷한 이념을 표방하는 지도자가 없는 상황에서 정당은 정체성을 알기 어려운 정치인들의 투쟁 단체로 되어 버렸다.

박근혜 정부는 보수 성향을 가진 정당이라는 인상을 주는 새누리당에 대한 국민들의 믿음 속에서 출범했다. 그러나 새누리당 구성원은 당의 정체성 수호라는 생각보다 차기 정권 창출에만 관심을 가진 정치인들의 투쟁으로 분열했다. '친박', '비박' 간의 투쟁으로 하나의 정당으로 정치를 이끌지 못하고 있다. '최순실 게이트'에서 박근혜 대통령이 고립무원의 어려움을 겪는데도 여당이라는 새누리당은 앞에 나서서 당과 대통령과 정부와 나라를 지키려 하지 않았다. 여당의 반이 야당이 내놓은 대통령 탄핵안에 찬성표를 던졌다. 그리고 비박이라고 부르는 반-박근혜 의원들은 새누리당을 탈당하고 신당을 만들었다. 여당만이라도 강한 이념정당, 공당으로 건재했다면 2016년의 정치 비극은 일어나지 않았을 것이다.

2016년 박근혜 정부의 실각은 곧 정당정치의 붕괴이고 한국의 민주헌정의 붕괴라고 할 수 있다.

이렇게 '보수 복원 10년'의 정치드라마는 막을 내렸다.

제 9 장

되돌아본 70년
도전을 이겨낸 한국민의 승리

09

되돌아본 70년
도전을 이겨낸 한국민의 승리

대한민국 국민은 위대했다. 한국 국민은 역사상 한 번도 가져보지 못했던 국민의 나라, 민주공화국을 세우고 반세기만에 앞선 민주주의 국가와 어깨를 나란히 하는 자랑스러운 자유민주주의 공화국으로 키워냈다. 또한 한국 국민은 세계 최빈국이던 나라 살림을 세계 모든 나라 사람이 감탄하는 잘 사는 나라로 만들었다. 이렇게 짧은 기간에 민주화와 산업화를 함께 이루어낸 국민은 한국 국민 이외에는 없었다.

한국 국민의 바탕은 한민족(韓民族)이다. 민족이란 문화 동질성을 공유하고 있는 인간집단이다. 한민족은 수천 년 동안 한반도와 한반도 부근에서 살아 왔다. 같은 언어와 풍속을 지켜온 사람들이 민족이고 이 민족이 만든 정치집단이 민족국가이고 그 국가의 구성원이 국민이다.

한민족은 수천 년 동안 여러 개의 왕조(王朝) 국가의 국민으로 살아

왔으나 한 번도 주인이 된 적이 없었다. 1948년에 처음으로 국민이 주인인 공화국을 만들었다. 대한민국은 한민족이 세운 최초의 공화국이다. 한국 국민은 새 나라를 만들면서 자유민주주의체제를 정치체제로 선택하였다. 국민이 통치자를 선출하는 나라, 다스리는 사람과 다스림을 받는 사람이 하나가 되는 민주헌정질서를 선택하였다. 한 번도 가져 보지 못했던 생소한 민주국가를 세우고 이를 역경 속에서 지켜내고 발전시켜 이제 어디에 내어 놓아도 손색이 없는 나라로 키웠다.

한국민은 수천 년 동안 풍족하게 살아 본 적이 없었다. 백성들은 항상 굶주리고 지냈다. 좁은 땅에서 농사를 지으면서 지배층에 착취당하면서 어렵게 살았다. 왕조 시대가 끝나고 다시 일본의 식민통치 아래서 가난을 이어갔다. 일제강점기가 끝나고 해방되었을 때는 세계 최빈국이었다. 점령군 미군의 식량원조 없이는 살아 갈 수 없었다. 대한민국을 세운 1948년의 1인당 국민소득은 40달러로 추정되었다. 몇 안 되는 공장들도 6·25전쟁으로 모두 파괴되었다. 그러던 나라를 반세기 동안 몇 번의 경제개발 계획을 거치면서 1인당 소득 3만 달러의 부국으로 바꾸어 놓았다. '한강의 기적'을 이룬 것이다.

한국민은 지나온 세월 속에서 수많은 전쟁을 겪었다. 몽골족의 침략, 여진족의 침략, 왜족의 침략을 겪으면서 수십 만 명, 수백 만 명이 목숨을 잃었다. 국토는 몇 번씩 초토화되었다. 이러던 나라가 이제 세계 7위의 군사대국으로 변신했다. 6·25전쟁 이후 반세기 동안 우리 국군의 손으로 나라를 훌륭히 지켜냈다. 그리고 이제는 국제 평화를 위해 평화유지군을 세계 분쟁 지역에 내보내는 나라가 되었다.

이 모든 자랑스러운 업적은 훌륭한 지도자들이 있어 가능했다고 하나 한국 국민의 희생적 노력이 있었기 때문에 이룰 수 있었다. 국민들이 가난과 고통을 참고 이겨내면서 헌신적으로 일을 해서 이루어낸 것이다. 남들이 '20세기의 기적'이라 칭송하는 대한민국 70년의 성취는 우리 한국민이 단합된 의지로 이루어 놓은 것이다.

이 기적을 만든 한국민은 위대했다. 이 시대를 살며 대한민국을 만들고 키워 온 우리 한국민들은 자긍심을 가져도 좋다. 한국 역사상 가장 위대한 나라를 만들었다는 자부심을 가지자.

지나온 70년을 다시 한 번 되돌아본다. 몇 개의 주제별로 잘잘못을 짚어본다. 이 장에서는 지나온 역사를 내가 주관적으로 평가해 본다.

일제강점기의 독립 투쟁

만일 한국민들이 일제강점기 때 단합된 독립 의지를 굳히지 않았다면 해방이 가능했을까? 모두가 일본제국의 신민으로 남기를 원했다면 일본의 항복을 받아낸 승전 강대국들이 한국의 해방을 결정하였을까? 카이로회담에서 승전국들이 한국의 독립을 합의한 것은 한국민의 단합된 독립 의지가 있었기 때문이었다.

1910년 대한제국이 일본에 합병 당한 것은 대한제국을 통치하던 지배자들의 무능 때문이었다. 대한제국은 강한 일본에 패배한 것이 아니라 자멸한 것이다. 국민의 단합된 의지를 창출하지 못한 무능한 정부가 스스로 무너진 것이다.

국가는 공동체의 질서를 창출, 관리, 유지, 보호하는 조직체이다. 국가는 규범과 제도를 유지하는 힘을 잃으면 소멸한다. 국가는 강제력(強制力), 교환력(交換力), 권위(權威)라는 힘을 가지고 공동체질서를 관리한다. 규범을 어길 때 불이익을 줄 수 있는 힘이 강제력이고 규범을 준수할 때 보상을 해줄 수 있는 힘이 교환력이고 공동체 구성원이 지키려는 가치를 보호한다고 구성원이 믿고 스스로 따르게 하는 힘이 권위이다. 대한제국은 강제력도, 교환력도 모두 잃었고 국민의 지지도 받지 못했다. 지배층의 내부 분열, 지배층의 부패, 지배층의 구성원 착취로 피지배자인 '백성'의 신임을 잃었기 때문에 허물어진 것이다. 국민들은 정부가 국민을 착취하는 적(敵)으로 여기는 상황에서 정부를 도우려 하지 않은 것은 당연하다.

흔히 전쟁과 같은 공동체 구성원 모두에게 재앙을 가져오는 공통 위기가 닥치면 단결하여 구성원들은 함께 공동체 수호에 나선다. 외국의 침략에 저항하는 저항 민족주의가 민족성원을 단합시키는 경우이다. 외침이 아니라 나라 안에서 지배 세력의 탄압과 착취가 극심했던 19세기까지의 한국 사회에서는 단합된 애국 운동이 일어나지 않았다. 그러나 일본이 나라를 강점하려 했을 때는 단합된 민족의식이 형성되었다. 나라를 잃은 후 한국 국민은 강한 민족의식을 가지기 시작하였다.

백성들은 지도자들의 선도가 있을 때 단합된 저항의식을 가지고 투쟁에 나선다. 일제강점기 국내외에서 활동하던 지도자들에 의하여 독립운동은 서서히 자리 잡아갔다. 김구 선생이 주도했던 상해 임시정부의 꾸준한 독립운동, 중국 각지에서 전개된 무장독립운동, 이승만 박사가 주도

했던 '대한인국민회', 임시정부 구미위원회 중심의 외교 활동 등은 한국 민의 독립의식을 고취하는데 크게 기여하였다. 그리고 국내에서도 조만 식 선생 등 민족 지도자들이 국민의식을 고취하는 일에 앞장섰으며 언 론인, 작가, 교사 등 지식인들의 민족의식을 일깨우는 노력이 돋보였다.

일반 국민들은 일차적으로 일상에 관심을 모으고 공동체 전체의 이 익이나 공동선(共同善)에 관심을 가질 여유를 가지지 못한다. 그러다가 집단 전체에 대한 위험이 닥치면 '공동체가 살아야 내가 산다'는 의식 을 갖게 되고 비로소 애국심, 민족의식을 가지게 되고 나라 찾기, 나라 지키기에 나서게 된다. 지식인 중심의 지도자들의 노력은 국민들의 집 단의식에 방향을 제시하는 기폭제의 기능을 한다.

조선조 말기까지의 한국 국민은 정부에 대한 저항감, 지배층에 대한 불만과 증오감을 가졌었지만 집단 저항 행동으로 발전한 경우는 많지 않았다. 1894년의 동학농민항쟁 등 몇 차례의 국민 주동의 혁명 투쟁 이 있었을 뿐이다.

한국 국민들은 대한제국이 붕괴하고 일본의 식민지배가 시작되면서 민족적 자각을 하게 되고 집단 저항의식을 갖기 시작했다. 여기에 지식 인들의 민족의식 고취가 더해지면서 전국민이 합심하여 나라찾기 운동 에 나섰고 이렇게 형성된 국민의 단합된 의지가 1919년 독립만세운동 으로 나타난 것이다. 기미만세(己未萬歲) 운동은 한국 국민 전체가 단 합된 의지를 가지고 전국적으로 전개한 독립투쟁이었다. 국민이 앞장서 서 나라를 되찾겠다는 거국적 운동을 편 3.1독립운동은 역사상 최초의 집단저항 운동으로 기록되고 있다. 임진왜란 때의 의병 활동이 아마도 비슷한 선례가 될 것이다.

기미만세운동은 지배자 일본을 놀라게 했고 전 세계를 처음으로 한국에 주목하게 만들었고 국내외에서 독립운동을 하던 지사들에게 용기를 주었다. 3.1운동 직후 3월 21일에는 러시아에서 '대한국민회 임시정부'가 선포되고 손병희(孫秉熙)를 대통령, 이승만을 국무총리로 추대하였다. 다음 달 4월 13일에는 김구 등 망명지도자들이 상해 '대한민국 임시정부'를 선포하고 국호를 '대한민국'으로 제정하였으며 이승만을 국무총리로 추대하였다. 4월 23일에는 서울에서 13도 대표가 모여 국민대회를 열고 '한성 임시정부' 수립을 선포하고 워싱턴에 '대한공화국(Republic of Korea) 활동본부'를 설치하고 이승만을 대통령으로 추대하였다. 9월 6일에는 상해 임시정부가 헌법을 개정하고 이승만을 대통령으로 추대하였으며 이승만은 상해로 밀항하여 12월 28일 초대 대통령에 취임하였다.

단합된 국민의 정치 행동을 하지 못하던 한국민은 나라를 잃은 후 10년 만에 나라찾기 운동을 조직적으로 전개함으로써 국민이 새 나라를 만들 수 있음을 국내외에 보여주었다. 이렇게 형성된 한국 국민의 단합된 의지가 28년 뒤에 대한민국을 출범시킨 원동력이 되었다.

민주공화국 건국의 위대한 결단

1948년 8월 15일 한국 국민은 국민이 주권자인 민주공화국, 자유민주주의를 기본 이념으로 하는 대한민국을 세웠다. 대한민국을 성사시킨 한국 국민은 역사상 가장 위대한 결단을 내리고 가장 자랑스러운 일을 해냈다.

해방, 남북한 분단, 미·소 군에 의한 국토의 분할점령, 집요한 공산주의자들의 방해, 미군의 군정 3년이라는 어려움 속에서 우리 국민의 손으로 우리의 나라 대한민국을 세웠다는 것은 두고두고 자랑할 만한 우리 국민들의 성취라고 할 수 있다. 대한민국 건국은 우리 국민들의 민족적 자각과 국내외에서 벌였던 독립투쟁, 그리고 탁월한 지도자의 영도 등이 어우러져 이룬 일이다. 그리고 우리 국민 모두의 축복이었다.

만일 3.·1운동과 같은 단합된 민족의 결기를 보여주는 행동이 없었다면 일본을 패배시킨 승전 강대국들이 한국의 독립에 관심을 가졌을까? 비록 국제사회에서 망명정부로 인정받지 못했지만 상해에 임시정부를 두고 광복군을 조직하여 항일전을 펴지 않았다면 중화민국의 장제스(蔣介石) 총통이 한국의 독립을 지지해주었을까? 주미외교위원회를 미국에 두고 국제연맹, 미국 정부 등을 찾아다니며 한국 독립의 당위성을 설득했던 이승만, 김규식과 같은 지도자들의 외교적 노력이 없었으면 미국의 루즈벨트(F. Roosevelt) 대통령이 한국의 독립을 지지해주었을까?

해방 직후 미국, 영국, 소련 등 세 나라 외무장관이 전후처리 문제를 논의하기 위하여 '모스크바 3상회의'를 가졌다. 거기서 세 외무장관은 한국을 신탁통치하기로 결정하였다. 이 결정에 대하여 소련은 신탁통치 정부를 장악하여 한반도에 통일된 공산정부를 세우려는 구상을 하고 있었기때문에 찬탁 지시를 했다. 소련의 지시를 받은 조선공산당은 신탁통치 지지를 결정하고 매일 가두시위를 벌이는 등 투쟁을 시작했다. 한국 국민들은 이승만, 김구 등의 지도자들을 따라 신탁통치 반대운동을 폈다. 그 결과 신탁통치안은 철폐되었다. 우리 국민들의 승리였다.

한국 국민은 새로운 나라를 국민이 주인이 되는 민주공화국으로 해야 한다고 결정했다. 대한제국을 복원하여 입헌군주제를 해야 한다는 주장을 펴는 사람은 없었다. 돌이켜보면 이 결정은 우리 국민들에게는 큰 축복이었다. 자유민주주의 이념이 범세계적인 보편 이념으로 되어 가던 새 시대의 조류에 한국도 합류할 수 있었기 때문이다. 그리고 민주주의로 가장한 전체주의-전제주의 이념인 인민민주주의를 거부한 것도 축복이었다. 공산주의자들의 집요한 저항과 과격한 반대 투쟁을 이겨낼 수 있었던 데는 민족지도자들의 탁월한 영도력에 힘입은 바가 컸다. 한국에 인민민주주의 정권을 세워 한반도에 통일된 공산국가, 소련의 위성국가를 만들려다 실패한 공산주의자들은 북한의 소련 점령지에 인민공화국을 세웠다. 남북한 분단은 그 후 정치적 분단으로 고착되어 지난 70년 동안 한국의 발전 노력을 방해해오고 있다. 그러나 한국 국민의 현명한 선택으로 자유민주공화국의 정체성을 유지해왔기 때문에 지금 한국은 북한을 44배의 국력차로 누르고 있다.

해방 이후 혼란기에 대한민국이 자유민주공화국으로 출발할 수 있었던 것은 세계사의 흐름을 정확히 짚고 제2차 세계대전 종결 후의 국제정세를 제대로 파악하고 있었던 민족지도자들의 영도력 덕분이다. 특히 이승만 박사라는 탁월한 지도자를 가졌던 것은 우리 한국민의 축복이었다. 이승만 박사가 아니었다면 해방 정국의 험난한 정치 투쟁에서 대한민국 건국을 이루어내기 어려웠을 것이고 짧은 시간 동안 나라의 틀을 갖출 수 없었을 것이다. 그리고 6·25전쟁이라는 엄청난 재난을 극복하기 어려웠을 것이다. 이승만 박사의 공을 우리는 잊을 수 없다.

이승만 대통령은 초대 대통령 취임사에서 "…… 우리가 수립하는 정부는…… 전민족의 뜻대로 전국을 대표한 정부가 될 것입니다.…… 민주정부는 백성이 주장하지 않으면 그 정권이 필경 정객(政客)과 파당의 손에 떨어져 정국이 위험한데 빠지는 법이니 국민은…… 우리 정부를 사랑하고 보호하여야 될 것이며…… 내 집을 내가 사랑하고 보호하지 않으면 필경은 남이 주인 노릇을 하게 됩니다.…… 지금은 백성이 주장이므로 민중이 의로운 사람과 불의한 사람을 명백히 판단하여 구별하여야 할 것입니다"라고 국민의 주권자 의식을 강조하면서 "우리는 공산당을 반대하는 것이 아니라 공산당의 매국주의를 반대하는 것이므로, 이북의 공산주의자들은…… 일제히 회심(悔心)해서 우리와 같은 보조를 취하여 하루 바삐 평화적으로 남북을 통일해서 정치와 경제상 모든 권리를 다 같이 누리게 하기를 바라며 부탁합니다"라고 통일은 '하나의 자유민주주의 공화국'을 만드는 과업임을 밝혔다.

이승만 대통령은 대한민국의 민주공화국으로서의 기초를 모두 다져놓은 지도자로 영원히 기억될 것이다.

6·25전쟁을 이겨낸 단합된 한국민의 투지

6·25전쟁은 역사상 가장 전쟁 강도(단위 시간, 단위 면적에서 참전

한 병력 수와 전쟁 사상자 수를 고려한 지수)가 높은 전쟁이었다. 한국은 3년간의 전쟁에서 인구의 1할 아까운 240만 명의 인명 피해를 입었고 산업시설의 90% 이상이 파괴되었다. 이 전쟁은 서로 다른 민족 간의 전쟁이 아니라 우리 민족 내부에서 정치이념을 앞세워 벌인 동족상잔이란 점에서 우리는 더욱 가슴 아파한다.

이 전쟁은 군사적으로 우세한 북한의 기습으로 1950년 6월 25일에 시작되었다. 북한군은 13만 5천 명의 정규군과 151대의 T-34 전차, 180기의 전투기를 동원하여 기습 남침했다.

중화기, 전차, 전투기 등을 전혀 갖추지 못한 9만 5천 명의 한국군은 이 기습을 저지하지 못하여 3일 만에 서울이 함락되었다. 개전 직후 유엔 안전보장회의는 이 전쟁을 침략 행위로 규정하고 유엔 회원국에게 한국을 지원할 것을 요청하였다. 이 요청에 16개 회원국이 전투 병력을 보내 유엔군을 편성하여 우리를 도와 참전했다. 최절정기 유엔군은 한국군 40만 명, 미군 25만 명, 기타 유엔 회원국군 3만 5천 명 등 약 80만 명으로 편성되었다.

북한군은 중공군 30만 명의 지원을 받아 1953년 7월 휴전협정이 체결될 때까지 항전하였다. 북한군은 이 전쟁에서 52만 명 전사, 41만 명 부상이라는 인명 피해를 입었고 중공군은 18만 5천 명 전사, 72만 명 부상이라는 인명 손실을 기록했다. 북한군은 전쟁 중 민간인 12만 명을 학살했으며 8만 4천 명을 납치해갔고 점령지에서 40만 명을 강제 징집해갔다.

이 엄청난 전쟁에서 한국 국민은 영웅적으로 투쟁했다. 빈약한 무장으로 한국군은 불굴의 투지로 저항전을 펴 낙동강 전선을 끝까지 지켜내고 유엔군과 함께 북진하여 중공군 개입 전에 압록강-두만강까지 진격했었다. 6·25전쟁에서 보여준 한국군의 투지와 애국심은 세계를 놀라게 하였다. 3년간의 전쟁은 미국과 중국 간의 휴전 합의로 현재의 휴전선에서 장기 휴전 상태로 들어갔다.

한국 정부는 부산에 임시수도를 설치하고 전쟁을 수행하였다. 그리고 전쟁 중에도 초등학교부터 대학교까지 모든 학교의 수업을 지속시켰다. 한국 국민의 단합된 투지에 세계가 놀랐다. 이승만 대통령을 중심으로 온 국민이 대한민국을 지켜내는데 헌신하였다.

6·25전쟁은 한국 국민에게 북한 정권의 정체를 알리는 교육장이 되었다. 점령지에서 행한 민간인 학살을 지켜보면서 국민들은 북한 정권의 반민족적 실체를 확인하였고 북한과의 협상은 있을 수 없다는 것을 알게 되었다. 전쟁이 온 국민을 반공주의자로 교육시킨 셈이다. 휴전 후 60년이 되도록 6·25전쟁을 경험한 한국 국민은 북한 정권에 대한 증오심을 내려놓지 못하고 있다.

6·25전쟁은 북한 정권에게도 큰 교훈을 주었다. 자유로운 민주사회에서 한국민은 반정부 투쟁을 자유롭게 전개하고 다양한 의견이 서로 충돌하여 정쟁을 빚기도 하지만 대한민국의 헌정질서를 수호하기 위해서는 모두 하나로 단합하여 투쟁을 한다는 사실을 알았을 것이다.

북한은 휴전 후 끊임없이 소규모 무력도발을 해왔지만 전면전은 감히 시도하지 못하고 있다. 오직 자유로운 한국 사회에 은밀하게 요원을 파견하여 정치전을 펴오고 있으나 공개적 투쟁은 삼가고 있다. 6·25전쟁에서 확인한 한국 국민의 단합된 대한민국 수호 의지를 두려워하기 때문이다.

6·25전쟁을 이겨낸 한국 국민은 위대했다.

부국강병을 위한 투쟁

대한민국 70년사를 되돌아보면서 가장 자랑스럽게 생각하는 것은 대한민국을 잘 사는 나라, 강한 나라로 만들어냈다는 사실이다. 우리 국민은 짧은 시간 동안 아무 것도 가진 것이 없던 가난한 나라를 20개 선진국과 어깨를 나란히 하는 잘 사는 나라로 만들고 세계 7위의 군사 대국으로 만들어내었다. 부국강병은 모든 나라의 꿈이지만 이것을 무(無)에서 만들어낸 것은 우리 한국 국민뿐이라고 나는 생각한다.

1. 선 경제발전 후 민주화의 선택

해방되었을 때 한국은 세계의 최빈국이었다. 모두가 배고팠다. 봄마다 신문에는 '절량농가 몇 십만'이라는 기사가 실렸다. 38선을 넘어 피난 온 사람들, 해외에서 귀환한 사람들에게는 삶이 더 어려웠다. 먹을 것이 없어 산에서 도토리를 주어다 먹기도 했고 풀뿌리도 캐먹었다. 겨울에도 맨발로 다녔다. 나는 안암동에서 서울역 뒤 만리동에 있는 봉래국민학교까지 걸어 다녔다. 미국의 식량 원조로 나누어 주는 배급 밀가루가 없었으면 많은 사람이 굶어 죽었을 것이다. 굶어본 사람이 아니면 가난이 무엇인지 알지 못한다. 학교에서 "이 다음 어른이 되면 무엇을 하고 싶으냐?"고 선생님이 물었을 때 초등학교 2학년생이던 나는 "모두가 배부르게 먹고 사는 세상을 만드는 일을 하겠습니다"라고 대답했다.

이런 가난 속에서 대한민국이 출범했다. 그리고 2년 뒤에 6·25전쟁을 겪었다. 전쟁으로 온 나라가 초토화 되었다. 전후복구에 매달리던 1950년대도 가난에서 헤어나지 못했다. 젊은이들이 군에 입대할 때 제일 큰 걱정은 배고픈 것이었다.

나는 1961년 공군에 입대하여 장교로 4년 복무했다. 군복도, 내복도, 사무실 집기도 모두 미국이 제공한 '미제'였다. 자존심에 상처받았다. 한국 정부가 독자적으로 예산을 편성하기 시작한 것은 1970년대 이후이다. 미국의 경제 원조, 군사 원조의 규모가 정해져야 우리 정부가 예산을 편성할 수 있었다. 1960년 한국인의 1인당 GDP는 89달러였다.

1960년의 4·19학생의거는 가난과 희망의 부재가 근본 원인이었다. 백성이 모두 가난에 허덕이고 있을 때 정부를 이끌고 있던 자유당은 장기 집권에만 열중하고 가난을 극복하기 위한 그림을 내어 놓지 못하고 있는데 대한 국민의 불만이 그 바탕이다. 국민이 절망하고 있는 상황에서 자유당이 정권 연장을 위하여 부정선거를 감행한 것이 기폭제가 되어 국민들의 분노가 폭발한 것이 4·19이다. 4·19학생의거에 앞장섰던 대학생들은 모여 앉으면 어떻게 이 나라를 '잘 사는 나라로 만들 수 있을까'를 주로 논했다. 케말 파샤가 자주 거론되었고 심지어 '선의의 독재'가 필요하다고 주장하는 학생도 많았다. 4·19 당일의 학생들이 들고 나간 플래카드도 "부정선거 다시 하자"였지 "대통령 물러가라"가 아니었다.

4·19로 자유당 정권이 무너지자 야당이던 민주당 정부가 들어섰다. 제2공화국이다. 그러나 새 정부 지도자들은 국민의 목소리를 잘못 해석했다. 4·19를 민주화 요구의 민중혁명으로 해석하고 가장 이상적인 내각책임제의 민주정부를 출범시켰다. 무제한으로 허용된 언론, 집회, 결사의 자유로 온 사회는 데모와 파업, 이익집단간의 투쟁, 그리고 정쟁으로 혼란의 늪에 빠졌다. '잘 사는 나라 만들기'의 어떤 비전도 제시하지 못했다. 그 결과가 5·16군사혁명이었다. 5·16군사혁명을 4·19로 싹튼 민주화의 흐름을 꺾어버린 반동 혁명으로 보는 사람들이 있으나 나는 그렇게 생각하지 않는다. 청년 장교들이 애국심에서 감행한 무혈 혁명이라고 본다. 스스로 새 나라를 이끌어 가야 할 '해방 1세대'임을 자부하던 대학생들이나 같은 세대의 젊은이로 군복을 입고 있던 청년 장교들이나 문제 인식은 같았다. 정쟁만 일삼는 무능한 정치인들에게 나라의 운명을 맡겨두고 외면할 수 없다는 것이 4·19와 5·16에 나선 젊은이들의 공통된 생각이었다. 다른 것은 4·19에 나선 대학생들은 스스로 정치 개혁에 나서겠다는 것이 아니라 정치인들의 자각을 촉구하고 자기들은 다시 학교로 돌아갔지만 잘 짜인 조직을 갖춘 군은 직접 나서서 체제를 직접 개혁하고 군 본연의 임무로 돌아가겠다고 선언하고 '혁명'을 수행했다는 점이다. 학생과 군인의 공통된 의식은 '잘 사는 나라'를 만드는데 정부가 앞장서야 한다는 것이었다.

이들의 주장들을 보면 민주화보다 민생안정-경제발전에 관심이 집중되었음을 알 수 있다. 민주화는 언젠가는 반드시 이루어야 할 과제이나 국민이 굶은 상태에서는 '잘 살게 하는 것'이 우선이라는 생각이었다. 백성이 모두 굶지 않으려고 허덕일 때의 자유란 굶는 자유에 불과하고 평등은 가난의 균등화일 뿐이라는 자조적 주장들이 지배적이었다.

경제 발전을 이루려면 흔히 3M이 있어야 한다고 했다. 자원 (materials), 자본(money) 그리고 사람(man)이 그 세 가지 요소이다. 한국은 부존자원을 갖지 못했다. 축적된 돈도 없었다. 우리가 노력으로 키울 수 있는 것은 사람뿐이었다. 국민의 교육 수준을 높여 질 높은 노동력을 창출하는 것과 우수한 기획 능력과 추진력을 갖춘 전문가들과 지도자들을 확보하는 길밖에 길이 없었다. 다행히 산업기술이 고도화되는 시대여서 생산을 결정하는 노동 요소가 양이 아닌 질이 된 시대에 들어선 20세기 후반의 환경에서는 국민의 지적 밀도(intellectual density)만 높일 수 있으면 경제 발전을 이룰 수 있어 우리도 희망을 가질 수 있었다. 인구 10억 명 이상을 가진 중국 본토를 제치고 인구 2천만 명의 대만이 신흥 경제대국으로 성장한 것은 본토에서 건너온 지식인 집단을 수용하여 높은 지적 밀도를 갖추었기 때문이었고, 도시국가에 불과한 싱가포르가 다른 동남아 국가들을 제치고 선진국 대열에 먼저 들어설 수 있었던 것도 높은 지적 밀도를 갖추었기 때문이었다.

대한민국 국민이 자랑하는 '한강의 기적'은 위대한 지도자와 한국 국민의 높은 교육열 덕분이라고 나는 생각한다. 지도자로는 경제 발전의 기본 방향을 설정한 이승만 초대 대통령, 5·16혁명을 주도하고 18년간 집권했던 박정희 대통령, 그리고 박 대통령의 업적을 연장하여 7년간 통치했던 전두환(全斗煥) 대통령 등 세 사람과 이들을 보필했던 신현확 총리, 남덕우(南悳祐) 총리, 이한빈 부총리 등과 이들이 동원했던 김재익 박사, 김기환(金基桓) 박사, 이승윤(李承潤) 장관, 황인정(黃仁政) 박사 등의 우수한 전문가들을 꼽을 수 있다. 그리고 문맹률 세계 최하, 대학진학률 세계 제일, 미국 유학생 수 세계 3위라는 통계가 보여주는 세계 제일의 질을 자랑하는 우리 국민들이 있어 '한강의 기적'은 가능했다.

갈브레스(John K. Galbraith)는 후진국의 경제 발전을 간단히 설명했다. "경제 발전의 기본은 교육이다. 다음으로는 정치적 안정이다. 교육을 시키고 자본을 축적한 다음 정치적으로 안정을 유지한다면 경제는 자동적으로 발전한다"고 했다. 한국은 정확하게 그 길을 걸었다. 정치 안정 과정에서 국민들의 민주화 요구와 충돌하면서 전제정치체제를 유지하느라 많은 희생을 치렀지만.

이승만 대통령은 취임 후 제일 먼저 의무교육체제를 정착시켰다. 국민의 상당수가 굶던 환경에서도 전 국민을 대상으로 초등학교 6년의 의무교육을 강행하였다. 그 결과로 1946년 53.4%였던 초등학생 취학률은 1958년 95.2%를 기록했고 해방 당시 78%였던 문맹률은 1958년에 4.1%로 내려갔다. 6·25전쟁 중에도 초등, 중등, 고등, 대학교를 유지했고 해외에 유학생을 내보냈다.

이승만 대통령은 취임 직후 1949년에 '산업부흥5개년계획'을 수립했으며 1960년에는 부흥부를 설치하고 신현확 당시 부흥부 장관에게 맡겨 '경제개발3개년계획'을 만들어 1960년 4월에 확정했었다. 4·19로 이 계획은 실현되지 못했으나 뒤에 박정희 대통령의 '경제개발5개년계획'

의 기초가 되었다. 신현확 총리는 후에 아드님 신철식(전 STX 미래연구원장)에게 옛날을 회고하면서 "이승만 박사가 대한민국 건국 대통령이었다는 것은 우리 국민들에게 축복이었다.…… 우리나라의 경제 발전의 시작이 이승만 박사였다는 것을 우리 국민들이 모르고 있어 안타깝다"고 했다.

2. 잘 사는 나라 만들기

경제개발 계획은 5·16후 박정희 대통령 때부터 시작되었다. 박정희 대통령은 혁명 직후 "우리가 혁명을 한 것은 5천년 묵은 가난을 해결하기 위한 것"이라고 천명하고 산업은행의 전문가들에게 명하여 '종합경제재건5개년계획'안을 작성시켰고 이를 바탕으로 1962년에 '제1차 경제개발5개년계획(1962-1966)'을 완성하여 실천에 옮겼다. 기간산업과 사회간접자본의 확대, 농업 소득의 증대, 수출의 증대에 중점을 둔 이 계획은 큰 성과를 거두었다. 이 기간 중 국민총생산은 매년 7.8% 증가하였다. 수출은 연평균 43.7%의 성장을 이루어 1964년에 처음으로 1억 달러 선을 넘었고 목표 연도인 1966년에는 2억 5천 달러에 이르렀다.

박정희 대통령은 이 계획 추진에 필요한 외화를 확보하기 위하여 독일에 인력 수출도 마다하지 않았다. 1963년 탄광에서 일할 광부 500명을 독일로 보냈고(1977년까지 총 7천932명) 1966년부터는 간호원(첫해 1천126명, 1976년까지 총 1만 226명)도 보냈다. 대통령 자신은 1964년 독일을 방문하여 광부들의 임금을 담보로 1억 5천 만 마르크에 달하는 차관을 얻어 왔다. 일본과의 국교 재개 교섭도 서둘렀다. 외화 확보를 위해서였다. 국민들의 거국적 저항에도 불구하고 일본과 1965년 6월 22일 '한일협정'을 체결하고 무상원조 3억 달러, 재정차관 2억 달러, 상업차관 1억 달러를 받기로 했다. 그리고 같은 해 월남에도 국군을 파병하였다. 반공 우방국가인 베트남 정부를 지원한다는 뜻도 있었지만 미국의 경제 지원을 얻기 위한 목적도 있었다.

1967년에서 1971년까지 실시된 제2차 경제개발 계획도 성공적으로 추진되었다. 중공업 육성을 위한 기간사업 구축에 목표를 둔 제2차 계획은 목표를 넘는 결과를 가져왔다. 국민총생산은 기간 중 연평균 9.6%를 달성하여 1인당 국민소득은 1971년 289달러로 기간 중 3.3배 성장하였다. 수출은 1971년 11억 3천2백만 달러로 1962년의 20배 규모에 달했다.

제3차 5개년계획(1972-1976)과 제4차 5개년계획(1977-1982)은 박정희 대통령이 1969년의 3선 개헌, 1972년 12월의 '유신체제 선포'를 거치는 권위주의 통치 시대라던 '제2기 통치 기간'에 실시되었다. 중화학공업 육성에 중점을 둔 경제발전 계획의 상징인 포항제철이 1973년 완공되었고 에너지 공급의 주력을 맡게 될 원자력발전소도 계획대로 건설되기 시작하여 1978년 '고리원전 1호기' 발전소가 완공되었다. 수출주도 산업화 계획에 따라 수출에도 힘을 기울여 1977년에 드디어 연간 수출 100억 달러의 목표를 달성하였다. 경제성장률도 계속 9%대를 유지하였다. 이 때 갖춘 중화학공업 기초와 사회간접자본 확충 덕분으로 수출은 비약적으로 늘어 2005년에 수출 1,000억 달러 목표도 달성하였다.

박정희 대통령 시대의 경제발전 노력의 가시적 상징은 산림녹화이다. 6·25전쟁이 끝날 때의 한국의 산과 들의 모습은 사막 같았다. 80% 이상의 삼림이 사라져 벌거벗은 모습을 드러내고 있었다. 고비사막의 '구르반 사이한' 산처럼 큰 나무 하나도 없는 민둥산들이었다. 그런 산들이 숲이 우거진 오늘의 산 모습을 하게 된 것은 박정희 대통령의 녹화 집념의 덕분이다. 나무를 개량하고, 심고, 가꾸고 못 자르게 지켜낸 결과가 오늘의 한국 산들의 모습이다. 나도 고등학교-대학교 학생 때 3년 간 학생자진녹화대에 참여하여 나무를 심었다.

역사에 남을 또 하나의 박정희 대통령의 업적은 '새마을운동'이었다. 농민들이 자립 의지를 갖도록 하는 계몽 사업이었다. 개혁 의지를 갖도록 하는 교육과 더불어 생활환경 개선 계획과 관련 사업에 들어가는 자재의 공급을 연계하여 지원하는 농촌개혁운동으로 한국의 농촌은 그 면목을 일신하였다. 반세기가 지난 지금도 개발도상국가들이 우리에게서 배워가고 싶어 하는 첫 번째 사업이 새마을운동이다.

박정희 대통령은 '강군 육성'에도 비상한 관심을 가졌다. 한국군의 독자적 전쟁 기획을 비롯하여 각종 군사혁신 계획을 수립, 실천하였을 뿐만 아니라 청와대에 제2경제수석 비서관실을 두고 방위산업 지원을 전담하게 하였다. 오원철(吳源哲) 수석의 진두지휘 아래 국방과학연구소 중심으로 화포, 미사일을 개발하고 현대, 대우, 삼성 등 대기업에서 전차, 함정 등을 생산하도록 하였다. 박 대통령 집권 18년 동안 미국군의 보조적 기능을 하던 한국군이 명실상부한 독립된 강군으로 모습을 갖출 수 있었다.

부국강병의 과업은 1979년 10·26사태로 박정희 대통령이 서거한 이후에도 제5공화국에서 승계하여 추진하였다. 박 대통령 서거사건 처리 과정에서 전두환 장군 등이 주동이 되어 12·12 군사쿠데타를 감행하여 헌법을 고친 후 새 헌법에 의하여 간접선거로 전두환 장군이 대통령에 취임하였다. 이때 새로 시작된 정부를 제5공화국이라 부른다.

전두환 대통령은 박정희 대통령이 추진하던 부국강병 정책을 그대로 승계하여 더욱 확대발전시켰다. 1980년에 시작된 제5공화국 정부의 전두환 대통령은 제3공화국의 경제발전 계획을 세우고 추진해오던 남덕우, 김재익 등의 핵심 관료를 그대로 인수하고 이들 중심으로 '제5차 경제사회발전5개년계획(1982-1986)'을 세우고 추진했다. 이 제5차 계획의 특징은 성장과 더불어 안정, 능률, 균형에 역점을 두고 물가 안정, 개방화, 시장경제 활성화에 주력하였다는 점이다. 그리고 그 기조는 제6공화국으로 이어졌다. 이런 노력의 결과로 제7차로 끝난 경제개발5개년계획의 종결 연도이었던 1996년에 한국은 이미 선진국 대열에 들어섰다.

산업화의 국민 염원은 1차적으로 달성된 셈이다. 2014년 기준으로 1인당 GDP는 명목 2만 8천739달러, 구매력지수 반영 3만 5천485달러로 세계 13위에 올라섰고 수출도 5천731억 달러로 세계 5위의 무역대국이 되었다. 대한민국 국민은 어려운 정치 환경 속에서도 반세기만에 '선진 산업국 되기'의 꿈을 이루었다.

'한강의 기적'이라고 남들이 칭송하는 선진국 되기의 꿈은 어떻게 이루어졌는가를 되짚어본다.

성공의 가장 중요한 요소로는 지도자들의 탁견과 의지, 그리고 그들의 탁월한 인재 활용을 꼽아야 한다.

건국 대통령 이승만 박사는 철저한 민주주의 신봉자였고 미국에서 민주주의를 오랫동안 배웠던 정치학 박사여서 민주주의의 작동 원리를 가장 잘 아는 한국인이었다. 민주정치에서는 주권자가 국민인데 국민 중 문맹자가 80%를 넘는 환경에서는 국민이 주어진 권리를 바로 행사할 수 없으므로 국민의 뜻을 조작하여 집권하려는 불온한 정치인들이 나라를 사유화(私有化)할 위험이 있다고 판단하였다.

민주주의는 주권자로서 자기가 행하는 행위의 의미를 아는 책임 있는 국민, 즉 시민이 국민의 다수가 될 때라야 작동하는 정치체제이다. 그래서 이승만 대통령은 건강한 민주공화국을 만들기 위해서는 국민을 교육을 통하여 시민으로 양성하여야 한다고 판단하여 첫 번째 국정 과제로 교육 확대를 설정하였다. 그리고 교육을 위해서는 경제 수준을 높이는 것이 선결 과제라고 생각했다. 이승만 대통령은 교육입국, 선 경제발전 후 민주화(先 經濟發展 後 民主化)라는 원칙을 세웠다.

이승만 대통령은 인재 육성에 심혈을 기울이면서 많지 않은 인재를 엄선하여 나라 일을 맡겼다. 유학으로 다져진 선비 정신을 발휘하여 인재 등용에서는 이념이나 배경을 가리지 않고 '가장 유능하고 애국심을 가진 자'를 선택하여 일을 맡겼다.

율곡(栗谷) 선생이 인재 등용의 원칙으로 제시한 '효달시무 유심국사(曉達時務 留心國事)'를 기준으로 삼았다. 맡아야 할 일에 밝고 나라일을 정책 판단의 기준으로 삼는 인재를 공직에 등용하려고 했다. 농지 개혁이라는 혁명적 경제정책을 담당할 농림장관에 사상적으로 자기와 거리가 있는 조봉암(曺奉岩) 선생을 발탁한 것이 그 예이다. 이승만 대통령의 경제 우선 정책으로 '한강의 기적'은 첫 발을 뗀 셈이다. 일제강점기에 공직에 있었던 사람을 과감히 등용한 것도 이런 이유 때문이었다. 일제강점기 때의 공무원이었던 신현확, 식산은행 행원이었던 송인상과 같은 인재를 등용하여 처음으로 '경제발전계획'을 만들게 하고 행정부, 금융기관 등 국가 운영의 기본 틀을 짜나갔다. 6·25전쟁을 치루고 전후복구를 해나가는 과정에서 이승만 대통령의 이러한 확고한 의지와 실천 노력이 없었으면 한국의 경제 발전은 첫 발을 떼기도 어려웠을 것이다.

가난을 벗어나야 나라세우기가 가능하다고 빈곤 극복을 목표로 내걸고 5·16군사혁명을 감행한 박정희 대통령도 산업화를 민주화에 앞세웠다. 경제 자립을 이루어야 자주(自主)가 가능하고 북한을 경제적으로 압도하여야 남북통일에서 우리가 주도권을 가진다고 주장하고 집권 초기부터 '경제발전5개년계획'을 수립하고 이 계획에 따라 농업개혁, 중화학공업의 기초 다지기에 매진하였다. 박정희 대통령은 집권 초 '10-100-1000'이라는 구체적 목표를 세우고 남북 통일문제를 10년간 유보시켰다. 10년 내 100억 달러 수출, 1인당 국민소득 1,000달러를 달성하고 나서 북한과의 통일 협상을 시작하겠다고 선언하였다. 박정희 대통령은 약속대로 이 목표를 달성하고 1972년 북한과 접촉, 7.4공동성명을 끌어내고 2년 뒤에 6·23선언을 발표하고 통일의 길을 제시하였다.

박정희 대통령도 인재 등용에서는 이승만 박사와 같은 원칙을 따랐다. 유능한 인재가 있으면 삼고초려를 해서 구하여 썼다. 신현확, 남덕우, 김재익 등은 모두 대통령과의 개인적인 친분이 없던 사람들이었다. 박정희 대통령은 집권 18년 동안 민주화를 요구하는 야당의 강력한 저항을 무릅쓰고 중화학공업의 기초를 닦고 수출입국의 경제발전 계획을 밀고 나갔다.

전두환 대통령은 박정희 대통령이 걸어온 길을 그대로 따랐다. 전두환 대통령은 12·12혁명 이후 1980년 5월에 발족한 국가보위비상대책위원회(국보위)를 구성하면서 대부분 위원으로 혁명 동조자를 선발하였으나 경제과학상임위원장으로는 경제기획원 기획국장으로 있던 김재익 박사를 선임하고 경제계획 업무를 모두 맡겼다. 제5공화국 출범 후에는 김재익 박사를 경제수석비서관으로 영입하고 "경제는 당신이 대통령이야"라고 전권을 위임하였다. 전두환 대통령은 그때까지도 김재익 박사를 만난 적이 없었으나 객관적 기준에 따라 일을 맡겼다. 김재익 박사는 대통령의 위임을 받고 제4차 경제개발5개년계획을 수립하고 서석준(徐錫俊), 서상철, 강경식, 이기욱(李基旭), 김용환(金龍煥) 등 당대 최고의 인재들로 팀을 구성하여 5개년 계획을 실천해나갔다. 김재익 박사는 이러한 인재 구성을 '드림팀(dream team)'이라고 자랑하였는데 1983년 10월 9일 아웅산 사건으로 거의 모두 사망하였다. 전두환 대통령 때의 '경제 호황'은 이러한 인재 활용이 있었기 때문에 가능했다.

지도자의 바른 정책과 사심 없는 인재 등용이 '한강의 기적'을 만든 틀이라고 한다면 다음으로 지적해야 할 것은 기업인들의 헌신적인 노력이다. 자본 축적도, 자원도 없는 풍토에서 산업화를 이끌 기업체를 만들어낸 기업인들의 노력이 없었으면 '한강의 기적'은 계획으로 머물렀을 것이다.

국제시장에서의 치열한 경쟁에서 살아남으려면 규모가 큰 대기업이 육성되어야 한다. 역대 정부는 이런 점을 감안하여 정부가 나서서 대기업을 키워 나갔다. 그리고 이러한 정부의 지원을 받아 뜻 있는 기업인들이 헌신적으로 일해 나가면서 국가 경제 역량을 키워 나갔다. 한국의 경제 발전은 재벌 기업인들의 과감한 도전과 노력으로 추동력을 유지해나갔다. 삼성, LG(럭키금성그룹), 대우(大宇), 선경(鮮京), 한진(韓進), 한화(韓化), 현대(現代) 등의 재벌기업들은 '한강의 기적'을 만들어낸 견인차 역할을 해냈다. 이들이 있어 선진국의 대기업과 맞서서 한국의 경제 영역을 넓혀 나갈 수 있었다.

그러나 정부와 기업의 노력도 한국민의 투지와 인내, 노력이 없었으면 빛을 보지 못했을 것이다. 낮은 임금을 감수하면서 낮밤으로 몸을 아끼지 않고 일해 온 한국민들이 있었기 때문에 산업화의 대업을 이룰 수 있었다. '한강의 기적'을 만들어낸 한국의 '산업화 드라마'의 주인공은 이 시대를 살면서 인내와 헌신으로 애국해 온 한국민이다.

3. 강한 나라 만들기

부국(富國)만으로 자주를 누릴 수는 없는 것이 오늘의 국제사회이다. 스스로를 지킬 수 있는 최소한의 자위력을 보장할 군사력을 갖추어야 자주 국가의 지위를 누릴 수 있다. 강병(强兵)은 '나라 지키기'의 핵심 요소이다. 부국이면 강군이 저절로 갖추어지는가? 그렇지 않다. 국부를 바탕으로 강군을 만들어 나가야만 가능하다. 부국강병의 과제는 부를 강군으로 연계하는 또 하나의 노력을 요구한다.

강군 육성의 꿈은 대한민국 건국 때부터의 한국민의 꿈이었다. 한국민은 약한 군사력이 가져온 민족적 비극을 여러 번 겪으면서 터득한 역사적 교훈에서 자주 국가를 유지하려면 강한 군사력을 갖추어야 하고 국제사회에서 믿을 수 있는 동맹국을 확보해야 한다는 사실을 깊이 깨닫고 있었다. 한국민들은 멀리는 사백 년 전에 겪은 임진왜란과 병자호란, 가깝게는 대한제국의 멸망사에서 처절한 교훈을 얻었다. 그리고 6·25전쟁의 비극을 당대에 겪었다.

임진왜란 때는 일본의 침략군을 대적할 정규군이 사실상 없었다. 율곡 선생이 그렇게 여러 번 군을 양성하자고 요청했으나 선조(宣祖)와 대신들은 이를 외면하였다. 일본군은 큰 싸움 없이 서울을 점령했다. 7년 전쟁은 의병과 승병이 명(明)나라 군대와 함께 싸웠을 뿐이다. 그런 전쟁을 겪고도 곧이어 병자호란을 무방비로 겪었다. 대한제국이 무너질 때도 군대 같은 군대가 없었다. 정한론(征韓論)을 검토하던 일본군이 보냈던 첩자의 보고는 '2개 대대'면 조선 점령이 가능하다고 보고했다. 일본은 전쟁 없이 대한제국을 식민화했다.

대한민국 건국의 첫 과제는 국군을 창설하는 것이었다. 1948년 8월 15일 건국을 선포하고 다음 날에 국방부 훈령 제1호로 미군정이 만든 조선경비대를 대한민국 국군으로 그 지위를 바꾸었다. 창군 때의 병력은 육군 5개 여단, 15개 연대 5만여 명, 해군 6천 명 등 총 규모 5만8천 명이었다. 다음 해 10월에 2천 명의 병력과 연습기 10기를 가진 공군을 창설하였다.

1950년 6월 25일 6·25전쟁이 시작되었을 때 한국군은 10만 5,752명, 전차 등 장비는 전무였다. 남침한 북한군은 총 병력 20만 1천 명, 전차 242대, 장갑차 54대를 갖추고 있었다. 사흘 만에 서울을 빼앗고 한 달 만에 낙동강까지 거의 전국토를 점령하였다. 이후 3년간 지속된 전쟁은 미국군을 비롯한 유엔군과 함께 중공군이 주도하는 북·중 연합군과 치렀다. 이 전쟁으로 한국군은 14만 7천 명이 전사하고 70만 9천 명이 부상당했고 13만 명이 실종되어 약 100만 명의 인적 손실을 입었다. 민간인도 피학살자 12만 명을 포함하여 140만 명이 피해를 입어 한국은 총 240만 명의 인명 피해를 입었다. 북한군도 52만 명 전사, 40만 6천 명이 부상당했고 북한 주민 200만 명이 희생되었다. 남북한을 합치면 총 530만 명이 피해를 입어 전체 인구의 25%가 희생된 셈이다.

1953년 6·25전쟁이 휴전으로 끝난 후 이승만 정부는 미국의 도움을 받아 국방력 건설에 나섰다. 1953년 한미상호방위조약을, 그리고 다음 해에 한미군사원조협정을 체결하고 1960년까지 총 22억 9천만 달러의 미국의 군사원조를 받아 지상군 20개 사단 56만 5천 명, 해군 1만 5천 명, 공군 1만 6천5백 명, 해병 2만 7천5백 명 등을 포함한 약 72만 명 규모의 국군을 키웠다. 그 후 한미 간의 협의로 병력 규모는 1958년 63만 명으로 조정된 후 지금까지 유지되고 있다.

자주국방의 장기 계획은 박정희 대통령 때 세웠다. 1969년 닉슨 독트린이 발표되고 미국이 우방국에게 자주국방을 요구함에 따라 박정희 대통령은 1973년 자주국방 계획 수립을 국방부에 지시하였다. 언젠가는 미군의 지원 없이 스스로 국방을 담당해야 할 때를 대비하여 독자적 전쟁 계획과 이에 따르는 군사력 건설 계획을 짜도록 했다. 그리고 무기장비의 국산화를 지시했다. 이에 따라 1970년에 '방위사업 육성 계획'이 세워졌고 국방과학연구소(ADD)를 창설하여 무기와 장비의 독자 개발에 착수했고 1974년부터 자주적 전력 증강 계획인 '율곡사업'을 시작했다. 1981년까지 진행된 율곡계획으로 화기의 국산화, 독자 전차의 생산, 각종 함정의 생산 등을 통하여 손색없는 국군을 만들어 내었다.

전두환 정부에서 시작된 제2차 율곡사업 중에는 장비 현대화에 중점을 두고 K-55 자주포, K-1 전차, K-200 장갑차, 한국형 호위함, 초계함을 생산해냈고 F-5 전투기의 조립으로 전투기의 자체 생산도 가능해졌다. 그러나 전두환 대통령은 국내 정치에 시달리면서 군전력 증강에는 소극적이었다. 국방과학연구소의 규모를 줄이고 미사일 개발 등 사업을 축소하고 무기장비 국산화보다 해외 구매에 더 중점을 두었다. 국방예산의 비중도 줄이고 특히 연구개발비를 줄여 신무기 개발에 어려움이 많았다.

노태우 대통령은 다시 군사력 증강에 노력을 기울였다. 특히 1988년 8월 군구조 조정에 역점을 두고 시작한 「8.18계획」은 군 내외의 저항으로 실행에는 실패했으나 '개선해야 할 과제'를 부각시키는 데는 크게 기여하였다. 그리고 방위산업을 활성화하는 데도 많은 공헌을 하였다. 해군 함정의 국산화, 지상군의 중화기 등의 생산의 기초가 이때에 다져졌다. 노태우 정부는 국방 관련 기술개발 능력 향상에도 힘썼으며 '국산

무기 사용 원칙'을 세웠다.

문민정부를 자처한 김영삼 정부는 군의 정치 세력화를 견제하기 위하여 군내의 '사조직'이라고 인식한 '하나회'를 제거하는 등 군지휘부의 개편에 신경을 쓰면서 군사력 증강에는 크게 관심을 두지 않았다. 그리고 이어서 들어선 김대중 정부와 노무현 정부는 북한과의 평화에 중점을 둔 정책에 따라 북한을 자극하지 않는다는 방침을 세우고 군의 규모를 줄이는데 관심을 두고 군개혁을 실시했다. 그리고 방산 비리를 척결하는데 주력하여 새로 방위사업청을 독립시켜 국방 획득 업무를 관장하게 하였다.

이명박 정부는 김대중-노무현 정부가 '전쟁은 없다'는 생각으로 군을 줄이기로 한 정책을 세우고 감군을 추진하던 것을 중지시키고 새로운 포괄적 장기 국방 계획을 세우기로 하고 '국방선진화추진위원회'를 만들어 군조직 개혁, 군사력 현대화에 착수하였다. 이명박 대통령은 임기 중에 '국방개혁 307', '국방개혁 2030' 등의 계획을 완성하였으나 군 내외의 저항이 심하여 모두 실천하지는 못했다. 그러나 방위산업을 국가의 신경제성장 동력으로 지정하고 방산품의 해외 수출시장 개척에 노력하여 방위산업을 크게 육성했다고 평가 받고 있다.

무(無)에서 시작한 한국의 강군(强軍) 건설 계획은 그동안 기복이 많았으나 역대 대통령들의 지속적인 관심 속에서 꾸준히 실현되어 2014년에 이르러서는 세계 7위의 군사 강국으로 발전하였다. 한국군의 현재 전력은 핵무기 등 대량살상무기를 제외하면 충분히 북한군을 제압할 수 있는 것으로 평가되고 있다.

문제는 급속히 변화하는 안보 환경과 전장 환경에 맞추어 유연하게 적응해 나갈 수 있는 국방정책 프레임을 가지고 있지 못하다는 점이다. 5년마다 교체되는 정부에 지속적인 국방정책을 관리해 나가는 중앙통제 기구를 갖지 못한 상태에서 기민하게 대처해 나갈 수 있을지가 의문이다. 더구나 현재의 군조직 구조에서는 일관성 있게 군전력 유지를 관리할 자체 기구도 갖추지 못하고 있어서 어려움을 더하고 있다.

자위력을 갖춘 강군을 유지하는 것은 자주국가의 기본 과제이다. 그 중요성에 비추어 볼 때 비전문가인 정치인들이 국방정책을 좌지우지하는 현재의 국내 정치 상황은 국민들의 우려를 낳게 한다. 국내 정치 투쟁을 초월할 수 있는 안정된 국방정책 관리 기구를 마련하는 것이 급선무이다.

험한 민주화의 길

제2차 세계대전이 끝난 후 새로 독립한 100여 개의 나라 중에서 산업화와 민주화를 동시에 이룬 나라는 대한민국 밖에 없다고들 한다. 이를 이룬 한국 국민은 위대한 국민이라고 칭송을 듣고 있다. 그러나 선진국 대열에 올라선 경제 발전은 자랑할 만하나 민주화는 아직 끝나지 않은 과업이라고 생각한다. 대한민국 건국 때의 어려웠던 환경을 생각한다면 현재의 한국 민주주의는 놀라우리만치 진전해온 것은 사실이지만 건강하게 작동하는 민주정치라고 하기에는 아직도 갈 길이 멀다고 생각한다.

1. 자유민주주의 대한민국의 정체성

인간은 혼자서 구할 수 없는 것을 다른 사람과 협동하여 구한다. 혼자서 대적할 수 없는 맹수도 여럿이 힘을 모으면 제압할 수 있다. 모두의 힘을 모으면 모두의 안전을 확보할 수 있다. 혼자서 움직일 수 없는 물건도 여럿이 힘을 모으면 옮길 수 있다. 이러한 협동을 조직화 해놓은 것이 공동체이다. 협동을 위해서 서로가 맡은 일을 정하고 하지 말아야 할 것을 정해야 협동이 가능하다. 이렇게 역할을 나누고 협동하는 방법을 정한 규범을 만들고 유지하는 질서를 관리하기 위하여 공동체는 정치 조직을 가진다. 이러한 공동체의 질서가 발전해 온 것이 곧 인류의 역사이다.

공동체의 존재 목적은 구성원이 얻고자 하는 가치를 공급하는 것이다. 사람은 생물체이기 때문에 자기 생명과 신체의 완전성을 지키는 '안전'을 최고의 가치로 여긴다. 공동체는 구성원의 안전을 지키는 것을 1차적 존재 이유로 삼는다. 사람은 의식주에 관한 물자와 환경을 안정되게 보장받기를 원한다. 이것을 공동체가 보장하여야 한다. 먹고 사는 기초가 마련되면 사람은 사람답게 살 수 있는 조건을 보장해줄 것을 요구한다. 거주이전의 자유, 언론집회의 자유 등 '인간 존엄성이 보장된 자유'를 공동체는 보장해야 한다. 나아가서 인간은 쾌적한 삶을 즐기려 한다. 공동체가 최종적으로 보장해 주어야 할 가치이다.

1차적 가치인 안전과 2차적 추구 가치인 의식주의 보장까지는 강한 힘을 가진 지도자의 전제적 통치로 보장해줄 수 있다. 그러나 인간 존엄성이 보장된 자유를 보장하기 위해서는 전제적 통치만으로는 지켜주기 어렵다. 제4차적 가치 보장도 마찬가지이다. 한 사람의 자유는 다른 사람의 자유를 침범해야 보장되기 때문에 이를 조정할 수 있는 질서가 마련되어야 하고 그 질서를 누가 만들고 유지해야 하는가에 따라 득을 보는 사람과 피해를 보는 사람이 생기기 때문이다. 공동체는 구성원들이 추구하는 공통의 가치를 바탕으로 서로 다를 수 있는 자유를 최대한으로 존중한다는 구동존이(求同存異 또는 尊異)의 원칙을 세울 수밖에 없다. 그 방법으로 구성원의 공통 가치를 대표하는 통치자가 질서를 관리하도록 다스리는 자와 다스림을 받는 자를 일치시키는 치자와 피치자를 동일하게 하는 원리(治者와 被治者의 自同性의 原則)를 바탕으로 하는 민주주의 정치체제가 등장했다. 오늘날 여러 민주국가의 건국이념이 된 자유민주주의 이념은 이런 내용을 정리해놓은 것이다.

자유민주주의는 구성원의 지위의 평등(格의 平等)과 각자의 능력으로 자유롭게 자기의 삶을 추구할 수 있는 자유를 보장해주자는 정치이념이다.

사회주의 이념은 여기서 한발 더 나아가 구성원으로서의 격(格)의 평등만이 아니라 각자가 누릴 수 있는 것도 성취에 대한 기여도에 관계없이 평등하게 배분해주자는 이념이다. '공동체 구성원 모두가 능력에 따라 일하고 필요에 따라 소비하는 사회'를 이상으로 내세운 것이 사회주의의 극단이라 할 공산주의 이념이다.

자유민주주의 이념을 기본 이념으로 하는 자유민주공화국 헌정질서에서는 공동체 자체의 안위와 공동체의 기본 질서를 해치는 행위는 처벌하지만 질서 범위 내에서 개인의 자유는 모두 보장한다. 능력에 따라 더 많은 부를 누릴 수 있도록 허용한다. 이러한 이념을 국가 이념으로 한 미합중국은 건국 200년 만에 세계 모든 사람들이 부러워하는 나라가 되었다. 그리고 세계 200개 국가들 중 상당수가 이를 모방하고 있다. 공산주의 이념은 한때 수십 개국에서 국가 이념으로 선택했으나 자유도 부(富)도 보장하지 못하는 것으로 입증되었다.

대한민국은 1948년 건국하면서 당시 국민들의 공동 의지를 반영하여 자유민주주의 공화국으로 출발하였다. 모든 국민은 공화국의 주권자라는 격의 평등을 보장하고 합의된 법질서에 어긋나지 않는 한 최대한의 자유를 누리게 하는 헌정질서를 대한민국의 국가 운영의 틀로 결정하였다. 자유민주주의는 대한민국의 정체성을 나타내는 기본 가치이념이다. 혁명으로 이 정체성을 부정하지 않는 한 대한민국 국민은 모두가 이를 존중해야 한다.

그러나 자유민주주의 이념을 지켜나가는 일은 현실에서는 쉽지 않다. 국민의 대부분이 그 이념을 바로 이해하고 존중하려는 '깨어 있는 민주시민'인 경우는 문제가 없으나 자기와 자기 집단의 이익을 국가 전체의 이익보다 앞세우고 공공질서를 허물려 하는 국민들이 많아지면 지키기 어렵다. 대한민국의 국토와 국민의 생명과 재산, 그리고 헌법에 규정된 헌정질서를 지키기 위하여 꼭 필요한 국방비용을 분담하기를 거부하고 군복무를 회피하려는 이기적 국민이 많으면 대한민국의 자유민주주의 헌정질서는 지킬 수 없다. 다수의 국민을 선동하여 이런 원칙을 깰 수도 있는 것이 다수결 원칙에 기반을 둔 민주헌정질서이기 때문이다. 국부(國富)를 키워야 국방(國防)이 가능한 상황에서 국부보다 자

기 집단의 경제적 이익을 앞세우는 다수가 국정을 장악하게 되면 민주
헌정을 국시로 하는 대한민국 자체가 위기를 맞게 된다.

인간이 추구하는 가치는 시대에 따라 그 순위가 달라진다. 생명이 위
협받는 시대에는 자유를 희생하고도 국가를 지키기 위해 나서지만 생
명이 보장되는 시대가 되면 물질적 풍요에 더 큰 비중을 두고 나아가서
생활이 안정되는 시대가 오면 자유에 대한 요구가 더 강해진다. 이러한
시대 흐름에 맞추어 정부의 정책을 유연하게 조정해 나가면 시대에 따
라 달라지는 국민의 요구를 수용해가면서 안정적 발전을 기할 수 있으
나 시대에 뒤떨어지는 정책을 고집하면 국민의 저항을 받아 정부가 무
너지는 혼란을 겪게 된다. 신생 독립국 중에서 민주헌정질서를 채택한
나라들이 공통으로 겪어온 혼란은 모두 정부 시책과 국민 요구 변화간
의 충돌에서 생겨난 것이다.

2. 유신으로 상처 입은 대한민국의 민주헌정

박정희 대통령은 "우리가 혁명을 한 것은 5천년 묵은 가난을 해결하
기 위한 것"이라고 5·16혁명의 목적을 밝혔다. 그리고 혁명 후 과감하
게 '구악'을 일소하고 경제 발전에 매진하였다. 그리고 그 결과가 서서히
나타나기 시작했다. 혁명 후 1963년에 국민의 지지를 받아 대통령에 당
선된 박정희 대통령은 경제 발전의 성과로 1967년에 다시 윤보선 후보
를 제치고 당선되었다. 그러나 1969년 박정희 대통령은 3선 금지의 헌
법을 고쳤다. 장기 집권의 포석이었다. 국민들은 분노했다. 광범위한 저
항 운동이 시작되었다. 박정희 대통령은 1971년 반대시위를 진압하기

위하여 국가비상사태를 선포하고 '국가보위에 관한 특별조치법'을 제정하여 국민의 기본권인 언론, 집회, 결사의 상당 부분을 제한하였다. 박정희 대통령의 명분은 1968년 1월의 북한 무장군인의 청와대 침투, 울진-삼척 등지의 북한 특전부대원 침투 등 국가 위기를 수습한다는 것이었다. 북한과의 협상을 위해 국내 안정이 필요하다는 논리로 전제적 통치를 정당화 하려했다.

1971년 개정헌법에 의하여 대통령 선거에 나선 박정희 대통령은 김대중 후보에 이겨 다시 당선되었으나 '영구 집권'이 가능하도록 1972년 10월 '비상계엄'을 선포하고 새로 '유신헌법'을 제정하였다. 새 헌법은 대통령을 '통일주체국민회의'에서 뽑는 간접선거제를 채택하고 국회의원의 3분의 1을 대통령이 임명하도록 규정했다. 박정희 대통령은 이 헌법에 따라 1972년 12월 23일 새 대통령에 취임하였다. 박정희 대통령은 1978년 다시 다섯 번째로 대통령에 당선되었다. 박정희 대통령은 전국적인 국민 저항 속에서 1979년 10월 26일 중앙정보부장에 의하여 사살되었다. 10·26사태이다. 유신헌법은 명백한 자유민주주의 헌정질서의 파괴였다. 유신헌법 하의 대한민국은 더 이상 민주공화국이 아니었다.

박정희 대통령의 18년 통치는 양분해서 보는 것이 옳다고 본다. 5·16혁명부터 1969년 3선 개헌 이전까지는 경제 발전을 이끈 위대한 지도자 시대로, 그리고 그 이후의 10년은 '유신독재 시대'로 나누어 보아야 한다. 아무리 민주화보다도 경제 발전이 중요하고 경제 발전의 효율적 추진을 위하여 전제적 정부 운영이 필요하다고 하더라도 대한민국의 존립 의의, 대한민국의 정체성인 민주헌정질서를 파괴한 행위는 정당화될 수 없다. 민주주의 발전을 역행시킨 행위를 한 대통령이라고 비판해야 한다. 한국 민주주의는 유신정치 10년으로 크게 상처를 입었다.

유신통치를 선택한 박정희 대통령은 경제 발전을 이끈 명성을 스스로 먹칠하고 후세에 '공7 과3(功七過三)'이라는 평을 받는 독재자로 전락했다. 왜 그랬을까? 본인의 오만과 불통(不通)의 통치철학 때문이었다.

나라를 다스리는 데는 힘이 필요하다. 국민이 정부의 결정들을 따르게 하는 영향력이 힘이다. 힘에는 세 가지가 있다. 지도자를 따르지 않으면 불이익을 줄 수 있는 힘이 있다. 강제력이다. 두 번째는 따르는 자에게 혜택을 보상으로 줄 수 있는 힘이다. 교환력이다. 셋 번째는 지도자가 시키는 일이 옳다고 판단하고 국민이 스스로 따르게 하는 힘이다. 권위이다. 국민이 대부분 교육받지 못한 농민이던 시대에는 강제력이 효율적 통치 수단이 된다. 하루하루 살아가기 어려운 환경에서 가난을 벗어나려 애쓰는 사람들에게는 교환력이 통한다. 그러나 국민의 대다수가 교육받은 중산층인 경우에는 권위가 가장 효율적인 통치 수단이 된다. 지도자가 제시하는 비전, 지도자가 내세우는 이념이 나라의 앞날을 밝혀준다고 믿는 시민들은 일시적 고통과 불편을 참고도 지도자를 따른다.

건국 초기 이승만 대통령은 '희망'을 약속하고 국민들을 이끌었다. 국민들은 가난과 고통을 참고도 대통령을 지지하고 6·25전쟁을 이겨냈다. 그러나 전쟁 이후 집권당이 장기 집권을 위해 각종 부정을 자행하게 될 때 국민들은 저항했다. 문맹률이 80%를 넘던 건국 초기의 국민이 1960년에는 나라 일을 판단할 수 있는 '깨인 시민'으로 바뀌었기 때문이다. 대학교가 하나 밖에 없던 시대가 '대학생 8만 명'의 시대로 들어섰다. 4·19는 이 대학생들이 앞장서서 일으킨 '희망찾기' 투쟁이었다.

박정희 대통령의 군사혁명은 국민들이 민주주의를 훼손하는 일이나 경제 발전을 위해서는 불가피한 조치라 여기고 인용했다. 박정희 대통령은 '민주화'를 주창하던 윤보선 후보를 누르고 국민의 선택으로 대통령에 오를 수 있었다. 경제 발전의 효과가 가시화 되면서 국민들은 한 번 더 박정희 대통령을 선택했다. 그러나 국민생활이 안정되고 경제가 계속 고도성장의 길로 들어서면서 한국 국민의 기대는 더 높아졌다. 공업화가 진행되면서 농민은 줄고 공업노동자가 급속히 늘었다. 급속한 도시화로 근로자들은 도시민들이 되었고 관심은 주택 확보, 자녀 교육 기회 확보, 생활편의의 향상 등으로 바뀌기 시작했고 대단위 직장에서 집단 근로를 하게 되면서 노동조합 등 집단 행위의 기구를 갖추게 되었다. 특히 도시화의 결과로 빈부 차이가 가시화되고 이에 따라 소득 격차에 따르는 상대적 박탈감이 높아져 갔다. 사회 주류를 이루는 교육받은 도시 근로자들의 기대가 농촌에 흩어져 살던 농민일 때와 다르게 변화하였는데도 집권층은 최소한의 생활 향상으로 지지를 창출할 수 있다고 생각하고 '깨인 시민'의 저항은 강제력으로 진압할 수 있다고 생각했다. 시대 흐름과 이에 따른 사회 구성 변화에 둔감했던 지배층의 강제력 위주의 통치 방식이 충돌한 것이 1960년대 말 '3선 개헌' 때의 정치적 혼란이었고 이에 대한 박정희 대통령의 강한 대응이 유신정치라는 전형적 권위주의 통치로 나타난 것이다.

유신정치는 점점 더 강해지는 시민들의 저항과 이에 대한 더 강한 탄압이라는 악순환을 가져와 1979년 10·26 박 대통령 시해사건이라는 불상사를 불러 왔다. 유신정치 10년은 '한강의 기적'이라는 정부 주도의 경제 발전을 가져온 공도 있었지만 대한민국의 민주헌정질서를 파괴하고 민주화의 흐름을 역주행 시킨 시대로 역사에 남게 되었다.

이러한 민주화의 궤도 일탈은 이미 예정된 것이었다. 박정희 대통령의 오만과 불통이 이미 이런 결과를 예고했기 때문이다. 국민의 저항을 무릅쓰고라도 경제 발전을 지속하여 '잘 사는 나라'를 만들어 놓으면 국민들이 이를 양해해주리라는 믿음은 박 대통령의 오만과 무지에서 생긴 것이다. 그리고 잘못을 일깨워 줄 수 있는 사회 지도자들과의 소통에 등한하여 자기가 가는 길이 잘못 된 것임을 몰랐기 때문이다.

1971년 하와이대학교에 방문교수로 와 있던 구상 선생은 내게 "총명하던 박 대통령의 눈에 암운이 끼었어"라고 한탄하셨다. 군 시절부터 가까이 지냈던 박정희 대통령은 매달 한 번씩 구상 선생을 만나 '세상 돌아가는 이야기'를 나누었다고 했다. 그리고 구상 선생이 이것저것 청와대 속에서 들을 수 없는 이야기를 해주면 늘 경청해주었는데 최근에 와서는 만나지 않으려 한다고 하면서 "내가 오만과 독선을 꼬집어 힐책했더니 이제는 만나기를 피하는데 저렇게 스스로를 가두면 결국 '닻줄 끊어진 배'처럼 자기가 어디로 흘러가는지 모르게 된다. 나라의 앞날이 걱정이다"라고 말씀하셨다. 유신은 암운이 눈에 긴 박정희 대통령이 자초한 비극이었다.

3. 6·29자율혁명

12·12혁명으로 집권한 신군부가 전두환 장군을 앞세워 세운 정부가 제5공화국이다. 제5공화국은 유신정치에서 가장 문제가 많았던 '긴급조치' 등 비민주적 통치 방식은 모두 제거했으나 '경제발전계획의 계승'과 강제력에 의한 통치라는 전제주의 통치 방식은 제3공화국의 방식을 그대로 따랐다. 대통령 선출도 간접선거로 하기는 마찬가지였다. 이에 따라 출범 때부터 국민의 저항을 강하게 받았었다. 대한민국의 민주헌정질서는 복원되지 않았다.

전두환 대통령의 임기가 끝나가던 1986년에 들어서면서 정국은 대혼란에 빠져 들었다. 대학생들은 수업 거부, 가두 투쟁을 계속하고 거리마다 대학생들과 진압경찰간의 충돌이 반복되고 있었다. 그때의 일기장을 들여다본다. "…… 세상은 막바지 정국으로 접어들고 있다. 학생들은 이미 좌익 손에 장악되고 그들 학생들이 전국의 대학캠퍼스를 장악했다. 이제 조금도 거리낌 없이 민중혁명을 내세우고 있다. 정부는 아직도 최루탄 대응만 박복하고 있다.…… 완전 무정부 상태…… 집권당은 지리멸렬 상을 보여주고 있고 야당은 갈팡질팡하고 앉아 있다. 해방 이후 이런 답답한 정치 무질서는 아마도 처음이 아닌가 생각한다." 사태는 이렇게 심각했다.

나의 평생 친구인 최병렬 의원이 주선해서 나는 민정당 간부들과 몇차례 만나 사태를 점검했다. 최병렬, 노태우, 임철순, 권익현 등 간부들이 주로 모임에 나왔다. 공통으로 지적된 것이 여당의 비전 제시가 미흡했다는 점이었다. 민정당은 왜 자유민주주의 이념을 고수하여야 하는가를 국민에게 주지시켜야 하며 적극적으로 좌파 논리에 대응하는 보수의 가치 정향을 내세우고 이념 투쟁을 벌여야 한다는 점과 그러기 위해서는 보수대연합을 추진하고 헌법을 고쳐 민주헌정질서를 회복하고 당당하게 국민들의 선택을 받자는데 의견이 대체로 모여졌다. 개헌을 위해서는 자유민주주의 이념을 공유하는 야당의 김영삼 세력과 타협해야 한다는 이야기도 나왔었다.

1987년에 들어서서는 사태가 더 혼란스러워졌다. 특히 그해 4월 13일에 전두환 대통령이 1980년에 제정한 헌법을 그대로 지킨다는 '호헌선언'을 하자 국민들의 분노에 기름을 붓는 것이 되었다. 서울대학교 교수들의 집단 시국성명이 발표되고 데모 중 학생이 희생된 '이한열 사건'이 터지면서 6월 10일부터 전국적인 대규모 '민주항쟁'이 벌어졌다. 매일 밤 서울 시내를 뒤덮은 '평화대행진'이 전개되어 사태는 더 이상 방치할 수 없게 되었다. 6월 10일 민정당에서 노태우 의원을 대통령 후보로 지명하면서 사태는 더욱 악화되었다.

이한기 총리께서 나를 공관으로 불렀다. 이 총리는 대학원 때 나의 지도교수였고 나는 조교로 이 총리를 모셨었다. 사태 수습책을 논의했다. 나는 직선제 개헌, 김대중 연금 해제, 정치범 석방 등을 대통령에게 건의한 후 총리직을 사퇴할 것을 권했다. 이 총리도 동의하였다. 이 총리는 6월 23일 노태우 대표를 만나서 통고했다. 노태우 대표도 동의했다. 최병렬 의원이 구체적 방안을 마련하였다. 전두환 대통령에게 알리지 않고 노태우 대표가 공개적으로 성명을 발표하기로 했다. 최병렬 의원이 성명에 포함될 내용을 정리하고 이병기가 문안을 만들었다. 그리고 6월 29일 노태우가 '6·29선언'을 단행했다. 7월 1일 전두환 대통령이 '6·29선언' 내용을 수용한다고 발표했다. '6·29선언'으로 벼랑 끝까지 몰렸던 제5공화국은 항복한 셈이다. 6·29는 사실상 무혈혁명이었다. '6·29선언'에 따라 대통령 직선제를 포함한 새로운 민주 헌법이 마련되어 10월 27일 국민투표로 확정되었다. 이를 계기로 대한민국은 다시 민주주의 헌정을 회복하였다. 지금까지 유지되는 이른바 '1987년 체제'는 이렇게 시작되었다. 새 헌법에 따라 12월 16일에 실시된 대통령 선거에서 민정당의 노태우 대표가 김대중 후보와 김영삼 후보를 누르고 제13대 대통령에 당선되고 1988년 2월 25일 제6공화국이 시작되었다. 그러나 이어서 1988년 4월에 실시된 국회의원 선거에서는 김대중의 평화민주당, 김영삼의 통일민주당, 김종필의 민주공화당 등 야당 3당의 의석수가 여당인 '민주정의당보다 많은 여소야대의 국회가 출범하여 행정부와 국회가 대결하게 되었다. 여당 의석은 과반수에 못 미치는 125석이었고 야당 3당의 의석은 166석이어서 국회를 통한 야당의 정부 견제가 가능해졌다. 여당은 이러한 여소야대의 제약을 탈피하기 위하여 김영삼의 통일민주당과 김종필의 공화당과의 연합을 추진하여 '민주자유당'을 구성하는데 성공하였다. 그러나 1992년 총선에서 거대 여당인 '민주자유당'은 과반수에서 1석이 모자라는 149석을 얻는데 그쳐 다시 여소야대의 어려움을 겪게 되었다.

'1987년 체제'로 만들어진 새로운 헌법은 대통령직선제 뿐만 아니라 대통령 임기를 5년 1회로 한정하여 장기 집권 가능성을 배제시켰다. 그 결과로 1993년 김영삼 정부, 1998년 김대중 정부, 2003년 노무현 정부,

2008년 이명박 정부, 그리고 2013년 박근혜 정부까지 선거에 의한 정권의 평화적 교체가 이루어져 민주헌정은 제도적으로 자리 잡았다.

역주행하던 한국의 민주주의를 다시 바로 잡은 1987년의 민주헌정 복원은 어떻게 가능해졌을까? 첫째는 시민의 '주권자로서의 각성'을 꼽을 수 있다. 5·16 이후 성공적으로 수행된 경제발전 계획의 결과로 한국 사회에 급격한 구조 변화가 일어났었다. 농업 사회가 2차 산업 중심의 산업 사회로 변하면서 '교육받은 중산층'이 사회의 주류를 이루게 되었다. 이들은 과거의 수동적 농민들과는 달리 높은 시민의식을 가지고 주권자로서의 정치참여를 강하게 요구하기 시작하였다. 시민들은 헌법에 보장된 '인권이 보장된 자유'와 '주권자로서의 참정권'을 보장받기 위하여 집단행동을 취하기 시작하였다. '깨인 시민들'은 더 이상 강제력으로 다스릴 수 없게 되었다. 정치체제의 민주화는 거역할 수 없는 시대적 흐름이 되었다.

둘째는 12·12군사혁명을 주도했던 신군부의 바른 시대 인식을 들 수 있다. 12·12군사혁명으로 등장한 새로운 집권 세력은 유신정치를 이끌던 앞선 군부 세력과는 다른 의식을 가진 '새 시대의 군인'들이었다. 이들은 제3공화국의 과업을 승계하고 유신 시대의 통치 체제도 그대로 유지했었으나 많은 점에서 앞선 군부 세력과는 달랐다. 신군부 세력의 핵심을 이루는 장교들은 육사 17기와 18기 출신이었다. 이들은 해방 1세대에 속하는 엘리트 장교 집단으로 민주주의 교육을 받고 자란 사람들이었고 대부분 미국에서 연수를 받으며 선진 민주국가의 정치체제를 배워 온 사람들이었다. 또한 이들은 사회의 주류를 이루는 민간 엘리트

집단과 직업관료들과 함께 지내 온 사람들이어서 사회 변화에 대하여 잘 알고 있었던 사람들이었다.

6·29의 '무혈 민주화혁명'은 통치 집단을 이루던 신군부 출신들의 자발적 혁명이라고 보아야 한다. 이들은 6·29민주화혁명 이후 새 헌법에 의하여 국민의 지지를 받고 출범한 노태우 정부에 참여하면서 '민주화'에 능동적으로 참여하였다. 12·12군사혁명을 함께 성사시킨 전두환 대통령을 '군사통치 잔재'를 제거하는 정화 작업 과정에서 단죄한 것은 이들도 앞선 군사 정부의 비민주적 통치의 척결 필요성을 스스로 절감하였기 때문에 가능했다.

6·29민주혁명으로 한국의 민주헌정은 복원되었다.

4. '민주정신'이 따르지 못한 민주화

노태우 정부를 이어 1993년 김영삼 정부가 출범하였다. 1961년의 5·16군사혁명 이후 32년 만에 처음으로 순수한 민간 정부가 탄생한 것이다. 그래서 김영삼 정부는 스스로를 문민정부라 불렀다.

여당인 민주자유당(민자당) 후보로 출마한 김영삼은 노태우 대통령이 이끌던 민주정의당과 김종필 대표가 이끌던 신민주공화당이 연합하여 만든 민자당의 대표로 대통령에 당선하여 1993년 2월 제14대 대통령에 취임하였다. 그러나 군부가 주도해 온 민자당 후보로 당선된 김영삼 대통령은 자기가 승계한 민자당을 주도하던 '신군부' 세력 배제부터 착수했다. 민주화를 위한 권위주의 유산의 청산이 김영삼 대통령이 내세운 이유였다.

문민정부는 우선 제5공화국에서 제6공화국까지 정부를 이끌어온 신군부의 사조직인 '하나회' 소속 장성들의 보직을 해임하는 군부 개혁을 실시하였다. 이어서 민자당 내의 신군부 출신의 정치인들을 사법처리하여 정리하였다. 이 자리를 김영삼 대통령과 재야에서 함께 민주화운동을 해오던 인사들로 채웠다. 그리고 1996년 민자당은 신한국당으로 개편하였다. 나아가서 김영삼 대통령은 전두환, 노태우 두 대통령을 12·12군사혁명과 5·18광주사태와 관련 지어 반란 수괴, 뇌물수수 죄목으로 사형, 무기징역형 등의 중죄로 사법처리하였다.

김영삼 대통령은 지방자치단체장의 선거제도 도입, 다양한 시민단체의 무제한의 활동을 보장하는 등 민주화 조치를 강하게 추진하였다. 북한과의 관계 개선을 위하여 북한 정권의 요구를 받아들여 '미전향 장기수'를 북한으로 보내주고 김일성과의 정상회담을 추진하였다. 김일성의 사망으로 정상회담은 실현되지 않았으나 대북 경제지원을 확대하고 북한의 자유경제무역지대에 한국 기업이 진출하도록 필요한 조치들을 펴나갔다.

북한이 핵무기 개발을 진행하는 사실이 알려지면서 시작된 '1차 북핵 위기'가 닥쳤을 때에도 미국 등 우방을 설득하여 북한이 영변 핵재처리 시설을 가동하지 않을 것을 조건으로 북한에 200kW의 경수형 원자핵발전 시설을 해주기로 약속하는 KEDO 사업을 시작하고 중유 등의 원조를 제공하였다.

김영삼 정부의 전 방위에 걸친 민주화 조치로 한국 사회는 국민들이 제한 없이 언론, 집회, 결사의 자유를 누리는 민주화된 사회로 되살아났으나 부작용도 커지기 시작했다. 북한이 자유롭게 한국 사회 안에서 정치전을 펼 수 있는 여건을 만들어준 셈이 되었기 때문이다. 북한이 정치전 요원 수송, 무장투쟁용 공용화기 수송을 위해 은밀하게 남파하던 상어급 잠수함 1척이 1996년 강릉 해안에서 발견된 사건으로 국민들의 불안이 높아지던 때에 북한 고위당 간부 황장엽(黃長燁)이 탈북 귀순하여 북한의 대남 정치전 계획이 밝혀져 국민들의 불안은 더욱 높아졌다. 이러한 긴장 속에서도 문민정부는 민주화를 고집하여 한국의 보수 세력의 저항을 받기 시작하였다. 남북 대결이라는 특수한 환경을 무시한 민주화의 강행으로 한국 사회는 보수 세력과 친북 세력 간의 갈등을 표출시키는 결과를 가져 왔다. 민주화는 시민이 민주시민으로서의 소양을 갖춘 상태에서 점진적으로 추진되어야 부작용을 줄일 수 있는데 성급한 민주화 추진이 역풍을 불러온 것이다. 민주정치는 모든 사회 구성원이 기본 인권이 보장되는 자유를 누리게 하는 공존 보장의 민주헌정체제를 지키려는 의지를 갖추고 있을 때 작동한다. 민주정치는 민주헌정질서 자체를 파괴하려는 세력을 누를 수 있을 정도의 '깨인 시민'들의 단결된 의지가 확보되어 있을 때 작동하는 정치 제도이다. 국가의 민주헌정질서 수호라는 공익(公益)보다 자기의 집단 이익을 앞세우는 시민이 다수를 차지하는 사회에서는 '민주화'가 '민주헌정'을 파괴하는 결과를 가져 온다. 특히 프롤레타리아 독재를 주창하는 북한 정권과 공조하여 한국의 헌정질서를 무너뜨리려는 친북 정치 세력이 활약하는 한국 정치 풍토에서는 더더욱 제한 없는 '민주화'는 위험하다. 문민정부는 이를 무시했다.

민주주의는 공존(共存)의 정치이다. 구성원의 국민으로서의 격(格)의 평등을 약속하고 서로의 다름을 최대한 존중하면서 서로 다른 정책 의견은 타협을 통해서 하나로 취합해 나가는 정치이다. 구동존이의 정신이 민주정치의 기본 정신이다. 격의 동등은 정치참여의 동등권과 법 앞의 동등과 함께 공공질서 수호의 책임의 동등까지를 포함한다. 그리고 타협의 원리로는 다수 의사와 소수 의사를 반영하여 하나의 절충안을 만들어 내는 방식을 택한다. 이러한 민주헌정체제에서는 모든 국민은 체제 수호를 위한 기본 규범인 헌법을 존중해야 할 의무를 진다. 그리고 공존의 약속을 지키는 것 이외에는 각자의 생각과 능력에 따라 자기대로의 생활을 추구할 수 있는 자유를 보장받는다. 법치주의와 자유주의가 민주주의의 핵심 이념 요소가 된다.

민주헌정질서를 지켜나가는 자세에 대해서는 두 가지가 있다. 기본 합의인 근본 규범(Grundnorm)은 되도록 지키면서 변화하는 체제 환경을 수용하기 위하여 점진적으로 제도를 개선해 나가자는 보수(保守)주의가 있고 과감하게 근본 규범을 고치자는 개혁(改革)주의가 있다. 보수주의는 근본 규범의 정통성을 존중하는 전통 존중, 인간의 본성인 자유에 대한 절대적 가치 존중의 사상이 담겨 있고 개혁주의에는 구성원의 삶의 질의 구체적 실익을 존중하자는 사상이 담겨 있다. 보수주의 뿌리는 국가 사회를 집(家)의 확대로 보는 국가관이다. 가족은 각각의 기능을 하는 구성원의 유기적 결합으로 움직인다. 가장은 가족을 이끌어야 할 뿐 아니라 가족 모두의 삶을 배려해야 한다. 그런 배려가 없으면 허물어진다. 나라가 살아야 모두가 살 수 있다는 유기체적 사고가 깔려 있다. 보수주의에는 격의 평등을 존중하는 것으로 평등의 약속은 족하며 개인 능력과 지위의 차이로 생기는 부의 격차는 자유를 침해하지 않기 위하여 수용해야 한다는 입장이고 개혁주의자들은 결과의 평등 보장을 위하여 자유를 제한할 수 있다는 입장이다. 이것이 보혁 갈등의 기본 줄거리이다.

김영삼 정부가 출범한 시대의 한국 사회의 현실에서는 경제발전 단계가 이미 선진 산업화 사회로 접어 들어가고 있어 빈부의 차가 심화되기 시작했고 대기업 중심의 시장경제체제 속에서 재벌과 근로자간의 이해 상충이 심화되고 있었다. 그러나 군사 정부의 전제적 통치 아래에서 이러한 갈등을 정치적 타협으로 해소해 나갈 수가 없었다. '가진 자와 권력을 가진 자'의 '없는 자와 약한 자'에 대한 배려가 부족했다. 김영삼 정부의 급격한 민주화 추진은 바로 이러한 갈등을 표면으로 이끌어낸 셈이다.

김영삼 대통령의 정치 경력은 '민주화 투쟁' 하나로 집약된다. 국민들도 그렇게 인식하고 있었고 본인도 그렇게 생각해왔다. 김영삼 대통령은 제5공화국의 군사통치 종식을 위하여 극한투쟁을 벌였었다. 김영삼 대통령은 1983년 5월 단식투쟁을 벌여 국민들에게 민주화운동에 동참할 것을 호소하였다. 이 단식투쟁이 계기가 되어 1984년 5월 재야 정치인들이 연합하여 '민주화추진협의회(민추협)'을 결성하고 대대적인 민주화투쟁을 벌였다.

민추협 발족 1주년이 되던 1985년 5월 〈월간조선〉은 민추협의 두 지도자이던 김영삼과 김대중 두 사람의 정치투쟁 구상을 국민들에게 알리기 위하여 특별대담을 기획했다. 이홍구 서울대 교수가 김대중과 대담하기로 하고 내가 김영삼을 맡았다. 이때 나는 처음으로 김영삼을 만났다. 5시간 이상 진행된 대담에서 잡지에 실린 내용 이외의 주제를 광범위하게 논했다. 그날 나는 민주화투쟁 계획과 관련하여 두 가지를 말씀드렸다. 첫째는 김영삼이 내건 '민주화'는 너무 추상적이고 내용이 담기지 않아 민주화를 원하는 국민들도 따르기 어렵다. 어떤 민주주의를 지향하는지, 만들려는 민주국가는 어떤 모습의 나라인지 뚜렷한 비전을 내세워야 국민들이 믿고 따를 것이라 했다. 심지어 북한도 '인민민주주의'를 내세우고 민주국가라고 하지 않느냐고 지적하고 명확히 자유민주주의 이념을 수호하는 투쟁임을 밝히라고 했다. 그리고 이러한 이념을 공유하는 사람들만으로 정당을 만들어 민주화투쟁에 앞장서도록 하라고 권했다. 국민들은 정당을 보고 투표할 것이기 때문이다.

둘째는 투쟁의 효율을 기한다는 명분으로 이념을 같이 하지 않는 집단과 손잡지 말라고 권했다. 제5공화국의 권위주의 정치에 대하여 반대하는 반정부 투쟁 세력은 두 가지였다. 한국 시민사회의 주류를 이루는 '교육받은 중산층'은 자유민주주의 헌정질서를 지키려는 보수 세력으로 제5공화국 정부가 반민주적이어서 반대했다. 자유민주주의의 복원을 염원했다. 그 반대쪽에는 프롤레타리아 계급 해방을 내세우는 좌익 세력이 있었다. 이들은 보수 세력과 정반대 이유로 반정부 투쟁을 벌이고 있었다. 북한 인민민주주의에 동조하면서 인민해방을 목표로 하는 투쟁을 벌이고 정부의 '보수성'을 타도 목표로 하고 있었다. 김영삼이 권위주의 정부 타도를 위해 좌파 세력과 손을 잡으면 스스로의 정체성을 잃게 된다. 자유민주주의 이념과 전체주의-전제주의와는 서로 상극하는 관계이기 때문에 자유민주주의를 위한 민주화투쟁이라는 김영삼 선생의 민주투쟁은 설 자리를 잃게 된다고 말씀드렸다.

김영삼은 민추협을 앞세우고 1987년 선거에 나섰으나 노태우 대통령에게 패배했다. 전국학생총연맹(전학련) 등 좌파 단체의 지원을 받았으나 한국 사회의 주류를 이루는 자유민주주의 세력에 밀렸다. 6·29선언을 통하여 '반공-자유민주주의 정부'를 내세운 노태우 후보는 앞선 정부의 주도 세력이던 신군부의 대표였음에도 불구하고 한국 국민들은 새 지도자로 선택했다.

김영삼 후보가 대선에서 승리한 후 취임에 앞서 조각하던 1993년 2월 초에 다시 몇 번 만났다. 2월 12일과 14일 독대한 자리에서 두 가지 건의를 드렸다. 첫째로 대통령이라는 직(職)은 '생각하는 자리'이지 '일하는 자리'가 아니다. 일은 장관 등이 나누어 맡아 한다. 각 분야의 능력을 갖춘 최고 전문가를 삼고초려해서라도 모셔서 일을 맡기고 개입하지 말라고 충고했다. 대통령은 지휘관이지 참모가 아니다. 대통령이 직접 나서서 장관이 할 일을 챙기면 장관 이하 그 조직이 죽는다. 그렇게 되면 기강이 무너진다. 장관에게 해당 부서의 인사권을 모두 주어라. 그래야 기관을 장악할 수 있다. 대통령은 거시적 안목에서 나라를 이끄는 방안을 생각하고 다듬고 챙기는 일만 해야 한다. 대통령이 바쁘면 안 된다. 생각할 시간을 가져야 한다. 폭넓게 사람을 만나면서 판단에 도움이 될 식견을 구해라. 이렇게 대통령의 통치 방식에 대한 참고 사항을 이야기 했다.

둘째로 국민의 뜻을 바로 알아야 한다고 말씀드렸다. 유권자의 다수표로 대통령에 당선되었으나 얻은 표가 모두 지지표라 생각하면 착각이다. 그 표의 상당수는 지지(support)표가 아닌 인용(tolerance)표이다. 즉 김영삼 대통령이 좋아서 찍은 것이 아니고 상대방 후보였던 김대중이 대통령이 되어서는 안 된다고 생각해서 찍은 것임을 알아야 한다. 누가 김대중의 대통령 취임을 막으려 했는가? 한국 사회의 주류를 이루고 있던 '교육받은 중산층'이다. 이들은 김대중 후보의 좌파적 사상과 친북적 행동에서 그가 대통령이 되면 대한민국의 자유민주주의-시장경제 존중의 기본 헌정질서가 무너질 것을 두려워했기 때문이다. 이 점을 유념하라고 김영삼 당선자에게 일깨워 드렸다. 만일 김영삼 대통령이 민주화 추진이라는 명분으로 친북 좌파에게도 언론, 집회, 결사의 자유를 무제한 허용한다면 김영삼 후보를 대통령으로 만들어준 한국 사회의 보수 세력은 등을 돌릴 것이라고 경고도 했다. 두 번째 이야기는 한국 사회 구성원의 의식 변화 흐름에 대한 분석과 자유민주주의 수호를 약속하는 선명한 비전을 제시하라는 당부였다.

김영삼 대통령과는 임기 중에도 비교적 자주 만났다. 임기 초에는 내가 맡고 있던 '21세기위원회'라는 대통령 자문기관의 위원장 자격으로 수시로 보고할 일이 있어서 만났고 그 뒤에도 단독 또는 몇 사람과 함께 수시로 만났다. 특히 대북정책, 외교정책 관계를 논의하기 위해서 만났다.

한마디로 김영삼 대통령은 본인이 강조했듯이 철저한 민주주의 신봉자였고 민주화 투사였다. 그러나 민주주의의 사상적 특색, 핵심 가치 등에 대한 이해가 부족했고 친북 좌파의 인민민주주의의 도전도 가

넙게 받아들이고 있었다. 김영삼 대통령은 앞선 군사 정부들이 만들어 놓은 많은 권위주의적 통제 장치를 과감하게 해체해서 민주화에 크게 공헌하였다. 그러나 대한민국의 민주헌정질서 자체를 부인하는 세력들에게까지 무제한의 자유를 허용함으로써 북한이 대한민국 체제 전복을 위하여 정치전 준비로 우리 사회 각 처에 '정치전 기지'를 구축하는 것을 묵인했다. 임기 중 탈북 귀순한 황장엽 선생이 북한이 한국 내에서 하려는 정치전에 대하여 상세히 보고해주었는데도 이를 무시했다. 김영삼 대통령의 이러한 '순진한' 민주화 신념이 결국 한국 사회의 주류를 이루던 '교육받은 중산층'의 보수 정권에 대한 실망으로 이어졌고 그 결과로 1997년 선거에서 진보 정권이 출현하는 길을 열어 주었다.

5. 새로운 문제로 떠오른 보수-개혁 갈등

1997년 12월 18일 실시된 제15대 대통령 선거에서 국민회의의 김대중 후보가 40.3%의 득표로 한나라당의 이회창 후보를 39만 표차(38.7%)로 이기고 대통령에 당선되었다. 한나라당에서 탈당한 이인제 후보가 19.2%의 보수층 표를 잠식하여 이루어진 진보의 승리였다. 그리고 5년 뒤 2002년 12월 19일에 실시된 제16대 대통령 선거에서 김대중을 이어 진보 성향의 새천년민주당의 노무현 후보는 다시 출마한 한나라의 이회창 후보를 48.91% 대 46.59%로 누르고 제16대 대통령에 당선되었다. 대한민국 헌정 사상 처음으로 진보 정권 10년의 시대가 열렸다.

한국에서는 대한민국의 자유민주주의 헌정질서를 지키려 하는 반공 의식을 가진 시민들을 보수라 부르고 대한민국이라는 국가 자체의 안전과 발전을 앞세우는 보수에 대하여 국가 전체보다는 약자의 이익을 먼저 지키려는 좌파 성향의 인민대중을 대변하는 사회주의 의식을 가진 사람들을 진보라 부른다. 즉, 현존하는 대한민국의 헌정질서를 깨고서라도 소외된 농민-노동자 등 근로 계층에 속한 사람들의 권익을 보호하는 새로운 정치체제를 만들겠다는 개혁주의자를 진보라 부른다. 그런 뜻에서 진보는 '개혁'으로 바꾸어 불러도 좋다.

진보 정부의 출현은 대한민국 70년사에서 중요한 의미를 가진다. 건국 때의 국민적 합의인 자유민주주의에 대한 공개적 도전이 합법적 절차로 인정받았음을 의미하기 때문이다.

보수주의는 독자적 인격체로서의 개인을 존중하는 정치 이념으로서 국가는 이러한 개인들이 각자의 자유를 최대한으로 보장받기 위한 방편으로 개인들이 합의하여 만들어낸 계약의 산물이라고 본다. 계약 주체로서의 개인은 주권을 가진 정치 참여자의 자격을 보장받아야 된다는 참정권의 보장, '인간 존엄성이 보장된 자유' 보장 등을 포함한 자유민주주의 정치 이념을 보수하려고 하는 생각이어서 보수주의로 부른다. 보수 세력은 정치체제 구성의 기본인 동등한 참정권과 기본 인권보장의 약속을 계속 존중한다는 뜻에서 수구(守舊)의 전통 존중 의식을 가지며 각자의 자유를 극대화하기 위해서는 같은 공동체의 구성원으로서의 격의 평등을 존중하면서 다른 구성원의 생각과 이익을 인정하고 존중하는 관용의 정신을 바탕으로 서로의 '다름'을 화합 정신으로 타협해나간다는 구동존이의 도덕적 의식을 존중한다.

한국에서 말하는 진보 이념은 원래 개인을 공동체를 구성하는 하나의 단위로만 의미를 가지는 존재로 인식하는 '사회적 존재로서의 인간' 이라는 인식에서 출발했다. 공동체가 발전하여야 구성원인 개인도 발전한다는 주장에 따라 개인의 자유보다 전체의 이익, 발전, 안전에 더 큰 비중을 두어야 한다는 집단주의 사고가 밑바탕에 깔려 있다. 그러나 혁명이데올로기로 발전하면서 진보는 국가보다는 근로대중 계급의 이익을 앞세우는 주장으로 변질하였다. 그래서 진보에서는 평등을 최고 가치로 내세운다. 생산에 기여한 정도와 관계없이 결과적인 부(富)가 고르게 되어야 한다는 평균주의의 경제관이 여기서 비롯된다. "능력에 따라 일하고 필요에 따라 소비하는 사회"를 이상으로 하는 공산주의는 진보 사상의 최고 형태가 된다. 급격하게 진행되는 산업화 과정에서 시장경제 원칙을 준수하면 빈익빈 부익부 현상이 나타날 수밖에 없고 그 결과로 가진 1%와 못 가진 99%로 사회가 계급화 되는 길로 나가게 된다. 여기에 등가참여의 민주주의의 다수결 의사결정 제도가 접목되면 선거를 통한 사회주의 혁명이 가능해진다. 1997년의 선거는 그 첫걸음이었다. 진보는 투쟁 과정에서는 민주를 내세우지만 집권하면 '인민 민주독재'로 변한다.

산업화의 속도를 감안하면 1990년대의 한국 사회는 사회주의적 개혁이 불가피해진 상태였다. 그러나 김영삼 정부는 '민주화'에 전념하면서 그 민주화가 가져올 정치 환경 변화에 대비하지 못했다. 급격히 불어난 산업 노동자들에게 노동조합운동의 자유를 주면 당연히 그 노조는 정치화 된다. 방어체제 없이 대학생들의 정치 투쟁의 길을 열어주면 조직적인 정치전을 펴려는 세력들이 좌파 조직을 심는 길을 열어주게 된다.

한국처럼 대한민국을 전복하고 인민민주주의의 북한 주도로 단일 공산국가를 만들려는 북한 정권이 치밀하게 대남 정치전 계획을 세우고 전개하는 상황에서는 '민주화'는 조직된 좌파의 체계적 운동과 통일된 대응 조직을 만들 수 없는 보수 세력 간의 싸움에서 진보의 승리를 촉진하는 조건의 제공이라는 엉뚱한 결과를 가져 온다.

김영삼 정부는 체계적 민주화를 주도할 정당을 갖지 못했다. 군사 정부의 전제정치에 반대하던 다양한 집단의 이합집산으로 진화한 민주자유당은 통일된 철학, 이념을 갖추지 못했을 뿐 아니라 뚜렷한 민주화의 비전도 가지지 못했다. 좌파 세력이 눈에 보이지 않는 잘 조직된 정치전 지휘부를 갖추고 계획적으로 투쟁을 벌이는데 조직을 갖추지 못한 '붕당' 수준의 여당을 가지고는 대응하기 어려웠다.

좌경화하는 한국 정치를 우려하는 보수 세력들은 1997년과 2002년의 대통령 선거에서 한나라당의 이회창 후보를 대통령으로 만들기 위해 노력했으나 한나라당 자체가 분열되고 내분을 겪으면서 '좌파 10년' 시대를 열어준 셈이다.

1997년 선거에서는 당시의 여당이던 한나라당에서 7인의 후보가 경선에 나섰다. 이홍구, 최병렬, 이수성(李壽成), 이한동(李漢東), 노재봉(盧在鳳)…… 등 모두 대한민국을 안정되게 이끌어 갈 수 있는 지도자로서의 소양을 갖춘 후보들이었으나 힘을 모으는 데는 실패했다. 더구나 유력한 후보로 거론되던 이인제가 탈당하여 독립 후보로 출마하면서 보수의 자멸을 가져 왔다. 2002년의 선거에서도 상태는 마찬가지였다. 김대중 정부 5년간 지속된 정쟁은 민주화 세력 내에서의 보수와 진보의 투쟁이라는 점에서 과거 민주화 세력과 권위주의 세력 간의 투쟁과 성격이 다를 뿐 정쟁 전개는 마찬가지였다. 서로 상대방의 부정과 비리를 폭로하고 헐뜯는 '네거티브 투쟁'이 중심이었고 국가 장래를 논하는 '비전' 간의 경쟁 등은 볼 수 없었다.

김대중 정부 시대의 정치 투쟁에서 눈에 띄는 현상은 국회의원의 구성 변화이다. 1980년대 반권위주의 투쟁에 앞장섰던 대학생들인 '386세대'의 젊은 '진보' 세력이 대거 국회로 진출했다는 점이다. 이러한 국회 구성으로 대한민국의 정치 무대는 좌파 우세로 기울기 시작하였다.

6. 보수 회귀에 실패한 이명박-박근혜 정부

2007년 선거에서 한나라당 이명박 후보가 제17대 대통령에 당선되었다. '진보'를 대표한 새천년민주당의 정동영 후보를 48.6% 대 26.14%라는 압도적 득표차로 눌렀다. 다시 '보수' 시대가 시작된 것이다. 그리고 2012년 제18대 대통령 선거에서는 새누리당(한나라당의 명칭 변경)의 박근혜 후보가 51.6%의 득표로 48%를 득표한 더불어민주당의 문재인 후보를 누르고 대통령에 당선하였다. 두 선거에서 '보수' 후보가 승리할 수 있었던 것은 '진보 정권'이 위험할 정도로 북한과의 관계 개선에 나선 데 대한 불안을 느낀 국민들이 '보수 회귀'를 열망한 덕분이라고 생각한다. 그러나 두 대통령은 모두 보수 회귀를 바라던 국민들의 기대에 미치지 못했다.

'진보 10년'의 정치전 구조는 좌파 정부와 좌파 시민단체가 한편이 되어 보수 시민들과 대결하던 3각 구도였다면 이명박 정부와 박근혜 정부 시대에는 그 3각형 구도가 보수 정부와 보수 시민이 한편으로, 그리고 좌파 시민과 이를 뒷받침하는 '그림자 조직'이 한편인 구도로 변한 셈이다. 그러나 문제는 두 정부 모두가 진보 세력의 도전에 대응할 '정당'을 갖지 못했기 때문에 싸움에서 이길 수가 없었다. 특히 박근혜 대통령은 여당과도, 행정부와도 손을 잡지 않고 홀로 통치를 해나가면서 고립무원의 상태를 만들어 놓아 사태는 더욱 심각하였다.

이명박-박근혜 정부 시대의 정치 투쟁의 특징은 대규모 대중 동원이었다. 국민이 동조할 수 있는 사안이 생기면 이를 정치화하여 대규모 '촛불대회'라는 민중동원 투쟁을 벌이는 방식이었다. 이명박 시대의 '광우병 파동', 박근혜 시대의 '최순실 사건'을 앞세운 탄핵운동 등이 대표적 대중동원 투쟁이었다.

한국 민주주의는 또 한 번의 시련을 맞이하였다. 수사 단계에 있는 미처 밝혀지지 않은 혐의로 현직 대통령을 탄핵으로 몰고 갈 수 있는 '대중정치'는 왜 가능해졌을까? 정당(政黨)의 부재 때문이다. 국민과 정부를 잇는 매개 기구가 정당인데 정당이 제 기능을 하지 못하면 정치는 대중운동으로 전락하게 된다. 대중을 선동하고 동원할 수 있는 조직을 가진 집단이 정치를 좌우하게 되는 것이다. 민주주의의 어두운 구석이 바로 이러한 대중동원 투쟁이 국가 운명을 좌우할 수 있다는 점이다.

정당은 민주주의 정치체제 운영의 핵심 기구이다. 정보가 제한된 대중은 정보전달 수단을 장악한 집단의 선동에 따라 움직이게 된다. 이들은 왜곡된 정보로 진실을 알 수 없는 상태에서 주권을 행사하게 된다. 중우(衆愚)정치의 한 모습이다. 이러한 약점을 보완하는 장치가 정당이다. 정당은 이념을 공유하는 주권자들이 모여 만들어낸 정치 기구이다. 다양한 국민의 의견과 요구를 정리된 선택지(選擇枝)로 만들어 의회와 행정부에 전달하는 기능을 하는 기구이다. 그리고 통치자의 의중을 국민이 알아들을 수 있는 정보로 바꾸어 홍보하여 여론을 조성하여 통치 책임자가 자신 있게 정책을 펴나갈 수 있게 하는 기구이기도 하다. 민주정치체제에서 법률을 제정하는 입법기구에 참여할 대의원을 선출하는 길잡이도 정당이다. 유권자들이 믿고 선택할 수 있는 후보를 사려 깊게 선출하여 제시해주는 기능도 중요한 정당의 기능이다.

한국 사회는 그동안 너무 빠른 속도의 산업화 과정에서 사회 계층 변화, 국민들의 대정부 기대 내용의 변화가 격심하여 정치 제도가 제대로 적응해 나가지 못했다. 거기에 북한에 의한 사회 교란책 등이 가해져서 한국 사회는 자주 혼돈에 빠져 들었다. 이럴 때 의연하게 사회 변화의 흐름, 국내외 체제 도전 세력의 동태 등을 분석하여 능동적으로 대응해 나갈 수 있는 정당이 있어야 하는데 불행히도 우리의 정당들은 거의 파당 정도의 이익집단으로 전락하였다. 국회의원 당선에 유리하면 이념을 달리하는 정당으로 쉽게 당적을 바꾸기도 하고 정당 내에 분파를 만들어 서로 반대되는 당 정책을 다투어 내어 놓기도 한다. 2016년의 박근혜 대통령 탄핵 사태도 여당인 새누리당이 단합하여 제대로 된 정당 기능을 폈더라면 사전에 막아낼 수 있었던 사태였다.

'진보 정당 시대 10년'의 왜곡된 민주헌정 발전사를 바로 잡을 것을 기대했던 '보수 정당 시대 10년'도 정치를 이끌 정당을 마련하지 못해 허송세월로 막을 내렸다.

그동안 한국의 정당들은 이익집단으로 전락하여 나라 지키기, 나라 키우기에 걸림돌이 되었다. 이명박 정부 때는 애써 마련한 국방개혁안, 외교기구 개편안, 통일교육 개선안 등을 모두 좌초시켰고 박근혜 정부 때는 여당도 야당과 손잡고 정부를 흔드는 일에 동참했었다.

권위주의 정부 시절에는 북한은 야당에 얹혀 반정부 투쟁을 폈었다. '반정부'라는 공동 목표를 이용한 통일전선전략에 따른 것이다. 보수 복원을 시도하던 이명박 정부와 박근혜 정부 시절에는 야당이 북한 정치전에 동승하여 반정부 투쟁을 벌였다. 정권 탈취를 위한 전략이라 생각했기 때문이었을 것이다. 한일군사정보보호협정(GSOMIA) 반대, 고고도미사일(THAAD) 설치 반대, 한일 위안부문제 해결 합의 반대, 개성공단 복귀 등 북한이 집요하게 추진했던 대남정책을 야당들이 앞장서서 주장했다. 이런 과정에서 항상 '국민이 원하기 때문'이라는 변명으로 자기 행위를 정당화 해왔다. '국민'은 가시적인 데모참가자 뿐만 있는 것이 아니다. 침묵을 지키는 더 많은 국민이 있다는 것을 주목해야 한다. 정당이 이렇게 이익집단이라는 사조직(私組織)으로 전락하면 건전한 민주주의가 안착할 수 없다. 정당이 공당이 되어야 한국 민주주의는 재생한다.

대한민국 70년을 재구성해본다

해방에서 건국까지가 첫마당이다(第1幕 第1場). 갑자기 맞이한 해방의 감격 속에서 한 번도 경험하지 못한 국토 분단, 미국과 소련의 군정이라는 특수 상황 속에서도 우리 국민들은 '나라 만들기'의 어려운 과제를 잘 수행하였다. 국민들은 민주주의, 사회주의, 공산주의라는 이념이 정확히 무엇을 우리에게 가져올지 모르면서도 깨인 지도자들의 인도에 따라 선거를 치루고 국회의원을 뽑고 민주공화국 대한민국의 건국을 성공적으로 마무리했다. 지금 되돌아보면 결코 쉽지 않은 작업이었다. 한국 국민들은 비록 교육 수준이 낮았고 주권자로 정치참여의 기회를 가져보지 못했지만 높은 민족적 자긍심을 가지고 있었고 누가 바른 지도자인지 식별할 수 있는 안목을 갖추고 있었고 바른 지도자를 따라 나서면 밝은 내일을 맞이할 수 있다는 믿음을 가졌다. 공산주의자들의 격렬한 반대 책동에도 흔들리지 않고 1948년 5월 10일 투표장에 나가서 제헌국회의원을 선출했다. 북한 정권의 방해로 선거를 치룰 수 없었던 제주도의 2석만 공석으로 남겨두고 제헌국회 구성에 성공했다.

6·25전쟁 3년간의 '나라 지키기' 기간이 두 번째 마당(第2場)이었다. 준비를 갖추지 못한 상태에서 북한의 무력남침을 당하여 국토의 9할을 점령당한 상태에서도 한국 국민은 포기하지 않고 끝까지 투쟁하여 북한군을 다시 북으로 몰아냈다. 인구의 1할을 잃고 전국토가 초토화된 엄청난 전쟁 속에서도 한국 국민은 용기를 잃지 않고 대한민국을 굳건히 지켜냈다. 위대한 지도자의 영도에 따라 한국민이 하나로 뭉쳤기 때문에 가능했던 자랑스러운 '나라 지키기'였다.

제3장(第3場)은 전후복구 기간이었다. 춥고 배고픈 어려운 시기였으나 우리 국민들은 고난을 참아가면서 '새 나라 만들기'에 힘을 모았다. 그러나 전후의 안정기에 접어들면서 집권층이 장기 집권의 꿈을 실현

하기 위하여 '국민의 뜻'을 위장하여 선거 부정, 야당 탄압 등의 헌정질서 파괴 행위를 자행하였다. 주권자로서의 국민의 권리에 대하여 자각한 지식인들의 저항이 결국 집권 자유당의 반민주적 정권 연장 시도를 꺾었다. 4·19였다. 그러나 정당정치가 자리 잡히지 않은 한국의 정치 풍토에서 민주시민의 자율 능력이 높지 않아 민주헌정은 혼란의 소용돌이에 말려 들어갔다. 그 결과가 5·16군사혁명이었다. 국민들이 모두 민주시민으로 성숙될 때까지 '과도적 전제정치'를 펴 국가를 안정 성장의 궤도로 올려놓겠다는 혁명군의 약속을 우리 국민들은 믿고 제3공화국을 출범시켰다.

제3공화국은 출범 초기에는 '선 경제 건설 후 정치 민주화'의 약속을 지키면서 경제 선진화의 기틀을 마련하는데 노력을 기울였다. 그리고 많은 성취를 이루었다. 그러나 집권 8년이 지나면서 초심을 잃고 과도적이라던 '민주정치 유보'를 넘어서서 '영구 집권의 전제정치체제'를 구축하려고 유신체제를 만들었다. 분노한 국민들의 저항이 이어졌고 국민 저항을 억압하는 탄압이 강화되었다. 그 악순환 과정에서 10·26이라는 비극적 사태에 이르렀다. 사태수습에 나선 신군부가 다시 12·12라는 군사정변을 일으켜 헌정질서를 마비시키고 제5공화국 체제를 출범시켰다.

네 번째 마당(第4場)은 성숙된 국민들의 민주의식에 신군부가 변한 시대의 흐름을 자인하고 6·29라는 자체 혁명을 단행하고 비민주적 전제정치체제를 민주화시키는 결단을 내린 후의 민주체제 실험기이다. 1987년에 정립된 '1987년 6·29체제'는 현대적 민주헌정질서의 요건을 모두 갖춘 선진 민주주의체제이다. 대한민국은 드디어 국제 사회에서 인정받는 '선진화된 민주국가'가 되었다.

그러나 이러한 체제 민주화 성취에도 민주정치는 순탄하게 작동하지 못했다. 민주정치는 다양한 이익과 이념을 가진 국민들이 타협을 통하여 공존하는 체제인데 국민들의 공존의식이 자리 잡지 않은 상태에서는 민주정치 제도는 이익집단간의 파벌적 투쟁으로 변질된다. 더구나 서로 다른 의사를 타협을 거쳐 하나의 공동체 의사로 결정하는 이른바 '다양성을 하나로(e pluribus unum)'라는 민주정치 운영을 원활히 하기 위하여 만들기로 된 정당이 정당 본연의 기능보다는 정권 장악을 위한 투쟁집단이라는 파당으로 전락하면 민주정치는 파행을 면할 수 없게 된다.

파당화된 정당들이 이끄는 민주헌정은 대중영합주의(populism)라는 민주주의를 악용한 집권 경쟁으로 전락한다. 국가라는 정치체제를 운영하는 이상적인 방법은 '나라를 사랑하는 능력을 갖춘 지도자들(曉達時務 留心國事)'이 영도하고 일반 국민이 이들을 따르는 것인데 반대로 파당 이익을 국익보다 앞세우는 무능력한 직업 정치인들이 '국민의 뜻'에 영합하여 무책임하게 권력 투쟁에 나서게 되면 그 나라는 자멸하게 된다.

1987년부터 30년간 지속되고 있는 '1987체제'의 비극은 바로 '무능한 정치 지도자-깨인 국민'이라는 뒤집힌 정치영도 시스템을 바로 잡아가는 대한민국 민주헌정의 어려운 과도기에 해당한다(第5場).

대한민국 현대사 70년을 지켜보면서 내린 결론은 다음과 같다.

첫째는 '나라가 살아야 백성이 산다'는 사실을 명심해야 한다. 나라라는 틀 속에서 백성은 살아간다. 그 속에서 나라의 체제를 어떻게 고쳐야 하는가, 체제 운영을 어떻게 하는 것이 바람직한가를 다툴 수는 있다. 그러나 나라 자체의 존립을 위협하는 싸움을 한다는 것은 가장 반민족적인 행위가 된다. 폭풍 속에서 배가 빠지려 할 때 배의 안전은 제쳐 놓고 누가 선장을 맡을까를 다투는 것은 자해 행위이고 반민족 행위가 된다.

둘째는 다툼의 대상이 되는 가치에는 서열이 있다는 것을 알아야 한다. 대한민국의 정체성을 이루는 자유민주주의 헌정질서는 최고의 가치여야 한다. 대통령책임제인가, 내각책임제인가 등 통치 방식에 관한 논쟁이 대한민국 정체성을 결정하는 자유민주주의 기본 이념을 흔들어서는 안 된다. 대중을 동원하여 폭력적 저항 운동을 펴서 합헌적 정부를 무너뜨리려는 정치 행위는 대한민국의 틀 속에서는 허용되어서는 안 된다. 대한민국 헌정질서를 훼손하지 않는 한 언론, 집회, 결사의 자유는 보장되어야 한다. 그러나 이 자유를 앞세워 헌정질서 자체를 해치려는 행위는 단호하게 막아야 한다. 아무리 합리적으로 보이는 정책이라고 할지라도 자유민주주의 기본 질서를 해치는 것이라면 허용되어서는 안 된다. 예를 들어 국민의 균등한 교육 기회 보장을 위한다는 명분으로 모든 대학의 등록금을 없애는 입법을 한다는 것은 대학 설치의 자유라는 기본권을 해치는 것이어서 허용해서는 안 된다는 것이다.

셋째는 '국민의 뜻'을 앞세워 정부의 인사와 정책에 영향을 주는 정치 행동은 막아야 한다는 것이다. 민주헌정질서에서는 주권자인 국민의 뜻은 오직 절차에 따른 투표로만 확인하도록 되어 있다. 대중을 동원하여 물리적으로 정부를 압박하는 행위를 국민의 뜻으로 보아서는 안 된다. 민주헌정질서의 적(敵)은 이러한 국민의 뜻을 빙자한 비법적 정권 탈취 행위와 정책 강요 정책이다. 이러한 대중영합주의적 정치 행태를 묵인하게 되면 어렵게 가꾸어온 대한민국의 민주헌정질서는 무너지고 민주화는 역행하게 된다.

민주주의 정치체제는 공동체 구성원들 간에 서로 상대를 존중하고 아끼는 마음이 형성될 때만 작동하는 정치체제이다. 국민들이 남의 이익을 희생해서 나의 이익만을 챙기려는 마음을 가지기 시작하면 민주주의는 설 자리가 없어진다.

미국 민주주의를 분석한 석학 토크빌(Alexis de Tocqueville)도 "주권자인 시민이 개인의 사적인 자유보다 공공이익을 중시하고 이를 실현하기 위하여 적극적으로 참여하는 것, 즉 자질을 갖춘 시민들의 참여가 공화국 운용의 핵심적 요소다"라고 시민의 선공후사(先公後私)의 참여정신을 성숙한 민주정치의 기본 요건으로 꼽았다. 깊이 새겨들어야 할 말이라고 생각한다.

한국 국민은 지나온 70년의 민주헌정 가꾸기의 경험에서 어떤 세력이, 어떤 행위가 민주헌정을 깨는지를 쉽게 식별할 수 있게 되었다. 이러한 믿음이 있어 2016년의 정치 위기도 한국 국민들은 슬기롭게 극복할 수 있으리라 믿는다.

기록된 역사 2천 년 동안 지난 70년간만큼 한국민이 많은 것을 성취한 적이 없다. 한국민은 일본 식민지로 전락했던 부끄러운 역사를 디디고 일어서서 자유민주공화국 대한민국을 건국하고 이 나라를 다시 세계에서 인정받는 민주주의 국가로 키워 냈고 가난 속에서 기아를 면하려 애쓰던 국민들을 한 때 우리보다 앞섰던 나라들이 선망의 눈으로 쳐다보는 경제 선진국으로 만들어냈다. 이 시대를 살면서 나라 세우기, 나라 키우기에 참여했던 한국민들은 보람을 느끼고 있다. 그리고 대한민국 국민됨을 자랑으로 여기고 있다.

그러나 시련은 지금부터이다. 또 한 번의 경장(更張)이 필요한 때가 되었다. 좋은 활도 오랜 시간이 지난 후 다시 쏘려 하면 줄을 새로 팽팽히 당겨 묶어야 한다. 경장이다.

율곡(栗谷) 선생은 아무리 좋은 제도라도 200년쯤 세월이 흐르다보면 제도를 만들 때의 정신이 흩어져 '정신이 뒷받침하지 않는 제도'로 전락하고 그 제도는 만들 때의 좋은 뜻은 사라지고 권력 남용과 악용의 도구로 전락한다고 지적하면서 나라의 기강을 다시 바로 잡는 경장을 수시로 해나가야 한다고 강조하였다. 대한민국 헌정사 70년을 되돌아보면 지금이 바로 경장이 필요한 때가 아닌가 생각한다. 건국 초기에 만든 제도들이 국민들의 공동체 정신이 흐트러지면서 창설 때의 목적에서 벗어나 부정부패의 도구로 전락한 것이 눈에 띄는 것만 해도 한두 가지가 아니기 때문이다. 나라를 다시 한 번 새롭게 만든다는 각오로 정신을 가다듬고 새로 해야 할 일을 찾아나서야 한다.

앞으로 30년 동안 이루어야 할 과제

1. 거시적 안목에서의 민족적 과제

한국민은 어려운 환경에서 '민주화'와 '산업화'를 동시에 이루었다고 칭찬받지만 아직도 완성된 잘 사는 민주공화국이 되려면 멀었다. 지금부터 해야 할 일이 많다. 앞으로 30년이면 '대한민국 100년'이 된다. 그때까지 해야 할 네 가지 과제를 간단히 적어 본다.

첫째는 '성숙된 민주주의 국가'를 만드는 일이다. 민주주의는 '깨인 시민들'의 정치이다. 시민이란 자기 행위의 의미를 알고 자기 행위에 책임질 줄 아는 사람을 말한다. 국민 중 대다수가 이런 시민이 되지 않으면 민주정치는 중우정치로 전락한다. 대중영합주의에 휩쓸려 독재자가 지도자로 출현할 수 있다. 국민을 민주의식을 갖춘 시민으로 양성하는 민주시민 교육이 이루어져야 민주주의를 성숙시킬 수 있다. 그리고 '이념을 공유하는 집단'으로서의 정당을 육성해야 한다. 정당이 제 기능을 하면 타협의 정치, 화합의 정치라는 성숙된 민주정치가 가능해진다.

둘째는 '고르게 잘 사는 나라'를 만들어야 한다. 자유주의를 앞세운 신자유주의 경제가 도덕적 자제를 잃은 재벌들의 부의 축적 수단으로 전락하면 사회는 양극화가 된다. 빈익빈 부익부가 진행되기 때문이다. 국가를 가족의 연장으로 생각한다면 가진 자와 있는 자가 다른 구성원을 가족으로 배려해야 화목한 사회를 유지할 수 있다. 시장경제는 양식을 갖춘 기업인들의 선의의 경쟁체제로 발전 동인을 유발하겠다는 경제발전체제인데 여기서 도덕성이 배제된 기업인의 출현을 제도적으로 제어하지 못하면 경제 총량의 증가에도 불구하고 사회는 심각한 계급 갈등으로 혼란을 자초하게 된다. '모두가 잘 사는 나라'가 되기 위해서는 성장과 배분을 조화시키는 고도의 정치적 지도력이 마련되어야 한다.

셋째는 '자위력을 갖춘 자주국가'를 만드는 일이다. 오늘날의 국제질서에서는 자위력을 갖추지 못한 나라는 자주국의 지위를 유지하지 못한다. 동맹에 의한 자위력 확보도 한 가지 방법이나 동맹도 자위력을 갖추어야 확보할 수 있음을 알아야 한다. 21세기는 다양한 전쟁이 다양한 이유와 다양한 방식으로 전개되는 영구적 전쟁의 시대가 된다. 외교, 국방, 통상, 방산 능력 등 다양한 국력을 하나로 묶어서 최소 억제 전력을 갖추고 효율적 억제 정책을 펼 수 있는 통합지휘 기구를 만들어야 한다. 자위력 구축에 실패하면 지난 70년간 이루어 놓은 우리 민족의 성취는 모두 사라진다.

넷째는 '통일된 한국'을 이루는 것이다. 북한의 2천만 동포를 아우르는 단일 민주공화국으로 대한민국을 키우는 일이다. 대한민국 주도로 통일을 이루기 위해서는 대한민국 자체를 남북한 민족 성원 모두가 바라는 훌륭한 '선진화된 자유민주공화국'으로 만드는 일이 우선이다. 그리고 현재 북한을 통치하고 있는 북한 정권과 공존 체제를 합의하고 점차로 남북한 간의 '체제 상응성'을 높여가면서 '함께 사는 통일'을 이루어 나가야 한다.

2. 민족의식의 재건이 관건이다

어려운 환경에서도 오늘의 대한민국을 만들어낼 수 있었던 것은 한민족 성원 모두의 단합된 애국심이 있었기 때문이다. 민족이란 문화 동질성을 가진 인간집단이다. 문화란 삶의 양식의 총화(總和)이다. 민족의식이 애국심의 바탕이다. 민족의식은 민족 문화와 민족 역사에 대한 높은 자긍심에서 생겨난다. 민족적 자긍심은 매일 매일의 삶을 통한 교육에서 형성된다. 치열한 경쟁에서 살아남은 민족은 모두 끊임없는 '자기교육'을 통해 민족적 자존심을 키우고 간직했던 민족이다. 교육은 미래한국을 만들어내는 가장 중요한 도구이다.

민주주의는 시민의 정치이고 시민은 교육을 통하여 양성된다. 그런 뜻에서 성숙된 민주주의 국가를 만들려면 국민교육 체제를 '바른시민 양성'을 목표로 하는 국가적 사업으로 추진해야 한다. 교원의 양성부터 교과서 작성, 교육 현장의 관리까지 모두 국가가 초당파적으로 관장하여야 한다. 교사는 임금을 대가로 노동을 제공하는 노동자가 아니다. 그래서도 안 된다. 민주시민 양성의 책임을 지는 민주헌정 관리자여야 한다. 국민교육을 교사들이 만든 노동조합의 손에서 정부가 되찾아 와야 한다.

3. 세계화 추세에 주목해야

21세기적 시대 환경을 요약하면 세계화, 정보화의 추세에 따른 단일질서의 출현이다. 과감한 개방은 필수이다. 전 세계가 단일 생활단위로 발전하는 추세에 맞추어 남보다 앞서서 이 추세에 맞추어 나가야 한다. 조선일보는 '산업화는 늦었지만 정보화에는 앞서가자'라는 구호를 내걸고 국민운동을 벌였다. 그 결과로 치열한 국제 경쟁에서 한국 경제가 앞서 갈 수 있었다. 이제 우리는 '세계화에 앞서자'는 구호를 내걸고 거국적 운동을 펴나가야 한다.

산업화, 정보화, 자동화라는 과학기술 발전이 가져온 생산 양식의 급속한 변화는 나라마다의 발전 수준 사이에 큰 차이를 가져와 경제난민, '저가상품의 쓰나미' 등으로 선진국들은 심각한 피해를 입고 있다. 그 반동으로 국경을 닫는 쇄국주의, 보호무역주의가 미국을 비롯한 서구 선진국 등에서 고개를 들고 있다. 세계를 하나의 공동체로 만드는 '세계질서 2.0' 구축 노력이 그래서 주춤하고 있다. 그러나 세계가 하나의 삶의 공간으로 통합되어가는 대세는 누구도 막을 수 없다. 막을 수 없는 흐름이라면 미리 대처해야 살아남는다.

온 국민이 전 세계를 삶의 터전으로 알고 적응할 수 있도록 안목(眼目)을 넓혀 나갈 수 있도록 이끌어 나가야 한다. 한민족 사회에 대한 자긍심을 굳혀 구심력을 키우면서 삶의 터전을 세계로 확대해 나가는 원심력을 만들어 나갈 때 대한민국은 '세계 속의 대한민국'으로 될 것이다.

한국 사회는 또 한 번의 경장을 해야 한다.

대한민국 국민으로 살아온
나의 70년

대한민국 국민으로
살아온 나의 70년

        사람이 역사를 만들고 역사가 사람을
변화시킨다. 역사는 사람들의 삶의 기록이다. 한 사람의 삶의 기록은
개인사가 되고 여러 사람들이 만든 나라의 기록은 국사가 된다. 이 역
사들은 모두 사람의 활동 기록이어서 사람이 역사를 만든다고 한다.

   사람은 주변 사람과의 접촉에서 세상을 배우고 배운 것을 반영하여
스스로를 고치면서 살아간다. 사람은 환경이 바뀌면 그 속에서 사는
사람의 시각도, 안목도 바뀐다. 그리고 가치관과 이념도 고쳐진다.

   나는 철들면서부터 대한민국 국민으로 살아왔다. 나라가 가난하던
시절에는 나도 가난한 백성으로 살았다. 나라가 전쟁에 시달리던 때는
나도 전쟁 피난민의 고달픈 삶을 살았다. 대한민국이 남들이 칭송하는
선진 민주국가가 된 후는 나도 어깨를 펴고 살았다.

   대한민국 70년사는 나를 키우고 나를 변화시켜온 나의 삶의 환경 변

화의 70년사이다. 대한민국 70년사 속에서의 나의 행적을 이 책의 부록으로 붙이는 것은 대한민국 70년사를 내가 어떤 위치에서 어떤 안목으로 보고 느끼고 기록했는지를 밝히고 싶어서이다.

사람은 만남에서 배움을 얻는다. 자연과의 만남에서 자연 질서를 알게 되고 자연의 섭리를 터득하게 된다. 매일 얼굴을 맞대는 주변 사람과의 만남에서 사람과 사람 사이의 관계를 배운다. 소속된 공동체와의 만남에서 나와 '우리' 사이에서 해야 할 일과 해서는 안 될 일을 배운다.

배움을 통해 안목이 자리 잡히고 나의 생각의 틀이 모양을 갖춘다. 그렇게 정리된 생각이 나의 사상이 된다. 흐르는 세월 속에서 배움이 쌓이고 생각이 다듬어지면서 나는 자란다. 이렇게 변하는 생각에 따라 나의 경험은 다르게 정리된다. 그래서 역사 기술은 지금의 내가 지나온 시간의 일을 정리한 것일 뿐이다. 역사적 사실 자체는 불변이나 '적어 놓은 역사'는 나이가 들어가면서 계속 진화한다.

내가 쓴 글들은 역사학자의 객관적 틀에 맞추어 쓴 기록과 다를 것이다. 내 눈높이에서 나의 미숙한 안목으로 쓴 글들이기 때문이다. 그래서 책 제목을 『살며 지켜본 대한민국 70년사』라고 붙였다. 그리고 책 끝에 내가 살아오면서 변해 온 나의 시각을 밝히기 위해 내가 접촉했던 사람들과의 만남과 거기서 얻은 배움을 정리해서 부록으로 붙인다.

첫 만남은 가족 | 내 영혼의 영원한 고향

모든 사람의 첫 만남은 가족이다. 세상에 나와 눈을 뜨면서 엄마를

어머님과 함께 반포아파트에서

만나고, 이어서 아버지, 할머니, 형제를 만난다. 이 가족의 울타리 속에서 사람들은 서서히 나(我)를 찾아간다. 가족과의 만남에서 사람들은 살아가는 방법을 터득해 나간다. 나와 상대와의 관계를 알게 되고 무엇을 해야 할지 무엇을 해서는 안 되는지를 배우면서 '사회생활'의 기초를 배운다.

나는 축복 속에서 인생을 시작했다. 가족 모두에게서 사랑 받고 또 나도 모두를 사랑할 수 있는 가족 분위기에서 자랄 수 있었기 때문이다. 어른이 되어서 내가 꾸민 가정까지 넓어진 '가족 울타리'는 내 영혼의 영원한 고향이 되어 주었다.

나의 고향은 함경남도 함흥이다. 친가, 외가 모두 그곳에서 조선조 초기부터 뿌리내리고 살아왔다고 한다. 나의 증조부(휘 冕珪, 1868년생)는 안원대군(安原大君) 20대손으로 가난한 선비였다. 서울에서 과거를 보아 초시에 합격했으나 갑오개혁으로 과거제가 폐지되어 평생 초시에 머물렀던 유학자였다. 조부(휘 鎭宅)는 많지 않은 농토를 관리하면서 평생 농부로 보냈고 아버님(李綺洙)은 함흥상업학교를 졸업한 후 식산은행(殖産銀行) 행원으로 시작하여 제일은행 지점장으로 퇴직할 때까지 평생 은행원으로 사셨다.

　나의 외조부(梧山 任賢宰)는 향교의 전교를 하셨던 한학자였다. 어머님(任貴淳)은 외삼촌(任復淳)이 세운 신천소학교를 졸업했다.

　내게는 형님 세 분, 여자동생 하나, 그리고 남동생 하나가 있다. 큰 형님(相稷)은 서울대 공대에 입학했던 해에 6·25전쟁 중 목숨을 잃었다. 둘째형(相崗)은 서울대 의대를 졸업한 후 군의관으로 8년을 근무하고 미국으로 가서 외과의사로 평생을 보냈다. 셋째형(相舜)은 서울대 공대를 졸업한 후 군복무를 마치고 미국으로 유학을 가서 MIT에서 학위를 마치고 기술자문회사에서 평생을 보냈다. 여동생(相姬)은 서울대 독문과를 졸업한 후 한국일보 와 샘터사 기자로 일했다. 남동생(相哲)은 서울대 법대를 졸업한 후 한국개발금융(KDFC), 진로 등에서 일하다 미국으로 유학, 경영학 석사를 받은 후 홍콩에 가서 공신홍(港新行)이라는 무역회사를 경영하였다.

　나의 고향은 함흥이나 아버님 첫 근무지가 경상북도 상주(尙州)여서 그곳에서 태어났다. 아버님 직장을 따라 회령(會寧)에 가서 자랐으며 여섯 살 때 고향 함흥으로 돌아왔다.

고향 함흥에서는 반룡산(盤龍山) 기슭 산수정(山手町)에서 살았다. 외가는 함흥 북쪽 15리에 있는 함주군 주북면(咸州郡 州北面)에 있었다. 넓은 과수원, 양어장, 면양 목장 등을 갖추고 있어 농촌생활도 경험해보았다.

나의 친가, 외가 모두 큰 부자는 아니어도 선비의 자긍심을 가지고 사는 집이어서 어려서부터 책을 가까이 하고 살았다. 나는 우리 사회의 중류의 소시민층에 속한다고 생각했으며 우리 사회의 주류를 이루는 '교육받은 중산층'의 삶을 바탕으로 우리의 역사를 보아왔다고 생각한다. 나의 관찰은 이러한 개인적 배경을 바탕으로 하는 시각에서 이루어진 것이다.

할머님은 무학(無學)이셨지만 '사람 사는 법'을 깨친 성인이셨다. '하늘 무서운 줄 알아라'라고 나를 가르치셨다. 하늘이라는 정도(正道)가 있고 그것을 따르는 순리(順理)가 행위 규범이 된다는 말씀이었다. 그리고 무소유를 가르치셨다. 필요한 것 이상은 가지지 말라는 가르침이었다. 세상을 떠나실 때 남긴 유품은 옷 몇 가지와 빗 하나뿐이었다. 안 써도 좋을 물건이 생기면 필요한 사람에게 나누어 주셨다. 평생 은행원으로 일하셨던 아버님도 유품으로 쓰시던 도장 하나와 쓰던 손목시계 하나를 남기셨다.

어머님은 한학과 신학문을 차례로 배운 개화기의 한국 여인이었다. 어머님은 원칙에 철저하셨으나 융통성이 많은 분이셨다.

어머님은 도리에 어긋나지 않고 상대방에게 도움이 되는 것으로 내

나는 1966년 대학 2년 후배인 황영옥과 결혼했다.

가 해줄 수 있는 것이면 모두 해주라고 가르치셨다. 본인도 늘 그렇게 남을 도우면서 사셨다. 큰 형님은 "몸에 지닌 것만 확실한 네 것"이라 가르치셨다. 큰 형님에게서 나는 태권도도 배우고 많은 가요를 배웠다. 그리고 형님의 지도 아래 책도 많이 읽었다. 모두 눈에 보이지 않는 내 재산이 되었다. 초등학교 때는 북한산, 관악산 등 산에 데리고 다녔다. 자연을 배웠고 하늘의 별들을 배웠다. 그 큰 형님은 9·28 서울 수복 때 내 눈 앞에서 포탄을 맞고 세상을 떠났다. 둘째 형님은 영시(英詩) 와 영어 단편소설들을 읽으라고 책들을 구해주셨다. 교양을 넓혀두라 는 뜻이었다. 셋째 형님은 내게 수학과 물리학을 가르쳐 주셨다. 그때 배워두었던 수학으로 후에 내가 미국에서 박사학위 논문을 쓸 때 유용 하게 활용했다. 여동생은 서울대에서 독어독문학을 공부한 후 한국일보 기자, 샘터사 기자로 일했다. 내가 김재순 의장과 인연을 맺는데 도움을 주었다. 끝의 동생은 홍콩에서 무역업을 하면서 내게 중국 사정을 알려주느라 애썼다.

나는 법대 2년 후배인 황영옥(黃永玉)과 결혼했다. 영옥이는 독실한 불교 신자(법명: 明心行)이고 후에 능인복지관장으로 일했다. 내게 불교 교리와 불교 철학을 가르쳤다. 뿐만 아니라 내가 신문에 쓰는 시론(時論)을 모두 '검열'하였다. 1970년대-1980년대의 유신시대는 정부를 비판하는 글에 대한 통제가 심했었다. 영옥이는 내 '건강'을 위한다는 명분으로 내 글 속의 과격한 표현들을 모두 순한 표현으로 바꾸어 놓았다. 그리고 내가 쓴 교과서들은 원고 상태에서 '감수'하였다. 그런 뜻에서 내 저서 중 몇 권은 영옥이와 공저라고 했어야 했다. 나는 영옥에게 평생 갚아도 다 갚을 수 없는 큰 빚을 지었다. 영옥이는 '세상을 바로 잡는' 훌륭한 법관(法官)이 되겠다는 자기 꿈을 접고 나를 좋은 교수로 만들기로 작정하고 평생을 헌신하였다. 유학 중에는 보석회사와 반도체 메모리디스크 제작회사에서 일을 하면서 살림을 꾸렸다. 내가 공부에 전념하도록 자기의 삶을 희생하였다. 그리고 지난 50년간 매일 나와 '세미나'를 열어 내가 치우친 생각에 빠지지 않도록 지켜주었다. 내게는 가장 고마운 동학(同學)이었다.

맏딸(朝漢)은 서울대 정치학과에서 박사학위를 받았다. 둘째(鮮漢)는 서울대 서양사학과를 나왔다. 셋째(瑪漢)는 서울대 법대를 졸업한 후 하버드대와 스탠포드대에서 학위를 받고 모교에서 교수로 일하고 있다. 아들(太煥)은 서울대 경제학과를 거쳐 스탠포드대에서 박사학위

서울대 후배들인 맏딸 조영, 둘째 딸 선영, 셋째 딸 우영, 아들 태환이 돈을 모아 서울대 법대 새 건물에 '李·黃세미나실'을 만들어 주었다(2012).

를 받고 귀국하여 지금 삼성경제연구소에서 일하고 있다. 태환이는 공군 학사장교 100기로 복무하여 나의 공군 후배가 되었다. 모두 자기가 받은 사랑 이상을 남에게 사랑으로 갚으라고 자기 엄마에게서 교육을 받고 자라 그대로 실천해가고 있다. 서울대 서양사학과와 케임브리지에서 영국사를 공부한 며느리 현희(金炫希)도 내가 미처 보지 못한 유럽 사정 이야기를 내게 들려준다. 이들과의 대화를 통해 나의 다음 세대의 생각을 전해들을 수 있었다. 때로는 식탁에서 열띤 세미나가 열리기도 했다. 모두 내게는 세상을 바로 읽는데 도움을 주는 좋은 기회였다.

가족이란 작은 공동체는 사람들이 사는 법을 익히게 만드는 1차적 배움의 터전이다. 사람들의 가치관과 세상 보는 눈은 '가족사회'에서 얻어진다. 나도 80년 인생을 사는 가장 원초적 삶의 틀을 나의 가족 공동체에서 터득했다.

만남의 길을 열어준 학교 | 나라사랑을 배운 곳

내가 한림(翰林)대학교 총장으로 있을 때 나는 신입생들에게 대학에서 해야 할 일을 가르치는 첫 시간에 항상 만남의 소중함을 일러주었다. 학교는 만남의 장소이다. 앞서서 세상을 산 교수들을 만나서 그들이 쌓아온 지식과 지혜를 배우는 곳이고, 같은 시대를 살아가는 같은 세대의 동료들과의 만남에서 서로가 서로로부터 세상 보는 눈과 생각을 배우는 곳이고, 책을 통하여 옛날부터 지금까지, 그리고 우리나라와 우리나라를 넘어서 전 세계에서 살아왔던 선각자들의 생각과 지식을 얻는 만남을 얻는 곳이 대학이라고 가르쳤다. 이 중에서도 같은 또래의 학우들과의 만남이 가장 소중하니까 대학 4년 동안은 친구들을 사귀는데 정성을 쏟으라고 강조했다.

나는 초등학교 5학년 때의 담임 선생이셨던 조규복(曺圭復) 선생에게서 '생명의 소중함'을 철저하게 배웠다. 식물, 동물 등 세상의 모든 살아 있는 존재는 모두 우리처럼 이 세상에서 살 권리를 가지고 있으므로 절대 함부로 해쳐서는 안 된다고 배웠다. 그래서 나는 평생 나뭇가지 하나도 쉽게 자르지 못한다. 길에서도 개미도 밟지 않고 지나다닌다.

나는 서울중학교–서울고등학교 6년을 다니면서 철저하게 '엘리트 교육'을 받았다. 엘리트란 공동체의 가치를 지키고, 공동체를 발전시켜 나가는 일에 앞장서서 일하는 책임을 지는 사람이라고 김원규(金元圭) 교장선생님에게서 귀에 못이 배기도록 들었다. 영국은 이튼(Eton)학교 졸업생들이 이끌어 온 나라라고 가르치면서 제1차 세계대전 때는 졸업생 거의가 전선에서 목숨을 바쳤다고 강조하셨다. 서울고등학교 졸업생이 6·25전쟁에서 가장 많이 전사했던 것은 바로 김원규 교장의 이러한 나라사랑의 가르침이 있었기 때문이라고 생각한다. 우리 동기 중에서 31명이 육군사관학교에 갔다. 동기 중에는 이정린(李廷麟: 전 국방차관), 임인조(林寅造: 전 육사 교장), 김성조(金盛造) 장군 등이 있다. 나도 법대를 졸업한 후 공군장교로 4년간 복무하였다. 사회 어느 곳에 가서 일하더라도 주인 의식을 갖고 수처작주(隨處作主)의 정신을 가지고 일하는 '나라의 믿쁜 일군'이 되라고 한 교장선생님 말씀을 우리 동문들은 나이 80이 되어도 지키려 노력하고 있다.

나는 중·고교와 대학에서 나의 평생의 진로를 결정하게 된 친구들과의 귀한 만남을 가졌다. 6·25전쟁이 끝나고 온 나라가 황폐했던 시절이었지만 우리들은 모여 앉아 대한민국의 밝은 미래를 가꾸는 꿈을 함께 논했다. 비록 가난했고 가진 것이 별로 없어도 열정은 대단했다. 일제강점기의 희망을 잃었던 우리 선배들의 좌절과는 달리 비록 '후진국'의 초라한 모습의 나라이지만 우리 손으로 만든 민주공화국 대한민국이라는 떳떳한 주권국가의 국민이라는 자긍심을 가질 수 있어서 막걸리를 마시며 밤늦게까지 나라의 밝은 미래를 그려보며 앞으로 해 나갈 일을 서로 다짐했었다.

중학교와 고등학교 때 만난 동창생들은 전쟁 중의 어려움을 함께 겪어서 더 친근하게 여겨진다. 중·고교 때 만난 평생 친구 몇 명을 짚어 본다.

부산 피난 중에 함께 중학교에 입학했던 동문으로는 이종욱(李宗郁), 주영만(周永万), 진재훈(陳載勳), 한광수(韓光秀), 이경운(李慶雲) 등이 있다. 이종욱 박사는 서울대 의대를 졸업한 후 미국 뉴욕의 마운트 사이나이(Mt. Sinai) 의과대학에서 가르쳤다. 귀국 후 모교에서 평생 교수로 봉직했다. 학장직도 맡았다. 이 박사와는 대학 입학 후에도 같이 붙어 다녔다. 1학년 때는 이 박사는 유도를, 나는 태권도를 선택하여 함께 도장에 다녔다. 대학 2학년 때는 이 박사는 서울대 문리대 산악반원으로, 나는 서울대 법대 산악반원으로 백운대, 인수봉, 도봉산을 함께 다녔다. 방학 때는 함께 '역사탐방'을 했다. 같이 지내면서 세상사를 놓고 끊임없이 토론했다. 이 박사는 나의 모난 판단을 바로 잡는데 큰 도움을 주었다.

주영만 전 삼성 부회장은 에너지가 넘치는 창의적 기업인으로 성장했다. 서울신문 광고국장, 아주토건 부사장, 중앙일보 미국 지사장, 삼성물산 미주 본부장, 삼성그룹 부회장을 지냈다. 내게 기업이라는 거대 조직의 운영 방법에 대하여 많은 가르침을 주었다. 그리고 주영만 소개로 이병철(李秉喆) 회장을 만나 기업인들의 '나라사랑' 이야기를 듣는 기회를 가졌다.

이병철 회장과의 만남의 기억에서 가장 오래 남는 것은 처음 만났을 때였다. 1970년대 말이라고 기억된다. 북한에 대하여 물을 것이 있다고 '북한전문가'를 찾는다고 주영만 부회장이 나를 추천했던 모양이다. 그때 나는 서강대에서 북한정치를 강의하고 있었다. 이 회장의 첫 질문은 "북한의 논 단보 당 쌀 생산량이 얼마입니까?"였다. 나는 "모릅니다. 북한의 경지 면적은 우리와 같은 2백만 헥타르인데 논은 우리 쪽이 많습니다. 그리고 우리나라 쌀 생산은 단보 당 300kg에 육박합니다. 북한은 모르겠습니다. 그런데 왜 이 숫자에 관심을 가지십니까?"라고 되물었다. 이 회장은 "이 박사, 앞으로 남북 관계는 이 숫자로 판가름 납니다"라고 했다. 지나고 보니 탁견이었다. 그때 북한의 단보 당 쌀 생산량은 우리의 반 정도였다. 만일 우리 수준이 되었다면 김일성이 북한 인민들에게 약속한대로 '이밥에 고깃국'을 먹일 수 있었을 것이고 그렇다면 여유 있게 한국을 압박할 수 있었을 테니 말이다.

그날 나는 만난 김에 "한국에서 제일 성공한 기업인으로 앞으로 무엇을 하려고 하십니까?"라고 물었다. 그 답은 간단했다. "이 박사, 나도 하루 세끼 먹고 사는 보통사람입니다. 이제 성공한 기업인으로 내가 먹고 살 걱정은 없습니다. 나머지 인생은 21세기에 한국 국민이 먹고 살 수 있는 기초를 만들어 놓는데 바치렵니다. 오랜 검토 끝에 전자산업과 항공산업이 그 답이라고 결론 내렸습니다"라고 하면서 이 회장은 장래 사업 구상을 내게 설명해주었다. 이병철 회장은 정부의 북방외교보다 한 발 앞서서 삼성 내에 '북방개척팀'을 만들어 놓고 준비하고 있었다. 나도 이 팀의 자문을 맡아 도와드렸다. 이 회장 같이 앞을 내다보고 준

1951년 부산서 입학한 후 지금까지 가족처럼 지내는 친구들이 있어 나는 행복했다.
2009년 중국 운남성 소수민족지역 답사 때 호도협(虎跳峽)에서 이종욱, 이경운과 함께.

비하는 기업인이 있어 오늘 우리가 부를 누리고 살고 있다. 이병철 회
장을 통하여 기업인의 애국심을 알게 되었다.

한광수는 서울대 의대를 졸업한 후 미국에서 평생 개업의로 일했다.
한 박사는 내게 초등학교 때 부산에서 수영을 가르쳐준 '선생'이다. 그
리고 미국에 있으면서 나의 연구 영역의 학술 잡지와 책들을 사서 보
내 주었다. 특히 영어로 된 6·25 관련 책들을 널리 구해서 내가 책임
맡고 있는 연구소에 기증해주었다. 그리고 외국에 나가 있는 의사이면
서도 항상 한국의 장래에 대하여 걱정했다. 나는 한 박사로부터 애국심
이 무엇인지 배웠다.

진재훈은 나의 '선생'이었다. 대학 때 방학마다 내게 '특강'을 해주었다.

그리스 철학부터 현대 철학까지 서양 철학사를 쉽게 정리하여 내게 석 달 동안 강의해 주었다. 그리고 우파니사드부터 시작해서 불교의 주요 경전을 선정하여 내게 해설해주었다. 그리스어, 라틴어, 산스크리트어로 책을 읽던 특이한 학생(서울대 사학과)이었다. 졸업 후 광주 보병학교를 마치고 수도사단에서 보병 소대장으로 근무했다. 당시 한 신(韓信) 사단장은 "내게 진 소위 같은 소대장 100명만 준다면 전 전선을 내가 혼자 막을 수 있다"고 진 소위를 격찬했다. 진 소위와 자주 나눈 '소부대 전투'에 대한 지식은 후에 내가 군개혁 업무를 수행할 때 큰 도움이 되었다.

이경운 박사는 서울대 공대를 거쳐 독일 아헨 공대에서 박사학위를 받았다. 이 박사는 한국지질자원연구원장을 역임했다. 이 박사가 아헨에서 공부할 때 내가 찾아가 함께 헌 차를 몰고 보름 동안 독일-스위스를 돌아다녔다. 그때 나는 처음으로 유럽에 대한 감을 얻었다. 나는 이 박사에게서 '합리적 시간 관리 방법'을 배웠다.

같은 고등학교를 다녔던 인연으로 만나기 시작한 친목 모임에 'Polo 회'가 있다. 무역회관 내의 마르코폴로(Marco Polo)에서 모임을 시작했기에 붙인 이름이다. 2004년에 모이기 시작했으니까 10년이 넘는다. 사회 각계에서 열심히 살고 있는 서울고 동문 모임이다. 하는 일은 달라도 '대한민국'을 아끼고 지키는데 깊은 관심을 가진 사람들이어서 서로 걱정을 함께 하느라고 모이기 시작했다. 나까지 모두 14명이 두어 달에 한 번씩 저녁을 같이 한다. 조선일보에서 평생을 보낸 안병훈, 이수테크 회장 이병수(李炳守), 김&장 대표변호사 이재후(李載厚), 현대종합상사 사장을 지낸 정재관(鄭在琯), 변호사협회장을 지낸 신영무(辛永茂),

FILA 회장 윤윤수(尹潤洙), 중앙일보 주필을 지낸 문창극(文昌克), 국방부 장관을 지낸 김관진(金寬鎭), 외교부 장관을 지낸 유명환(柳明桓), 에이티넘파트너스 회장 이민주(李民柱), 현대자동차 부회장을 지낸 이현순(李賢淳), 하이트진로 부회장을 지낸 이장규(李璋圭), 삼성투신운용 사장을 지낸 김 석(金奭) 등이 현재의 회원이다. 각각 살면서 해 온 일들이 달라 서로가 서로에게서 많은 것을 배울 수 있는 좋은 모임이다. 나는 이 모임에서 내가 평소 접하지 못했던 '딴 세상' 이야기를 들으면서 많은 배움을 얻고 있다.

법대 같은 반에서 만난 정구영(鄭銶永), 최병렬(崔秉烈), 이태원(李泰元), 안병훈(安秉勳), 조상행(曺常行)과는 평생 서로가 서로를 도우며 서로의 경험을 나누면서 지내왔다. 최병렬과 안병훈은 조선일보에서도 나와 같이 일했고 수많은 모임을 함께 하면서 세상을 함께 논했다. 이태원과 조상행과의 만남으로 나는 대한항공, 현대건설 등 대기업의 흥망성쇠를 함께 지켜보았다. 정구영과 최병렬과의 만남으로 정부운영의 현장을 간접으로 경험하였다. 이들과의 만남에서 내가 배운 것들을 몇 가지만 적어 본다.

최병렬은 대학 입학 때 만나서 지금까지 60년을 '지근거리'에서 함께 지냈다. 서로가 서로 자란 과정을 알고 생각이 어떻게 성숙되어 왔는지를 안다. 대학 때는 최병렬이 우리 집에 살면서 학교를 다녔다. 한국일보-조선일보도 같이 다녔다. 내가 하와이에서 공부할 때 그 곳에 와서 한여름을 같이 지냈다. 그 뒤 나는 대학에서 살았고 최병렬은 조선일보 편집국장을 거쳐 국회의원, 문공부 장관, 서울시장, 한나라당 대표로

4·19날 종로 거리에 나섰을 때. 오른쪽 끝에서 내가 걷고 있다.

화려한 이력을 쌓았다. 최병렬은 한 번 일을 맡으면 돌진한다. 조선일
보 편집국장 때 얻은 '최틀러'의 별명은 바로 그의 일 추진 열정을 말해
준다. 노동부 장관 때의 '무노동 무임금' 제도를 도입할 때는 목숨 걸고
싸웠다. 육군 포병 FDC(사격통제수)로 근무할 때는 포술대회 1등을 할
때까지 관련 계산 공식을 모두 외웠다. 최병렬은 그러나 포기하여야 할
때는 머뭇거리지 않는다. 최병렬은 내게 '막히면 돌아가야 하는데 돌아
갈 줄 모르는 우둔한 놈'이라고 핀잔을 주었다. 내게 많은 것을 생각하
게 해주었다.

정구영 검사는 원래 '예술인'이다. 문학 소년이었으며 그림을 잘 아는

청년이었다. 검찰총장을 끝으로 공직에서 물러난 후 이병주기념사업 회장직을 맡아 기념관을 짓는데 앞장섰다. 그 바쁜 검사 일을 하면서도 일본어를 독학하여 일본의 법률 잡지를 구독하고 기회가 있을 때마다 책을 구하여 읽었다. 공직을 떠난 후 고교동창들과 독서모임을 만들어 매달 1권씩 선택한 책을 함께 읽고 토론을 벌였다. 정구영 총장은 자존심이 강한 공직자였다. 자존심이 강하면 부정을 하지 못한다. 정 총장은 검사생활 40년 동안 딱 한 번 양복을 맞추어 입었다. 총장 취임식 때였다. 그 외에는 기성복만 사서 입었다. 나는 정 총장과 지내면서 공직자가 어떻게 스스로를 '관리'하여야 하는가를 배웠다. 그 배움은 내게 아주 소중했다.

이태원 사장은 내게는 형님 같은 사람이다. 학생 때나 졸업 후 사회생활을 할 때나 항상 조용히 뒤에서 나를 챙겨 주었다. 내가 유학할 때 살림이 어려울 것 같으면 여비, 생활비를 보태주고 비싼 외국 책을 구하지 못해 애를 태우면 나서서 구해주었다. 내가 〈신아시아연구소〉를 시작할 때 사무실 임대료의 반을 맡아 해결해주고 내가 몽골을 돕는 일을 벌일 때는 자기가 일하던 대한항공을 움직여 항공기 증여, 항공로 개설, 장학사업 전개 등 소리 없이 일을 도와주었다.

이태원 사장은 대한민국의 항공운수 사업을 뿌리부터 키워 온 '항공인'이다. 1962년 대한항공에 입사한 이래 40년 동안 동경, 파리지점장, 미주본부장, 기획담당 부사장, 한진 사장을 역임하고 퇴임하였다. 프로펠러 항공기 몇 대로 시작한 항공사를 세계적인 항공사로 키운 조중훈(趙重勳) 회장의 '오른팔'로 대한항공에는 어느 구석도 이태원 사장 손이 안 간 곳이 없다. 20년 전 대한항공이 정부에서 탄압(?) 받아 어려움을 겪을 때였다. 조중훈 회장이 서글픈 표정으로 창밖 하늘만 쳐다보고 있어 내가 위로했다. "조 회장님은 빈손으로 무에서 유를 창조해낸 사람으로 기억될 것입니다. 그리고 우리나라 젊은이들에게 일할 자리를 수 만개 만들어낸 것만 해도 역사에 남을 일입니다"라고 했더니 그 자리에서 조 회장은 동석했던 이태원 사장을 가리키면서 "이 박사, 내가 했나? 모두 저 친구가 해냈지"라고 했다.

조중훈 회장은 아주 검소한 분이었다. 일본 출장을 가서도 일본 측 고위층을 만날 때가 아니면 대한항공 직원 숙소에서 잤다. 내가 게이오 대학에 교환교수로 가 있을 때도 햇반을 사서 간단히 저녁식사를 준비하는 방법을 내게 '전수'해주셨다. 그러나 소년소녀 가장돕기, 제주도 중·고생 장학금 주기, 몽골학생 데려와 교육시키기 등 눈에 잘 띄지 않는 일에 많은 돈을 쓰면서 꾸준히 행하였다. 그리고 한진그룹 내의 여러 공장에 '사내 대학'을 만들어 대학에 가지 못했던 직원들에게 대학 과정을 마칠 수 있도록 했다. 재벌총수가 이렇게 자상하게 사회의 어두운 곳을 챙기시는 분은 많지 않다. 나는 조중훈 회장으로부터 '소문내지 않고 남을 돕는 방법'을 배웠다.

이태원은 퇴사 이후에도 '책 쓰는 제2인생'을 살아 왔다. 『현대항공수송론』, 『현대항공수송 입문』, 『비행기 이야기』, 『항공여행 아는 만큼 즐겁다』라는 항공 관련 책을 냈고 회사 근무 때 돌아다닌 넓은 세상을 깊이 있게 소개하는 『이집트의 유혹』, 『몽골의 향수』, 『터키의 매혹』, 『앙코르와트의 신비』를 썼다. 이 책들은 철저하게 연구해서 쓴 '학술서

적'이고 책 속에 실은 사진은 모두 본인이 찍은 것이다. 나는 평생 이태원 사장의 도움을 받고 살았고 또한 그의 '부지런함'에서 사는 법을 배우면서 살아왔다.

조상행은 나와 함께 공군장교로 복무한 후 현대건설에 입사하여 30여 년을 '현대맨'으로 살았다. 해외 공사장에도 나가 일했지만 현대자동차, 현대조선을 시작할 때, 그리고 주바일 등 중동의 공사를 입찰할 때 모두 중책을 맡아 일했던 창의적 기획전문가였다. 현대 미주본부장을 할 때도 큰일을 많이 했다. 회사 일도 나라 일처럼 철저하게 멸사봉공(滅私奉公)의 자세로 일했다. 공군 보급 장교로 비행단에서 일하던 때는 미국 정부 감리단의 군수 검열에서 '창군 이래 최초의 AA판정을 받은 장교'로 유명했다. 조상행 사장은 내가 어려울 때는 자기도 어려우면서 나를 도왔다. 그리고 나는 '철저한 일처리' 정신을 조 사장에게서 배웠다. 조상행은 내가 내 행동을 평가해보는데 사용하는 준칙을 내게 보여준 '모범생'이었다.

안병훈은 고교, 대학 동문이다. 군대는 나는 공군, 안병훈은 해병대로 갈렸지만 국군 장교로 같은 경험을 했다. 안병훈은 해병구호대로 '한 번 해병은 영원한 해병'의 삶을 살고 있다. 80을 바라보는 지금도 행동과 사고가 모두 해병이다. 안병훈은 조선일보에서 편집국장, 발행인, 부사장 등 큰일들을 맡아 하면서 39년을 보냈고 지금도 이사로 관계하고 있다. 안병훈은 기자가 천직(天職)이다. 본인이 그렇게 생각한다. 청와대 출입기자 시절 안병훈 기자를 좋아하던 박정희 대통령이 두 번이나 유신헌법에 따른 '국회의원'직을 권했으나 안병훈은 '기자가 천직'

법대산악반(LAC), 그리고 OB인 '한오름' 회원들은
지금까지 산이야기를 나누며 어울려 지낸다.
사진은 1959년 선인봉 등반 때.

이라고 사양했다.

안병훈은 '의리'를 생각해서 박근혜 대통령이 2007년 이명박 후보와 경선을 벌일 때 박근혜 후보의 선거운동 최고책임자로 일했다. 그때 나도 안병훈을 도와 '통일문제' 특강도 박 후보에게 해주었고 '외교안보자문위원회'도 구성해주었다. 안병훈은 그 일이 끝난 후에는 정치에 직접 간여하지 않았다. 안병훈의 평생은 '대한민국 지키기'로 요약된다. 신문에서 못했던 '이념투쟁'을 위해 기파랑이란 출판사를 만들고 10년 동안 300여 종의 책을 출간해서 널리 보급했다. 모두 '대한민국의 자유민주주의'를 지키자는 주장을 펴는 책들이다. 나도 안병훈의 부탁으로 『우리들의 대한민국』, 『우리가 바라는 통일』, 『우리가 살아갈 21세기』 등 고교생 교양서들을 썼다. 나는 안병훈 사장의 '나라 지키기'의 흔들림 없는 결의에 감동했으며 "뜻을 세우고 꾸준히 뜻을 펴는 노력을 쌓아가면 뜻을 이룬다"는 교훈을 그의 삶에서 배웠다.

신원식(申元植) 회장은 대학에서 만난 친구이다. 신 회장은 혼자 힘으로 기술을 배우고 시장 개척에 나서서 연마(研磨)재 생산에서 세계 굴지의 대기업인 (주)태양연마(太陽研磨)를 만들어 운영해온 신화적 존재이다. 신 회장은 '뜻 있는 곳에 돈을 쓰기 위해' 열심히 일했지 자기 혼자 사치하고 즐기려고 돈을 쫓지 않았다. 어려움에 굴복하지 않고 도전 정신을 계속 살려낸 의지는 모두가 배워야 할 일이다. 신 회장은 나를 도와 신아시아연구소 이사직을 맡고 있다.

이병수 회장은 '두산(斗山)맨'이다. 정수창 회장, 박용성 회장 형제들이 모두 아끼던 두산이 키운 전문경영인이다. 국회의원도 두 번 출마하였다 실패했다. 이병수 회장은 철저한 '대한민국 지키는 애국자'이다. 좌익 인사들이 맥아더 장군 동상을 철거하려고 인천 자유공원에 몰려들 때 '인천상륙기념사업회'를 조직하여 뜻을 같이 하는 사람들의 힘을 모아 철거를 막았다. 영화 〈인천상륙작전〉을 널리 알리려고 자기 돈으로 표를 사서 대학동문 50명을 영화관에 보내기도 했다. 이병수 회장은 나의 고등학교, 대학교 동기이다. 나는 이병수 회장의 순수한 애국심에 감복하고 있다. 그리고 그의 나이 잊은 정열에서 '좋은 일 하는 데는 나이 제한이 없다'는 것을 배우고 있다.

학교 때 만난 사람으로 김호겸(金虎謙)을 빼놓을 수 없다. 김 사장은 부산 피난 때 중학교를 같이 다니기 시작해서 대학 졸업할 때까지 나와 학교에서 함께 세월을 보냈다. 환도 후 고등학교 때는 김 사장이 살던 관사(아버님: 체신부 차관)가 넓어 우리는 방과 후 놀이터로 썼다. 나는 그 집에서 처음 본 영문 타자기가 신기하여 타자법을 혼자 익혀 두었는데 후에 미국에서 박사논문을 쓸 때 요긴하게 활용하였다.

김호겸은 수학 천재였다. 법대 말고 수학과로 가서 수학자의 길로 나갔어야 했다. 김호겸 사장 어머님은 성격이 활달하신 분이셨다. 내가 대학 때 아버님 병환으로 '학생가장' 노릇을 할 때 가정교사 일자리를 구해주신 것이 내게는 '평생 친우'를 만들어준 계기가 되었다. 나는 나보다 2년 아래인 경기고 55회 졸업생 두 사람을 가르쳤다. 한 사람은 서울대 법대를 나온 한일성(韓一成) 사장이고 또 하나는 서울대 정치학과를 나온 고송구(高松久)였다. 한 사장은 대학 졸업 후 두산에 입사하여 두산중공업 사장까지 역임하고 은퇴하였다. 한 사장은 평생 친동생 이상으로 나와 가까이 지냈다. 내가 신아시아연구소를 만들 때도 상무이사를 맡아 도와주었다. 나는 한일성 사장을 통해 알게 된 (주)영유통(英流通) 조덕영(趙德英) 회장과 현홍주(玄鴻柱) 대사와는 평생을 가족처럼 가까이 지내고 있다. 나는 이들의 세상 보는 눈, 처신하는 방법, 그리고 흔들림 없는 '의리'에서 많은 것을 배우며 살았다.

대학 때 나는 후배들과 법대산악반을 만들어 초대 반장을 맡았다. 그리고 졸업 후에는 산악반 OB모임인 '한오름'을 만들어 초대 회장을 맡았다. '한오름'은 지금 서 민(徐民) 충남대 교수, 송종의(宋宗義) 전 법제처 장관 등 120명의 회원을 자랑하는 '산 사람'들의 모임이 되었다. 이 모임을 통해 나는 산에 다니는 후배들뿐만 아니라 함께 산에 다니던 서울공대생 남정현(南正鉉), 마석일(馬錫日) 등 타 대학 산악인도 알게 되었다. 남정현 박사는 대우엔지니어링을 만들어 운영해온 건축 전문가이고 마석일 박사는 섬유공학 전문가인 인하대학 교수였다. 이들과의 만남으로 나는 남들이 부러워하는 '좋은 사람들의 울타리'를 갖고 평생을 살게 되었다. 학생 때의 만남은 삶의 갈림길에서 바른 길 찾는 길잡이가 되어 주었다는 점에서 평생의 자산이 된 셈이다.

군복 입고 4년 벗고 50년

나는 공군 학사장교 46기(각종장교 15기) 시험에 합격하여 4개월 훈련을 마치고 1961년 10월 1일 공군 소위로 임관하였다. 4년 근무하고 1965년 9월 30일 공군 중위로 예편하였다. 짧은 52개월의 군생활이었

1961년부터 1965년까지 공군사관학교와
공군본부에서 정훈장교로 근무했다.

지만 조직 생활에 익숙해지고 조직 운영 원리를 터득하는 데는 충분했다. 군복무 4년간은 내게는 대학 4년보다 더 귀한 시간이었다. 더 많은 사람을 만나고 더 많은 것을 배웠기 때문이다.

우리 동기생 120명은 사회 각 분야에서 모인 준재들이서 이들과의 교유로 내가 모르던 사회 구석구석을 알게 되었다. 임관 56년을 자축하는 동기생 모임을 최근에 가졌지만 예편 이후도 군대에서의 인연은 더 깊어져 대학 동창회가 하나 더 늘어난 셈이 되었다. 직업이 다양하여 배움의 폭이 대학 동기보다 더 넓다. 장관 등 공무원을 역임한 사람도 있고 대기업·중소기업 사장, 여러 분야의 대학교수, 언론사 간부로 일했던 사람 등이 섞여 있어 모이면 화제가 화려해진다.

현 국제질서에서 군은 주권국가의 필수품이다. 주권국가들이 자위권을 지키기 위한 군대를 가지고 있어야 질서가 유지되는 자율질서가 21세기의 국제질서이다. 그래서 군대는 국가의 자주권을 보호하는 필수불가결의 수단이 된다. 대한민국도 인구의 1%를 군복을 입혀 군에서 복무하게 한다.

조직된 1%의 군대를 가지면 조직이 안 된 5천만 명의 인구를 제압할 수 있다. 조직의 힘이 그렇게 무섭다. 훈련된 사람들을 하나의 명령에 따라 집단적으로 행동하게 하면 엄청난 시너지 효과가 창출된다. 이때 이 집단이 같은 뜻을 가지고 함께 행동하려는 '의지'를 가지고 행동계획을 잘 짜서 집단을 이끌면 100배의 비조직 집단을 제압할 수 있다. 군대는 이 원리를 적용한 '국가의 자위를 위한 무장집단'이다.

나는 공군사관학교에서 정훈관이라는 교장의 특별참모로 일했다. 사

제10비행단 101대대에서 F-5 후방석에 탑승하고 요격훈련에 참가했다(1997). 나는 전역 후 반세기 동안 육군 전차, 해군의 각종 함정 등을 두루 타보았다. 군의 현장 감각을 익혀 전쟁기획에 도움을 얻기 위해서.

관학교에는 많은 교관들이 근무하는 곳이어서 분위기가 큰 대학 같다. 여기서 선후배 교관들을 많이 만났고 많은 생도들과 교분을 쌓았다. 그리고 그 과정에서 조직의 움직이는 원리를 터득해 나갔다.

나는 공군사관학교에서도 생도 산악반을 만들어 생도들을 데리고 암벽등반 훈련, 설악산과 한라산 등에서의 트레킹 훈련을 담당했다. 그 때 산에 다니던 생도 중에서 후에 참모총장들이 나올 때는 말 못할 만 족감을 느낄 수 있었다.

군복을 벗은 후의 나의 군과의 관계는 더 깊고 길다. 나는 1970년대에 국방부와 합참자문위원으로 '장기 전략' 수립, '무기체계 구축' 계획, '장차전 양상' 예측 등 중요한 계획 수립에 3년간 참가하면서 많은 고급 장교들과 함께 일했다. 1980년대에는 8·18계획 수립 작업에 참가하였고 1990년대에는 '국방개혁위원회'에 위원으로 참가했으며 2010년에는 '국방선진화추진위원회' 위원장과 '국가안보총괄점검회의' 의장을 맡았다. 그 밖에 공군정책자문위원장 12년, 국방대학원 정책자문위원 5년 등 평생을 군과의 관계를 갖지 않은 해가 없이 보냈다.

나처럼 외교와 국방 등 안보 관련 연구에 종사하는 사람에게는 군 관련 자문 활동으로 귀한 현장 지식을 얻을 수 있어 큰 도움이 되었다. 나는 육·해·공군의 주요 부대 거의 모두에 가 보았다. 그리고 나는 K-1 전차도 타 보고 참수리급 소형 군함부터 천지함까지 모든 함정을 타 보았고 헬기, 수송기, 전투기도 모두 타 보았다. 팀스피리트 훈련 때는 미국 항공모함 칼 빈슨호도 두 번 타 보았다. 그 중에서 몇 가지 소중한 경험만 적어 본다.

1993년 해군에서 전략을 다루던 장교가 나를 찾아 왔다. 먼 바다에서 근무하는 해군은 국민의 관심에서 멀어져 '국민의 지지'를 얻는데 어려움이 많다고 고충을 이야기하면서 개선 방안을 내게 물으러 온 것이다. 그래서 내가 제안한 것이 '해군함상토론회의'이다. 훈련 나가는 함정 위에서 안보 관련 연구를 하는 학자들과 국방부 출입기자들이 참가하는 해양안보 세미나를 열면 참석한 민간인들은 해군 활동의 모습을 직접 보게 되어 해군에 대한 이해가 높아질 것이라고 생각해서였다. 이 제안이 받아들여져서 1993년 5월 21일-22일 목포에서 출항하는 구축함(DD-919) 함상에서 제1차 해군함상토론대회가 열렸다. 그 토론 회의는 2016년 6월 3일 강정 해군기지에서 율곡이이함(DDG-992)과 천왕봉함(LST-686) 위에서 열린 제17차 함상토론대회까지 해마다 장소와 함정을 바꾸어 가면서 열리고 있다. 나도 제1차부터 5~6차례 참석하였다.

함상토론회의의 연장으로 나는 우리 해군이 막 수교한 러시아 해군과의 친선을 위하여 블라디보스토크 군항으로 예방(port call)을 했을 때도 민간전문가들을 데리고 가도록 권했다. 제1함대 사령관 이수용 제독이 단장이 되어 울산급 FF 2척으로 편성된 방문단에 나도 참석하여 귀한 경험을 할 수 있었다.

1993년 9월 20일에 나는 전남함(함장 전상중 대령)을 타고 진해항을 떠나 22일 새벽 러시아 극동함대사령부에서 마중 나온 우달로이급 구축함(9,200톤) '비노그라도프'호의 안내를 받으며 19발의 예포 속에서 블라디보스토크항에 입항했다. 극동함대사령관 구리노프(Gurinov) 제독 주최 만찬을 시작으로 사흘 동안 훈련기지 방문, 함정 방문 등의 일정을 소화하고 27일 진해로 귀항했다. 평생 잊을 수 없는 귀한 경험이었다.

옛 소련의 4개 함대 중 가장 큰 규모의 극동함대는 냉전시대에 우리를 위협하던 무서운 존재였다. 키예프(Kiev)급 항공모함(3만 8천 톤) 두 척을 포함한 대규모 함대여서 그때 우리군은 그들의 움직임을 주의 깊게 추적하였었다. 그러나 구소련이 해체되면서 새로 태어난 러시아는 재정 악화로 대규모 해군 함대를 유지할 수 없게 되었다. 극동함대는

2010년 국방선진화추진위원장직을 수행할 때 나는 서쪽 백령도에서 동쪽 간성까지 전 전선을 다 가보았고 주요 해·공군기지도 모두 가보았다.

자구책으로 유지하기 어려운 항공모함 등 43척의 함정을 고철로 매각하기로 하였다. 마침 시베리아로 사업을 확장하던 영유통(英流通)의 조덕영 회장이 결단을 내려 43척의 폐선을 모두 샀다. 그 과정에 나도 자문을 해주었다. 그 배들은 모두 한국으로 예인해 와서 해체하기로 하였으나 정부의 허가를 얻지 못해 결국 제3국으로 끌고 가서 해체했다.

　나는 그 배들 중 두 척의 항공모함에 관심이 많았다. 자료로만 봐왔던 실물을 직접 보고 싶어서 한국으로 항공모함을 예인해 왔을 때 배에 올라가서 상세히 살펴보았다. 포항에 임시 계류 중이던 노보로시스크(Novorossiysk)함은 1996년 4월 21일 승함하여 하루 종일 점검했고 진해 외항에 정박 중이던 민스크(Minsk)함은 2년 뒤 1998년 7월

29일 해군작전사령관의 호의로 외형만 참관하였다. 내게는 평생 잊을 수 없는 귀한 경험이었다. 한 가지 아쉬웠던 점은 우리 해군이 우리 손에 들어 온 러시아 함정들을 '활용'하지 않은 점이다. 중국은 같은 조건으로 우크라이나가 건조 중이던 쿠즈네초프급 항모인 바략(Varyak)함을 들여와 중국의 첫 항모인 랴오닝(遼寧)함으로 완성하여 활용하고 있는데 조덕영 회장이 애쓴 보람도 없이 우리는 우리 손에 들어온 러시아 함정들을 하나도 활용하지 못하고 고철로 수출한 것은 지금 생각해도 분통이 터진다. 두 항공모함은 아직도 눈에 선하다.

나는 공군의 특별한 배려로 1997년 8월 6일 제10전투비행단에서 실시 중이던 요격 훈련에 참가하던 F-5 전투기 후방석에 타고 1시간 여의 비행을 하였다. 신체검사, 기본 훈련 등을 거쳐 전투 조종복을 입고 실전 연습을 하는 전투기에 탑승한 이 귀한 경험은 내가 항공전력 강화 계획을 할 때 큰 도움이 되었다. 그 후 2007년에는 T-50 연습기도 타 보았다. 이런 경험이 내가 2000년 8월 한국 공군과 일본 항공자위대 간의 협력 모형을 개발하는 인간-컴퓨터 간 시뮬레이션(man-simulation)을 주관할 때 큰 도움이 되었다.

나는 몇 십 년 동안 해군의 모든 기지, 공군 기지와 레이더 사이트, 그리고 백령도에서 동해안까지의 전전선을 대부분 다녀보았다. 이렇게 돌아다니며 현장 감각을 익혀 왔던 덕분에 2010년 국방개혁추진위원장 직을 맡아 임무를 수행할 수 있었다. 내게 이런 귀한 경험의 기회를 마련해준 우리 군에 늘 감사한 마음을 가지고 있다.

군복 입고 4년 그리고 군복 벗고 50년 동안 군인들과 함께 일하며 배운 것은 군대가 제대로 기능을 해야만 나라가 살아남는다는 간단한 진리였다. 대한민국의 자유민주주의 정치체제, 대한민국의 선진화된 경제 등의 자랑스러운 성취도 군대가 지켜주지 못하면 하루아침에 거품처럼 꺼져 버릴 수 있다는 냉엄한 현실을 깨달으면서 군을 보는 나의 시각이 달라졌다. 국내정치 현상, 국제정치 현상을 보는 눈, 그리고 이러한 현상에 대응할 방안을 찾는 접근 자세 등에 있어서 나는 군대 밖에서만 살아온 사람들과는 다른 눈과 자세를 갖게 되었다.

미국 유학 6년 | 넓고 깊어진 안목

나는 미국 국무성 장학생으로 1967년 5월부터 1969년 5월까지 2년간 하와이주립대학교에 유학하여 정치학석사를 받고 이어서 하와이대학교 정치학과 조교로 박사과정을 이수하여 1971년 7월 정치학 박사학위를 받았다. 학위를 끝낸 후 하와이대학교에 부설되어 있던 미국 국방성 고등연구기획청(DARPA: Defense Advanced Research Projects Agency) 지원 프로젝트인 국가차원 연구프로젝트(Dimensionality of Nations Project: DON Project)의 부소장직을 맡기로 하고 하와이대학교 조교수(R-3) 계약을 했다. 이 신분으로 지도교수이자 DON 책임자인 럼멜(R. J. Rummel) 교수와 함께 사회장이론(社會場理論) 모형-Ⅱ(Social Field Theory Model-Ⅱ) 연구에 참여하였다. 국가 간 전쟁을 예측하는 선형대수학 모형을 만들어내는 연구였는데 약 15명의 연구원이 참여하고 있었다. 나와 평생 함께 연구를 해온 박용옥(朴庸玉)

미국 국무성 장학금으로 하와이대학서 1967년부터 1971년까지 공부했다. 럼멜 교수는
나의 평생의 지도교수였다. 함께 지도받았던 박용옥 박사와 스승의 날 선생님을 뵈러 갔다(2007).

박사를 만난 것도 DON 연구에서였다. 나는 이 프로젝트에서 2년간 일
하다가 1973년 4월에 귀국했다.

나는 서울대학교에서 이미 국제법 전공으로 1965년에 석사학위를 받
았다. "소수민족 보호와 국제연합의 '인권규약안'에 관한 연구"가 석사
논문 제목이었다. 그래서 미국에 가서도 다시 학위 받을 생각이 없었
다. 대학 다닐 때 아르바이트 하느라고 공부를 제대로 하지 못한 것이
한이 되어 책을 읽고 공부하고 싶어서 유학을 결심했었다. 내가 대학
을 졸업하고 군대를 마치고 조선일보에서 편집기자로 일하고 있을 때였
다. 그때 중국에서 '문화혁명'이 일어나 전 세계의 관심이 모이고 있었

는데 한국에서는 공산권과 관련된 책, 자료, 뉴스가 모두 통제되어 공부할 수 없었다. 마침 미 국무성 장학생을 모집한다기에 이에 응시하여 중국, 특히 중국의 공산혁명에 대하여 공부하러 가려 했다. 하와이대에 도착하여 지도교수를 만나서도 나는 석사학위가 이미 있고 중국에 대하여 집중적으로 공부하다 귀국하겠다고 했다. 학자가 되려고 하는게 아니고 좋은 신문사 논설위원이 되기 위해 공부하려 한다고 이야기 했다. 그러나 이런 생각은 지도교수를 만난 후 바뀌었다.

내가 럼멜 교수를 만난 것은 행운이었고 축복이었다. 나를 '국제정치학자'로 훈련시켜주고 교수를 천직(天職)으로 삼도록 만들어준 분이 럼멜 교수였기 때문이다. 럼멜 교수는 우선 정치학, 국제정치학, 비교정치학의 기본 틀을 먼저 배우고 정치학 방법론 훈련을 받은 후 특정 주제를 선택하여 공부하면 되니까 미리부터 공부하는 목적을 한정하지 말라고 했다. 나는 지도교수의 제의를 따르기로 했다. 지도교수의 지시대로 '과학의 철학', '인식론', '논리실증주의' 과목을 이수하고 통계학, 계량분석기법, 선형대수학, 요인 분석(factor analysis) 등을 열심히 공부하였다. 지도교수의 지시에 따라 1968년 여름 학기에는 미시건 대학 (University of Michigan)에서 26개 대학이 컨소시엄(consortium)을 만들어 공동으로 교수들과 대학원생들에게 사회과학에서 쓰는 계량분석기법을 가르치는 여름훈련 코스에 참가했다. H. Alker의 '계량정치학'이 인상 깊었다. ICPR(Inter-University Consortium for Political Research)이라 부르는 이 프로그램에는 미국 대학뿐 아니라 유럽, 캐나다 등지의 대학교수들도 많이 참여하여 나는 이들과 친해질 수 있는 좋은 기회를 가졌다. 독일 쾰른(Köln) 대학의 에리히 베데(Erich Weede) 교수와 평생의 친구가 된 것도 ICPR에서 공동연구팀에 함께 소속되었기 때문이었다.

ICPR 훈련을 끝내니 럼멜 교수가 가을 학기에 맞추어 나를 스탠포드 대학교로 보냈다. 그곳 정치학과의 로버트 노스(Robert North) 교수만이 계량적 연구방법으로 중국정치를 분석하고 있다고 해서였다. 그곳에서 나는 통계학, 수리경제학 과목도 이수하였다. 수리경제학은 풀브라이트(Fulbright) 교환교수로 와 있던 남덕우(南悳祐) 교수와 함께 들었고 그때 담당조교는 그곳에 먼저 와 있던 김재익이었다.

1971년 여름 나는 「Communist China's Foreign Behavior: An Application of Field Theory Model Ⅱ」라는 논문을 제출하고 정치학박사를 받았다. 박사를 받고는 DON Project의 부소장직을 수행하면서 국가 간 전쟁과 갈등 예측 모형 개발연구에 참여하다가 1973년 봄에 귀국했다. 귀국 후에도 럼멜 교수와는 그가 세상을 떠난 2014년까지 매년 한 번씩 만나서 '공부의 진행'을 서로 이야기해왔다. 럼멜 교수는 철저한 자유주의자였다. "자유가 평화를 만들어낸다(Freedom fosters peace)"라는 명제가 그가 주장하는 '자유주의 평화이론'의 결론이다. "시스템 내의 각 국가의 산업화 속도가 다르기 때문에 힘의 분포도 계속 변하고, 이 변화를 기존 질서가 수용하지 못하면 전쟁이 일어난다. 질서가 힘의 균형 변화를 수용해나가면 평화가 가능하다다"고 럼멜 교수는 강조한다. 럼멜 교수는 중국 전통사상, 특히 주자학에 대해서도 조예가 깊다. 럼멜은 자연질서를 존중하는 순리(順理)를 강조하

나는 1971년 학위를 마친 후 2년 동안 미국 국방성 DARPA의 지원을 받는 DON Project의 부소장직을 맡아 하와이대학서 근무를 했다. 부소장실에서 일하던 때.

였다. 나도 그 주장이 옳다고 보았다. 상선약수(上善若水)의 노자-장자의 자세를 놓고 나는 럼멜과 오래 논의했었다.

럼멜과의 만남은 나의 인생 항로를 바꾸어 놓았다. 나는 언론인의 길에서 학자의 길로 길을 바꾸고 대학교수를 천직(天職)으로 받아들였다. 럼멜은 나의 평생의 은사이다.

미국에 있는 동안 학교에서, 그리고 학술회의 참석을 계기로 많은 학자들을 만났다. 그 만남은 나를 학문의 세계로 이끄는 중요한 계기가 되었다. 미국 유학은 나에게 세상 보는 눈을 넓혀 주었다.

내가 일하던 '국가차원연구소(DON)'에는 외국인 방문학자들이 와서 반년 또는 1년씩 머물다 갔다. 나는 DON에 앉아 있으면서 귀한 사람들을 만날 수 있었다. 오슬로 평화연구소장 요한 갈퉁(Johan Galtung) 교수는 한 학기 머물면서 중국식 사회주의에 대하여 내게 큰 도움이 되는 해설을 해주었다. 갈퉁은 역사상의 모든 사회 유형을 '구조적 특질'과 '지배가치체계'라는 두 변수로 4가지 유형으로 분류하고 이 틀 속에서 평등 구조(egalitarian structure)와 획일적 가치(uniformity)를 구축하는 소련공산주의가 진일보한 '평등 구조 가치와 추구 가치의 다양성(diversity)'이 결합된 제4형의 사회가 중국이 지향하는 사회라고 내게 설명해주었다. 나는 갈퉁의 '사고방식'에서 큰 배움을 얻었다.

글레디취(Nils Petter Gleditsch)도 1년간 DON에 와서 나와 연구실을 같이 사용하였다. 글레디취는 후에 오슬로 평화연구소의 부소장으로 활동했다. 그레고르(James Gregor)도 그때 만난 학자였는데 헤겔 사상과 마르크시즘 관계를 명쾌하게 내게 가르쳐 주었다. 그때 만난 데이터(James Dator) 교수도 '미래학'에 대해 내게 많은 가르침을 주었다.

미국 대학들은 외국 학생들이 미국 생활에 익숙해질 수 있도록 이끌어주는 host-family 제도를 운영하고 있다. 자원 봉사자들이 외국 학생들을 하나씩 맡아 부모처럼 돌보아주는 제도이다. 이 제도로 외국 학생들은 미국 사람들의 삶의 모습을 직접 접할 수 있는 기회를 가진다. 나도 미국 유학기간 세 가정을 host-family로 가졌다. 하와이의 알로하 항공사 부사장이던 데이비드 벤츠(David Benz) 댁, 스탠포드의 리처드 배리(Richard Barry) 부부, 그리고 뉴욕타임스 부국장이던 폴 그라임스(Paul Grimes) 가족 등이 나의 host-family였는데 몇 년 전 이 분들이 노환으로 차례차례 세상을 떠날 때까지 거의 50년간 관계를 유지해왔었다. 나는 이들을 통하여 미국의 '보통사람'들의 생각과 삶의 양식을 접할 수 있었다. 이 분들을 통하여 100여 명의 미국 사람들을 만난 셈인데 나는 미국 사람들은 한국 사람들보다 착하고 합리적이고 남을 도우려는 마음을 가진 사람들이라고 느꼈다. 미국의 대외정책, 군사정책을 분석할 때 이러한 '보통 미국 사람'들의 생각들을 고려하지 않으면 그 정책을 바로 이해하기 어려워진다. 미국은 민주주의 국가여서 더욱 그러하다. 미국 유학 때 이루어진 미국 시민들과의 만남은 내게 남을 보는 새로운 안목을 갖게 해주었다.

미국 유학생활 중 그곳에서 만난 한국 분들과의 대화에서도 나는 많은 것을 깨쳤다. 귀한 분들을 해외에서 만나게 된 것은 내게는 큰 축복이었다.

내가 하와이대학교에서 조교수로 일하고 있을 때 시인 구상(具常) 선생님이 그곳 하와이대학교에 방문교수로 와 계셨다. 구 선생은 자주 우리 집에 오셔서 저녁을 함께 하셨다. 그때 지나간 한국정치의 뒷모습 이야기도 많이 나누었다. 특히 박정희 대통령과 나눈 이야기들을 전해 들은 것이 나의 한국 정치사 인식을 바로 잡는데 큰 도움이 되었다. 이한빈(李漢彬) 교수가 한동안 이스트웨스트 센터(East-West Center)에 와 계셨다. 'institute building'이라는 행정학의 새로운 영역의 연구 프로젝트를 책임 맡고 계셨다. 이한빈 교수는 한국에서 '한국미래학회'를 만들고 한국의 21세기를 미리 내다보면서 당장 해결해야 할 문제를 찾던 분이어서 나에게 '미래를 보는 눈'을 뜨게 해주셨다. 훗날 노태우-김영삼 정부 때 청와대에 설치하였던 '대통령자문21세기위원회' 창설 구

김재익 박사도 East-West Center 장학생으로 나와 함께 하와이서 공부했다.
스탠포드대학서도 함께 지냈다. 1980년 남한산성에서.

상은 그때 이한빈 교수의 가르침이 있었기 때문에 가능했다.

김재익(金在益) 박사는 한국에서부터 가깝게 지내던 친구였으나 하와이에서는 매일저녁 만나 '한국의 현실'과 '한국의 내일'을 논하다보니 '한식구'처럼 가까운 사이가 되었다. 스탠포드에서도 몇 달 동안 함께 지내면서 함께 '나라 걱정'을 많이 했다. 김 박사는 나와 동갑이고 대학원에서 이한기 교수의 국제법 강의를 같이 들으면서 친해진 친구이다. 나보다 1년 먼저 이스트웨스트센터 장학생으로 하와이대학교에 와 있었다. 그리고 1년 먼저 스탠포드대로 옮겨 박사과정 수업을 듣고 있었다.

김재익 박사는 학위를 마친 후 귀국하여 청와대-경제기획원을 거쳐

1980년 전두환 정부가 출범하면서 대통령 경제수석비서관이 되어 제5차 경제사회발전 5개년계획 수립을 지휘했다. 김재익 박사가 얼마나 큰 일들을 해내었는지는 45세에 세상을 떠난 한 사람의 공직자에 대하여 다섯 권 이상의 평전이 출간된 것만 보아도 알만하다. 더구나 만나보지도 않았던 전두환 대통령이 경제기획원 기획국장을 막 그만둔 김 박사를 〈국보위〉의 경제분과위원장으로 영입하였다가 제5공화국 출범과 동시에 "경제는 당신이 대통령"이라고 선언하고 경제수석비서관에 임명했다. 그 아까운 인재를 우리는 1983년 10월 9일 미얀마의 아웅산 묘지에서 북한의 테러로 잃었다. 기라성 같은 인재들과 함께.

김재익 박사는 국제사회에서도 모두 인정하는 천재적 경제학자였다. 철저한 시장경제 주창자였으며 개방주의자였던 김재익 박사는 안정된 국민생활을 보장하면서 경제성장을 추진하여야 한다는 '안정 중시'의 경제정책을 폈다. 물가를 안정시키고 거래를 자율화 시키는 제도를 확립하고 사회간접자본을 충실히 다져 놓고 성장을 추진하려 했다. 이러한 김 박사의 구상이 빛을 보아 '한강의 기적'이 현실화 되었다.

나는 김재익 박사와 "매주 1회 이상 만나고, 걸어서 10분 내에 다닐 수 있는데서 살자"고 약속했고 그 약속은 지켰다. 김재익 박사는 새로운 정책 구상이 떠오르면 비전문가인 내게 평가시켰다. 경제영역 외의 변수를 찾기 위해 내게 수 없이 질문을 던졌다. 사회발전, 정치발전과의 연계를 찾기 위해 대만의 국가발전종합기획을 담당하고 있던 나의 오랜 친구 웨이융(魏鏞) 박사를 초청하여 상의하기도 하였다. 김재익 박사와는 교육, 복지, 정치발전 등을 놓고도 나와 밤을 새면서 토론을 벌이기도 했다.

　김재익 박사는 철저한 민주주의자였고 공산전체주의-전제주의를 철저히 반대하는 자유민주주의자였다. 12·12혁명 후 혁명 주체들이 〈국보위〉를 만들면서 참여를 강요할 때 김재익 박사는 처음에는 거절했다. 나도 참여를 강요받을 때여서 둘이서 오랫동안 논의했는데 나는 끝까지 거부하고 김재익 박사는 결국 참여했다. "군정을 종식시키고 민주화를 조기 달성하기 위해서는 밖에서 비판만 할 것이 아니라 참여하여 고쳐 나가는 것이 옳다"는 결론에 도달했기 때문이다. 어느 사회나 경제가 성장하여 국민생활이 안정되어야 민주화가 가능하고, 그래서 혁명 세력들을 앞세워 경제를 발전시키는 일에 적극 참여하는 것이 현실적으로 바른 민주화의 길이란 것이 그때의 그의 결론이었다. 나는 김재익 박사의 주장을 받아들여 국보위에는 참가하지 않았으나 그 후 통일, 외교, 국방 세 영역에서는 적극적으로 정부의 자문에 응하였다.

　김재익과의 만남은 나를 '이상주의자'에서 '현실주의자'로 변화시킨 셈이다. '잘 사는 강한 나라'를 먼저 만들어야 치열한 투쟁이 벌어지는 20세기 국제질서 속에서 살아남을 수 있는 자유민주주의 국가를 만들고 지켜 나갈 수 있다는 생각을 굳힌 것은 김재익과의 수많은 세미나에서 안목이 틔었기 때문이라고 나는 생각한다.

　김재익 박사가 내 곁을 떠난 후 나의 상실감은 비할 데 없이 컸다. 나는 그를 추모하는 글에서 다음과 같이 나의 심경을 표했다.

　"학은 하늘 높은 곳에 뜻을 두고 있어 늘 자유롭다. 연꽃은 진흙탕에서도 때묻지 않은 꽃을 피워 주위를 감동시킨다. 전쟁과 가난, 부조리와 부패, 혼돈 속에서 살아온 우리 세대에서 김재익처럼 주위의 혼탁한 물에 젖지 않고 자기 뜻과 자기 상(相)을 지켜내면서 살아온 사람이 몇이나 될까? 그래서 김재익이 살아온 45년의 삶이 더욱 돋보인다. 동갑 친구이면서도 내가 항상 그를 존경하고 그에게서 배움을 얻은 것은 그의 학 같은, 연꽃 같은 삶의 자세 때문이었다."

짧은 미국 유학 시절에 나는 김재익 박사 같은 좋은 친구를 가져 행복했다. 김재익 박사는 지금 곁에 없어도 김재익 박사가 아끼던 그의 둘째 아들 승회(承會) 군을 나의 셋째 사위로 곁에 두고 있어 서운함을 조금은 덜고 있다.

미국 유학에서 나는 김재익 박사 이외에도 많은 '귀한 사람들'을 만났다. 세계적인 농학자로 미국에서 좋은 연구 환경을 마련해준다고 붙잡아도 동포들의 양식의 질 향상에 기여하는 것이 농학자의 평생의 보람이라고 가난한 학자의 길을 선택하고 귀국했던 김강권(金剛權) 박사, 미국 동포들도 놀라는 영어를 구사하던 영문학자로 성장했으나 '연좌제'에 묶여 한국 사회에서 결국 자리를 잡지 못하고 캐나다로 이민 간 고 김평기(金枰琪) 사장 등은 지금의 젊은 세대들은 쉽게 이해할 수 없는 애국자들이었다. 이들과의 만남에서 나는 나의 애국심을 좀 더 굳혀 갈 수 있었다.

유학은 새로운 지식만을 얻는 길이 아니다. 밖에서 한국 사회를 들여다보면서 한국을 객관적으로 보는 눈을 다듬고, 한국을 걱정하는 한국인 동료들과의 만남에서 애국심을 굳히는 수신(修身)의 기회를 가지는 기회이기도 하다.

나는 1976년부터 2003년까지 서강대 교수로 봉직했다. 이 교수실에서 나는 세상을 내다보았다.

천직(天職)이 된 교수직 │ 대학서 보낸 40년

나는 유신(維新)정치가 시작되던 1973년 봄에 귀국했다. 6년 동안 미국이라는 풍요한 민주사회에서 살다가 모든 것이 '얼어붙은' 한국 사회로 들어왔다. 6년 전 한국을 떠날 때는 '깨인 안목과 앞선 지식을 갖춘 언론인'이 되겠다는 꿈을 안고 떠났으나 돌아왔을 때의 한국 사회는 그 꿈을 펼 수 있는 무대가 아니었다. 나는 조선일보를 휴직하고 떠난 몸이어서 귀국에 앞서 방우영(方又榮) 사장에게 복직 신청을 하였다. 방 사장은 "형편이 되는대로 복직하면 논설위원직을 줄 계획"이라는 전보를 보내주셨다. 김경환(金庚煥) 편집국장도 편지를 주셨다.

나는 가족을 데리고 4월 7일 서울에 도착하였다. 선우휘(鮮于輝) 주필이 환영 파티를 해주셨다.

나는 6년의 공백을 메울 시간이 필요했다. 서울의 분위기가 내게는 너무 생소해서 적응할 수 있는 시간이 필요했다. 그래서 회사에 반 년 동안의 유예기간을 달라고 요청했고 9월 1일자로 복직 명을 내어주기로 합의했다.

마침 경희대학교 조영식(趙永植) 총장이 경희대에서 강의할 것을 제의하였다. 당장 가족과 살아가야 할 일이 다급하여 경희대학교 정치학과에 들어갔다. 나의 전공은 〈국제정치이론〉이었으나 내게 배당된 학과목은 〈공산주의 정치이론〉, 〈구미정치사〉, 〈원서강독〉, 〈민주시민론〉 등 네 과목이었다. 나는 이렇게 한국 대학에서 교수생활을 시작했다.

벅찬 강의 부담으로 정신이 없었으나 고려대의 아세아문제연구소(亞研) 소장으로 계시던 김준엽(金俊燁) 교수가 아연에 연구실을 마련해 주셔서 짧은 기간이나마 연구소 분위기를 익힐 수 있었다. 그리고 평생을 이어온 김준엽 선생과의 인연이 맺어졌다.

학교를 다니면서 선생님, 교수의 지도를 받으며 공부할 때까지를 수련 기간이라고 한다면 내 뜻대로 내 삶을 계획하는 때가 자기 삶의 시작이라 할 수 있다. 공자가 말하는 이립(而立)인 셈이다. 나는 미국에서 학위를 마치고 2년 동안 럼멜 교수 밑에서 '연구실습'을 마치고 귀국한 1973년, 나이 서른다섯이 되어서 비로소 '나의 길'을 떠난 셈이다.

두 가지 길이 내게 열려 있었다. 하나는 신문사로 돌아가 언론인으로 살아가는 길이고 다른 하나는 대학에 자리 잡고 교수직을 천직(天職)으로 삼아 가르치고, 연구하고, 사회봉사하는 길이었다. 나는 두 번째 길을 택했다. 그 길에 들어서서 평생을 살았다. 교수로 30년, 대학총장으로 6년을 대학에서 살았다. 대한민국 현대사는 대학에서 지켜본 셈이다.

대한민국은 해방, 건국, 6·25전쟁, 4·19와 5·16을 겪은 우리 세대에게는 각별한 존재이다. 얼마나 어렵게 만들고 지켜낸 나라인가? 당당한 대한민국의 국민이 되었을 때의 감격, 그리고 6·25를 견뎌내고 대한민국을 다시 살려낸 자긍심을 공유한 우리 세대에게는 나라사랑은 당연한 의식의 한 부분으로 굳어져 있다.

내가 '나의 길'을 결정하던 1973년의 대한민국은 아직도 뿌리를 내리지 못한 가난한 신생 국가였다. 냉전이라는 폭풍노도와 같은 거친 국제 환경 속에서 위태롭게 자주권을 지켜가던 약소국이었고 국내는 유신체제라는 민주화를 역주행하는 불안한 전제정이 펼쳐지고 있던 때였다. 국민생활을 안정시키고 최소한의 자위력을 갖춘 나라가 되어야 국제사회에서 살아남을 수 있을 것이고 국민의 정치의식 수준이 민주시민으로서의 소양을 갖춘 '자기 행위에 책임질 줄 아는 주권자' 수준에 이르러야 건강한 민주체제를 운영해 나갈 수 있을 텐데 1973년의 대한민국은 두 가지 모두 갖추지 못하고 있었다. 갈 길이 멀었다.

나라의 혜택을 받아 좋은 환경에서 고등교육을 받은 국민으로 무엇을 해야 나라를 위하고 나의 보람이 될까를 생각할 때 내가 선택할 수 있는 길은 많지 않았다. 국민들을 '계몽'하는 글을 써서 세상 돌아가는 형편을 알리는 언론인의 길과 학교에서 새로운 세대를 바른 생각을 가진 민주시민으로 키우는 길 두 가지 뿐이었다. 나는 대학교수의 길을 선

서강 제자들의 모임인 반산회는 나의 자랑이다. 해마다 57명의 회원들이 한 번씩 1박 2일의
세미나를 가진다. 2014년의 신년하례식. 왼쪽부터 부성옥 도서출판 오름 사장, 이규영 서강대 교수,
임성호 경희대 교수, 박광희 강남대 교수.

택했고 대학에 있으면서 기회가 있을 때마다 신문에 글을 쓰겠다고 마
음먹었다. 그리고 내가 할 수 있는 외교, 안보, 통일 문제에 관련된 국내
외의 학술회의, 전략회의, 정책탐색회의에 열심히 참가하여 '대한민국'의
목소리를 바깥세상에 정확히 알리는 것을 할 수 있을 것이라 생각했다.

나는 마침 서강대학교에 외교학과가 신설되어 경희대에서 서강대로
옮겼다. 서강대에 가서 나는 학생들과 약속했다. 나는 서강대학교에서
정년까지 떠나지 않겠다고. 교수직을 나의 천직으로 하겠다는 나의 결
심을 밝혔다. 나는 그 약속을 지키고 65세에 서강대를 떠났다.

나는 서강대 정치학 교수로 27년간 열심히 일했다. 국제정치, 중국정
치, 북한정치, 군사전략 등 전공과목들과 정치학방법론, 정치학개론을

서강대에 있으면서 안목을 넓히려고 열심히 국제회의에 참가했다. 모스코에서 열린 1979년도
IPSA 회의 때의 사진. 왼쪽부터 이영호 이화여대 교수, 이홍구 서울대 교수, 와짐 박 교포학자,
조규화 외대 교수, 나, 김세진 외교안보연구원 교수부장.

강의했다. 그리고 내가 가르친 과목들마다 교과서를 썼다. 대학원에서
는 나의 평생의 연구주제로 삼은 '21세기 평화질서'와 관련된 과목들을
다루었다. '평화'와 '질서'라는 두 개의 평생의 화두(話頭)를 잡고 동양
고전도, 서양의 고전도 시간이 있을 때마다 탐색했다.

공자님도 불치하문(不恥下問)이라 하셨다. 나는 서강대에서 30년을
가르치면서 많은 후학과 제자들을 만났다. 그들로부터 큰 배움과 도움
을 얻었다. 서강대 외교학과가 생긴 직후에 들어왔던 부성옥(夫性玉)
군은 석사를 마치고 출판사 〈오름〉을 창립하여 운영하면서 인문사회과
학 책들을 꾸준히 출판해왔다. 부 사장의 호의로 나는 '잘 팔리지 않을
것이지만 꼭 내고 싶었던 책'들을 출판했다. 김영수(金英秀) 군은 내 조

교로 5년쯤 일하면서 '북한전문가', 그 중에서도 탈북민에 대한 최고 전문가로 성장했다. '하나원' 창립 준비에도 깊이 간여했다. 김영수 군의 해박한 북한 정보로 나는 북한 실정 이해에 큰 도움을 얻었다. 김 군은 서강대 부총장직을 역임했다. 김규륜(金圭倫) 박사는 미국 노스웨스턴대에서 학위한 후 귀국하여 통일연구원 창설에 참가하여 그곳에서 25년간 근무한 '북한정치경제' 전문가이다. 강근형(康根亨) 교수는 미국의 대외정책을 전공하였으며 현재 제주대 교수로 재직하고 있다. 그리고 같은 학번의 이규영(李奎榮) 교수는 독일 하이델베르크대학에서 폴란드정치로 학위를 받은 후 귀국하여 서강대 국제대학원장을 역임하였다. 독일통일 과정에 대하여 나는 이규영 교수 연구에서 많은 배움을 얻었다. 북한인권 문제를 다루는 이원웅(李元雄) 가톨릭관동대 교수는 북한인권 문제 개선을 위하여 직접 나서서 활동하고 있다. 김열수(金烈洙) 성신여대 교수는 육사 출신으로 국방대에서 오랫동안 교수로 봉직한 북한문제 전문가이다. 내가 북한정치 교과서를 쓸 때 내게 많은 도움을 주었다.

중국정치를 전공한 박광희(朴廣熙), 전성흥(全聖興), 이민자(李民子) 교수는 국내 중국학계의 선두주자로 한국 학계에 중국학을 소개한 전문가들이다. 중국 사회 내의 사정에 밝아 내가 중국 관계 글을 쓸 때 많은 도움을 얻었다. 그리고 지난 10여 년 동안 내가 국방, 안보, 외교 관련 전략대화를 할 때는 김태효(金泰孝) 성균관대 교수가 모든 기획과 행정을 맡아 처리해주었다. 김 교수는 현재 신아시아연구소 부소장직을 맡고 기관지 「신아세아」의 편집도 책임 맡고 있다. 이장욱(李章旭)

주요 대학 공산권지역 연구소가 만든 한국공산권연구협의회는 해마다 주요 외국 연구소와 통일문제를 주제로 학술회의를 가졌다. 1989년 7월 Bodega Bay에서 버클리대 동아연구소와 회의를 가졌다. 한승주 교수(왼쪽 끝), 이정식 교수(한승주 옆), 스칼라피노 교수, 그리고 그 뒤에 이홍구 교수 등이 보인다.

박사가 김 박사를 돕고 있다.

대학 선생의 최고 행복은 내게서 하나라도 배움이 있었다고 말해주는 제자들을 만날 때이다. "너는 할 수 있다"라고 격려해준 말을 새겨 어려운 고비마다 이겨냈다고 말해주는 이성희(李盛熙) 크라우체 사장이나 오정은(吳靜恩) IOM이민정책연구원 교육실장, 정우탁(鄭雨倬) 유네스코 아태국제이해교육원 원장, 김 녕(金寧) 서강대 교수 등을 만날 때마다 나는 그들의 말 한마디에 선생의 보람을 느낀다.

나는 사람 복이 많은 사람이다. 많은 제자들과 함께 일하면서 나는 그들로부터 많은 배움과 도움을 받았다. 서강대 교수를 천직으로 삼은 덕을 본 셈이다.

만남을 통한 배움 | 마음을 열면 모두가 스승

나는 1973년부터 서강대 교수직을 마감했던 2002년까지 모두 약 300회의 국내외 세미나에 참석했고 논문도 300편쯤 썼다. 그리고 주요 일간지와 주간지, 월간지 등에 시론 600편을 썼다. 강연도 많이 했다. 외무부, 통일원, 국방부의 정책자문위원직을 각각 20여 년씩 맡아 수많은 정책회의에도 참석했다. 대통령자문21세기위원회 위원장직을 맡아 '장기 계획'을 세우는 일도 맡아 수행했고 국방선진화추진위원회 위원장, 외교경쟁력강화위원회 위원장, 통일정책자문위원장, 국가안보총괄점검회의 의장 등도 맡아서 최선을 다하여 일했다. 교수직을 수행하면서도 수많은 세미나에 참석하고 여러 관련 기관의 자문을 맡았던 것은 사람들을 만나 나의 식견을 넓히고 나의 편견을 바로 잡기 위해서이다. 학교 안에서 책만 들고 앉아서는 얻을 수 없는 지식과 지혜를 배우려면 기회가 허용하는 한 많은 사람을 만나야 한다.

나는 중국정치와 사회를 바로 이해하기 위하여 기회가 있을 때마다 중요 세미나에 참석하였다. 그리고 그 기회에 궁금했던 것을 직접 당사자들에게 물었다. 한중미래포럼에 참석하면서 나는 주룽지(朱镕基, 1994 부총리, 2000 총리) 선생을 몇 번 만났다. 그와의 대화에서 '중국식 사회주의'에 대하여 이해할 수 있었다. 리루후안(李瑞環) 정치협상회의 부의장을 만나 '인민회의'와 '정치협상회의'와의 2중 구조에 대하여 설명을 들을 수 있었다. 탕쟈쉬안(唐家璇, 1998, 2002) 외무장관과 첸치첸(錢其琛, 1998) 부총리와의 대화에서 중국의 장기적 외교 지침에 대하여 감을 얻을 수 있었다.

중국과는 여러 가지 대화 통로가 구축되어 있었다. 1994년 6월에 북경 조어대(釣魚臺)에서 시작한 한·중 미래포럼은 매년 양국의 주요 인사들이 참가하는 비중 있는 대화였는데 나는 1차부터 2002년 제9차까지 계속 참석하였다. 2002년부터는 중국국제교류협회와 신아시아연구소간의 포럼이 매년 열렸고 중국 공산당 중앙당교의 개혁개방포럼과 2009년부터 신아연이 주관하는 한중전략대화를 가져왔다. 그리고 지금도 중국 상해국제문제연구원과 신아연이 매년 전략대화를 이어오고 있다.

가장 기억에 남는 '만남'은 2001년 10월 중국국제교류협회 초청으로 북경을 방문하여 중남해(中南海)에서 첸치첸을 만나고 중련부장(中聯部長) 다이빙궈(戴秉国)와 만찬을 하며 허심탄회하게 한·중 관계를 논의했을 때였다. 한나라당 대표를 역임한 최병렬과 다이빙궈의 오랜 친구 이동복(李東馥)과 셋이서 이들을 만났었다.

일본의 경우 여러 수상을 만났으나 다께시다(竹下登) 수상에게서 일본의 대한국 정책의 기본 노선을 깨닫게 되었고 하토야마(鳩山由紀夫, 2010) 수상과 '박애민주주의론'을 토론하면서 일본의 또 다른 아시아 정책의 흐름을 볼 수 있었다. 대만의 경우에는 리덩후이, 천수이비엔(陳水扁), 마잉주(馬英九) 등 총통을 모두 몇 번씩 만났으나 항리우(杭立武) 선생에게서 가장 폭넓은 배움을 얻었다.

나는 한일문화교류기금 이사장을 맡아 한·일간의 知的對話를 주선하여
양국 원로급 인사들 간의 허심탄회한 의견 교환의 기회를 매년 만들어 보았다.
2010년 하꼬네에서의 '한일원로간담회' 사진. 이 회의에 한국에서 김재순 의장,
이홍구 총리, 최병렬 전 한나라당 대표, 공로명 장관, 김대중 조선일보 주필,
김수웅 한일문화교류기금 상무이사 등이 참석했고 일본 측에서는 고노 요헤이(河野洋平),
나까이 히로시(中井洽), 모리모토 사토시(森本敏), 야마모토 다타시(山本 正),
후나바시 요이치(船橋洋一), 와카미야 요시부미(若宮啓文) 등이 참석했다.

항리우 선생은 중화민국 주영대사, 문교부 장관을 역임한 원로 지도자로 지금 대만에 있는 국립고궁박물관 전시물은 항 선생이 대만으로 철수할 때 가져온 것이다. 항리우 선생은 김준엽 선생과 만나 먼 앞날을 생각해서 양국의 젊은 인사들이 서로 만나서 우의를 쌓게 하는 것이 필요하다고 젊은 지도자 교류를 제의하였고 김준엽 선생이 이에 동의하여 1차로 한국에서 이화여대 이영호 교수와 나를 대만에 보냈다. 항리우 선생은 그때 웨이융(魏鏞), 첸푸(錢復), 린비자오(林碧炤), 장징위(張京育), 샤오위밍(邵玉明), 마잉주 등 나와 연령이 비슷한 대만의 젊은 지도자들을 만나게 해주었다. 그리고 그 뒤로도 이들과 계속 만날 기회를 만들어주면서 가깝게 지내도록 했다. 항리우 선생과 김준엽 선생의 멀리 앞을 내다보는 배려로 한국과 대만간의 연결고리가 생겨 오늘까지 이어지고 있다.

대학에 있으면서 가장 많이 만난 외국인은 일본인이었다. 〈재단법인 한일문화교류기금〉의 책임을 오래 맡았기 때문이었다. 한국과 일본 사이에서 '역사교과서 문제'가 양국 국민간의 상호 불신을 증폭시키는 심각한 문제로 떠오르던 1983년에 전두환 대통령과 나까소네(中曾根 康弘) 수상은 "양국 국민간의 마음의 거리를 좁히는 일"을 맡아 할 민간기구로 한국과 일본에 각각 '한일문화교류기금'과 '일한문화교류기금'을 만들기로 합의하였다. 이 합의에 따라 1984년 〈재단법인 한일문화교류기금〉이 창설되었다.

기금의 초대 이사장으로는 이한기(李漢基) 교수가 취임하였고 내가 상임이사직을 맡았다. 이 재단은 크지 않은 기금으로 지난 30년 동안 한국 국민들의 일본 이해를 돕는 행사와 양국의 관계사를 바로 잡기 위한 한·일 역사학자 간의 세미나를 중심으로 운영하여 왔다. 그동안 선사시대부터 20세기 초까지의 역사를 18년간 매년 학술회의를 열어 바로 잡고 그 결과를 10권의 책으로 출판했고 일반 대중을 위한 '일본 문화강좌'를 100여 차례 실시했다. 그리고 매년 사회 각계의 지도급 인사들로 구성된 일본 이해를 돕는 '일본문화시찰단'을 일본에 보냈다. 그밖에 4개의 대학생 단체의 한·일 학생 교류 모임을 지원해오고 있다.

이 기금의 초대 이사장으로 일해 오시던 이한기 전 총리가 1995년 세상을 떠나셔서 내가 이사장직을 계승하여 오늘에 이른다. 나는 이 기금 창설부터 지금까지 30년 동안 모든 행사를 주관해오면서 많은 일본 사람들을 만났다. 역사 문제를 다루는 학술회의를 주관하면서 100명이 넘는 일본의 역사학자들을 만났고 '한일 원로회의'를 주최하면서 고노(河野洋平) 중의원 의장 등 정치인들과 후나바시(船橋洋一), 와까미야(若宮啓文) 등 언론인, 모리모토(森本敏) 교수, 야마모토(山本 正) 등 문화인들과 가까이 지낼 수 있었다. 이들과의 대화에서 현재 일본인들의 '마음'을 읽을 수 있었다.

한일문화교류기금을 맡으면서 나는 창립 때부터 사무국장직을 맡아온 김수웅(金秀雄) 상임이사와 각별한 인연을 맺었다. 한 직장에서 30년을 함께 일하는 관계란 흔하지 않다. 일본인보다 일본어를 더 잘하는 '와세다맨'인 김 국장으로부터 나는 일본 이해에 큰 도움을 얻었고 지금도 얻고 있다.

한일문화교류기금의 일본 측 상대는 일한문화교류기금이다. 일한문화교류기금과 30년을 협력하며 같이 일해 오면서 일한문화교류기금의 임직원과는 '같은 직장 동료'처럼 가까이 지내왔다. 특히 초대 이사장을 맡았던 스노베(須之部 量三) 전 주한대사, 상무이사를 맡았던 마에다(前田利一) 전 주한대사와는 오랫동안 우정을 나누었다. 그리고 우리측 기금자문위원을 맡아주셨던 고병익(高柄翊) 전 서울대 총장, 전해종(全海宗), 이광린(李光麟) 전 서강대 교수들로부터는 동양사 강의를 20년간 들었다. 내게는 큰 복이었다.

한일문화교류기금을 맡아 일해 온 30년 동안 나는 일본을 자주 여행했다. 특히 문화시찰단을 매년 인솔하면서 일본 구석구석을 누빌 수 있어 내게는 좋은 공부가 되었다. "일본의 어제와 오늘, 그리고 내일을 느끼는 것"을 목적으로 한 시찰단이어서 방문한 곳도 다양했다. 일본의 47개 도도부현(都道府県) 중 40개 이상을 답사하였다. 시찰단은 작가, 화가, 영화인 등 문화계 지도자, 언론과 학계 지도자 등으로 구성되어 함께 여행한 단원들과의 대화에서 나는 '입체적 일본 이해'를 할 수 있는 기회를 가질 수 있어 더 좋았다. 황동규(黃東奎), 김병익(金炳翼), 홍성원(洪盛原), 김원일(金源一) 등 문예인들과 이만익(李滿益) 화백, 이장호(李長鎬) 영화감독 등과는 여행 이후에도 오랫동안 교우 관계를 가질 수 있었다. 그리고 최 명(崔明), 조명한(趙明翰), 이인호(李仁浩), 한영우(韓永愚), 진덕규(陳德奎), 최정호(崔禎鎬), 함재봉(咸在鳳), 성낙인((成樂寅), 손승철(孫承喆) 등 약 80명의 대학교수들과 함께한 여행은 내게는 일본의 문화, 예술, 민속, 역사를 현장에서 학습하는 귀한 수학여행이 되었다.

내게 통일문제에 대하여 '깨우침'을 준 사람으로 독일 사민당(SPD) 정부의 수상(1974-1982년)을 역임한 헬무트 슈미트(Helmut Schmidt)를 잊을 수 없다. 1993년 2월 신현확 전 총리가 내게 전화를 주셨다. Interaction Council이라는 '전직 국가원수회의'가 있는데 이 회의의 의장을 맡고 있는 슈미트 수상이 독일통일 경험을 한국에 전해주고 싶다고 하니 나와 함께 배우러 가자는 내용이었다. 나는 재무장관을 역임한 강경식(姜慶植)과 함께 신 총리를 따라 파리로 갔다. 독일통일에 직접 간여했던 국방장관, 중앙은행장 등 6명을 데리고 슈미트 수상이 우리를 기다리고 있었다. 이틀 동안 나는 독일통일의 과정, 준비했던 일, 그리고 어려웠던 일 등에 대하여 소상히 들을 수 있었다. 그렇게 고마울 수가 없었다. 회의 끝에 슈미트 수상은 내게 "한국이 통일을 원하거든 미국과 함께 일본과 친해라. 이것은 필수다"라고 강조했다. 스스로 '절충주의자'로 자부하는 슈미트 수상은 감정을 앞세우지 않고 실리를 추구하는 실용주의를 거듭 당부했다. 리관유(李光耀), 덩샤오핑(鄧小平)을 가장 존경한다는 슈미트의 이 당부가 지금도 내게 깊은 울림을 주고 있다.

현인택(玄仁澤) 통일부 장관은 내게 두 가지 직책을 맡겼다. 대통령 통일고문의 한 사람으로 참가하고 있던 나를 2009년 10월 통일교육위원 중앙협의회 의장으로 추천하였다. 통일교육위원회는 위원 1,200명의 전국 조직으로 대학 총장, 교수 등 통일교육을 지도할 사람으로 구성되어 있었다. 이 일을 수행하면서 통일교육의 문제점을 많이 깨닫게 되었다. 그러나 무엇보다도 많은 사람을 만나게 되어 내게는 큰 '자산'이 되었다. 2011년 7월 위원 20여 명과 함께 우즈베키스탄과 카자흐스탄의

2011년 현인택 통일부 장관은 독일 통일 경험을 체계적으로 전수받기 위해 양국에서 각각 12명 위원이 참석하는 한독통일자문회의를 구성하였다. 2014년의 베를린회의 모습.

교포 사회를 찾아간 일이 가장 기억에 남는다. 객지에 버려진 교민들에 대한 관심을 새롭게 하는데 큰 도움이 되었다.

현인택 장관은 2011년 한독통일자문위원회를 발족시키면서 나를 위원으로 선정하였다. 한국측과 독일측에서 전문가 각 12명씩을 선정하여 24명의 합동위원회를 만들어 체계적으로 독일 통일 경험을 전수받는 아주 중요한 위원회이다. 나는 매년 열리는 이 회의에 계속 참석하면서 독일 통일 과정의 실상에 대하여 눈을 뜨게 되었다. 우리가 배워야 할 것이 너무 많았다. 슈미트 수상이 왜 우리에게 독일 통일 경험을 전해주려고 했는지 알게 되었다. 이 회의를 통하여 드 메지에르(de Maizière) 통일 때의 동독 수상 등 독일 통일의 주역들과 알게 된 것이 내게는 큰 수확이었다.

나는 대학교수를 천직으로 삼고 살아온 것에 만족한다. 대학에 몸담고 있었던 40년 동안 나는 내가 할 수 있는 일은 최선을 다하면서 살아왔다고 생각한다.

한림에 걸었던 꿈 | '사람'이 미래를 만든다

나는 서강대 교수직을 마감하고 2003년 한림(翰林)대학교 제5대 총장이 되었다. 한림대의 윤대원(尹大原) 이사장, 현승종 전 총장, 정범모(鄭範謨) 전 총장 등의 배려로 내가 꿈꾸던 한림대 총장을 맡게 되었다. 내게는 분에 넘치는 영광이었다. 대학총장직은 내가 해보고 싶었던 일이었다.

미래는 사람이 만드는 작품이다. 오늘과 내일을 연결하는 것은 교육이다. 바라는 미래를 만들려면 내일을 이끌 사람을 오늘 길러야 한다. 국민 모두가 고르게 풍요를 누리고 인간 존엄성이 보장되는 자유를 누리는 건강한 민주공화국 대한민국을 만들려면 이런 나라를 만들 새 세대의 지도자들을 길러야 한다. 바른 생각과 폭넓은 지식을 갖춘 인재들을 양성하는 요람을 만들어보자는 꿈은 대학교수를 천직으로 삼고 살아온 사람들이라면 모두가 간직해왔던 필생의 과업이 아니겠는가? 내게 이런 기회를 준 한림대에 나는 깊은 감사를 드린다.

나는 한림을 글자 그대로 '뛰어난 학자들의 숲'으로 만들고 싶었다. 우리나라에 대학은 많다. 그 중의 하나로 '있어도 좋고 없어도 좋은 대학'으로 남아서는 의미가 없다고 생각했다. 한(翰)은 모든 것을 갖춘 뛰

2003년부터 4년간 한림대 총장으로 일하면서 自尊, 修己, 爲公, 順理, 博愛의 정신을 갖춘
한림인을 기르는 '참선비' 양성 학교를 만들려고 애썼다. 한림 오덕을 상징하는 다섯 개의 기둥의
정문은 내가 설계했다.

학위수여식 장면. "학생 하나하나를 챙기는 대학"을 만드는 것이 나의 꿈이었다.

어난 선비를 뜻한다. 참선비의 덕목과 폭넓은 지식을 갖춘 선비가 '한'이다. 모든 뭇 새보다 높이 나는 상상의 새에 비유한 말이다. 더 높은 곳에서 날아야 더 멀리, 더 넓게 볼 수 있다. 림(林)은 이런 선비들의 모임이다. 그래서 옛부터 중국에서 최고 선비들의 모임을 한림(翰林)이라 했다. '한림원', '한림학자'가 모두 이런 뜻의 한림이다.

작지만 '최고 지성의 요람'이 될 학교, 참선비의 덕목과 최고의 교양을 갖춘 지도자를 키우는 대학을 만들고 싶었다. 한림에서 참선비의 덕목과 교양을 갖춘 후 좋은 대학의 대학원으로 진학할 수 있는 '교양 중심 대학'을 머릿속에 그려 보았다. 마침 한림대학교는 "시류에 휩쓸리지 않고 떳떳하게 시대를 앞서가는 선도자를 키우는 것"을 건학 목표로 설립자인 윤덕선(尹德善) 초대 이사장이 세운 대학이어서 "높은 하늘에 떠서 멀리 그리고 넓게 세상을 굽어보는 한비(翰飛)의 안목으로 역사의 흐름을 주도할 소수정예의 인재를 기르는 대학"의 창학 정신이 나의 꿈과 일치하여 나는 그 창학 정신인 한비정신(翰飛精神)을 펼쳐 보자고 결심했다.

한림은 개교 20년의 짧은 역사를 가진 젊은 학교였지만 현승종, 고병익, 정범모, 이기백(李基白), 노명식(盧明植), 양호민(梁好民) 등 한국 학계의 정상에 오른 원로학자들이 이미 길을 닦아 놓아 명문 대열에 올라서 있었고 윤대원 이사장이 열성을 다하여 학교 발전에 헌신하고 있어 나는 앞선 총장들이 열심히 닦아 놓은 길을 넓혀 가면 되리라 생각했다.

나는 우선 한림이 키우고자 하는 한림인(翰林人)이 갖추어야 할 덕목으로 한림 5덕(翰林五德)을 정하였다. 자존(自尊), 수기(修己), 위공(爲

세계 여러 명문대학과 교류를 통해 학생들의 안목을 넓히려 애썼다. 임기 동안 26개 대학과
교류 협정을 맺었다. 윤대원 이사장과 모스코의 국립러시아인문대학(RSUH),
상트페테르부르크대학과 협정을 맺으러 가면서 모스코에서.

公), 순리(順理), 박애(博愛)를 한림인이 갖추어야 할 덕목으로 선정했
다. 그리고 기초 교육대학을 신설하여 입학생 전원을 1년간 교양교육
중심으로 훈련시키기로 했다. 교양대학의 강의는 전국에서 각 분야의
최고로 알려진 원로교수를 특임교수로 초빙하여 담당하도록 했다. 한
영우, 정진홍(鄭鎭烘), 진덕규, 이동준(李東俊), 공로명(孔魯明) 등을 포
함하여 8명의 특임교수를 우선 초빙하였다. 그리고 학생들에게 한민족
의 정신문화를 계승시키는데 필요할 것이라 여겨 태동고전연구소(泰東
古典硏究所)를 활성화시키고 새로 율곡연구소를 만들었다. 이 일을 앞

1983년의 안식년은 하와이대학과
프린스턴대학에서 보냈다.
세계평화질서 연구 주제에 관하여
연구하면서 이승만 박사의 활동 기록을
모아 보았다. 귀국 후 이화장에 자주
들려 옛 기록을 복사했다.
프란체스카 여사가 우리 아이들
'베이비시터'를 자원했다.
1986년 설날 아이들과 프란체스카
여사에 세배를 했을 때 사진.
이 박사 휘호도 선물 받고(1989).

장서서 지휘해준 이동준 교수에게 나는 큰 빚을 지었다.

또한 국제화에 맞추어 학부의 지역학과를 확충하고 서울에 '한림국제대학원대학교'를 새로 설립하였다. 외교, 안보 영역에서 종사하는 고급 공무원의 전문성을 높이는 특수 과정을 운영하기 위해서였다. 세계가 하나의 삶의 공간이 된다는 생각에서 학생들의 안목을 넓히려고 추진했던 계획이었다.

한림대학교는 조용한 호반의 도시인 춘천에 있다. 크지 않은 도시인데 더구나 서울이 가까워 저녁때나 주말에 춘천 인구의 상당수를 차지하는 학생들이 서울로 나가면 춘천은 한적한 전원도시로 변한다. 그리고 방학 중에는 한가로운 산촌도시가 된다. 나처럼 서울에서 여러 가지 일을 하면서 살던 사람에게 춘천 살림은 축복이었다. 근무시간 이외의 시간을 여유롭게 활용할 수 있었기 때문이다. 그동안 시간에 쫓겨 하지 못했던 서예와 승마도 할 수 있었고 인근 산에 오를 수도 있었다. 그러나 대부분의 시간은 밀려 있던 교과서 쓰기에 바쳤다.

나는 그동안 외교, 안보, 통일 관계 회의에 다니며 발표했던 논문들을 묶어 몇 권의 책을 출판했다. 『한국의 안보환경 Ⅰ』(1977), 『한국의 안보환경 Ⅱ』(1986), 『Security and Unification of Korea』(1984), 『함께 사는 통일』(1993), 『새 국제질서와 통일환경』(1995), 『통일한국의 모색』(1987), 『21세기 동아시아와 한국 Ⅰ, Ⅱ』(1998) 등이 그런 책이다. 그러나 내가 가르친 과목의 교과서를 쓰겠다는 약속을 지킬 수 없었다. 한림대에서 일했던 6년 동안 교과서를 쓸 시간을 마련할 수 있어서 나는 행복했다.

『정치학개론』(2013 출판), 『국제정치학강의』(2005), 『국제관계이론 4 정판』(2006), 『북한정치변천』(2014), 『럼멜의 자유주의 평화이론』(개정판 2002) 등은 모두 한림대에서 일할 때 쓰거나 고쳐 쓴 책들이다. 그리고 고등학교 학생들에게 읽힐 교양서로 『우리들의 대한민국』(2007, 개정판 2012), 『우리가 바라는 통일』(2007), 『우리가 살아갈 21세기』(2007)도 그때 모두 썼다. 한림대는 내게 대학 선생의 길을 마무리 할 수 있는 시간을 주었다. 너무 고마웠다.

한림대에서 보낸 6년의 세월은 나의 일생에서 가장 소중한 시간이었다. 열심히 일했다. 그러나 주어진 현실적 제약이 많아 '최고의 교양전문의 명문대'를 만들어 보겠다던 나의 꿈의 일부 밖에 펼치지 못해 아쉬웠다. 그래도 언젠가는 누가 나와 같은 꿈을 이어가리라 믿으면서 2009년 한림을 떠났다.

안식년에 넓힌 안목 | 만나야 보인다

하느님이 천지창조 하실 때 마지막 일곱 번째 날은 쉬웠다고 해서 일요일이 생겼다. 기독교 전통이 강한 미국 대학에서는 교수들에게 6년간 강의와 연구를 한 후 7년째 한 해를 봉급을 주고 쉬게 한다. 안식년(sabbatical leave)이다. 이 제도를 처음 도입한 대학이 서강대학교이어서 나는 세 번 소중한 안식년을 '세상 보는 안목'을 트는 수련 기간으로 활용하였다.

첫 번째 안식년은 1983년에 가졌다. 마침 풀브라이트 교환교수로 선발되어 미국에서 하와이대학교와 프린스턴대학교에서 반년을 보냈다. 하와이대학교에서는 혼자 책 읽고 럼멜 교수와 만나 '민주평화이론'을 다듬는 시간을 가졌다. 하와이대학교 부설 한국연구소(Korea Research Center)에서 연구실을 마련해주어 거기에 머물렀다. 마침 서대숙 교수가 비밀 해제된 '북한노획문서'를 워싱턴 문서보관국(National Archive)에서 발췌 복사해온 것이 있어서 북한 공산당 창당 과정, 해방 직후 남로당의 활동, 6·25전쟁 기획 등에 관하여 공부할 수 있었다.

미국에서 두 번째로 방문해서 머문 곳은 프린스턴대학교였다. 프린스턴대학교의 우드로우 윌슨 국제관계연구소(Woodrow Wilson Center of International Studies)에 연구교수로 머물렀다. 그곳 소장인 포크(Richard Falk) 교수가 주동이 되어 세계적 석학들과 연결망을 구축하고 연구를 진행 중이던 '세계 질서 모형 연구프로젝트(WOMP: Word Order Model Project)'의 연구 성과를 공유하기 위하여 그곳을 찾았다. 나는 이곳에서 나의 평생의 연구 주제인 '평화질서모형' 연구에 큰 도움을 얻었다. 그리고 그곳 희귀문서 도서관에서 이승만 박사의 학위논문 등 관련 자료를 복사해왔다.

미국 체재를 마치고 귀국길에 오스트레일리아 국립대학교의 전략문제연구소에 들렀다. 그곳에서 아시아를 보는 눈을 알고 싶어서였다. 가을부터는 대만 국립정치대학 부설 국제관계연구중심(國際關係研究中心)에 방문교수로 가 있었다. 장징위(張京育) 소장의 배려였다. 나는 대만에서 진행 중인 중국본토 연구를 살펴보려고 그곳을 선택하였다. 그리고 중국어 회화능력을 높이기 위한 목적도 겸했다. 그러나 나의 대만 체류

1992년과 1999년의 안식년은 게이오대학에서 보냈다. 한·일 안보협력에 관하여 집중 연구했다.
많은 사람들을 만나고 많은 기지를 방문했다. 이에 앞서 1998년 6월에는 일본 히로시마
해군기지를 방문했다.

계획은 중간에 단절되었다. 10월 9일 '아웅산사건'이 터져 김재익이 세상
을 떠나면서 그 '뒷처리' 관계로 급거 귀국해야 했기 때문이었다.

비록 짧은 체재 기간이었지만 웨이융, 샤오위밍, 자오춘성(趙春生), 린
비자오(林碧炤) 등 교수들과 친교를 깊이 할 수 있어서 내게는 소중한
경험이 되었다.

두 번째 안식년은 1992년에 가졌다. 이번에는 일본을 체류지로 선택
하였다. 마침 일한문화교류기금(日韓文化交流基金)에서 초청교수로 선
발해주어 동경에서 편하게 지냈다. 게이오대학에서 연구실을 마련해주
어 그곳에 머물렀다. 오랜 지기인 오꼬노기(小此木 政夫) 교수와 가미
야(神谷不二) 교수들이 있어 많은 편의를 얻었다. 나는 일본의 대외전

한국은 1990년 몽골과 수교했다. 그해부터 18년간 몽골과 해마다 '협력회의'를 가져 왔다.
몽골의 탈사회주의화 과정을 기록하여 『새몽골이 온다』라는 책도 출간했다. 이 책 필자들을
인솔하고 현지답사도 했다. 징기스칸의 대칸 즉위식이 열렸던 호흐누루에서(2005).

략 수립 과정을 연구할 목적으로 관계, 학계의 전문가들을 집중 면담
하였다. 이노구찌(猪口孝: 동경대) 교수, 와다나베(渡邊昭夫: 동경대), 사
또(佐藤誠三郎: 세계평화연구소 연구주간), 사까모도(坂本義和: 명치
대) 교수, 스노베(須之部量三: 교린대) 교수, 니시하라(西原正: 방위대)
교수, 나까니시(中西輝政: 시즈오까 현립대) 교수, 야마다(山田辰雄: 게
이오대) 교수 등 교수들과 오오고에(大越兼行: 통합막료회의) 준장, 야
마구찌(山口昇: 통합막료회의) 대령, 우찌야마(內山實人: 내각조사실 국
제부) 주간, 나나오(七尾淸彦: 외무성 정보조사국) 심의관 등 군·관계인
사 그리고 언론계 원로인사와 여러 연구소 연구원 등 약 30명의 전문가
들과 면접시간을 가졌다. 면담 약속, 통역 보충 등은 시즈오까현립대학

제8차 한·몽포럼을 마치고 몽골 서북쪽 훕스골을 답사할 때의 김재순 의장(2004).

교의 이즈미(伊豆見 元) 교수가 맡아주었다. 이 면담을 바탕으로 "21세기 신아시아 질서와 일본의 역할"이라는 논문을 일어와 한국어로 써서 발표했다.

세 번째 안식년도 1999년 일본에서 보냈다. 게이오대학 오꼬노기 교수가 자기 연구실을 내어주어 반 년 간 그곳에서 지냈다. 이번에도 일한문화교류기금에서 연구체제비를 지원해주었다. 체제 목적은 역시 '일본에 대한 이해 높이기'였다.

국제회의에 비교적 자주 참석한 경험이 있지만 회의에서 잠깐 만나는 것과 외국에 머물면서 그곳 인사들과 함께 지내는 것은 큰 차이가 있다. 역시 현장에 가서 분위기를 느끼며 여러 장소에서 만나 이야기를 나누어야 그 나라 사정을 조금은 깊게 이해하게 된다. 미국에는 약 100회 정도 갔지만 1980년 여름방학을 워싱턴에 있는 조지워싱턴대학교 중소연구소에서 보냈을 때 미국 학자, 관리들의 '세상 보는 눈'을 제일 가깝게 볼 수 있었다.

나의 "대한민국 70년사"에서 한국의 대외관계를 다룬 부분은 나의 해외체류 때에 익힌 안목에 기초했다고 해도 지나치지 않는다. 나라 안에서 느끼고 보는 것과 나라 밖에서 들여다보는 것은 다르다. 거기에 외국 사람들의 보는 눈까지 겹치면 더 달라진다. 입체적으로 우리 역사를 보려면 밖에서 우리나라를 들여다보는 기회를 꼭 가져야 한다고 생각한다.

신아시아연구소 20년 | '집단지성'의 모체를 만들려는 노력

1993년 나는 〈신아시아연구소〉를 창립했다. 뜻을 같이 하는 이태원, 최병렬 등 친구와 서강대 졸업생 몇 명과 함께 여의도에 조그마한 사무실을 빌려 연구소 문을 열었다. 서강대 제자들이 무보수로 사무실 일을 도와주었다. 김영수(전 서강대 부총장) 군이 초대 사무국장을 맡아주었고 이민자(서울디지털대 교수) 양이 사무국 일을 처리해주었다. 다음 해에 비영리 공익법인으로 외교통상부에 등록을 마쳤다. 창립총회에 발기인으로 참가한 회원은 63명이었다. 1994년 법인등록 할 때의 이사진은 김동재(金東栽: 전 보람은행장), 김영수(서강대 교수), 김종정(金鍾貞: 그린우드21 대표), 봉종현(奉鍾顯: 전 장기신용은행장), 신원식(태양연마 대표이사), 이병수(전 두산기계 사장), 이태원(전 대한항공 부사

신아연은 창립 이래 한·미전략대화, 한·일전략대화, 한·중전략대화를 매년 해왔다.
미국과는 Pacific Forum과 12회, CSIS와 4회 정책토론회를 가졌다. 회의에 앞서 빅터 차와
회의 진행을 협의하던 모습(2012).

장), 유홍종(劉洪鍾: 전 현대자동차서비스 부사장), 정구영(전 검찰총장,
변호사), 이상우(전 서강대 교수)였으며 감사로 전선기(全鮮基: 전 기아
특수강 전무)와 한일성(전 두산음료 사장)이 선임되었다. 이사장은 내가
맡았다. 이어서 조덕영(영유통 회장), 현홍주(전 주미대사, 김&장 고문),
박광희(강남대 교수), 임성호(林成浩: 경희대 교수), 나응찬(羅應燦: 전
신한은행장), 김태효(金泰孝: 성균관대 교수), 이원영(李元榮: 동건산업
회장), 정재관(전 현대종합상사 사장) 등이 몇 년 후 이사로 참여하였다.
그리고 2006년부터는 정구영 이사가 이사장직을 맡아 운영하고 있다.

  〈신아연〉은 연구소 창립과 동시에 「新亞細亞」라는 계간 연구지를 발행
해왔고 매달 조찬강연회와 정책간담회를 꾸준히 열어 회원들의 토론마

당을 열어 왔다. 창립 후 지금까지 150회의 모임을 가졌다. 강연회와 간담회에는 국내 전문가 이외에 외국의 저명 학자, 외교관도 연사로 초청하여 회원들의 안목을 국제화 하는데 주력해 왔다. 그리고 해마다 봄과 가을에 학술세미나를 열어 관심 있는 시민들의 참여의 길로 열어 두었다.

〈신아연〉 창립 초기부터 다섯 분의 원로들께서 고문으로 참석하셔서서 격려해주셨다. 강영훈(姜英勳) 전 총리, 김재순(金在淳) 전 국회의장, 이홍구(李洪九) 전 총리, 공로명 전 외무장관, 김성진(金聖鎭) 전 문공부 장관 등이 창립 때부터 힘을 보태주신 고문들이었다.

고문 다섯 분은 내게는 모두 큰 스승이었다. 강영훈 총리는 미국에 '망명' 중일 때부터 김세진(金世珍) 대사 소개로 알고 지냈다. 귀국하여 외교안보연구원장으로 계실 때는 거의 매주 만났다. 예비역장성 중에서 가장 국가 안보를 깊이 걱정하셨던 분이셨다. 국방부에서 전략기획평가 위원회를 만들었을 때 나는 강 총리를 위원장으로 모시고 함께 일했다. 김재순 의장은 내 친구 최병렬 전 한나라당 대표가 가장 가까이 따르던 분이어서 나도 가까이 지냈다. 『샘터』 잡지를 할 때도 자주 만났고 내 동생이 샘터사에서 일하고 있어서 더 친근하게 지냈다. 2016년에 세상을 떠나기 전까지도 함께 나라 걱정을 많이 했다. 공로명 장관은 주러, 주일대사 때부터 가까이 지냈고 내가 이사장직을 맡고 있는 한일문화교류기금 일도 많이 도와주셨다. 장관직에서 물러나신 후 나는 공 장관을 한림대 특임교수로 임명하고 한림대 일본문제연구소장으로 모셨다. 그리고 공 장관이 세종연구소 이사장을 맡으면서 나도 이사직을 맡아 도와드렸다. 김성진 장관은 고교 선배이고 언론계 선배여서 청와대 공보비서관, 문공부 장관 시절에도 가까이 지냈다. 내가 신아시아연구소를 시작할 때 제일 기뻐하신 분이 김성진 장관이었다. 신아연 몽골회의에도 여러 번 동참하셨다. 이홍구 총리는 정치학 선배 교수로 서울대에 있을 때부터 함께 많은 일을 했다. 3년마다 열리는 세계정치학회(IPSA) 모스크, 파리, 브라질, 워싱턴 회의에 함께 갔었고 통일부총리로 있을 때는 7·7선언과 한민족공동체 통일안을 작성할 때 가까이서 일했다. 지금도 한일문화교류기금 회장으로 나와 함께 일하고 있다. 고문은 아니었지만 고문 이상으로 신아시아연구소를 도와 주셨던 분이 김준엽 선생이다. 한국공산권연구협의회를 함께 만들면서 고생도 같이 했다. 평생 통일문제에 몰두하셨던 김준엽 선생은 2011년 6월 2일, 임종 사흘 전에 문병 갔을 때도 내 손을 꼭 잡고 '통일문제를 맡겨두고 간다'고 유언하셨다.

신아시아연구소는 이런 어르신들의 축복 속에서 출범했다.

연구소 영어 이름은 몇 번 바뀌었으나 New Asia Research Institute라 부르기로 하고 약칭으로 NARI라 부르기 시작했다. 외국인들이 쉽게 부르게 하기 위해서였다.

〈신아연〉은 험난한 국제사회에서 대한민국이 살아남기 위한 길을 찾는 '집단지성' 형성을 목표로 만든 연구소이다. 한국이 살아남는 이상적 환경은 아시아 국가들이 서로를 존중하면서 공존하는 평화질서이다. 이러한 평화질서가 자리 잡는 새로운 아시아 국제질서 구축이 결국 대한민국이 자주적 자유민주국가로 성장해 나가는 환경을 만드는 작업이 된다. 〈신아연〉은 연구 영역을 네 개로 한정하였다. 첫째는 앞으로 만들 신아시아 질서의 그림을 그려 보는 지적 활동을 구체적으로 펴나

가는 VONA project이다. Vision of New Asia를 모색하는 연구 영역
이다. 둘째는 신아시아 질서 창출과 민주주의 이상과의 관계를 짚어보
는 DANA project, 즉 Democracy and New Asia project이다. 셋째
는 국가 간 갈등의 주요 요소가 되는 민족주의 문제를 다루는 NANA
project이다. Nationalism and New Asia project이다. 그리고 넷째
가 SANA project, Security and New Asia project인데 국가 간 비
군사, 군사 갈등을 연구하여 아시아 지역 내의 갈등을 평화적으로 해결
하는 방법을 모색하는 연구 영역으로 연구소 출범과 동시에 주력했던
분야이다.

나는 1984년에 서강대학교 내에 동아연구소를 창립하여 몇 년간 운
영 책임을 맡은 적이 있다. 그러나 학교라는 조직체 속에 부설된 연구소
여서 활동에 많은 제약을 받을 수밖에 없었다. 그래서 가까운 친지들이
학교 밖에 자주적 활동이 가능한 연구소를 만들자고 뜻을 모았다.

연구소는 '회원'제로 운영하고 있다. 연구소 취지에 찬동하는 사람이
면 누구나 가입할 수 있도록 문을 열었다. 연구소는 회원의 회비와 회
원들의 특별찬조금만으로 운영해왔다. 돈이 생기면 활발히 활동하고
돈이 없으면 활동을 축소하면서 운영해왔다. 창립 20년이 되던 2003년
까지 모두 600여 명의 회원이 〈신아연〉을 거쳐 갔다. 현재는 약 250명
의 회원이 활동에 참가하고 있다.

〈신아연〉은 정부의 지원 없이 25년간 활발하게 활동을 해왔다. 뜻있
는 분들의 정성이 담긴 후원이 있었기 때문에 가능했다. 조덕영 영유통
회장, 현홍주 대사, 이병수 회장, 신원식 회장, 정재관 사장, 김 석 사장,

윤대원 일송학원 이사장 등 몇몇 회원들이 꾸준히 도와주고 있다. 특히 이민주 에이티넘파트너스 회장의 도움이 컸다.

〈신아연〉은 한국의 안보환경이 위중하여 주변국과의 '지적 대화'를 넓혀 우리가 그들의 생각을 바로 알고 또한 우리 생각을 정확히 상대에 알리는 전략대화에 역점을 두고 일해 왔다. 내가 주관했던 국제회의는 1987년부터 2016년까지 30년간 약 200회였다. 미국과 38회, 중국과 35회, 대만과 32회, 일본과 50회, 몽골과 20회, 유럽과 7회, 러시아와 5회, 동남아와 3회의 회의를 가졌다. 〈신아연〉을 만든 1993년 이후 첫 20년간은 한국의 안보 환경을 이루는 미국, 일본, 중국 그리고 동아시아 지역에 들어 있는 대만과 몽골 등 다섯 나라와 집중적으로 전략대화를 가져왔다. 이 다섯 나라와의 대화를 간략하게 회고해 본다.

우선 한·미 관계부터 살펴본다.

미국과의 전략대화, 학술세미나 등에 나 개인으로는 이미 1970년대 초부터 자주 참석하였지만 〈신아연〉이 주체가 되어 연 회의는 1997년부터이다. CSIS Pacific Forum 소장으로 있던 제임스 켈리(James Kelly) 전 백악관 안전보장회의 아시아담당국장이 〈신아연〉과 정기적으로 전략대화를 하자고 내게 제의해왔다. 앞으로 머지않아 한·미 안보동맹 관계가 재조정되는 때가 올 것 같은데 미리부터 그 대안을 공동으로 연구해 나가는 것이 어떻겠느냐고 켈리가 제안했다. 나는 우리가 꼭 필요한 모임이라고 동의하면서 왜 〈신아연〉을 상대로 선택했느냐고 물었더니 Kelly는 〈신아연〉만이 한국에 있는 순수민간 연구소여서 그렇다고 했다. 그렇게 〈신아연〉-Pacific Forum 연례안보회의가 시작되었다.

이 때 마침 일본의 오까자끼연구소(岡崎研究所)도 동참을 제의해 와서 한·미·일 삼국 회의로 확대하기로 하고 제1차 회의를 1998년 4월 하와이 Hapuna Beach Prince Hotel에서 '동북아 세력 균형 변화', '통일한국과 미국과의 안보협력체제', '한·일간의 방위 협력 방식'등을 놓고 3박 4일의 회의를 가졌다. 〈신아연〉에서는 공로명 고문, 현인택, 김우상, 김태효 등 연구원 6명과 내가 참석했고 미국에서는 마이클 맥데빗(Michael McDevitt), 칼 포드(Carl Ford), 빅터 차(Victor Cha), 도널드 그렉(Donald Gregg), 짐 켈리(Jim Kelly) 등이, 일본에서는 오까자끼(岡崎久彦) 대사, 다케사다(武貞秀士) 교수, 히라마(平間洋一) 제독 등이 참석하였다. 제2차 회의는 1999년 4월 서울에서 "한반도 평화 보장을 위한 한·미·일 간 전략 협력"이란 주제로 열었다. 한국 측에서는 이상우, 현홍주, 김우상, 김태효 등이, 미국에서는 랄프 코사(Ralph Cossa), 제임스 켈리, 빅터 차 등이, 일본에서는 오까자끼 대사, 야마구찌(山口昇) 장군, 다케사다 교수 등이 참석하였다.

두 번의 한·미·일 회의를 마친 후 두 개의 양자 회의로 나누어 〈신아연〉-Pacific Forum 간의 한·미 회의와 〈신아연〉-岡崎연구소 간의 한·일 회의로 나누어 매년 실시하였다. 이 중 한·미 회의는 2000년부터 2008년까지 매년 하와이에서 가졌다. 이 회의에는 〈신아연〉 안보팀을 구성하는 현인택(玄仁澤), 김우상(金宇祥), 김태효, 구본학(具本學) 등이 주축이 되고 주제에 따라 해당 전문 영역의 회원들이 참가하는 형식으로 진행하였다.

한·미 관계의 중요성을 생각해서 〈신아연〉-Pacific Forum 회의와 별도로 2008년부터 〈신아연〉은 워싱턴 D.C에 있는 CSIS, 국방대학교 안보전략연구소, 브룩킹스(Brookings)연구소 등을 방문하여 전략 문제를 심도 있게 논의하였다. 이 회의에는 이상우, 박용옥, 김성한(金聖翰: 고려대) 교수, 김태효(성균관대) 교수, 구본학(한림국제대학원대) 교수, 홍규덕(洪圭德: 전 국방개혁실장) 교수 등이 참석했다.

한일전략대화는 岡崎연구소와 공동으로 수시로 서울과 동경을 오가며 '형식 구애 없이' 전문가 간 대화를 하는 모임으로 갖기로 하고 이를 K-J 셔틀(K-J Shuttle)이라고 불렀다. 제1차 회의를 1997년 6월 서울에서 가진 이후 제2차는 그해 9월 일본 만좌(萬座) 온천에서 열었고 이렇게 13차례 가졌다.

한일전략대화와 병행해서 〈신아연〉은 게이오(慶應義塾)대학교 지역연구센터와 매년 1회 '한일소장 지도자회의'를 한국과 일본에서 갖기로 하고 1997년부터 2000년까지 네 차례 가졌다.

가장 기억에 남는 한·일 간 전략모임은 '한·일 간 군사협력이 필요한 부분'을 찾기 위한 세 번의 시뮬레이션 게임이다. 제8차 K-J Shuttle에 해당하는 첫 번째 모의실험은 1998년 10월 9일에서 12일까지 진해 해군통제부 안에서 한·일 간 해군 협력과 관련한 시뮬레이션으로 실시하였다. 시나리오는 내가 작성하였으며 한국 측에서는 공로명, 현홍주 대사 등 전문가와 해군의 현역과 예비역 장성들이, 일본 측에서도 이에 상응하는 전문가가 참석하여 하루 종일 진행하였다. 내가 만든 시나리오는 북한 반잠수정 4척이 여수반도에 침투했다가 돌아가는 길에 우리 해군이 거제 남쪽에서 두 척을 격침하고 두 척이 일본 영해로 도주한 상황으로 만들었다. 이 날 게임에서 양국 해군 간의 교신체제, GSOMIA(군사정보보호협정)와 ACSA(물품역무상호융통협정)의 필요성이 확인되었다. 때마침 국제관함식 예행연습이 진행되고 있어 참가자 전원을 해군 협조로 광개토대왕함에 승선시켜 부산까지 함께 항행하였다. 이 연습 후 한·일 해군 간의 해난구조 합동훈련(SAR)이 실시되었다. 연습이 성과를 낸 셈이다.

지상군 협력 시뮬레이션은 1999년 1월에 실시된 제10차 K-J Shuttle 때 진행했다. 일본 후지(富士) 지상자위대 기지에서 가졌다. 그리고 한국 공군과 일본 항공자위대간의 시뮬레이션은 오키나와 일본 항공자위대 기지에서 가졌다.

시뮬레이션 기법은 일찍이 미국 노스웨스턴 대학교의 해롤드 게츠코우(Harold Guetzkow) 교수가 발전시킨 상황예측 기법이다. 가상 상황을 부여하고 그 상황에서 각 행위자가 어떻게 행위 선택을 할지를 역할담당자들에게 시켜보는 방법이다. 인간 모의실험에서 큰 틀이 잡히면 수리 모형을 만들어 컴퓨터 시뮬레이션 모형을 만들어낸다. 나는 1976년부터 1978년까지 당시 국토통일원 장관이던 이용희(李用熙) 교수의 제안으로 남북한 관계를 놓고 수십 번 실시해 본 적이 있다. SIMOKU(Simulated Model for Korean Unification) 프로젝트라 불렀던 그 연구에는 통일원과 국정원 북한국 직원, 그리고 전문학자 등 수십 명이 참가하였다. SIMOKU 연구에도 박용옥 박사가 처음부터 끝까지 참여하여 나를 도와주었다. SIMOKU는 남북 관계, 주변 4강 관계,

중국과는 국제교류협회, 중앙당교, 사회과학연구소, 외교협회, 상해국제문제연구원 등과
매년 대화를 가졌다. 정치협상회의 부의장을 예방했을 때(2002).

남북한과 주변 4강 등 6개국 관계에 대하여 실시한 대규모 정책 모형
개발 실험이었다. 이 경험을 살려 20년 뒤에 한·일간 군사협력을 대상
으로 인간 모의실험을 해본 것이다. SIMOKU는 교육 목적이 아닌 실제
정책 개발 목적으로 실시한 첫 실험이어서 게츠코우 교수도 소문을 듣
고 서울에 와서 참관하기도 했었다.

　한일전략대화는 〈신아연〉에서 정부 용역사업으로 추진한 네 차례 걸
친 한일군사협력 방안 연구의 현장답사 성격으로 2010년과 2011년 두
번에 걸쳐 일본을 방문하여 관련 연구소와 방문회의를 가진 것을 포함
하여 약 25회 정도 가진 셈이다. 이 방문회의에는 공로명 고문, 김성한,
구본학, 윤덕민(尹德民: 국립외교원장), 한석희(韓碩熙: 주상하이총영

사) 교수 등이 참석하였다.

한중대화는 한·중 수교 10년을 기념하여 중국국제교류협회와 2002년 북경에서 포럼을 가진 것을 시작으로 2006년까지 세 차례 대규모 포럼 형태로 가졌다. 이 회의를 제안한 중국 공산당 대외연락부장 다이빙귀(戴秉国)는 중국 대외전략 수립의 핵심 인물이어서 〈신아연〉에서도 고문이신 김재순 전 국회의장을 단장으로 이상우 소장, 최병렬 한나라당 의원, 현홍주 전 주미대사, 박용옥 전 국방차관, 조양호(趙亮鎬) 대한항공 사장, 김대중(金大中) 조선일보 주필 등을 포함한 중진으로 팀을 만들었다. 제1차 회의는 북경 조어대에서 가졌고 2002년 10월에 가진 제2차 회의는 제주도 서귀포 KAL호텔에서 가졌다. 그리고 제3차는 북경, 의창, 무한으로 옮기며 가졌다.

이명박 정부가 들어선 후 정부의 요청으로 한·중간의 1.5트랙 회의(민간연구소 간 회담이나 정부 핵심 인사가 개인 자격으로 참가하는 회의)를 몇 차례 열었다. 2009년부터 2011년까지 중국과 한국을 오가며 다섯 차례 회의를 가졌는데 비공개로 진행된 이 회의에서 천안함사건, 북핵 문제 등을 주제로 심각한 의견 교환이 이루어졌다. 이 회의에는 현인택 통일부장관(퇴임 후), 한민구(韓民求) 국방부장관(취임 전) 등도 참석하였다. 이 회의는 박근혜 정부 출범 후 중단되었다. 〈신아연〉은 2014년부터 정부지원 없이 중국 상해국제문제연구원과 매년 회의를 계속하고 있다.

대만과의 회의는 1996년 대만 국립정치대학교 국제관계연구중심과 1996년에 시작하였다. 〈신아연〉과는 시작이지만 내가 소장으로 있던 서강대학교 동아연구소와는 1984년부터 해오던 회의여서 역사가 긴 회의이다. 대만 측 사정이 있어서 중단했다가 2007년 대만 양안교류원 경기금회(兩岸交流遠景基金會: Prospect Foundation)와 재개하여 2013년까지 7차례 타이베이와 서울을 오가며 지속했다. 대만에서 회의를 할 때 리덩후이 총통, 마잉주 총통도 만났다. 이 회의는 〈신아연〉재정 문제로 2014년부터 중단하였다.

한국과 몽골과의 정기적 학술회의는 〈신아연〉이 처음으로 시작한 셈이다. 1990년 봄에 한·몽 수교가 이루어졌다. 그해 9월에 울란바토르 8개국 협력회의에 내가 한국대표로 참가한 것을 계기로 다음해부터 서강대학교 동아연구소와 몽골 사회과학원이 해마다 정례적 학술회의를 시작한 것이 몽골과의 정례회의의 효시이다. 8개국 회의에는 원래 최호중(崔浩中) 장관이 참석하기로 되어 있었는데 최 장관이 외교정책자문위원장이던 내게 대리참석을 부탁해서 내가 갔다.

한·몽 수교가 이루어진 1990년의 몽골은 막 소련의 그늘에서 벗어난 후진 유목 공산국가였다. 고르바초프의 페레스트로이카 결단으로 소련제국이 해체되면서 몽골도 자주독립국가로 재탄생하였으나 공산국가 내의 분업체계라 할 코메콘(COMECON: Council for Mutual Economic Assistance)이 해체되면서 몽골은 하루아침에 '원시 상태'로 되돌아갔다. 수도 울란바토르 시내에는 가게도, 식당도 없었고 자동차도 거의 없었다. 종이 한 장 구하기도 어려웠다. 서울과는 전화도 할 수 없었고 교통편도 북경-울란바토르 간에 1주 1편의 항공편 밖에 없었다.

회의를 마친 후 몽골 외무부 차관 초인코른의 간곡한 청을 받아들여 일단 서강대 동아연구소와 몽골 사회과학원 간의 연례회의를 가지기로 합의하였다. 이 회의는 좀 특수한 회의이다. 몽골 발전에 도움을 줄 '구상'을 한국 측이 제시해주는 회의였다. 1991년부터 1995년까지는 서강대 동아연구소가 맡아 회의를 해왔으나 〈신아연〉이 출범한 후에는 〈신아연〉과 몽골의 〈몽골 21세기포럼〉간의 회의로 바꾸어 1996년부터 2005년까지 매년 몽골에서 열었다. 몽골의 의료체제 개선, 금융체제 개선, 항공운수체제 개선 등 주제도 다양했다. 그리고 〈신아연〉이 주선하여 한국의 여러 기관에서 몽골을 돕는 일을 벌였다. 예로 몽골 국영항공사 〈MIAT〉의 현대화 계획은 고 조중훈(趙重勳) 회장의 배려로 대한항공이 맡아 추진했다. 보잉 727 1대 기증, 2대 대여, 1대 판매로 시작된 몽골 항공운수 사업의 주체인 〈MIAT〉는 이제 수십 대 신형기를 갖춘 당당한 항공회사로 성장했다.

몽골의 페레스트로이카라 할 민주개혁이 시작된 때부터 가까이서 지켜본 〈신아연〉이 몽골의 변신 과정을 기록으로 남겨달라는 간곡한 바가반디(Bagabandi) 대통령의 부탁을 받고 〈신아연〉은 『새 몽골이 온다』라는 새 몽골 15년간의 발전사를 단행본으로 출간하였다. 나와 함께 몽골을 거의 매년 찾았던 대한항공 이태원 부사장이 『몽골의 향수: 대초원 여행기』를 써서 출간했다.

이 책 서두에 내가 추천사를 썼다. "…… 이 책은 화운(禾耘) 이태원 선생이 마음 깊은 곳에 묻어 두었던 몽골 초원에 대한 그리움을 읊어낸 시다. 언제인지 모르는 옛날 넓은 초원에서 말을 달리던 조상들의

몽골 말은 제주 말과 같다.
테렐지 국립공원서(1997).

이야기가 묻혔으리라 믿어지는 몽골고원, 한국인의 시원(始原)의 고향을 그리는 향수를 일깨워주는 책……"이라고 썼다. 바로 이러한 향수가 우리 마음 속 깊은 곳에 묻혀 있었기에 내가 몽골에 가자고 권하면 거절하는 분이 없었다. 한몽포럼에 참가하기 위하여 몽골을 다녀온 분은 모두 117명에 이른다. 학계 42명, 정관계 28명, 기업인 32명, 언론인 10명, 의료인 5명이다. 2번 이상 참석한 사람도 많아 연인원은 300명에 이른다.

매년 가는 몽골이지만 특히 기억나는 방문이 몇이 있다. 한몽회의 두 번째 공식회의를 가졌던 1997년에는 회의 후 바가반디 대통령의 배려로 대통령 전용 헬기를 타고 '하긴 하레 노르'라는 산 정상의 호수에 올라간 적이 있다. 가던 길에 옛날 칭기즈칸의 주요 전적지도 돌아보았다. 1998년 회의 때는 여객기를 전세 내어 남고비사막을 답사하는 여행을 했다. 유혁인(柳赫仁) 장관이 감개무량해 하던 모습이 떠오른다. 2001년 회의는 이종욱 서울대 의대학장, 이인호(李仁浩) 교수, 박용옥 전 국방차관 등이 참석했던 회의였는데 회의 후 옛 원(元)나라 수도 하르호린을 찾았다. 박용옥 차관이 국방부에 있을 때 몽골 대화재를 진화하는데 한국군이 베풀어준 도움에 감사하는 뜻으로 바가반디 대통령이 국방장관에게 우리 일행을 '가이드'할 것을 명했다. 2002년 제7차 회의 때는 회의 후 러시아의 바이칼호를 답사했다. 울란바토르에서 버스로 러시아 국경을 넘어 브리야트공화국 수도 울란우데에 가서 그곳에서 바이칼 호수 동쪽 연안에 도착하였다. 인적도 거의 없는 호숫가에서 '철도 노동자 휴양소'를 찾아 2박을 하면서 어선을 빌려 바이칼을 건너갔다 오기도 했다. 이 답사에 김성진 장관, 홍건희(洪健憙) 전 한국타이어 사장, 현인택, 김우상, 김태효 교수 등이 참석했다. 김성진 장관은 중간 기착지인 울란우데가 볼셰비키혁명 직후 생긴 극동공화국의 수도였음을 우리들에게 상기시키고 그 유적지를 일행에게 소개해주고, 우리 선조들의 독립운동 때 겪은 자유시(自由市) 사변에 대해서도 해설해주셨다.

제8차 회의가 열린 2004년에는 김재순 의장, 김성진 장관, 손주환(孫

신아연은 매년 봄, 가을에 현안 주제를 놓고 회원들이 모두 모여 세미나를 가져 왔다.
2016년 춘계세미나 모습.

신아연은 매달 정책간담회를 한다. 여기서 한국 안보에 관한 심도 있는 토론을 벌인다.
한일 관계를 논하던 간담회. 왼쪽부터 이홍구 고문, 정구영 이사장, 발제를 맡은
류명환 전 외교부장관, 이상우 소장, 신각수 전 주일대사.

柱煥) 장관 등과 함께 회의 후 몽골 서북부에 있는 홉스골 지방을 탐방하였다. 세계에서 제일 맑은 호수라고 자랑하는 홉스골 호숫가에서 보낸 2박 3일은 평생 잊혀 지지 않는 추억이 되었다. 2005년에는 한몽회의 15년을 정리하는 책 『새 몽골이 온다』를 집필할 〈신아연〉 회원들을 인솔하고 다시 몽골을 찾았다. 마침 몽골제국 건국 800주를 기념하는 특별 '나담' 축제가 열리고 있어 참관하고 칭기즈칸의 고향 '헨티', '하르호린', '우문고비' 등을 누볐다. 바가반디 대통령은 내게 '우의훈장'을 수여했다.

한몽전략회의를 정부 요청에 의하여 2010년과 2011년 두 차례 서울에서 가진 이후 한몽대화에서 〈신아연〉은 손을 뗐다. 한국과 몽골 사이에는 이제 수많은 협력 기구들이 만들어졌고 또한 정부 간의 통로도 잘 구축되어 있기 때문에 굳이 〈신아연〉이 나서야 할 것 같지 않아서이다.

〈신아연〉의 '한몽 21세기포럼'과 별도로 대한항공이 만든 '21세기 한국연구재단' 사업으로 몽골학생 장학사업을 내가 맡아 10여 년간 약 100명의 몽골 영재들을 한국 대학에서 공부시켜 보냈다. 이 사업을 주관했던 분들이 모두 〈신아연〉 회원들이서 〈신아연〉 사업에 붙여 소개한다.

역사를 보는 여러 시각 | "배를 타고 강물을 보았다"

『살며 지켜본 대한민국 70년사』는 부제로 달아 놓은 『반산일기 1945-2015』에서 밝혔듯이 내가 서 있던 자리에서 주위를 살펴본 주관

매달 연구소에서 가지는 정책간담회. 왼쪽부터 정구영 이사장, 한일성 전 상무이사,
박용옥 수석연구위원, 황일인 전 이사.

적인 역사 인식의 기술이지 객관적인 교과서로 쓴 역사책이 아니다.

'나'라고 하는 사람은 대한민국이라는 울타리 속에서 살면서 흐르
는 세월 속에서 자라고, 변하면서 살아 왔다. 대한민국이 나를 만들었
고 나는 그 속에 살면서 대한민국을 보고, 느끼고, 평가했다. 비유하자
면 강물 위에 떠 있는 배를 타고 흐르는 강물과 주변 경치를 보면서 그
려 놓은 그림과도 같다. 배는 강물을 따라 흐른다. 그래서 배에서 강물
과 주변 경치를 보는 사람의 눈도 계속 흐른다. 한 자리에 앉아서 강물
과 주변 풍경을 그려 놓은 그림과 다를 수밖에 없다.

'대한민국 70년사'를 보는 여러 가지 시각이 있다. 전혀 다르게 인식
하고 그려 놓은 수많은 '70년사'가 있다. 모두 의미 있는 관찰기이다. 문

한국을 객관적으로 보려면 밖에서 안으로 보아야 한다. 몽골 징기스칸 동상 앞에서 한국을 건너본다(2011).

제는 자기가 본 것만 옳다고 강변하는 것이다. 그리고 자기가 본 것만 이 옳다고 주장하기 위하여 실제 있었던 사실을 왜곡하는 일이다.

대한민국 국민들이 대한민국이라는 공동체 구성원이라는 자각을 하게 하기 위해서는 모두 공통된 '대한민국 역사인식'을 공유해야 한다. 그래야 공동체 의식이 형성되고 구성원 모두가 나라 가꾸기에 동참하게 된다. 그래서 '표준역사'가 필요하고 학생들이 사용할 역사교과서의 표준화가 필요해진다. 문제는 어떤 관점에서 어떤 가치관을 가진 사람이 어떤 사회 내의 위치에서 살아온 사람이 쓴 역사를 표준으로 삼아야 하는가 하는 것이다. 결국 수많은 역사 기술 내용에서 대한민국의 정통성을 존중하는 기술들을 고르고 다시 그런 글들의 '최대공약수'를 찾아내어 놓는 수밖에 없다. 그리고 최대공약수가 발견되지 않을 때는 다른 관점을 함께 내어놓고 보는 사람이 판단하여 선택할 수 있게 해 주어야 한다. 나는 대한민국 정체성 수호를 위해서는 국가가 나서서 표준이 될 교과서를 만드는 것이 옳다고 생각한다.

현재 우리 사회에서 가장 첨예하게 대립되는 역사관을 가진 사람들을 살펴보면 '그들이 속한 세대'의 차이가 역사관을 가르는 가장 중요한 요소임을 알게 된다.

나는 이른바 '해방 1세대'에 속한다. 일제강점기를 소년시대에 경험했고 철들면서 해방-건국-6·25전쟁을 지켜본 세대에 속한다. 나라가 없으면 얼마나 서러운지, 배고프면 얼마나 고통스러운지, 정치질서가 허물어지면 얼마나 불안한지를 다 겪어본 세대이다. 그래서 우리가 나라에 바라는 것도 '최소한'이다. 일한 대가로 배고프지 않게 살 수 있으면 고맙고, 내일을 내다볼 수 있을 만큼 질서가 안정되면 고맙고, 나와 우리 자식들이 전쟁의 혼란에서 고통을 받지 않고 살 수 있는 안보가 보장된 나라면 고맙게 받아들인다. 그리고 밤에 총을 멘 사람들이 문을 두드리고 자는 사람을 잡아가는 정치만 아니라면 고맙다고 생각하는 세대이다.

서른 살 다 되어 해외유학을 한다고 처음으로 나라 밖으로 나가서 미국에 도착했을 때의 감격, 자랑, 부러움, 절망, 희망이 모두 뒤섞인 혼란스러웠던 감정을 나는 평생 잊지 못한다. 대한민국 여권을 들고 당당히 미국 땅에 입국할 때의 감격, 한국에서 학교 다니면서 배운 지식이 우리 동년배의 미국, 일본 학생들보다 앞서는 것을 알았을 때의 자랑,

정전되지 않는 전기, 더운물 찬물 다 나오는 부엌, 연탄불 갈아 넣지 않아도 좋은 난방시설이 모든 집에 다 설치되어 있는 것을 보고 느꼈던 부러움, 우리 당대에 자가용을 가질 가능성이 거의 없음을 깨달았을 때의 절망, 그러나 노력하면 최빈국인 우리나라를 우리 당대에 '배고픔을 모르고 사는 나라'로 만들 수 있으리라는 희망을 가져 보았었다.

세월이 흘러 이제 대한민국 여권을 가지면 세계 거의 모든 국가에 자유롭게 드나들 수 있고 한국 국민 대다수가 찬물-더운물 다 나오는 난방된 아파트에서 살고 있다. 배고픔보다 비만을 걱정하는 국민이 대다수가 되었다. 우리나라에 와서 돈을 벌겠다고 들어와 있는 외국인이 200만 명을 넘는 나라가 되었다. 이 모든 변화가 우리 세대가 살아온 시간 동안 이루어졌다. 어찌 감격스럽지 않겠는가? 우리는 하루하루를 감사하는 마음을 가지며 살고 있다.

우리가 어렵게 키워낸 다음 세대는 어떨까? 태어났을 때부터 '배고픔'이란 것은 모르고 자랐다. 초등학교는 수업료도 없이 다녔다. 대학이 200개가 넘어 원한다면 모두 대학생이 될 수 있다. '외국인들이 하는 허드렛일도 하겠다'고 마음먹으면 일할 곳은 얼마든지 찾을 수 있는 환경에서 자라고 있다. 그러나 이들은 발달된 TV, 스마트폰을 통해 쏟아져 들어오는 잘 사는 나라의 삶의 여러 그림을 보면서 '상대적 빈곤'을 강하게 느끼고 있다. 국내에서도 외제 수입차를 몰고 고급 유흥업소를 드나드는 '가진 자'의 자식들을 보면서 자기의 초라한 모습에 좌절하고 '가진 자'에 대한 분노를 느끼고 있다. 그래서 이들은 현재의 대한민국을 '헬조선(Hell조선: 지옥 같은 옛 나라)'이라고 폄하하고 있다.

타슈켄트-사마르칸트를 돌아보며 역사에서 오늘을 바라본다(2011).

　우리 세대와 다음 세대 간의 세상을 보는 눈이 같을 수 있겠는가? 눈높이가 다른데 같은 관찰과 평가가 가능하겠는가? 해방 1세대의 논리로 지금의 젊은 세대에게 '나라사랑'의 당위를 설명할 수 있겠는가?

　우리 세대도 우리가 당하는 고통을 앞선 세대 탓으로 돌렸었다. 나라를 잃은 것도 우리 할아버지 세대의 무능 탓이라고 매도했다. 마찬가지로 386세대와 그 아래 세대는 빈부 계층 양극화라든지 선진국 수준의 삶의 질을 보장 못하는 제도 등을 우리 해방 1세대 탓으로 돌린다. 우리는 우리 세대의 논리로 새 세대를 타이를 수 없다는 것을 안다. 그러나 설득을 할 수는 없어도 그들이 세상을 보는 눈과 다른 어른들의 시각이 있음을 알려주어야 한다.

　세대차이 다음으로 중요한 역사 인식의 차이를 만드는 요소는 '직업군(職業群)' 사이의 담벽이다. 같은 서울에 살아도 기업인들과 학자, 군인과 상인 등은 일하는 곳이 다르다. 만나는 사람이 다르다. 관심을 쏟는 문제가 다르다. 그래서 직업군에 따라 역사 인식의 틀 자체가 달라지기도 한다.

나는 평생을 '대학교수직'이라는 배를 타고 흐르는 강물 위에 떠서 물길과 주변 산과 들을 보면서 흘러내려오는 삶을 살았다. 그래서 나는 기회가 생길 때마다 '다른 동네'에 사는 사람들과 어울리면서 그들의 관심, 시각, 평가 기준들을 접하려고 애썼다.

나의 친구 중에는 우리나라 대기업에서 요직에 있으면서 평생을 보낸 가까운 사람들이 있어 나는 '그 동네' 사정을 많이 알게 되었다. 고교동문인 주영만(周永万) 삼성 부회장을 통하여 삼성이라는 거대한 세계의 작동 원리를 터득하게 되었고 주 부회장의 소개로 이병철 회장과의 만남이 이루어져 10여 년 동안 귀한 대화를 많이 나누었다. 삼성에는 내 친우 이동복, 박웅서(朴熊緒) 사장도 있었고 나도 '삼성 북방개척팀' 자문위원으로 몇 년 일을 하는 기회를 가져서 한국 기업인들의 국가관을 알 수 있는 기회를 가졌다.

대학동기인 이태원 대한항공 부사장 덕분에 나는 조중훈 회장과 20년이 넘는 친교를 유지할 수 있었고 국가 경제와 대기업간의 연계에 대하여 많은 것을 배웠다. 그리고 조중훈 회장을 통하여 기업의 사회공헌을 많이 보고 배웠다. 내가 이사장직을 맡고 있는 (재)한일문화교류기금의 회장직을 LG의 구자경(具滋暻) 회장이 10여 년 맡으셨다. 그래서 구 회장을 자주 만났다. 그 분은 대한항공 조중훈 회장처럼 철저하게

타클라마칸 사막에서 친구 이태원과.

검소한 삶을 살면서도 전문학교를 세우고 사회 구석구석에 보이지 않는 도움을 많이 펴왔다. 현대에는 대학동문 조상행(曺常行)이 있었다. 조상행은 현대그룹의 성장 초기부터 대기업으로 성장해온 모든 과정을 지켜본 초기 '현대맨'이었다. 조상행 사장을 통하여 현대의 해외진출 활동에 대하여 상세히 공부할 기회를 가졌다.

해외의 외교안보 전문가와의 관계를 맺는 데는 이 분야에서 손꼽는 선각자들이 있어서 가능했다. 나는 평생 수백 차례 외국의 전문가들과 만남을 가져왔는데 이러한 만남은 이 길을 이끌어 준 사람들을 만나게 된 우연 때문에 가능했다. 이홍구 총리, 김세진 대사, 한승주(韓昇洲) 장관, 김경원 대사 등이 개척해 놓은 길을 따라가면서 나는 나의 눈을 넓히는 귀한 기회를 가졌다.

김재순 의장은 내게 한국정치 전체를 조망하는 안목을 가르쳤다. 내가 서울대총동창회 부회장으로 일할 때 김 의장을 회장으로 10여 년 가까이서 모실 기회를 가졌다. 김준엽 총장은 한국공산권연구협의회를 나와 함께 만들어 10여 년간 함께 일하면서 내게 세상을 보는 또 하나의 안목을 갖게 해주었다. 두 분 모두 내가 〈신아연〉을 만들 때 흔쾌히 고문을 맡아주셨다. 강영훈 총리, 신현확 총리 두 분도 나라에 급변 사태가 생겼을 때마다 사태를 분석하는 새 시각을 내게 보여 주었다. 외교 현장에서 겪은 생생한 경험, 외국이 우리를 어떻게 다루려 하는지에 대해서는 공로명 장관, 유명환 장관 등이 많은 가르침을 주었다.

세대 간의 현실 인식의 차이를 느끼기 위해 나는 학생들과의 대화를 의도적으로 많이 가지려고 애썼다. 특히 대학원생들과의 대화는 내게 많은 것을 깨닫게 해주었다. 학생들은 학교를 떠나면 만날 기회가 거의 없어진다. 그런데 다행히도 나의 서강대 제자들이 나와의 대화를 계속 할 수 있는 마당을 만들어 주었다. 내 호인 반산(盤山)을 붙여 〈반산회〉를 만들어 주었다. 〈반산회〉에는 위로는 환갑이 지난 제자들로부터 아래로는 대학원을 막 마친 젊은이까지 약 80명의 회원이 있다. 이들과 정기적인 모임을 가지면서 나는 세대 간의 인식 간격을 많이 좁힐 수 있었다. 이 모임은 박광희 강남대 교수, 이규영 서강대 교수, 김규륜 통일연구원 선임연구원, 김태효 성균관대 교수, 이성희(李盛熙) 크라우체 사장 등이 이끌고 있다. 대학 때 등산을 함께 하던 후배들과 법대산악반 OB인 〈한오름회〉를 만든 지 50년이 넘었다. 한오름회의 젊은 회원은 내가 산에 다닐 때 태어나지 않은 젊은 산악인들이다. 한오름은 세대를 뛰어 넘는 동호인 모임이다. 다양한 직종을 가진 한오름 회원들을 통해서도 나는 나의 편견을 고치는데 많은 도움을 얻고 있다. 한오름에는 송종의(宋宗義) 전 법제처 장관, 서 민 충남대 교수, 안병우(安炳禹) 전 충주대 총장 등 열성 회원들이 있어 이들과의 대화에서 세상 보는 눈을 넓히고 있다.

내가 '집단지성' 창출을 위한 지성인 모임으로 〈신아연〉을 만들 때 재정 지원을 해준 분들이 많다. 조덕영 영유통 회장은 〈신아연〉 사무실을 마련해주었다. 이민주 에이티넘파트너스 사장, 현홍주 대사, 신원식 태양연마 회장, 홍건희(洪健憙) 한국타이어 부회장, 남정현(南正鉉) 대우엔지니어링 사장, 조중건(趙重建) 대한항공 고문, 이병수 이수테크 회장, 윤대원 일송학원 이사장, 현의환(玄義煥) 세시미 사장, 이원영 동건산업 회장 등 많은 분들이 꾸준히 〈신아연〉을 지원해주어 25년간 의미 있는 사업을 해 올 수 있었다.

가장 아쉬웠던 것은 내가 가장 오랫동안 공을 들였던 국방개혁안의 좌초이다. 나는 2010년 국방선진화추진위원회 위원장직을 맡아 국방체제 전반에 걸친 개혁안을 만드는 작업을 지휘했다. 1970년대 장기 전략, 무기체계 관련 기획 업무에 참가했던 경험과 1988년에 시작된 818계획과 1990년대에 진행되었던 국방개혁추진위원회 위원으로 일했던 경험이 바탕이 되어 2010년의 국방선진화 계획을 세우는 일이 한결 수월했다. 15명의 위원들과 밤낮을 가리지 않고 작업해서 72개의 개혁안을 포함한 '국방개혁 307'을 완성하여 대통령 보고를 마쳤다. 그러나 그 개혁안은 빛을 보지 못했다. 국회가 구조개혁안 등은 상정조차 거부했다.

대통령도 강하게 추진하려는 의지를 가지고 있지 않았다. 김관진, 한민구 두 국방부 장관이 그래도 계획안의 상당 부분을 '국방계획 2030'에 반영해주어 약간의 보람을 느끼고 있다. 그러나 꼭 이루어야 할 국방개혁을 미루게 된 것은 가슴 아픈 일이다. 대한민국의 존립을 위협하는 주변 정세를 생각할 때 '국방개혁 307'은 꼭 실행했어야 했다. 아쉬운 일이다.

『살며 지켜본 대한민국 70년사』는 한 사람의 해방 1세대에 속한 한국인이 쓴 '개인 편향' 역사 기록이지만 수많은 사람과 만나면서 넓은 시야를 가지려 애쓰면서 기록해 놓은 기록이라고 자부한다. 대한민국을 잘 가꾸어 나가려고 애쓰는 국민들이 대한민국을 어떤 방향으로 이끌어 가야 할지를 고민할 때 조금이라도 참고가 되면 좋겠다.

나는 대한민국
국민이어서 행복했다

나는 대한민국 국민으로 살아온 80년을 자랑스럽게 생각한다. 그리고 이 시대에 살아온 것을 축복이라 생각한다.

세상에는 '나라 같지 않은 나라'도 많다. 한국은 가난했지만 후진국이었던 적은 없었다. 물질적으로 빈곤했었지만 정신적으로는 항상 앞섰던 '가난한 선진국'이었다. 그리고 다함께 고르게 잘 살아보자는 공동체 의식만은 옛부터 가져 왔었다. 도중에 폭군도 있었고 간사한 지배층의 착취도 있었지만 그래도 우리 국민들은 '좋은 나라 만들기'의 꿈은 놓은 적이 없었다. 약 2천 년의 기록된 역사 속에서 한국민이 주권을 완전히 상실했던 기간은 일제강점기 35년뿐이었다.

한국인들은 온 민족이 함께 위기를 맞이하면 일치단결하여 이를 극복해 나갔다. 외침에는 끝까지 싸워 맞섰다. 그런 기개가 있어 한국민은 '민족자존의 자긍심'을 가진 민족으로 오늘날까지 살아남았다.

해방 이후 70년의 역사는 험난한 도전과 이를 이겨 낸 영웅적 극복의 기록이다. 6·25전쟁도 견뎌냈다. 오랜 군부독재 속에서도 민주주의에 대한 꿈과 의지를 잃지 않고 간직하여 결국 1987년에 민주화 무혈혁명을 이루어냈다. 민주공화국 대한민국은 1인지배 공산독재 정권인 북한의 끊임없는 도전 속에서 70년을 견뎌왔다. 북한의 대남정치전 속에서 어렵게 대한민국의 정체성을 지켜 왔다. 나는 민족의 지치지 않는 이러한 생명력을 높이 평가한다.

　지금 대한민국은 또 한 번의 정치적 시련을 겪고 있다. 다양한 이념을 가진 정치집단간의 대결이 헌정질서를 위협하는 심각한 갈등을 겪고 있다. 성숙한 시민의식을 갖춘 국민이라면 타협으로 위기를 극복할 수 있을 것이나 아직도 민주주의 정치 운영에 미숙한 국민이 많아 어려움을 겪고 있다. 그러나 지나온 여러 정치적 도전들도 우리 국민들은 단합된 의지로 극복하고 헌정질서를 회복해냈다. 2016년에 시작된 정치 위기도 궁극에는 이겨내리라 확신한다. 이번 위기를 극복하면 우리는 더 성숙한 민주공화국을 만들어내게 될 것이다.

　대한민국 70년사를 그 속에서 살면서 지켜본 나의 80년 인생도 순탄하지만은 않았다. 춥고 배고픈 시절도 있었고 앞이 보이지 않아 답답했던 때도 여러 번 있었다. 그러나 고통과 시련 속에서도 나는 한국 국민으로서의 자부심과 긍지를 잃은 적은 없다. 아마도 수 천 년 동안 고난을 끈기 있게 이겨낸 한국 국민의 기개와 정신이 내 몸속에도 흐르고 있기 때문일 것이다.

　지금 되돌아보면 아쉬웠던 일도 많다. 많은 노력을 쏟아 해오던 일이

몽골을 18년간 24회 방문했다. 몽골정부에서 내게 우의훈장을 수여했다. 고마웠다.
훈장을 받고 오랜 친구인 바가반디 대통령에 감사드렸다(2005).

뜻대로 되지 않아 서운했던 일이 몇 가지가 있다.

하나는 Journal of Korea and World Affairs이다. 국제사회에서 한국의 존재가 미미하던 때에 국제사회에 한국 문제를 정확히 알리고 한국인의 목소리를 담아 관련국의 한국 전문가들에게 알리는 영어로 된 계간지가 필요하다고 해서 1981년부터 발간하던 학술잡지가 이 잡지인데 30년 만에 조용히 사라졌다. 이 잡지는 미국에서 강영훈 총리가 시작했던 Journal of Korea Affairs를 확대한 것이다. 강 총리가 격월간지로 워싱턴에서 발간하던 잡지인데 강 총리가 귀국하면서 중단되었다. 이 잡지를 만들던 김세진 교수도 함께 귀국했는데 이 잡지를 살리려고 당시 통일부 장관이던 이범석(李範錫) 장관을 설득하여 재정 지원을 받기로 하고 남북평화통일연구소(소장: 董 勳)의 이름으로 Korea and World Affairs로 확대하여 출간하기로 했다. 나는 이 잡지를 1982년부터 2007년까지 편집발간했다. 이 잡지는 냉전시대에는 공산권 지역으로 내보내는 거의 유일한 한국 소개 잡지였다. 국고 지원을 받아 130개국의 주요 도서관에 1,200부를 보냈다. 그러나 정부 지원이 끊겨 발간이 중단되었다. 25년 동안 공을 들였는데 허무한 생각이 든다.

또 하나는 한국공산권연구협의회이다. 대한민국은 태생부터 공산권과의 투쟁을 숙명으로 안고 있는 처지인데 정부의 강한 반공 정책으로 북한, 소련, 중국 등 공산권에 대한 연구가 자유롭지 않아 많은 사람들이 걱정을 해오고 있었다. 당시 국내에서 공산권 연구를 체계적으로 해오던 곳은 김준엽 교수가 이끌던 고려대 아세아문제연구소와 한양대 중소문제연구소(소장: 柳世熙) 정도였다. 김준엽 교수는 각 학교의 공산권 연구 관련 연구소가 힘을 모아 정부를 설득하기로 하고 협의회 구성을 제안하였다. 김 교수의 지도 아래 고려대 아세아문제연구소, 한양대 중소문제연구소, 서울대 사회과학연구소(소장: 李洪九), 서강대 동아연구소(소장: 李相禹) 등이 힘을 모아 1980년에 만든 것이 '한국공산권연구협의회'이다. 각 대학의 관련 연구소 7개의 연구 참여 학자 30명으로 연구협의회를 만들고 국제학술회의 주최, 연구논총 등을 발간하기로 했는데 당시로서는 큰 의미를 가지는 일이었다. 초대 회장 김준엽, 부회장 이홍구, 총무이사 이상우로 출발한 이 협의회는 통일문제를 놓고 몇 차례 국제회의를 열고 미국, 일본 등지로 나가서 학술회의

나는 내가 다녔던 서울고, 서울대 법대서 상을 받았다. 함경남도에서도 도민상과 문화상을 받았다.
서울대총동창회에서 관악대상까지 받아 황송했다. 2011년 관악대상을 받을 때.

를 하면서 한국에서의 공산권 연구에 크게 기여하였다. 나는 총무이사
2년, 부회장 2년, 회장 2년 등 6년 동안 많은 힘을 쏟아 이 협의회를 운
영하였다. 그러나 이 협의회도 냉전이 끝나 공산권 연구가 자유로워지
면서 활동을 끝냈다. 만일 이 협의회가 지금까지 존속했더라면 오늘날
같은 복잡한 동북아 정세 속에서 통일외교에 크게 기여할 수 있지 않
았을까 생각해본다.

국내 학계에서의 한국학 연구가 지원 주체가 없어 체계화 되지 못하
는 것이 안타까워 나는 한진그룹 조중훈 회장을 설득하여 1991년에
'21세기한국연구재단'을 만들도록 했다. 한국학 관련 전공 대학원생들
을 지원하고 한국학 연구를 하는 소장학자들에게 연구비를 지원해주

는 일, 그리고 한국학 관련 공동연구 프로젝트의 재정 지원 등을 중심으로 하는 연간 예산 30억 원 정도의 재단이 설립되었다. 이 재단은 소년소녀가장돕기, 중고교생 대상 장학사업 등도 함께 하는 공익재단으로 출범하여 20년 동안 눈에 보이지 않는 많은 일을 해냈다. 그러나 이 재단은 조중훈 회장 별세 이후 문화사업 지원을 하는 일우(一友)재단으로 개편되면서 한국학 연구지원 사업을 접었다. 이 재단이 존속했더라면 해외에서의 한국학 연구를 지원하여 '한국을 아는 외국인 전문가' 양성에도 많은 기여를 할 수 있을 텐데 아쉬움이 크다. 다행히 몽골 학생, 우즈베키스탄 학생 등의 한국유학 지원사업은 일우재단에서 승계하고 있어 조금은 위안이 된다. 이 연구재단 사업에도 나는 많은 시간과 정성을 쏟았다.

세상일은 모두 기대한 만큼 이루어지지는 않는다. 항상 지나고 보면 아쉬움이 남는다. 그러나 '아쉬움'보다는 '이룬 것'이 더 크면 행복하다. 그래서 나는 나의 80년 삶을 후회하지 않는다. 나는 나를 믿고 일을 맡겨준 많은 분들에게 고마움을 전하고 싶다. 그들이 일할 기회를 만들어 주었기에 내가 일할 수 있었고 그 일들을 하는 동안 나는 행복했었기 때문이다.

나는 수처작주(隨處作主)하려는 노력을 게을리 하지 않았다. 공군 복무 때는 '공로상'을 받았다. 서울고 졸업 때는 은배각명상(銀盃刻名賞)을, 그리고 동창회에서는 '자랑스러운 서울인상'을 받았다. 서울법대 동창회에서 '자랑스러운 법대인상'을, 그리고 서울대총동창회에서는 '관악대상'을 받았다. 함경남도 도민회에서 '도민상'과 '함남 문화상'도 받왔고, 정부에서는 국민훈장 '목련장'을 받았다. 열심히 살았다.

나는 한국 국민의 한 사람, 한민족 성원의 한 사람이어서 행복했다. 전쟁의 무질서 속에서도 서로 도우려는 이웃들이 있어 행복했다. 배고 플 때 빵 한 조각이라도 나누려는 친구들이 있어 행복했다. '괴로우나 슬플 때도 나라를 사랑하는' 지도자들을 가지고 있어서 행복했다. 낮 선 외국에서 만나도 함께 아리랑을 부르면 정다운 이웃이 되는 따뜻한 우리 동포들을 만날 수 있어 행복했다. 늘 앞을 내다보고 오늘의 고통 을 이겨내려고 열심히 사는 백성들이라고 외국 사람들이 칭찬할 때 나 도 한국민임을 자랑스러워했다.

내가 살며 지켜본 대한민국 70년사는 나의 삶의 기록이기도 하다. 내 가 살아온 80년이 자랑스러워 나는 그 자랑을 함께 살아온 한국민들 과 함께 하려고 이 책을 쓴다. 다음 세대의 한국인들이 더 자랑스러운 나라에서 살게 되기를 간절히 바란다.

살며 지켜본
대한민국 70년사
盤山日記 1945-2015

1판 1쇄 발행 | 2017년 5월 2일
1판 2쇄 인쇄 | 2017년 5월 30일

지은이 | 이상우
펴낸이 | 안병훈
디자인 | 조의환, 오숙이

펴낸곳 | 도서출판 기파랑
등록 | 2004. 12. 27 | 제 300-2004-204호
주소 | 서울시 종로구 대학로8가길 56(동숭동 1-49 동숭빌딩) 301호
전화 | 02-763-8996(편집부) 02-3288-0077(영업마케팅부)
팩스 | 02-763-8936
홈페이지 | www.guiparang.com
이메일 | info@guiparang.com

978-89-6523-694-8 03800